1351081

CW01190258

Book No. 1351081

LA DEMI-SŒUR

QUELQUES LIVRES DU MÊME AUTEUR...

La Bande à Pierrot-le-fou, Champ Libre.
La Rage au cœur, Champ Libre, et Points-Roman, Le Seuil.
Les Irréguliers, Lattès.
À feu vif, Lattès.
Technicolor, Le Sagittaire.
Père et fils, Grasset.
Oui Mai, Le Sagittaire.
L'avenir est en retard, Albin Michel.
Une femme coincée, Grasset.
Pour toujours, Grasset.
La terreur, Grasset.
Père et fils suite, Ramsay.
Le Dernier des rêveurs, Flammarion.
Un cavalier à la mer, François Bourin.
Game over, Série Noire, Gallimard.
Le Sentier de la guerre, L'Olivier.
Eurydice ne répond plus, L'Olivier.
Debord est mort, le Che aussi, et alors ? Embrasse ton amour sans lâcher ton fusil, Cahier des Saisons.
Les vivants sont ceux qui luttent, la haine de classe au cœur, Cahiers des Futurs.

GÉRARD GUÉGAN

LA DEMI-SŒUR

roman

BERNARD GRASSET
PARIS

Tous droits de traduction, de reproduction et d'adaptation
réservés pour tous pays.

© Éditions Grasset & Fasquelle, 1997.

Pour Marie,
ses encouragements
et ses cafés.

Adagio sostenuto

L'AUTOMNE DU PÈRE

1

16 décembre 1994...

Suce mon zob et tu verras les poils de mon cul — les POILS DE MON CUL remplacés par MON SIDA. Vraiment pas mal, l'évidence d'un riff de Donita Sparks.

Mais pourquoi ZOB ?

Autour d'elle, on ne dit que bite, pine, queue, chibre, bâton, paf. Et pourtant, vu l'état des murs qui ont dû être repeints avec l'arrivée de Pasqua à l'Intérieur — une police citoyenne, irréprochable, à même de remplir sa mission républicaine dès lors qu'on lui assure des conditions décentes... quelque chose comme ça, quelque chose comme matraque parfaitement calibrée et trou de balle javellisé —, bref, s'ils les ont, supposons, repeints, l'année dernière, ces murs, le graffiti est récent. Or ZOB, ça date. Aussi vieux jeu que Serge. Sauf que, pour parler de sa queue, quand il en parlait, parce que monsieur faisait dans le pudibond, Serge disait plutôt zizi que zob.

Moi-même, ce zob, il me semble ne l'avoir jamais employé, mais je l'ai lu, sans doute dans un San Antonio chez mamé à Dunkerque qui en fait collec, ou peut-être dans un Daeninckx, mais lequel ? N'empêche que SUCE MON ZOB ET TU VERRAS MON SIDA, ça répond à cette question redoutable que le néant pose à l'être humain.

Adrienne, que ses proches n'appellent qu'Adra, avait été interpellée, appréhendée, puis menottée au métro Denfert-Rochereau. Primo, pour avoir sauté par-dessus le portillon (un exploit lorsqu'on trimbale, en plus de son fourretout, guitare et ampli) : défaut de titre de transport, le flagrant délit idéal. Et secundo, pour n'avoir pu faire la preuve de son identité (une absence de papiers explicable par un changement de sac mais qui, dans la bouche du CRS, s'était traduite par : Individu, non, rectification, personne de sexe féminin en situation irrégulière). Et tertio, quand ils l'avaient fouillée, ils avaient, cons haineux, haineux cons, mis la main — étant donné l'importance de la prise, l'auriculaire aurait suffi — sur une fin de barrette, de l'extra, pas chérote ; et tertio donc : Chef, on en tient un... non, une... pour usage et revente de drogue.

Pas moins.

Elle devait être présentée au procureur le lendemain entre 9 et 10 heures du matin, « à moins qu'on n'affiche complet », lui avait confié l'automate qui l'avait bouclée en sous-sol, après en avoir pris livraison. « Et alors, avait-il enchaîné, t'en seras quitte pour une amende, guère plus. Si je te dis ça, c'est parce que je suis, moi aussi, musicien, solidarité d'artiste en quelque sorte. A propos, c'est quoi, ton matos ?

— Un marteau-piqueur.

— Petite conne !

— Vous me sous-estimez.

— Fais gaffe à ta gueule, camée.

— Je le note, je le note.

— T'es prévenue... »

De toute manière, l'automate ne s'était pas gêné pour ouvrir l'étui : « Merde, une Fender, et d'origine en plus, moi, à l'armée, je jouais de la trompette. »

Rideau.

Avec méthode, Adra reprit sa lecture, de droite à gauche, façon Champollion peinant sur l'alphabet des hiéroglyphes phonétiques — un de ses points forts, Bonaparte. D'ailleurs, le 12 mai 1984 (on n'oublie pas de telles dates), l'élève Adrienne Lambert ne s'était-elle pas adjugé le premier accessit d'histoire au concours général (sujet : les retombées culturelles de la campagne d'Egypte) ? Sauf qu'ici, dans le sous-sol de ce commissariat, le moindre mot est immédiatement compréhensible, nulle énigme, nul secret, aucune équivoque, les précédents occupants connaissaient le mot qui peut abattre l'apparence.

« Que du concret, mademoiselle Lambert, une note, une couleur, une idée... »

LA MÈRE DU COMMISSAIRE EST UNE GROSSE PUTE.

Pas transcendant celui-là, j'aurais, réfléchissons, préféré LA MÈRE DU COMMISSAIRE A LA CHATTE BOUFFÉE AUX MITES.

Non, c'est nul.

« On ne force pas son talent, surtout quand il vous est compté, mademoiselle Lambert, et puisque vous n'avez pas le sens de l'harmonie, il vous faut aller au plus simple, nous nous reverrons l'année prochaine, on ne plaisante pas avec le Conservatoire. »

LE COMMISSAIRE ENCULE SA MÈRE ET J'ENCULE LES DEUX.

Dommage que l'automate m'ait fait vider mes poches, sinon j'aurais imité les copains, et laissé ma crotte, une trace de plus, mais les autres, comment se sont-ils débrouillés ?

Réfléchis deux secondes. Fais dans le net et l'absolu. Comment se sont-ils débrouillés ? Facile, dans la mesure bien sûr où nous pouvons avoir besoin d'une réponse, ils, ou elles, auront su planquer ce qui compte, un feutre, une clope, un gode, une bombe... Saleté d'intelligence, fiche-moi la paix, je veux dormir.

Quelle heure pouvait-il être (on lui avait même retiré sa fausse Rolex) lorsque l'automate lui tendit à travers les barreaux de sa cage une cigarette ?

« Je fume pas.

— Ah bon, et ton shit, tu le bouffes ? »

Pas de réponse.

« Dis, ton affaire s'annonce assez mal. Cette nuit, la maison ne fait pas recette, à part toi et les deux clodos en face (où ça ? aveugle, tu ne les as même pas remarqués !), on tourne à vide, ce doit être le match, rien de tel pour vider les taules, inutile de se ruiner en contrats solidarité de mes deux, n'y a pas mieux que le ballon rond. » Et patati, et patata, l'habituel dégoisage du clampin qui râle de ne pas passer tous les jours à la téloche. Dans ces cas-là, tu décroches, et t'attends que la mire apparaisse.

Une fois que l'automate au sourire de sanisette, rapport à ses dents jaunies par la nicotine, eut disparu dans l'escalier, Adra essaya de voir à quoi ressemblaient ses deux voisins, les loquedus, mais à la différence de sa cellule, plutôt bien éclairée — remerci Pasqua —, la leur était plongée dans une quasi-obscurité. Le langage est la patrie de l'homme, ce serait pour une autre fois, et puis qu'auraient-ils pu se dire ?

JE SUCE ET J'AVALE 62 66 11 97.

A coup sûr, un faux numéro. Le soir où, brasserie Zeyer, n'en pouvant plus de se retenir à la porte des gogues femelles, Adra s'était aventurée chez les mecs, elle n'avait pas manqué d'appeler la blonde NATURELLE — c'était précisé en grosses lettres — qui se vantait, petit crobard à l'appui, de ses talents de lèche-moule, mais comme de bien entendu il n'y avait pas d'abonnée au numéro qu'elle avait demandé.

D'ici quelques semaines, Adrienne Lambert passerait le cap des 26 ans...

Tiens, gamberge, ma vieille, question à dix ronds, quel âge avais-tu donc quand les deux blazers t'ont cravatée à la sortie de la Samaritaine ? 12, ou 13 ans ? Ce devait être en 80, mais non, c'était l'année d'après — tu t'en souviens, quand même ? — puisqu'on ne parlait que de Mitterrand à la télé, même que c'était le jour de son pique-nique au Panthéon (Belphégor revenant sur les lieux du crime), même que mamé avait fait le voyage.

« Hep, toi, oui, toi, montre-nous ce que tu planques sous ton Kway. » Elle aurait dû répondre, en se drapant dans l'antique : « Un renard, comme à Sparte, vieux débris. » Mais elle répondit : « Je ne cache rien, monsieur. »

Toujours polie la petite Lambert qui mesurait déjà son mètre cinquante-huit (une géante si elle continue, se plaignait sa mère qui aurait bien voulu que ses habits lui fassent au moins deux hivers).

« A d'autres ! On t'a vue sur nos écrans de contrôle, t'as piqué des bouquins », crachota le second blazer, un moustachu. « Avec la tronche qu'elle se paie, notre cliente (rires), ce sera sûrement des bouquins de gougnottes, doit se tisonner la chaudière dans les chiottards, cette pute. »

Lorsqu'ils l'avaient secouée comme un prunier, les deux livres, des Poche, une misère, avaient atterri sur ses grolles (je portais quoi, à l'époque ?). « Qu'est-ce que je te disais ? *La Rabouilleuse*, ça fait pas gouine, ça ? — Et l'autre, c'est quoi ? — *L'Aiguille creuse*. — Attends voir, celui-là, j'ai essayé de le bouquiner, ce que ça m'a fait chier ! Pas bandant, le genre la tête à deux mains, pas du tout un polar, cette merde. »

« Bon, toi, la voleuse, tu nous suis. »

Adrienne Lambert, demeurant 12, rue Lamartine, Paris 9e, manqua défaillir quand ils la prirent chacun par un bras, et qu'ils la promenèrent, comme un ballot de linge sale, à travers tout le magasin. Ensuite, interrogatoire dans le bureau des vigiles (capharnaüm sans fenêtres). Question numéro 1 : « Ils font quoi, tes parents ? — Ma maman est secrétaire de direction. » Question numéro 2 : « Et elle suce bien ? — Arrête, Jacky, là, t'exagères. » Question numéro 3 : « Et ton père ? »

La fillette s'entendit répondre, alors qu'elle aurait voulu n'avoir jamais appris à lire, que son père, regard endeuillé, eh bien, il était mort à la guerre.

Question numéro 4 (d'une voix radoucie) : « Laquelle ?

— La guerre d'Algérie, monsieur.

— Salope, faut tout de même pas nous prendre pour des demeurés, on sait compter, t'étais pas née quand on se battait pour la garder. L'Algérie, c'est de l'histoire.

Ouais, cette guerre, c'est de l'histoire, et l'histoire, merdeuse, on respecte. » Et, vlan, ils l'avaient giflée. Un seul d'ailleurs s'en était chargé, en attendant que sa mère lui en remette quatre d'affilée, avec le revers de la main, et avec les bagues en supplément.

« Pourquoi, bon sang de bois, leur as-tu raconté que tu n'avais plus de papa ?

— Mais alors, où qu'il loge, mon père ? »

Force de l'habitude, le temps mange la vie, Adra baissa instinctivement les yeux vers sa montre — mais pour rien, puisque... —, lorsque, sans le moindre prélude (un-deux, un-deux-trois-quatre, bruissement, bourdonnement, grondement, et pétarade, fin de la valse mélancolique), un grand vacarme la tira en sursaut de son demi-sommeil. L'escalier était noir de monde, uniformes vociférateurs encadrant, autant qu'elle put en juger, de tout jeunes gens, car les aurait-on traînés dans un gigantesque bac à mortier que, garçons comme filles (la différence ne se faisant qu'à l'oreille), ils n'auraient pas été davantage souillés, maculés, terreux, bien plus méconnaissables qu'un terrassier — son oncle de Valenciennes l'avait été — après sa journée de douze heures, dont quatre réglées de la main à la main. Et puis, quoi qu'il en parût, ça se voyait, et surtout ça s'entendait, ces fantômes-là ne sortaient pas d'un de ces chantiers où l'on se fout de la sécurité pourvu que l'enveloppe de la quinzaine dégueule à l'arrivée, comme sous l'avenue de l'Opéra où l'on creusait à la Zola la nouvelle ligne du RER (Adrienne l'avait lu dans un canard de SDF).

Non, ce troupeau qu'on bousculait (« Eh, ne me poussez pas ! — De quoi, p'tit con, tu me cherches ? »), ce n'était pas de l'ouvrier. A cette heure, le gagne-petit roupille dans son HLM, quand il en a un. Et enfin — Adra ne manqua pas de l'enregistrer — les gros sacs à dos, les cordes, les anoraks de haute montagne, plus les chaussures de randonnée, ce n'étaient pas non plus les signes distinctifs de la maison Smic et Cie.

Elle en était là de ses réflexions — malheur à qui porte

en soi des déserts —, quand l'automate qui fermait la marche lui adressa de nouveau la parole : « T'es vernie, ma grande, on a tiré le gros lot, tu couperas au proc qui sera trop débordé pour t'envoyer chez le juge. Parole, collègue, tu devrais leur dire merci.
— Où les avez-vous ramassés ? se contenta-t-elle de répliquer.
— Mille balles que tu ne devineras jamais. »
Pardi qu'elle ne l'aurait jamais deviné !
La mort, Adra ne la supportait que sous la forme d'un requiem — et encore ! Cherubini, Brahms, Fauré, Ligeti, souvenirs merdeux d'un Conservatoire non moins merdique, la laissaient pareillement indifférente. Non, la mort, moins tu t'en approches et mieux tu l'interprètes. Exemple : *Blues pour Alain P.* Une semaine après l'avoir composé, Stan, qui s'appelait en réalité Jean-André, se tirait une balle dans la bouche. Séropo et batteur, il lui était impossible d'éviter la cacophonie. Donc, ce n'est pas elle, Adrienne Lambert, qui aurait percé, dans un vieil immeuble du quartier Montsouris, le mur d'une cave, afin de se frayer une voie nouvelle vers les catacombes.
« Sans compter, ajouta l'automate, qu'ensuite ces barges s'enfilent à qui mieux mieux dans les ossuaires » — un rire gras ponctuant son demi-tour droite, direction la surface.

Dans la minute suivante, on ne s'entendit plus.
Agglutinée aux barreaux, la bande se mit à brailler à pleins poumons, mais rien qui évoquât Moïse frappant de son bâton la paroi du rocher, rien qui augurât d'un mélo flinguant, rien qui annonçât l'imminente mise à sac du commissariat, rien encore, rien surtout, rien enfin qui pût se comparer à un hurlement de la Joplin.
Mais alors, qu'était-ce ?
Tout au plus, les lamentations indignées, grotesques, futiles — « On a peur ! On a froid ! On veut faire pipi ! » — d'une jeunesse bien née qui voudrait la pluie sans tonnerre ni éclairs.
Et cependant ça déplut aux créatures du rez-de-chaus-

sée. Réflexe de classe ? Insonorisation défectueuse ? Un peu des deux, pensa Adra en voyant débouler l'automate, suivi de deux de ses collègues qui l'aidaient à dérouler une lance à incendie. A côté, illico, on cria : « Au feu, les pompiers » (de mieux en mieux), tandis que l'automate, les jambes bien écartées, prenait la pose au milieu du couloir, et qu'il libérait d'un geste mesuré la pression, mais voilà, pas la plus petite goutte d'eau ne s'en échappa, d'où risée générale, et l'occasion pour Adra d'entrevoir les clodos enfin dessoûlés. Sous les huées de la petite classe, les trois uniformes battirent en retraite sauf que, victoire à la Pyrrhus, ils ne tardèrent pas à revenir portant chacun leurs deux seaux remplis à ras bord, et qu'ils en firent, cette fois, profiter un peu tout le monde, y compris Adra qui courut se réfugier au fond de sa cellule.

« Pute borgne, qui a dit qu'on s'emmerdait la nuit dans un commissariat ? s'hilara l'automate, imité par ses collègues. Alors, les trouducs, on vous en remet une louche ? » (Curiosité du langage : pourquoi louche et pas seau ? — c'est par de telles remarques, lorsqu'elle les énonçait à voix haute, qu'Adrienne Lambert s'était aliéné les sympathies des professeurs autant que des élèves du Conservatoire.)

« Bien, bien, je vois qu'il n'y a plus d'amateurs. Dommage ! Un conseil, maintenant, je ne veux plus entendre une seule voix, sinon je vous termine à coups de lattes, bande de... » Le qualificatif s'avérant introuvable, Adra compléta la menace de l'automate par un *chiqueux* qui ne témoignait pas d'une grande originalité. L'imitation était son point fort, sinon Adrienne Lambert ne fuyait pas la facilité, quoiqu'elle prétendît le contraire.

En tout état de cause, elle n'aurait pas dû s'appeler Lambert, mais Ndiaye, si son grand-père, le docker sénégalais (au lendemain de la guerre, on en avait vu arriver des wagons entiers sur le port de Dunkerque), ne s'était pas fait écraser par une grue quelques semaines après avoir semé sa graine. Pareil d'ailleurs avec le sang qui coulait dans ses veines et qui n'avait pas déteint sur la couleur de sa peau. Déjà, chez sa mère, métisse à la carnation à peine cuivrée, la part flamande — yeux bleus, longs cheveux tirant sur le châtain clair — l'avait emporté, mais ses patrons ne s'y trompaient pas qui voulaient dès la première semaine se taper de l'exotique.

Odette Lambert ne les avait pas toujours repoussés, elle aimait les hommes, l'odeur qu'ils dégageaient après l'amour, voilà pourquoi elle ne s'était pas mariée. Un soir que sa fille lui demandait pour la énième fois pourquoi elles portaient toutes les deux le même nom (là, Adra en était certaine, ça remontait à l'hiver 83, dans les jours qui avaient suivi sa fugue), Odette, jamais à court de formules toutes faites (« On n'a qu'une seule vie, et elle est trop courte pour être écourtée », etc.), Odette s'était donc lancée dans une comparaison si burlesque (« La vie, c'est comme une brosse à dents. Quand elle est usée, il ne te reste plus entre les mains que le manche, aussi moins tu la prêtes, et plus longtemps elle te fait usage ») qu'à la fin elle avait éclaté de rire, bientôt imitée par Adrienne.

Se jetant alors dans les bras l'une de l'autre, la mère et la fille s'étaient ensuite parlé à cœur ouvert, et depuis elles se racontaient, sans la moindre pudeur, leurs aventures amoureuses, encore que, sur le chapitre des coups de foudre, sa mère en avait plus à dire qu'elle.

Il n'y avait que sur l'homme duquel Adrienne avait, paraît-il, hérité les gros sourcils de colère qu'Odette s'était refusée à toute confidence (hormis cette ressemblance si frappante), comme si elle s'était juré d'emporter son secret dans la tombe. Et si désormais Adra connaissait son père, l'avait même rencontré à trois reprises en moins d'un mois, ce n'était pas parce qu'Odette s'était trahie, reniée, ou, plus simplement, rendue à ses arguments.

Dans ce restaurant libanais de la rue Notre-Dame-de-Lorette, où la mère et la fille dînaient un jeudi sur deux depuis qu'Adrienne avait quitté le quartier pour louer un studio dans le 14e arrondissement, la surprise d'Odette n'avait pas été moins grande, et réelle, que la sienne — ou alors, quelle comédienne ! — quand s'était assis à leur table M. Marolles. (« En janvier 1939, dirait-il, une semaine plus tard, à Adrienne, le gendarme qui m'a contrôlé dans l'express Barcelone-Lyon s'est moqué de mon prénom — "Julio ! on croirait entendre Gigolo, faudra songer à en changer, mon garçon..." ») Un demi-siècle s'était écoulé, et Julio Garcia Morazzo, orphelin de père, tué sur le front de Teruel, et de mère, disparue devant Valence, était devenu Jules Marolles, officier de l'ordre du Mérite et titulaire de trois comptes à numéro en Suisse.

De même, ce n'est pas davantage Odette qui s'était écriée : « Ton père, Adrienne ! » Non, ç'avait été ce vieil homme fatigué et amer qui l'avait jeté au visage de la jeune fille. Pétrifiée, mais bien décidée à la lui mimer hautaine, et flegmatique, Adra s'était contentée d'un hochement de tête, à défaut du coup de poing qu'elle s'était promis de donner à l'homme à cause de qui son enfance avait longtemps boité.

Le lendemain, en y réfléchissant, elle fut forcée d'admettre que la tristesse était également un atavisme, et elle en pleura de rage. Que n'aurait-elle donné pour ne pas ressembler à son père...

« Ohé, à côté, vous m'entendez ? Oui, vous, ma... madame, vous m'entendez ? »

La voix lui déplut. Vibrato inexpressif, terne, inattribuable. Juste une membrane qui tremble. Comme dans les feuilletons, avant le 20 Heures. Prendrait-il des leçons chez les meilleurs professeurs, le défaut de sensibilité ne se corrigeant pas par la technique, celui-là ne chanterait jamais le blues, décida-t-elle avant de lui faire écho.

« Oui, je t'entends.

— Vous êtes là pourquoi ? »

Dans les films noirs (quelques images défilèrent dans sa mémoire), lorsque la question vous est posée, on répond de biais — « Par erreur ! J'ai rien fait ! Je suis innocent... »

« J'ai tué mon père. »

A priori, de quoi le faire taire. Mais pas du tout, et

sans qu'elle perçoive dans son débit monocorde le supplément d'émotion qu'un tel aveu aurait dû entraîner, le friqué enchaîna : « Avec quoi ? »

Adrienne prit le temps d'y réfléchir. Bien qu'elle détestât les menteuses, jouer avec la vérité ne lui déplaisait pas, elle y excellait, c'était même l'un de ses divertissements favoris. Venait-on à lui reprocher cette ambiguïté (encore fallait-il l'avoir prise en flagrant délit de contradiction) qu'elle niait tout en bloc. « De quel droit, dites-moi, assimilez-vous la tromperie à l'exagération, laquelle ne cause de tort à personne, sinon à moi-même, obligée que je suis ensuite de me réadapter à ma merde... Hein, qui vous autorise à mettre sur un même plan la fable et le mensonge ? »

La plupart du temps, en abusant des grands airs (un autre de ses travers), elle finissait par museler ses contradicteurs — des mannequins qui remuaient leurs os morts depuis si longtemps.

Mais quelquefois ceux-ci estimaient moins déshonorant de s'en tirer par un ultime *c'est pas grave*, n'imaginant pas que leur conciliante dérobade ne ferait qu'accroître l'exaspération d'Adrienne Lambert. Car, pour la jeune fille, cette expression, qu'on entendait chaque jour davantage, tenait l'époque quitte de tout engagement.

Il a volé dans la caisse de l'Etat ? *C'est pas grave.* Elle a fait le contraire de ce qu'elle avait promis ? *C'est pas grave.* Ils ont corrompu toute une ville ? *C'est pas grave.*

« Vous l'avez tué avec quoi ?
— Avec de la mort-aux-rats.
— Moi, quand je tuerai le mien de père, je me servirai d'une tronçonneuse. »

(Pauvre type ! Encore un qui se la rêvait atroce, *serial killer*, avec des litres et des litres d'hémoglobine.)

Il insista : « Il vous battait ? »

(Minute, l'épave. T'es qui, t'es quoi ?... Avec la haine, je possède l'amour, et je n'aime pas qui je ne hais pas.)

Adrienne avait besoin d'un visage, attirant ou non,

pour développer ses fables. De les entendre ricocher contre les murs de sa cellule ne lui procurait pas le plaisir qu'une bouche qui frémit, qu'un œil qui s'embrume, qu'une joue qui rosit, lui dispensaient lorsqu'elle serrait ses victimes au plus près de ses lèvres. Aussi grogna-t-elle : « Ça suffit comme ça, couche-toi, dors, et ne rêve pas trop. »

La voix ne s'avoua toutefois pas vaincue, elle ajouta : « J'aimerais vous connaître. »

Des mois plus tard, au sortir de la clinique au sein de laquelle elle se serait résignée à l'idée d'avoir survécu, et qu'elle quitterait — trop faible pour se déplacer par ses propres moyens — sur une civière, Adrienne comprendrait que Serge avait eu raison au moins sur un point. A l'inverse de ce qu'elle avait longtemps cru, elle n'était pas indestructible. Dans l'ambulance filant vers Paris, elle finirait par admettre qu'on ne lui accorderait pas davantage crédit de ne pas s'être laissé emporter par le courant ascendant.

Jusqu'alors, sa volonté de rupture — réelle, authentique, là-dessus elle ne trichait pas — ne l'avait pas empêchée de penser que la renommée, la gloire même, s'attacherait en retour à ses pas. Elle qui, pour ligne de conduite, s'était très tôt fixé de déplaire, aspirait, comme n'importe quelle bête à concours, aux caresses de l'hypocrisie, « *mais la tentative de mener et de poursuivre une existence de louve solitaire n'est qu'une illusion quand tout a un prix* ».

Adrienne avait beau l'avoir lu dans ce livre, l'un des rares qui ne la quittaient pas, et qui, d'avoir été trop feuilleté et annoté, partait en lambeaux, elle l'aurait oublié lorsque les grosses araignées de la médiocrité, de l'envie et de la cupidité lui dégringoleraient dessus.

Toute autre qu'elle se serait pourtant doutée qu'avec ou sans majuscule, le destin qui venait de la gratifier d'une nouvelle famille, c'était (pour parler son langage) de la frime, de l'illuse, de la couille en barres, comme ce Dieu que les salopards feignent de redouter alors que ce n'est qu'une image virtuelle sortie tout droit de leurs logiciels.

Au vrai, Adra savait cela aussi mais, quelque méfiance qu'elle éprouvât, dans les débuts, envers le clan Marolles, elle s'était, toute à sa surprise qu'on ne la méprise pas, précipitée tête baissée sur le morceau d'étoffe rouge sans voir derrière l'épée du tueur.

Car, avec le revenant, la jeune fille hérita des trois fils de Jules Marolles, trois aînés qu'elle ne suspecta pas toujours — jusqu'à ce jour d'avril, mais il était trop tard — de vouloir comploter sa perte. A ses yeux, seul son père était coupable, tandis que ses frères, dans l'ignorance du sort qui lui avait été fait (ils ne cessèrent de le lui répéter), n'avaient pas à être jugés, ni à être pardonnés.

« C'est le destin, s'employa à la convaincre sa mère. Ecoute-moi, mon trésor, c'est le destin, il prend, il enlève, et parfois il lui arrive de redonner. Crois-moi. »

Tant et si bien qu'Adrienne en admit elle aussi, mais secrètement, la toute-puissance. Et puis, n'était-ce point le destin qui avait envoyé Nadja au poète ?

Reste que, lorsque le jour, pâle lueur sépulcrale, se leva sur Paris, que ce commissariat proche de la place Denfert-Rochereau recommença de s'agiter, et que l'automate rendit sa liberté à Adrienne Lambert après qu'elle eut signé sa déposition, dans laquelle ne subsistait que très peu des fausses accusations des CRS, quelle ne fut pas sa stupéfaction de se retrouver témoin d'une scène qui paraissait tout devoir au destin.

Avec son pardessus de cachemire noir et son écharpe de soie grège, l'homme affichait son identité à l'instar d'une plaque d'immatriculation.

C'est d'ailleurs sur le ton de celui qui n'admet pas qu'on lui résiste qu'il réclama le commissaire de permanence, lequel se rua ventre à terre jusqu'à lui — « Tout à votre service, monsieur le ministre » — avant d'envoyer chercher un petit tas chiffonné par une nuit sans sommeil — « Rien de très sérieux, monsieur le ministre, une peccadille dont nous ne lui tiendrons pas rigueur, soyez-en assuré, monsieur le ministre. »

Quoiqu'aucun nom n'eût été prononcé, et qu'elle n'eût jamais auparavant rencontré ce puissant personnage, Adra, qui venait de récupérer fourre-tout, guitare, ampli et montre (mais pas son restant de barrette), reconnut aussitôt Nicolas Marolles.

Sous le dernier gouvernement socialiste, celui-ci avait été l'un des ministres les plus en vue, l'un des derniers à plaider le respect des engagements antérieurs, si bien qu'il symbolisait, à la télévision comme dans son propre parti, *les valeurs d'une gauche tournée vers l'homme.* Il va de soi qu'Adrienne Lambert ne partageait pas cette opinion. Aussi observa-t-elle l'ancien ministre comme on examine un possible sosie, en ne prenant en compte que les différences.

2

12 septembre 1994...

Il ne passera pas le Jour de l'An, et je le suivrai. Moi non plus je ne verrai pas le printemps, les marronniers en fleur sur l'avenue, et moins encore les premières cerises dans notre jardin de L'Isle-Adam... Voilà ce que pensa Jules Marolles, ce deuxième lundi de septembre, quand apparut à l'écran le Président. La porte qui grinçait ne tiendrait plus longtemps sur ses gonds.

Davantage encore que son teint de papyrus, ce fut cette élocution confuse, embrouillée, à la limite de l'indistinct qui l'accabla, comme si les lèvres du chef de l'Etat ne voulaient pas obéir, comme si ses maxillaires de grand carnassier ne broyaient que du vide.

Depuis que Marolles avait sommé Reynaud, d'ordinaire si brutal (au Grand Orient, on ne comptait plus les frères qui s'en étaient plaints), de lui dire sans barguigner la cause exacte de ses douleurs dans le dos, le regard qu'il portait sur les choses, comme sur les hommes, avait changé du tout au tout. Reynaud l'en avait d'ailleurs averti : « A partir de maintenant, et puisque tu as souhaité connaître la vérité, ne reste plus seul, sors, vois du monde, travaille jour et nuit, voyage, prends une maîtresse, le cancer ne se contente pas de miner le corps, mon pauvre Jules, il infecte, il pourrit notre âme, il l'affole, et dis-toi bien que personne ne résiste à la peur, personne, regarde le Président. »

Il ne s'était pas trompé, le grand spécialiste du poumon. En moins de quatre fois vingt-quatre heures — leur entretien remontait à vendredi matin —, Jules Marolles n'avait cessé de se heurter à la mort.

Elle rattrape qui la fuit, lui avait souvent dit le Grand Maître. Il n'avait pas exagéré, elle était partout, la camarde, il suffisait d'avoir l'œil. Aussi bien dans les lacets effrangés de ses chaussures que dans ces fleurs, que lui avait offertes sa secrétaire lorsqu'il s'était senti obligé de lui avouer la raison de ce soudain rendez-vous à l'hôpital. Des reines-marguerites qui fanaient déjà alors que son grand dadais de fils, en arrivant tout à l'heure, lui en avait vanté la fraîcheur et l'éclat.

« ... *Mais j'ai ressenti comme une souffrance l'inquiétude honnête de gens de la base, qui m'aiment bien, que j'aime bien...* »

Malgré les nombreux messages qu'il avait fait assez régulièrement porter quai Branly afin d'encourager le Président à ne pas baisser les bras, Marolles n'avait jusqu'alors éprouvé pour ce compagnon des années incertaines que de la compassion. Plus aussi un vague sentiment de mélancolie, lorsqu'il l'associait à Hernu, son cher Charles, qui les avait l'un à l'autre présentés quelque temps avant la présidentielle de 65. Mais depuis que l'industriel se savait rongé par un cancer trop développé pour être endigué, le spectacle du Président agonisant en direct lui laissait entrevoir à quoi lui-même ressemblerait d'ici peu. Une enveloppe vide.

« ... *C'est à eux que je veux parler ce soir... Il y a en France, à l'heure actuelle, des dizaines de milliers de personnes qui sont atteintes du même mal...* »

Nicolas, son aîné, qui était donc venu aux nouvelles (mais avec retard, car, « navré, papa, il m'était impossible d'annuler mon week-end bruxellois, Delors en aurait été fâché »), lui pressa la main, tandis qu'Emilienne, sa belle-fille, déjà cinq vodkas dans le nez, s'exclamait : « Bien joué, il va tous les posséder ! » Celle-là, Jules ne l'avait supportée qu'à cause des deux petits-fils qu'elle lui avait donnés, sinon il se serait débrouillé (avec les femmes, Marolles se vantait de n'être jamais en retard d'une perfidie) pour que Nicolas s'en sépare.

Qu'elle eût couché avec la moitié du comité directeur du parti — on lui avait même attribué une liaison avec le chouchou du Président, un gommeux envers qui l'industriel éprouvait la plus vive des antipathies — ne lui faisait ni chaud ni froid. C'était autre chose qu'il détestait chez elle, sa totale absence de scrupules. Ne chérissant que les gagneurs, sa belle-fille méprisait les laissés-pour-compte, si bien qu'elle trahissait ses anciens amants comme on éternue, par réflexe. Et à présent que, par la grâce du Château, elle avait franchi les derniers échelons de la préfectorale, elle racontait à ses petits camarades qu'à tout prendre le rusé Sarkozy leur éviterait Chirac. Malheur !

En la dévisageant à la dérobée, Jules Marolles constata qu'elle aussi vieillissait. Ses paupières s'étaient alourdies, et des rides, qu'il ne lui avait jamais vues, lui tiraient désormais sa bouche vers le menton.

Il se retint pour ne pas laisser échapper un petit rire de satisfaction. Tout le monde crèvera, et toi aussi, ma vieille.

« ... *Quand je pense à la somme de leurs souffrances, je préfère me taire sur les miennes...* »

Au tout début, lorsque Nicolas, qui avait rencontré Emilienne à Sciences-po, s'était décidé à la leur mener rue Bobillot, l'héritière des matelas Dumontville, mais dont le cœur penchait à gauche, n'avait même pas osé donner son opinion sur la couleur de la nappe. Quasiment coagulée à son fils, elle s'était contentée de sourire et d'opiner sans desserrer les dents à tout ce qui se disait.

Marolles l'avait crue timide, et même bébête. Mais Marie-Hélène, sa femme, n'était pas tombée dans le panneau, et une fois qu'ils avaient été seuls, elle lui avait conseillé de la tenir à l'œil : « C'est une profiteuse, elle se servira de toi, de tes relations, et j'ajoute que c'est une fieffée menteuse.

— Allons bon, avait renâclé Marolles, avec toi, toutes

les femmes sont des intrigantes, ou des garces. La malheureuse, elle n'a pas ouvert la bouche de la soirée. Comment peux-tu l'accuser de mentir ?

— Pendant que Nicolas, Olivier et toi sirotiez votre whisky, elle m'a suivie dans la cuisine, et j'ai tout de suite deviné à qui j'avais affaire.

— Raconte.

— Eh bien, comme je m'apprêtais à lui demander, après l'avoir complimentée sur sa robe, dans quelle boutique elle l'avait trouvée, notre si gentille nunuche a devancé ma question en m'affirmant que ce n'était qu'un bout d'étoffe, et qu'il y en avait plein chez Monoprix.

— Et alors ? s'était impatienté Marolles.

— Alors, c'est faux, archifaux !

— Comment le sais-tu ?

— Mon pauvre Jules, tu es aveugle, tu n'as donc pas remarqué, lorsqu'elle s'est recoiffée dans le hall en arrivant, l'étiquette qui dépassait de ce bout d'étoffe.

— Tandis que toi ?

— Tandis que moi, comme toujours, je n'avais pas les yeux dans la poche... Sa robe de Monoprix portait une griffe que je n'ai certes pas pu reconnaître, mais qui ne trompe pas son monde. Allez, le grand homme, viens te coucher. »

Et Marie-Hélène, pas plus que Reynaud vendredi, ne s'était trompée. Elle ne se trompait jamais. Pas même le soir où, l'ayant convaincu de changer de nom, et alors qu'il pensait d'un coup de canif pouvoir se glisser dans la peau d'un Français ordinaire — Moraz au lieu de Morazzo —, c'est encore elle qui lui avait conseillé un toilettage plus conséquent : « Quand tu diras Monsieur Marolles, plus personne ne te répondra "Sale Espagnol !" »

« *... Je suis en situation de combat et, quand je livre un combat, je me mets aussi dans l'état d'esprit de celui qui le gagnera...* »

« Ah, c'est ainsi que je l'aime — Emilienne était en

extase —, ne jamais s'avouer vaincu. Quelle leçon, n'est-ce pas, mon cher beau-père ? »
Ordure !
La prochaine fois qu'elle sonne à ma porte, je ne lui ouvre pas. *Pero tío*, non mais, tu ne vas tout de même pas gâcher le peu qu'il te reste à vivre à cause d'une bonne femme que tu méprises.

En régie, Olivier, le dernier des Marolles, se frotta les mains. Ils faisaient un tabac. Borelly le féliciterait, Sarko aussi, et après-demain il pourrait partir tranquille pour la Floride avec sa nouvelle assistante. Cigares, de la coke, quelques tringlages, et plein de daïquiris glacés, le tout en note de frais, que demande le peuple ? Dommage d'avoir promis au vieux cul que je passerais le voir ce soir — Qu'est-ce qu'il peut encore me vouloir, cet emmerdeur ? A tous les coups, ce doit être ce juge de Mulhouse qui a dû le relancer, rapport aux conneries de François... Commencent à me les briser, ces deux-là ! J'en ai marre, vraiment marre, de téléphoner place Vendôme. Bon, d'accord, je ne manque pas de biscuits, et le Brochard n'en mène pas large lorsque j'évoque à mots couverts une certaine librairie du 19ᵉ dans laquelle les pédophiles ont leurs habitudes. Mais quand ce sera mon tour d'être dans la merde (tout de même pas demain la veille, hein, petit père ?), qui c'est qui reprendra du poil de la bête sinon Brochard, l'enculeur de négrillons ?

Même la gloire du fleuve s'achève à la mer, ou, comme le lui répétait Jojo, faut jamais, mon p'tit gars, brûler tous ses ausweiss. Et il en connaissait un bout, le camarade secrétaire général du grand parti des travailleurs, sur l'art et la manière de se sortir des situations désespérées, même qu'il m'a tout appris, sauf que moi, je ne finirai pas mes jours dans un pavillon de banlieue avec mémère qui tricote devant la télé. Putain, quand j'y songe, quel chemin parcouru ! Ça ferait un de ces films, mais ils sont trop cons, les saltimbanques, voient rien, sentent rien et gagnent des clopinettes... Bon alors, je le tube et je décommande ?

« Hé, Régis, entre nous, chaque fois que tu élargis ton cadre, tu perds de l'émotion. Si je puis me permettre, t'es pas sur Arte, tu vises plus haut. Le mourant, faut pas le lâcher. Pense à Sautet. Tu sais comment il fait ? Même les points noirs, il les détaille, un à un. »

« ... *Parce que je n'ai rien à cacher. Je n'ai strictement rien à cacher...* »

« C'est ça, c'est exactement ça ! TF1 va en faire une de ces véroles, je ne te dis que ça... Pardon, oui, vous, ma toute belle, vous voulez bien me passer votre bi-bop ? Oh, et puis non, merci. » Je lui dois bien cinq minutes au vieux cul ! « Extra ! Vous y êtes, les copains. On va casser l'audimat. Faut dire qu'on a un sacré acteur. Il vaut de l'or, le Tonton, il ferait un malheur dans *Volpone* — quoi ? tu connais pas ? aucune importance, reste sur lui, reste sur lui. »

« ... *A plus forte raison quelqu'un qui a une maladie considérée comme sérieuse, qui, souvent, ne fait pas de quartier. C'est une mauvaise compagnie...* »

Dans le fond, Marie-Hélène lui manquait.

Six ans déjà qu'elle avait été estoquée par ce 4×4 que conduisait, mal, très mal, un adolescent, Tzigane de Nanterre et voleur malchanceux, dont les pieds touchaient à peine les pédales, si bien qu'il ne freina qu'en perdant le contrôle du véhicule et que la vigilante Mme Marolles, sans doute persuadée qu'au dernier moment le chauffard l'éviterait, ne bougea pas d'un pouce au beau milieu de l'avenue Mozart (toujours sa manie de traverser en dehors des clous), et que, projetée contre le kiosque à journaux, elle mourut sur le coup.

A l'église, le prêtre, représentant personnel de l'archevêque, avec lequel le Grand Orient entretenait les meilleures relations, avait cité un théologien allemand — « *Le valet du Diable fait plus qu'on ne lui demande* » —, sans que Jules se sentît obligé de verser une larme sur la dépouille de son épouse. Cette absence d'émotion n'avait pas été mal jugée, on l'attribua à la rudesse de son caractère, en quoi on se trompait, Marolles pouvait être tendre, affectueux avec ses conquêtes féminines, surtout la première fois, quand au sortir de l'hôtel il les raccompagnait jusqu'à leur porte.

Ah, qu'il était loin le temps où l'orphelin de père et de mère, brevet technique en poche et dégagé de ses obligations militaires, franchissait le grand portail des usines Dassault, le temps où l'Espingouin, comme on disait à Puteaux, se faisait aborder par l'aide-comptable qui s'occupait de la paie des mécaniciens — une brunette toujours mise sur son trente-et-un —, tandis que lui-même cherchait où s'asseoir dans la cantine surpeuplée.

Tout de suite, Marie-Hélène lui avait avoué qu'elle s'intéressait à lui, et que ça datait du jour même où il était venu retirer sa première quinzaine, ce qui faisait trois bons mois, toute une saison, l'hiver 1950, Jules avait alors 21 ans. L'aide-comptable n'ignorait en effet pas grand-chose du mécanicien, par exemple qu'il avait obtenu sa naturalisation quelques semaines avant son départ sous les drapeaux, et qu'il en avait profité pour adhérer au Parti communiste français, et qu'il vivait seul dans une chambre de bonne à Bezons.

Elle-même, Marie-Hélène, elle cotisait à la CGT — « On ne sait jamais avec les patrons, autant être défendue par les plus nombreux » (et la CGT écrasait alors de sa masse le reste des syndicats) —, reste qu'elle comprenait mal qu'on s'enchaînât à un parti quel qu'il fût. Elle le lui avait dit le lendemain en buvant l'apéritif dans cette brasserie située à mi-chemin de la chambre de Jules et du petit appartement des Postel, ses parents qui, en tant que gérants d'un Félix Potin, bénéficiaient d'un trois-pièces à loyer réduit au-dessus de leur boutique.

Au printemps, ils s'étaient mariés sans tralala, contre l'avis de Jules qui aurait souhaité qu'on régalât les copains d'atelier, mais sa promise s'y était sèchement opposée — « A quoi ça sert, hein, de jeter l'argent par les fenêtres ? »

La veille de passer devant le maire, un camarade du Parti, le mécanicien avait néanmoins offert sa tournée dans un bistrot de Nanterre, « mais il ne faudra pas le dire à Marie-Hélène », avait-il prévenu. En leur servant le mousseux, la patronne, une Ardéchoise qui ne faisait jamais crédit, et dont on disait qu'elle arrondissait ses revenus en couchant avec les manœuvres algériens, lui avait assuré que « l'amour, c'est du flan, de solide il n'y a que l'oseille ».

Quant à la nuit de noces, elle fut consternante, indigeste, à l'image du repas, un frichti hâtivement improvisé par les Postel à partir des invendus de la semaine. Une fois qu'elle l'eut rejoint au lit, l'aide-comptable se révéla aussi sèche et râpeuse que du papier émeri, et lorsqu'elle saigna — car elle ne lui avait pas raconté de bobards : Jules était le premier —, Marie-Hélène n'avait eu d'autre obsession que de ne pas salir les draps.

Or, quand on connaissait la suite (« Alors, Marolles, toujours prêt à lâcher les amarres ? » lui avait, un jour, lancé le Président qui partageait avec lui ce goût des amours passagères), il peut paraître invraisemblable qu'il ait fallu à Jules attendre si longtemps pour découvrir la frigidité de l'aguichante aide-comptable. A cela, deux raisons. Outre que Marie-Hélène avait d'entrée de jeu posé ses conditions — « Pas de parties de jambes en l'air avant que tu ne m'aies passé l'anneau au doigt » —, lui-même, en acceptant de ne pas aller y voir, avait cru bon de respecter le code non écrit de sa patrie d'origine : « Chez nous, *hombre*, on n'épouse que les vierges. »

Dans le mois qui suivit son mariage, l'ouvrier mécanicien, qui tirait fierté de sa ressemblance avec Pedro Armendariz, grosses moustaches et lippe gourmande, et que les femmes du quartier dévoraient du regard lorsqu'il faisait, le samedi matin, son marché, s'était résolu à tromper Marie-Hélène avec la caissière de l'*Excelsior*, un cinéma permanent qui, songea-t-il en rouvrant les yeux, ne devait certainement plus exister. Mon Dieu misère, tout s'en va, tout a une fin !

Comme requinqué par la déférence onctueuse de son interviewer — en voici un, pensait Nicolas Marolles tout en prenant des notes, qui, pour avoir été un jour mouillé, ne sortira plus sans son parapluie —, Mitterrand avait repris, non pas des couleurs, mais le contrôle de sa voix. A présent, il ne mâchait plus ses mots, il parlait à son rythme, fleuve lent, insidieux, dans le cours duquel ne manquaient ni les méandres, ni les tourbillons.

Là où, plutôt que d'accepter le rôle de l'accusé (ne mentez pas, camarade président, vous avez été pétainiste, ami des traîtres, et peut-être traître vous-même), n'importe quel politicien se serait sottement transformé en accusateur, l'ancien fonctionnaire de Vichy, décoré à sa demande de la Francisque, ne niait pas l'évidence. (Jules Marolles revit, comme s'il les tenait encore entre ses mains, ces tracts du PCF dans lesquels on traitait déjà, au milieu des années 50, Mitterrand de collabo.) Simplement, songeur, et sournois, en prenant le temps de remettre chacun en face de ses propres lâchetés, l'accusé se demandait, comme à contrecœur, lequel d'entre les Français n'avait pas été coupable en cette période tragique de notre histoire. C'était sa méthode favorite : tirer les adversaires vers le bas en les associant à son forfait.

La réussite sociale de Marolles devait beaucoup à cette méthode. Que de fois, en traitant avec ses concurrents, et singulièrement lorsqu'il s'était agi pour lui de sauter le pas, de passer d'une modeste entreprise de dépannage industriel à la constitution de sa société d'*engineering*, que de fois l'ancien communiste, le fils du peuple, avait-il arraché le morceau en faisant sienne la religion de ses nouveaux amis : « Dites cent choses vraies pour faire admettre un mensonge. »

Lui et Mitterrand ne différaient que sur un point ; le Président était chiche, parcimonieux, et l'argent qu'il disait mépriser, il ne le dépensait qu'à la condition de ne pas le sortir de sa poche, tandis que Marolles le prodiguait sans compter. S'il n'y avait eu Marie-Hélène pour veiller au grain (les comptes en Suisse, c'était son idée, elle avait elle-même fait le voyage à Zurich alors que les Marolles père et fils se rendaient au congrès de Valence entendre les ténors du parti flétrir l'évasion des capitaux), sans elle, sans sa cupidité, il aurait fini ses jours à l'hospice de Nanterre et non rue de Passy, dans ce somptueux duplex où ils avaient emménagé au printemps 82.

Eh bien, cette femme, qui n'ouvrit ses cuisses que pour lui assurer une descendance, eh bien, oui, elle lui manquait, car, si elle vivait encore, il aurait sans hésiter, comme on s'arrache à la boue qui nous emprisonne, suivi à la lettre les recommandations de Reynaud et bradé son groupe pour les yeux d'une inconnue, pour son cul surtout, un cul juteux, mais ferme et lisse, qui se colle à toi quand tu défais ta ceinture.

« ... *En tout cas, je tiens à le dire, je n'ai jamais été, par tempérament, par habitude et, aussi, par l'enseignement de mon père et de ma mère, je n'ai jamais été hostile comme cela, instinctivement ; je n'ai jamais été sensible au racisme...* »

Un père et une mère ! Voilà ce qui nous sépare, Président. Voilà ce qui nous aura toujours séparés... Toi, le Français, tu as eu plus que des racines, tu as eu, tu as des souvenirs. Alors que moi, l'Espagnol, l'orphelin déclassé, je n'ai rien. *Nada*. J'ai dû me fabriquer de toutes pièces, m'inventer jusqu'à mon identité, tandis que toi, Président, tu peux ruser avec ta mémoire. Que t'importe les reniements puisqu'il te suffit d'ouvrir ton album de famille pour tenir à distance le néant.

Laissant flotter son regard au-delà de l'écran de télévision, Jules Marolles rouvrit par la pensée la porte de l'orphelinat de Villeurbanne. Il se revit agenouillé dans la neige, nu de la tête aux pieds si l'on exceptait son slip de coton bleu marine que le directeur ne lui avait pas fait retirer, non par un reste d'humanité, mais afin qu'il n'offensât pas la pudeur des religieuses.

« ... *Vous me dites : les "lois anti-juives" ; il s'agissait — ce qui ne corrige rien et ne pardonne rien — d'une législation contre les juifs étrangers, dont j'ignorais tout... J'étais à cent lieues de connaître ces choses-là. Et quand je me suis trouvé chez les Lévy-Despas, au début de 1942, ils ne m'en ont pas parlé...* »

« Bonsoir, ma chérie, tu ne m'embrasses pas ?

— Un conseil, si tu tiens à ta télé, change de chaîne. »

Juste avant de débarquer chez sa mère, qui lui prenait parfois son linge lorsqu'elle devait choisir entre un café crème et un jeton à la laverie automatique, Adra avait participé à une manifestation devant le centre de rétention administrative de Bobigny, dans les trente mètres carrés duquel s'entassaient une quarantaine d'étrangers qui ne disposaient, pour leurs besoins, que de deux cuvettes de WC et d'un seul lavabo.

Comme les protestataires n'avaient pas été nombreux à s'être déplacés — une délégation de SOS-Racisme, guère plus d'anars et de liguards, deux représentants du PC, et les cinq ou six avocats qu'on voyait partout —, Adra et Paranoschize, son nouveau groupe, s'étaient donnés à fond, mais les gamins des cités avoisinantes, branchés rap, avaient boudé leur performance.

Pour ajouter au malheur de la bande, leur vieille Citroën les avait, une heure plus tard, lâchés aux abords de la porte de Pantin, de sorte qu'ils avaient dû se taper le métro sous l'œil rigolard de quelques voyageurs aussitôt traités de couilles bredouilles par Adra qui n'entretenait souvent avec la réalité qu'un rapport injurieux.

Parlez d'une déconfiture !

De quoi briser sa guitare, et courir postuler un emploi de vendeuse dans l'un de ces magasins de musique de la rue Pigalle, à la devanture desquels la petite fille de la rue Lamartine s'était si souvent attardée en sortant du collège.

Plus qu'une déconfiture, une déroute.

Surtout en comparaison de l'année précédente, et du boxif à la fête de *l'Huma*... Ça, oui, ç'avait été de l'anti-spectacle, presque une émeute. Déjà que de s'appeler Chiennes Françaises en Chaleur avait failli, au dernier moment, les interdire de concert, alors, quand elles s'étaient ruées sur la scène en petites culottes de cuir, avec des chaînes partout, et un godemichet en sautoir, ç'avait été limite du lynchage. A peine le temps de lancer leur cri de guerre — « *Brûle soigneusement les morts et répands leurs cendres aux quatre vents du siècle* » — que le rideau retombait. A la porte, les hystéros ! Pour une provoc, c'en avait été une ; elles avaient prouvé qu'à condition de s'en donner les moyens, le scandale était toujours possible, mais lorsque, le lendemain, un agent téléphona pour les prendre sous contrat, Adra, malade à l'idée de se faire récupérer, les avait encouragées à voter la dissolution du groupe, et ainsi s'était achevée la brève carrière, moins de trois mois, de Chiennes Françaises en Chaleur (que des nanas, et des susceptibles, qui ne blairaient pas les mecs, du moins dans leurs chansons, car sinon elles couchaient indifféremment). A la réflexion, elles l'avaient toutes regretté, Adra en tête, qui galéra un long semestre avant de pouvoir mettre sur pied Paranoschize, un groupe mixte — deux garçons, deux filles, sauf que les garçons s'habillaient en filles et inversement —, et dont la première prestation publique venait d'être un bide.

Tous des enflures, des lâches ! Jamais ils ne bougeront, obsédés qu'ils sont par leur allocation chômage. Pas un pour sauver l'autre ! Faudrait en priorité abattre quiconque regarde la télé. Foutaise ! Redite ! Non, l'ennemi, c'est le CD. Comment pourraient-ils encore s'indigner quand il leur suffit d'appuyer sur une touche pour se croire ailleurs ?

Qu'ils crèvent ! Et que crève la musique !

De la station de métro à l'immeuble de sa mère, puis, d'étage en étage (Odette habitait un sixième sans ascenseur), la jeune fille s'était laissé submerger par la rage, comme pour mieux se débarrasser de cet inutile goût de cendres. En la croisant entre le quatrième et le cinquième, leur voisin de palier, un instituteur retraité qui la considérait un peu comme sa fille, se vit lui aussi rabrouer par un odieux « Français de merde, casse-toi ». Ensuite, pour l'avoir mal engagée dans la serrure, elle faillit casser sa clé, mais ce qui porta au paroxysme sa furie, ce fut de découvrir sa mère, allongée sur son lit, en train de suivre à la télé — putain, non ! — le face à face Mitterrand-Elkabbach.

« ... *Pour les camps de concentration, j'étais comme tous les Français informé, c'est-à-dire que je ne savais pas grand-chose...* »

« Merde, t'as pas entendu ? Change de chaîne.

— Mais, ma chérie, personne ne te force à regarder, installe-toi donc dans la cuisine, il y a de la soupe à la tomate et des saucisses dans le frigo. Plus un gros reste de crème au chocolat. »

Quand un navire sombre, sa pharmacie coule avec, manqua répondre Adra qui, en se laissant tomber sur le lit maternel, préféra faire payer son fiasco à Baise-En-Douce, un sobriquet qu'elle se vantait d'avoir inventé. Car du jour où la rockeuse avait appris que le chef de l'Etat collectionnait les aventures galantes, son mépris pour le socialiste qui avait réduit sa génération à l'état d'une montre molle s'était transformé en haine, et ce d'autant plus aisément qu'elle ne lui trouvait aucun charme — « C'est le genre de mannequin qui doit replier son futal avant d'enfourcher sa dadame. » Adra avait même essayé d'en faire une chanson, mais les autres n'en avaient pas voulu, sous prétexte que frapper à gauche quand gouverne la droite, ce serait mal compris.

« Et les centres de rétention administrative, et ce qui se passe dans les sous-sols du Palais de Justice, à qui feras-tu croire, Baise-En-Douce, que tu n'en sais pas non plus grand-chose ? Hein, à qui ?

— Adrienne, il faut te calmer, ma fille, tu devrais manger quelque chose. »

« ...*Vous ne croyez pas qu'il y a eu des centaines de milliers de gens qui résistaient...* »
Mais qui résiste ?
Qui a jamais résisté ?
Tout le monde obéit, tout le monde se couche. Comme s'il ne valait pas mieux tendre la main que le cou.

Au volant de sa Saab, François Marolles rétrograda et s'apprêta à franchir la ligne continue afin de doubler le camion qui le précédait. C'était une route en lacets, sans grande visibilité, et il lui faudrait emballer son moteur, et aussi pas mal de chance, s'il voulait se rabattre à temps pour ne pas rater le virage. Quoique, s'il partait dans le vide, ce ne serait, tout compte fait, pas la plus mauvaise façon d'en finir avec les emmerdes.

A condition, pensa François en faisant un appel de phares, de ne pas agoniser pendant des heures, de crever net, comme sa mère, à cause de laquelle il avait, un matin d'octobre 1978, refermé la porte de l'appartement de la rue Bobillot pour ne plus jamais la rouvrir. En guise de lettre d'adieu, cinq phrases dactylographiées (il voulait effacer jusqu'au souvenir de son écriture) au revers de sa convocation au rectorat, le tout glissé dans l'une des poches de la robe de chambre du Vieux : « Inutile d'alerter la police. Je suis majeur de toute façon. Ne cherchez pas non plus les 25 000 balles qui étaient dans le secrétaire. Enfin, n'allez pas croire que je vais me suicider. Vous aurez des nouvelles de mon désespoir plus vite que vous ne le souhaitez. »

Trop longtemps coincé entre Nicolas, qui réussissait tous ses examens, et Olivier, à qui tout réussissait, François Marolles assimila assez tôt sa famille à un étau dont sa mère manœuvrait à sa guise les mâchoires (quand il s'en plaignait à son père, celui-ci lui conseillait d'un air ennuyé de se méfier de son imagination).

« Tu ne sais rien, tu es nul, tu ne fais aucun effort ! » se plaisait à répéter Nicolas lorsqu'il lui prenait la fantaisie, de préférence devant des invités, d'interroger François sur les sujets les plus divers, par exemple sur les causes du déclin de l'Empire romain d'Occident, ou le pourquoi de la rupture entre Freud et Jung. Ce foutriquet n'avait d'ailleurs que l'embarras du choix.

Pour préparer déjà avec sa dulcinée l'oral de l'ENA, sa tête n'était plus qu'un immense fichier dans lequel il lui suffisait de piocher afin de briller à peu de frais devant un auditoire qui se récriait d'admiration devant l'étendue de ses connaissances. « Quand on vient chez vous, c'est comme si l'on jouait au *Jeu des Mille Francs* », s'était, un soir, extasiée la femme de l'un des associés de Jules Marolles. Tu parles !

Au demeurant, ce n'étaient pas tant les manières inquisitoriales, quoique bouffonnes, de son aîné qui mettaient François hors de lui — même si, sur le moment, il n'en laissait rien paraître —, que le silence méprisant de sa mère. Comme il aurait préféré qu'elle s'associât aux reproches qui pleuvaient sur lui ! Alors qu'en affectant la neutralité, en jouant les absentes, elle faisait ensuite dire à son père : « Vois comme elle t'aime. »

Quant à Olivier, de deux ans son cadet, il n'avait pas

de mots assez durs pour reprocher à François son refus de s'engager. « Tu rates ton époque, ne me dis pas que tu sympathises avec les giscardiens, ça la foutrait mal. »

Malgré son jeune âge, Olivier avait adhéré aux Jeunesses communistes « afin, disait-il, de rétablir l'équilibre dans cette famille trop social-démocrate pour être honnête ». Quand il avait annoncé la nouvelle le jour de l'anniversaire de François, une façon comme une autre de lui voler la vedette, sa mère avait éclaté de rire — « Doux Jésus, qu'il est drôle, cet enfant, et puis, il aura voulu t'imiter, Jules » —, tandis que son père, fâché qu'on lui rappelât un passé encombrant, avait essayé de s'en tirer par l'humour, mais il n'en avait aucun. « Comptes-tu passer tes prochaines vacances dans un kolkhoze ? » avait-il demandé à Olivier qui avait feint de mal le prendre en l'accusant d'anticommunisme primaire.

L'arrière de la Saab frôla le pare-chocs du camion, et s'attira un long coup de klaxon rageur. Minable, pauvre type ! Qu'est-ce t'en as à foutre que je sois devant toi, tu la toucheras quand même ta paie, connard ! Va te faire... Bon, ça va, calmos, l'essentiel, c'est que la route soit libre. Dans moins d'une heure, tu seras à Tarbes, là-dessus une bonne nuit de sommeil, et demain l'autoroute jusqu'à Bordeaux.

Si tout s'exécutait comme il venait de le penser, François Marolles ne raterait pas la vente. Il ne pouvait pas se le permettre, il était aux abois. Ou il arrachait l'affaire, ou il plongeait. Jeudi dernier, au téléphone qu'il avait décroché la mort dans l'âme — tout juste s'ils s'étaient salués aux obsèques de leur mère —, Nicolas, que François ne s'était donc résolu à appeler que parce que l'intermédiaire tchèque était franc-maçon, le grand Nicolas, l'honnête et puissant Nicolas (quelle blague !) n'avait pas fait dans le détail : « Si tu n'injectes pas de l'argent frais dans ton trafic, ne compte plus sur nous pour te protéger, je ne veux pas d'un Marolles qui va en taule pour faux en écritures, recel, détournement de fonds et tout le saint-frusquin. Cette affaire, c'est ta dernière chance. D'accord, je passerai le message à mes amis, ils devraient pouvoir t'aider, ils ont des antennes dans le Caucase, mais si tu rates ton coup, je ferai corps avec tes accusateurs. Chacun pour soi, n'est-ce pas ? »

Et il avait raccroché.

Bien sûr que j'en ai croqué, mais en prenant des risques, pas comme toi, hypocrite.

Voilà ce que François aurait aimé dire à son frère s'il n'avait pas eu besoin de lui, et qu'il remâchait tout en gardant un œil sur le tableau de bord. Car enfin, lorsque les deux entreprises les moins compétitives du groupe Marolles avaient été rachetées par l'Etat sur l'intervention directe de celui qui protestait à tout bout de champ de sa droiture, de sa probité, le compte en banque de monsieur le député ne s'en était-il pas trouvé crédité comme par miracle d'une part non négligeable des plus-values réalisées à l'occasion de la cession ? Et l'Emilienne ne s'était-elle pas dès le lendemain offert le cabriolet de ses rêves ? Or François avait récemment appris par Freytag que les preuves se trouvaient dans une banque luxembourgeoise, en sorte que si monsieur le ministre intègre le faisait plonger, ce serait sans la moindre hésitation qu'il l'entraînerait dans sa chute.

« ... *C'était sous son autorité ; il a laissé faire ; il a, peut-être, encouragé...* »

De penser soudain que son frère devait suivre religieusement la prestation radiotélévisée du Président amusa François. Ces deux-là, François le savait, se portaient une haine tenace. Qu'ils se fussent gardés de la rendre publique n'empêcherait pas le second lorsque le premier serait mort et enterré de s'en aller à son tour grossir les rangs des mémorialistes impitoyables, car c'est ainsi que les esclaves romains, m'as-tu appris Nicolas, se vengeaient de leurs maîtres en faisant courir sur eux les pires rumeurs.

« ... *Ce n'est pas à moi d'écrire l'histoire de la France...* »

François Marolles avança la main vers l'autoradio et changea de station. Il tomba sur une chanson d'Edith Piaf.

La même qu'écoutait Adra dans la cuisine où elle avait fini par se replier.
« *Elle était noire de péché*
Avec un beau visage tout pâle
Pourtant il y avait dans le fond de ses yeux
Comme quelque chose de miraculeux... »
Dans le panthéon personnel de la rockeuse, la môme Piaf occupait une place de choix, aux côtés d'allumées qui ne faisaient la première page des journaux que par exception, mais Piaf, c'était, pour être franc, la seule Française qu'elle supportât, et entre autres projets Adra caressait celui de l'égaler, puisque, selon la chanson qu'elle n'avait pu, à la fête de *l'Huma*, chanter jusqu'au bout, « *toute construction est faite de débris* ».
Encore fallait-il construire.
Putain, ce que j'en ai marre !

« ... *J'ai reçu à l'Elysée beaucoup de gens de Paris, dont certains ne sont pas forcément parmi les plus honorables, qui ont une façade honorable jusqu'à ce que l'on sache que ce n'est qu'une façade...* »
« Des noms, des noms, cria Olivier, des noms, Tonton, donne à manger aux chiens, pense à mes potes. »
Et, à l'image du loup des dessins animés, il ponctua son exclamation d'une série de hurlements qui déclenchèrent l'hilarité de la régie. Même le réalisateur de l'émission, un Auvergnat encarté au PS, y alla de son gloussement. Lui aurait-on pourtant demandé son avis qu'il se serait bien sûr, au nom des grands principes démocratiques, déclaré hostile à ce déballage qui paraissait avoir saisi le pays tout entier depuis que les juges, outrés de devoir attendre dix ans pour changer de voiture, poursuivaient tout ce qui portait un peu trop beau. Mais au-delà des grands principes, qu'il savait enfreindre quand il s'était agi, encore récemment, de clouer le bec aux anti-Emmanuelli, ce réalisateur, ennemi des excès populistes, redoutait que l'on découvrît comment, par le truchement d'un cousin, fonctionnaire à l'Hôtel de Ville, il avait lui-même,

moyennant un loyer infime, obtenu son quatre-pièces dans le Marais.

Pour beaucoup, le charme d'Olivier Marolles tenait à son bagou autant qu'à son sans-gêne. Il était le bouffon qui *tire à vue sur tout ce qui dépasse*, le facétieux dont les salles de rédaction, si souvent pleutres, raffolent, l'*électron libre* que les directeurs de chaîne se disputent, la *crapule sympathique* qui distrait tout un chacun de ces vains débats sur la déontologie. Bref, Olivier Marolles faisait partie des meubles.

Quand il rappliquait, avec des *infos exclusives* plein ses poches, il prenait toujours soin de les distiller comme à contrecœur, comme s'il les jugeait indignes de son auditoire — « des *bruits de chiottes*, mais, bon, le monde est ainsi fait » —, et cette espèce d'incrédulité honteuse, d'autodérision claironnante, cette habileté à singer le grossier achevait de lui rallier les plus réticents. Et qu'avaient-ils d'ailleurs à y perdre puisqu'il ne réclamait en échange que le droit, promptement accordé, d'entrer sans frapper où bon lui semblait ?

S'il avait eu à le faire, Olivier Marolles se serait défini comme *l'homme qui veut faire plaisir*. Rien de plus, alors qu'en réalité il touchait sur les deux tableaux. Ses clients — et il en avait autant que de pages dans son carnet d'adresses — le remerciaient d'être si bien traités par la télévision, non parce qu'ils y étaient invités mais parce que les journaux des différentes chaînes oubliaient de reprendre les malveillances de la presse écrite à leur égard.

Parfois, lorsque le silence devenait impossible, Marolles jouait les intermédiaires, le *chasseur de scoops*, et sans qu'il fût besoin de négocier quoi que ce soit — on a sa fierté — il ramenait sur le plateau du 20 Heures l'intéressé auquel on ne posait jamais *la question qui tue*, se contentant d'enregistrer ses réponses. Quant aux reporters, *traquant l'exclusivité*, ils appréciaient à sa juste valeur ce *copain de toujours* qui se débrouillait *comme un chef* pour leur obtenir les autorisations sans lesquelles leur caméra serait restée aveugle (« Faut voir Marolles ; Téléphone à Olivier ; N'y a que cézigue pour nous sortir de ce merdier », etc.). Ainsi, s'ils faisaient silence sur les dessous de l'aide militaire française au Soudan — « *Et d'abord, on n'a pas d'images* » —, grâce à quoi Paris venait de récupérer un terroriste sur le déclin, c'est dans l'avion du ministre de la Défense qu'ils s'envolaient ensuite pour Sarajevo — « Coco, garde-moi cinq minutes, j'aurai du *saignant*. »

C'eût été cependant mal observer Olivier Marolles, et ne pas prendre en considération les différentes étapes de sa carrière, que de le réduire à l'état d'un *informateur* sans qui le métier de journaliste se comparerait à celui de conservateur des hypothèques. Son souci, apparent, de tout traiter, y compris sa personne, par le ridicule — « Appelez-moi Postiche », avait-il lancé à l'attachée de presse de Balladur qui lui avait aussitôt donné son numéro personnel —, ce souci donc dissimulait une volonté de puissance que bien peu avaient percée à jour, sinon quelques esprits retors et aigris.

Il n'y avait que les femmes pour avoir su prendre sa véritable mesure, celle d'un ambitieux qui ne pensait pas impossible, voire *démentiel*, de se retrouver un jour prochain en charge d'un de ces ministères où l'on peut enfin apparaître à visage découvert.

Longtemps, on l'avait rencontré dans le sillage d'Orsel, mais dès qu'il avait su le député socialiste condamné à court terme pour n'avoir pas compris que mieux valait se faufiler par l'entrée de service plutôt que par la grande porte quand on souhaite coucher dans le lit du roi, Olivier l'avait, non sans calcul, aiguillé vers François, son frère, qui ne ferait pas davantage de vieux os. Tandis que lui, *l'homme qui veut faire plaisir*, il les enterrerait tous, fort du principe qu'« il ne faut jamais aller contre la *vox populi*, camarade ».

Ainsi parlaient les conseillers de Jojo, ou plutôt ses découvreurs, un Russe et un Roumain, portés sur les travelos du bois de Boulogne et les alcools blancs, et qui auraient volontiers guidé les pas du jeune Marolles jusqu'au sommet de l'appareil. S'il n'y avait eu sa mère, qu'il consultait souvent, Olivier se serait laissé tenter — « Mais tu serais, mon garçon, un triple idiot de *miser un*

kopeck sur Moscou » —, moyennant quoi il avait rompu à l'amiable avec le Parti...
Merde, onze ans déjà.
Onze ans que je lui file le train au Tonton !
Sûr qu'il l'aura, sa gerbe...
« ... *Mon devoir est de veiller à ce que les Français se réconcilient au bout d'un certain temps...* »

« ... *Disons que j'étais un peu lent dans mon évolution, mais qu'il y en a qui ne la font jamais...* »
Relevant la tête, pour la tourner légèrement vers la droite, Nicolas s'arrêta d'écrire et considéra avec attention son père. Celui-ci avait cédé au sommeil, c'était sa façon de réagir à la télévision. Quelle que fût l'émission, le vieux Marolles piquait du nez dans la demi-heure suivante. Du vivant de Marie-Hélène qui ne le supportait pas, il avait essayé de résister, mais depuis qu'il n'était plus obligé de faire bonne figure, Jules sombrait sans la moindre retenue. Parce qu'il souffrait d'insomnies tenaces, rebelles, son fils aîné lui enviait cette faiblesse.
Nicolas se pencha un peu plus.
A l'évidence, le visage de son père ne portait aucun des signes auxquels lui et ses amis avaient identifié chez Mitterrand la terrible maladie. Au contraire, les chairs étaient fermes, pas la plus petite tache suspecte.
Reynaud avait dû se tromper, ce ne serait pas le premier grand patron à l'avoir fait.
Le regard du fils sur son père n'était pas dénué d'émotion. Dans le secret de son cœur, il se sentait proche de lui, terriblement proche. Mieux, mais sans qu'il lui fût possible de le lui avouer, il l'admirait. Aussi ses yeux se voilèrent-ils lorsque, profitant de ce que le vieil homme n'était pas sur la défensive, il s'attarda, une fois de plus, sur ses mains, à jamais marquées par les stigmates d'une jeunesse sans amour. Emilienne ne se lassait pas de lui reprocher ce qu'elle considérait être un sentiment de culpabilité envers un homme qui n'était qu'un affairiste, assez habile pour avoir tiré bénéfice de son époque et, « s'il s'en est mieux sorti que ton frère François, il te le

doit, *il nous le doit*, alors arrête avec tes grands sentiments ».

Le mois dernier encore, elle avait recommencé et, lui qui ne perdait que rarement son sang-froid, même lorsqu'on lui rapportait les frasques de son épouse, il n'était pas parvenu à se dominer et l'avait giflée si fort qu'elle en avait jusqu'au soir porté la marque. « Que tu baises avec la terre entière, je m'en moque (en vérité, il mentait), mais ne t'avise plus de dénigrer mon père. »

Pour sa défense, car elle détestait reconnaître une faute et n'avait pas sa pareille pour ergoter à l'infini, Emilienne lui avait fait remarquer qu'il se gardait bien d'exprimer quoi que ce soit lorsqu'il se retrouvait en face de son père — « C'est une histoire que tu t'inventes, une sorte de conte de fées qui n'a aucune espèce de réalité, non, je me trompe ? »

Nicolas s'était figé dans un silence embarrassé. Comment expliquer ce que l'on ne parvient pas soi-même à comprendre ? Peut-être même avait-elle raison ? Peut-être qu'il se sentait coupable ?

Dès demain, se promit l'aîné des Marolles en chassant de son esprit cette scène pénible, je lui prends un autre rendez-vous, Reynaud n'a pas la science infuse, papa a dû se laisser monter la tête, il doit être inquiet pour François, voilà tout. N'importe qui, en le voyant comme je le vois, sourirait de ce cancer. Ce ne sont pas là les traits d'un condamné, un roc fissuré, ça, d'accord, mais rien de bien sérieux, pas comme Mitterrand, lui, oui, il est foutu, encore qu'il ne faudrait pas trop vite l'enterrer. Comme dit Delors : « Le goût de l'au-delà conserve. »

Sitôt que son fils eut détourné les yeux vers l'écran de la télévision, Jules Marolles ouvrit les siens. Loin d'avoir dormi, il s'était enfermé avec lui-même et, tandis que le Président continuait de se défendre, une idée lui était venue. Une idée comme il les aimait, biscornue, tordue. Une idée qui l'aurait condamné au cachot dans cet orphelinat auquel, ce soir, tout le ramenait.

A défaut de se chercher une maîtresse (et d'ailleurs il

en possédait une en la personne de cette secrétaire qui s'était précipitée chez le fleuriste du carrefour au lieu de lui ouvrir la braguette), mon Dieu, préservez-moi des hystériques au grand cœur, oui, plutôt que de s'encombrer d'une femme qui voudrait l'accompagner jusqu'au bord de la tombe, il remuerait ciel et terre pour revoir toutes celles qu'il avait désirées sans peut-être les aimer, celles qui l'avaient fait jouir, celles grâce auxquelles il avait oublié qu'on ne réussit qu'une seule chose dans sa vie, et encore pas toujours, c'est de ne pas se pisser dessus. Ce qui n'a pas toujours été facile, hein, *granuja* ?

Je vais t'écouter, Reynaud, je vais m'occuper l'esprit, je vais fouiller dans le grand trou du temps et, lorsque l'inventaire des souvenirs sera terminé, je m'en irai ajouter en face de chaque nom le mot *fin* que je me suis, autant par lâcheté que par calcul, refusé d'inscrire quand j'ai rompu avec chacune d'entre elles.

Qu'on ne se méprenne pas, Jules Marolles ne versait pas dans le gâtisme, il ne souffrait d'aucune régression sénile, il avait toute sa tête.

Encore à l'instant, comme il avait senti sur ses dents ce parfum de cannelle dont sa cuisinière saupoudrait généreusement, et juste avant de les servir tièdes, ses tartes aux pommes, il s'était souvenu de Martha, manucure dans un palace d'Anvers, qui conservait jusque dans les tréfonds de son intimité poisseuse les relents de cette substance aromatique.

Lorsqu'il lui en avait fait la remarque, Martha lui avait appris qu'elle ne s'endormait pas avant d'avoir recouvert son corps d'un baume que lui préparait, depuis Madagascar, une sorcière, mais oui, qui l'avait ainsi guérie de ses crises d'urticaire.

Martha !

Ah, Martha !

Ce fut comme si le soleil lui brûlait le visage...

Elle ne le laissait sortir de sa chambre qu'après l'avoir obligé à se plier à toutes ses lubies. Pas question, par exemple, qu'il la caressât avec des mains nues, il devait enfiler des gants de latex. Plus d'une fois, elle lui avait

aussi imposé des préliminaires barbares avec pinces, limes et ciseaux, tout son attirail de manucure.
Martha, Martha !
As-tu fini par émasculer l'un de tes riches amants ?
Ou tiens-tu une boutique de bondieuseries quelque part dans la vieille ville ?
En un sens, Jules Marolles, qui lisait peu de romans, avait besoin de romanesque. D'avance, il savourait la scène : « Bonjour, Martha, tu me reconnais ? »
A ce moment-là, le téléphone sonna. Pour être la plus proche du combiné, Emilienne décrocha. « C'est Olivier, dit-elle en se tournant vers son beau-père, il s'excuse, il est débordé, il ne pourra pas passer ce soir, vous voulez lui parler ? »
Marolles refusa d'un geste de la main, mais Nicolas réclama l'appareil et, quoiqu'il chuchotât, son père ne perdit pas une miette de ses propos — « Est-ce que tu as réussi à avoir des tuyaux sur son nouveau traitement ?... On raconte qu'il consulte des charlatans... Essaie de savoir... Naturellement que c'est important... Si l'élection est avancée, Balla passera les doigts dans le nez. »
Puis, son fils raccrocha et grogna (Jules aurait parié que ce que lui avait appris ce petit salopard d'Olivier n'était pas pour lui plaire) : « Il te rappelle demain matin, il t'embrasse.
— Moins fort, je vous en prie, protesta Emilienne, ça devient palpitant. »

« ... *Cette génération-là a besoin de se rassurer elle-même. Elle a beaucoup souffert, et à juste titre, de la série de compromissions qui ont atteint les socialistes pendant ces dernières années. Cela passe ! Ils les pardonneront, mais il est normal qu'ils réagissent en ayant un réflexe de grande exigence, et moi, je les approuve... On n'a pas réussi autant qu'il aurait fallu, mais ça, c'est le résultat de toute expérience humaine...* »

Il ne manque pas d'air, le voici qui nous plaint, résultat, demain, c'est sûr et certain, on va sortir les mouchoirs. Digne, courageux, pathétique, bouleversant, je les entends déjà, les bléchards, les chiffes molles. A genoux, mes frères, prions ensemble, oublions le Rwanda, la Bosnie, les contrôles au faciès, et le million de Béré, mais pensons à payer nos impôts.

Putain de merde, à qui donnera-t-on le titre, sublime entre tous, de massacreur de pères ?

Appuyée contre le chambranle de la porte de la cuisine, séparée par un étroit couloir sans lumière de la chambre de sa mère, Adra ne disait mot, elle était anéantie, le cœur au bord des lèvres, et ce n'était ni la vitesse avec laquelle elle avait englouti la soupe à la tomate comme la crème au chocolat, ni le mélange abusif des deux qui était cause de son malaise, mais le constat soudain de son impuissance, à quoi s'était ajoutée une non moins brutale lassitude physique.

Jamais elle ne sortirait du tunnel dans lequel l'avait conduite le rôle de trouble-fête qu'elle s'était attribué quand, ne se satisfaisant plus de n'être qu'un abricot fendu, elle s'était rêvée androgyne, destructrice d'idoles le jour, et idolâtrée par les hors-la-norme dès que tombe la nuit. Hélas, elle ne s'était pas souvenue qu'elle était contagieuse à elle-même.

Adrienne Lambert n'avait pas autant grandi que sa mère l'avait craint.

Entre 15 et 16 ans, son corps s'était assoupi. Plus de sève, machine en panne. Si son mètre soixante-quinze l'avait souvent mise à égalité avec les garçons qu'elle côtoyait, elle ne s'était pas pour autant arrondie aux endroits où se porte la convoitise — des seins en amande à côté desquels ses deux poings fermés faisaient meilleure figure ; pas de hanches ; des fesses au format réduit ; la cuisse sans galbe quoique nerveuse ; par chance, il y avait ses jambes, longues, légères, flexibles, qui montaient jusqu'au plafond lorsqu'on se couchait sur elle.

Tout cela faisait que depuis qu'elle avait livré à la tondeuse sa tignasse noirâtre (loué sois-tu, nègre inconnu), et qu'elle allait rasibus, le visage lisse de tout maquillage, les minettes, dans la rue, ne la regardaient plus comme une des leurs, et certaines lui avaient même souri d'un air engageant, mais, pour n'avoir pas résisté à la tentation, Adra avait découvert que, sous l'uniforme jeans et cuir de cette fin de siècle, ne brûlait plus la flamme lubrique de l'impératrice rouge, que Mireille Dumas avait remplacé Marlene Dietrich.

La semaine précédente, Béné, l'une des ex-Chiennes en Chaleur, lui avait montré la vingtaine de photos — « Dix semaines pour y arriver, et un appareil en bouillie... » — que son frangin (« Un vautour, je te dis pas ! ») avait réussi à prendre de la fille cachée de Baise-En-Douce, des clichetons dont personne n'avait voulu mais qui lui rapporteraient tôt ou tard un max de thune.

« Sincèrement, Béné, tu mouillerais, toi, pour une telle nana ? Pas moi. Courteney Cox, tant que tu veux, idem pour la Dalle, mais la normalienne en Agnès B, parole, j'aurais l'impression de virer un patin à un Lego, beurk ! »

Sauf qu'Adra avait bluffé, elle aurait pris n'importe quoi pour ne pas s'endormir toute seule car, à force de dégueuler sur les deux hémisphères, plus personne, mâle ou femelle, ne se risquait à l'assaut de ses jambes, de ce qui palpitait à leur sommet, et elle était en manque, pire qu'une junkie, vu que ce qu'elle cherchait ne se *dealait* pas dans les bars de nuit où elle traînait.

Alors, l'autre pousseur de chansonnette qui nous bassine avec notre génération qui souffre, je les lui passerais, vite fait bien fait, au mixer. Si je dépéris sur pied, gnafron, c'est à toi que j'en suis redevable. Quand on fabrique pendant deux septennats des chômedus et des escrocs, les Messalines ne peuvent que s'abonner à *Téléramoche* pour ne pas rater la rediffuse de *Gilda*... Et si je te dis Messaline, ce n'est que pour t'éviter la v.o. sans sous-titrage, sinon suppose que je te dise Ulrike Meinhof, tu comprendrais plus que dalle au feuilleton.

Se rendant compte de la présence de sa fille, Odette la dévisagea un court instant avant de vite revenir à son écran : « Mais qu'est-ce que tu as, mon trésor ?

— Je meurs, maman, je meurs, répondit Adra, les yeux mi-clos.

— Allons, cesse de plaisanter, si tu crois que c'est drôle.

— T'inquiète, maman, à l'intérieur ils sont en train de m'enlever la musique.
— Quoi ?... Ce que tu es compliquée. En tout cas, moi, après ça, pas question que j'achète ce livre !
— Quel livre ?
— On n'a pas le droit d'attaquer un homme sur son passé.
— Maman ?
— Oui.
— Je t'aime.
— Toi, tu es malade. »

« ... *Je me sens très en paix avec moi-même... J'aimerais qu'on me dise : "Bon, au total, ce que tu as fait est plus positif que négatif. Tu as essayé d'aider les autres et de les aimer. Tu n'as pas toujours réussi, tu aurais peut-être dû les aider et les aimer davantage."* »

3

8 octobre 1994...

Qu'est-ce qui m'a pris ?
Qu'est-ce que je fous ici ?
Avant même que le taxi, cahotante poubelle schlinguant le poisson, la dépose au bout de ce chemin de terre détrempé, avant même que le ferry de Quiberon touche quai, Adra avait détesté Belle-Île, le gris ardoise de l'eau, le déferlement convulsif des vagues contre la coque du bateau (moins cinq qu'elle ne gerbe sur sa voisine, l'endimanchée), et par-dessus tout ce froid gluant, cauteleux, qui l'avait, dès la descente du train, transformée en vieillarde tremblotante, presque impotente, incapable d'opposer une quelconque résistance à la morosité que faisait naître en elle l'absence de chaleur.
Bien fait pour ma gueule, remarque, confia-t-elle à son reflet entraperçu dans le miroir de la salle de bains — prochaine étape, le nettoyage ethnique, ma fille ! —, comme elle continuait, en frissonnant de tous ses membres, d'explorer cette immense bâtisse de granit, qui, à cause de l'odeur de décomposition attachée à ses murs glacés, lui paraissait ne pas avoir été habitée depuis des siècles. Les nuits sont pleines de portes, tu parles ! Jamais, je n'aurais dû écouter Clet — « L'océan à tes pieds, un cadre comme tu n'en as pas idée, l'idéal lorsqu'on veut gratter, tu y seras seule au monde. » Baratin de merde, piège à rats, arnaqueur de Clet qui s'était gon-

dolé quand je lui ai dit que son pays n'était pas fait pour moi. Parce que vaccinée contre la Bretagne, je l'ai été très tôt, et sans couper aux rappels s'il vous plaît. Trois colonies dans les Côtes-du-Nord, une dans le Finistère, le tout avec baignades dans une eau à moins 13, angines blanches, et fièvre de cheval, ça vaut bien une campagne de Russie, non ?

Alors, qu'est-ce qui m'a pris ?

Qu'est-ce que je suis venue foutre dans l'enfer celte ?

« *Aux créneaux de la pluie nous veillerons longtemps...* » Des clous ! Et quand on pense que, la veille encore, j'étais à Paname, en territoire connu, en site protégé.

Ça s'était joué en moins de deux heures. Il fallait qu'elle crache son truc, ce serait l'opéra rock qu'aucun Frometon n'avait réussi à écrire, quelque chose entre *Le Mur* (pas le machin de Sartre, ducon, l'autre, celui du Pink Floyd) et ce — merde, comment ça s'appelait déjà ? — « Tu sais bien, y a *Lune de Miel* dans le titre, bon, bref, ça devrait dégager un maximum », expliqua-t-elle aux cinq, six intimes, à qui elle avait téléphoné dans l'espoir de se dénicher gratosse (« pas les moyens de me payer l'hôtel ») un bunker où se poser, mais aucun n'avait eu la solution, à l'exception de Clet avec son île maudite, où ses parents allaient de moins en moins (pas si cons, les vioques !).

« Imagine, Adra, une sorte de manoir gothique, non, sans char, même topo que le palace de *Shining* — rire idiot —, du mystère à tous les étages, mais sans les cadavres, sans la hache sanglante. » Et pour cause, pensa Adra en commençant l'ascension de l'escalier de marbre noir qui conduisait au premier, si le Nicholson me courait après pour m'étriper, de mon pauvre corps ne sortirait que de la glace pilée.

« Ecoute, Adra, avait insisté Clet, la Bretagne, c'est comme partout ailleurs, il y a un nord et il y a un sud, et nous, les Cloarec, on est du sud. Je te jure que Belle-Île ressemble à un paradis. » Bourreur de mou, c'est en Sibérie que tu m'as envoyée.

Comme la jeune fille se plaisait à le répéter, « lorsque l'Etat — eh oui, encore un grand mot ! — décrète la disparition de l'heure d'été, je prends le deuil, je redescends dans la cuve à mazout, puisque voici venir mon pire ennemi, le froid. De l'intérieur, je suis une négresse, moi — grimaces sceptiques de ses interlocuteurs —, et, s'il faut claquer pour ce que vous imaginez, bande de rabouins, je ne marche que si ça chauffe, et pas qu'au figuré, hein ? ».

Tout compte fait, et il était facile à faire, il n'y avait que le rez-de-chaussée de potable, et encore côté jardin, le dos à l'océan, et à condition que ces cochonneries de convecteurs électriques (tout un travail pour les remettre en marche) se décident à réchauffer l'atmosphère, et que les lits ne dégoulinent plus d'humidité.

Adra n'hésita pas longtemps, elle ne s'installerait dans aucune des quatre chambres du bas, trop moches à son goût avec leur mobilier d'antiquaille — on n'accouche pas de l'apocalypse coincée entre les pages de *Demeures et Châteaux*. Le seul endroit possible, c'était la salle de séjour, malgré ses canapés à deux plaques l'unité et ses vitrines folkloriques. Il suffisait de déplacer ce boxif (ça la réchaufferait toujours un peu...), de le rapatrier dans le vestibule (aussi grand que l'appart de la rue Lamartine), puis de poser un matelas, le moins moisi de tous, sur le billard (la seule chose qu'elle aimât dans cette pièce) pour s'habituer au malheur d'être née sans un, d'être à la remorque des rupins. Sinon, à supposer que sa mère acceptât d'écorner son livret A, c'est elle qui se rapatrierait vers Roissy et prendrait le premier zinc en partance pour la Grèce. Car, petit *a* : on peut vouloir dynamiter la scène et ne pas se priver d'un fauteuil d'orchestre, ou, encore mieux, d'une chaise longue sous les oliviers, et petit *b* : si ce que je me raconte vous défrise, allez donc vous faire sucer par la mère Arlette, poil à la minette ! « Okay, Adra, toute façon, *c'est pas grave !* »

Mais changer de décor lorsqu'on pèse un petit cinquante-neuf kilos s'énonce plus vite qu'on n'y parvient, si bien que la jeune fille faillit plus d'une fois baisser les bras, et renoncer. Un moment, elle envisagea même de sortir chercher de l'aide. Mais où ? Puisque, « ma grande (c'est de nouveau ce camé de Clet qui lui fait l'article), mon bisaïeul qui rêvait d'être enterré au Sahara n'aurait pas supporté d'ouvrir ses fenêtres sur autre chose qu'un désert ».

Aussi, quand le vestibule ressembla à un décrochez-moi-ça et que le billard — impossible de le bouger, celui-là — se retrouva cerné par (dans l'ordre) la grosse télé des Cloarec, la chaîne hi-fi de Clet et une table à tréteaux, descendue du second, ainsi que par le fauteuil d'osier qui finissait ses jours dans la resserre, Adra contempla son œuvre avec ce sourire cruellement satisfait que les garçons lui enviaient. « Qui es-tu ? — Je suis l'âme errante, trouduc... » Soudain, comme pour donner raison au chauffeur de taxi, typique front bas de l'électeur lepéniste, qui lui avait servi la sérénade sur l'air de « *Ça ne peut pas durer* » (le mauvais temps, comme le régime, d'ailleurs), un, puis deux rayons de soleil, sunlights en bout de course, s'en vinrent saluer son exploit.

Non, mais j'ai la berlue, il ne pleut plus — tiens, ça rime —, eh bien, briquette, t'attends quoi pour envoyer les couleurs ? Allez, pavillon de combat, et au turf ! Que ça saute !

L'instant d'après, Adra glissait le CD adéquat. Le batteur, un zoulou du Bronx, attaqua le motif, et la rockeuse, en marquant le rythme de ses hanches androgynes, tira de son sac kaki (cadeau d'un gniard qui se prenait pour Rambo) un gros cahier à spirales, des feutres et des stabilos, plus une chemise, pas bien épaisse, qu'elle ouvrit. Des coupures de presse en sortirent qu'elle étala sur la table ; ensuite de quoi, elle fonça à la cuisine, où elle farfouilla dans les différents et nombreux placards jusqu'à ce qu'elle mette la main sur ce qu'elle cherchait.

Dans l'intervalle, les saxos, appelés à la rescousse, s'étaient sauvagement mis de la partie. Adra augmenta encore leur puissance de feu d'une légère poussée sur la touche volume, avant d'aller punaiser à distance convenable la photographie d'une gamine dont les journaux avaient fait leurs choux gras depuis maintenant quarante-huit heures.

Au début, comme elle redescendait, après une longue après-midi de répètes sous acide, sur une terre qui n'avait de ferme que l'apparence, Adra avait cru, portée par l'air de la nuit, que des morveux s'amusaient à tirer des pétards dans les jambes des passants, lesquels, à pareille heure, et dans ce quartier excentré, n'avaient mis le nez dehors que pour permettre à leur ménagerie de se vider les entrailles. Elle-même, s'il n'y avait eu Mara pour leur distribuer avec son habituelle générosité de quoi s'accrocher à leurs instruments, elle aurait rengainé sa guitare et regagné depuis longtemps son arrondissement, où les troquets vous ont une autre gueule.

Paf, paf.

« Font chier, ces mômes ! » jura sourdement Adra en se rattrapant in extremis au poteau de l'arrêt de bus.

Connards !

Ce n'est pas elle, lorsqu'elle avait leur âge, qui aurait fait mumuse avec des pétards — la moindre déflagration la pétrifiait de terreur —, alors qu'un wagon de métro se bouchant le nez (elle y compris, pour y avoir jeté des super boules puantes) rompait la monotonie d'une journée qui ne pouvait être meilleure que la précédente.

Déjà qu'elle marchait au radar...

Ces détonations, de plus en plus rapprochées, on devait la viser, ne la tirèrent de son doux coma que pour la métamorphoser en une toupie ridicule et méprisable. Parvenait-elle à se restabiliser qu'un coup de feu, même si Adra ne les percevait pas comme tels, la faisait de nouveau chanceler. C'était comme si les tireurs invisibles prenaient plaisir à fouetter son corps engourdi, sauf qu'au dernier moment, pour aussi bizarre que cela paraisse, ses hauts talons lui permettaient, à l'instar de la pointe d'acier sur laquelle la toupie maintient son équilibre, de contrebalancer l'effet tétanisant de l'explosion.

Quand enfin le silence succéda au vacarme de la fusillade — mais un silence tout relatif, puisqu'on entendait maintenant des cris de souffrance et d'effroi —, et avant que rappliquent, toutes sirènes hurlantes, voitures de pompiers et renforts de police, la jeune fille, dégrisée, quoique comprenant encore mal qu'elle venait d'être témoin d'une tuerie, voulut s'enfuir.

« Ils viennent et personne ne sait d'où ils viennent... » Mais sa curiosité fut plus forte que son instinct.

De l'autre côté de l'avenue, elle distingua un corps immobile en plein milieu de la chaussée, puis une femme, accroupie derrière une voiture, qui lui fit signe de se coucher. Adra ignora son conseil et descendit du trottoir, sa décision était prise, il fallait qu'elle voie. Une force mystérieuse la poussait en avant — pareil qu'avec la drogue, elle était toujours partante pour essayer n'importe quelle merde, pas tellement par hardiesse, plutôt par attrait de la nouveauté.

Une voix hurla : « Ecartez-vous, bordel ! » Trop tard, la Golf fonçait déjà sur elle, le seul réflexe d'Adra fut de protéger sa guitare (débile ! pensa-t-elle en fermant les yeux), mais quelqu'un lui attrapa le bras et la tira en arrière, avec une telle force qu'elle tomba les quatre fers en l'air. N'empêche qu'elle la vit, ou crut la voir (une heure plus tard, Adra n'était plus sûre de rien), visage défait derrière la vitre brisée, et que c'est de cet instant précis où leurs regards se croisèrent qu'Adra décida qu'elle refuserait de témoigner.

Le lendemain, sur le coup de dix heures du matin, après une nuit en dents de scie, mélange épuisant de réveils en sursaut, de rêves nauséeux et de bouffées de fièvre, Adra ouvrit un œil, puis l'autre, avant d'enfouir son visage dans l'oreiller, merde de merde, sa paupière, toujours la même, la gauche, battait la chamade. Un tic dont elle s'était crue exemptée depuis sa rupture avec Larbi, le Kabyle qui l'avait, toute l'année 93, rendue folle de jalousie et qui se tirebouchonnait lorsqu'elle le suppliait de ne plus l'humilier. Charognard ! Tous des charognards ! (Arrête, oublie tout ça, songe plutôt à effacer les remords.)

Au bout d'un moment, se résignant à son sort mais peu désireuse d'affronter, dans le miroir de la salle de bains, une image d'elle qui lui rappellerait trop de mauvais souvenirs, Adra avança une main frileuse vers le radio-réveil branché en permanence sur France Info, sa façon à elle de se défendre contre la musique envahissante des autres stations, dans laquelle, à de rares exceptions près, elle ne se reconnaissait pas.

D'une voix faussement alanguie, *cool, cool*, une racoleuse vantait les mérites d'un nouveau produit amincissant. Ensuite, depuis Sarajevo l'envoyé spécial blablata comme à son habitude, et à 10 h 15 précises tomba le flash qu'Adra écouta non sans stupéfaction : Pasqua qui durcit sa loi sur l'immigration, l'affaire Longuet, Delors reçu à Matignon, la kippa qui doit être un signe discret, un visa d'une semaine refusé à Taslima Nasreen, mais pas un mot sur la fusillade.

Un silence absolu, et déconcertant...

Enfin, quoi, ce n'était pas un mauvais trip. Le cadavre, elle ne l'avait pas rêvé. Ni la furie exterminatrice qui l'avait foudroyée du regard. Alors, pourquoi n'en parlaient-ils pas ?

Qu'est-ce que ça cachait ?

Dans les journaux, Adra les acheta tous, pas une ligne non plus. C'était invraisemblable : on se canardait dans les rues de Paris, et la presse s'écrasait. Trente balluches de foutus. Elle commanda un autre café serré. Forcément, se dit-elle en finissant ensuite sa tartine, ce ne pouvait être qu'un règlement de comptes entre espions, peut-être même un coup de main des amis de Carlos.

Par tempérament autant que par volonté de ne pas se fondre dans la masse (c'étaient ses propres termes), Adra méprisait les explications raisonnables, rationnelles (« Toute sincérité qui en a l'apparence est un mensonge »), ce n'est pas elle qui aurait attendu les tirades contre la pensée unique pour se méfier de l'unanimisme.

Ainsi pensait-elle que le virus du sida avait été mis au point par la CIA et, quand on lui faisait remarquer l'absurdité de son postulat, elle n'en démordait pas : « Tu m'accorderas, dugland, que l'Amérique est xénophobe, n'oublie pas les flicards de Los Angeles dérouillant Rodney King, or quoi de mieux, sur le papier, quand t'es raciste, que de vouloir et de pouvoir infecter tout le continent africain ?

— Tout de même, Adra, tu ne peux pas nier que nul n'est à l'abri de cette saloperie, regarde, rien qu'en France, on bat tous les records.

— Taratata ! Et d'une, je t'ai précisé que c'était sur le papier, mais de deux, t'as jamais entendu causer de la boîte de Pandore ? »

D'ailleurs, afin de se convaincre qu'elle avait raison sur toute la ligne (« collusion des médias avec le pouvoir central »), elle prit, en début d'après-midi, le métro. Maintenant qu'elle était *clean*, elle allait pouvoir constater de visu que ce monde-là, c'était mensonge et compagnie.

Sur l'avenue, des barrières de police étaient censées tenir à l'écart les curieux qui n'avaient pas manqué d'affluer, la plupart l'œil vissé sur leur caméscope (plus tard, quand on regardera ça...) ; il y avait même des mères de famille agrippant d'une main leur poussette et de l'autre un de ces appareils photo jetables avec lesquels on peut s'offrir en couleurs naturelles, et à bon prix, de l'immortalité.

En découvrant la scène, pour le moins surprenante si sa théorie de la conspiration avait du vrai, Adra ne se demanda pas par quel miracle tous ces gens avaient pu se rassembler en un pareil endroit, et lorsqu'elle apprendrait que, depuis la fin de la matinée, les radios autant que les télés avaient multiplié les émissions spéciales sur la tuerie, elle ne regretterait pas d'avoir imaginé le pire, puisque, autre de ses théories, « prévoir le pire, c'est encore le meilleur moyen de l'éviter ».

Voilà donc quel était son projet.

Mettre en musique l'impitoyable dérive de Julie et de Raoul. Donner enfin une suite à ce livre duquel elle tirait si souvent la matière de ses pensées secrètes, celles qui lui passaient par la tête quand elle se taisait en face d'un frimeur comme d'un inquisiteur, ou qu'elle se retrouvait en tête-à-tête avec sa détresse.

Plus encore que le hasard qui les avait, le temps d'un éclair, réunies, Julie et elle, dans cette nuit d'octobre, ce qui l'avait décidée, c'était l'éditorial d'un professionnel de la gamberge. « *La nouveauté est qu'ils n'avaient rien à sauver, ni peau ni idée. On ne leur voit pas de dimension politique ou épique.* » Or, lorsqu'elle se pointait avec les maquettes sonores de Paranoschize dans les boîtes de production, on lui disait à peu près la même chose : « Compliqué de sentir à quoi tu te raccroches, ça manque de dimension, de merveilleux, de... Ou alors fais carrément dans le tract, dans la propagande, ne tourne pas autour, affirme, identifie-toi à un courant, trouve-toi un créneau, enfonce le clou », etc.

« Eh bien, je vais enfoncer le clou, et salement, avait-elle affirmé à Clet après lui avoir expliqué pourquoi elle se cherchait une base arrière.

— Un opéra, dis-tu ? Je ne te savais pas douée pour la dimension épique.

— Ta gueule ! Ecoute-moi, branluchon, suppose qu'un médiateux ait tendu un micro à Julie et à son copain juste avant la fusillade, ouais, suppose-le... Ça aurait donné quoi, sinon : "On n'en a rien à branler de cette société, il faut la foutre en l'air."

— Ça ne me dit toujours pas comment tu vois ton machin.

— Genre retour de la transcendance.

— Retour de quoi ?

— De la transcendance.

— Tu peux pas causer plus simplement ?

— Clet, ne me dis pas que tu as viré illettré.

— Non, sans déconner, explique-moi.

— D'abord (et Adra emprunta une fois de plus sa réponse à ce bouquin qui l'obsédait), Julie et Raoul ont prouvé que toute création vient de la destruction, et que les morts étouffent les vivants.

— Tu sors ça d'où ?

— Cherche pas à comprendre, c'est une sorte de rectangle avec du papier et des petites choses noires.

— Merde, tu me files les jetons... Et à part ça, t'y vas ou t'y vas pas dans mon île ? »

Quelques heures plus tard, gare Montparnasse, lorsqu'elle était montée dans son TGV, Adra, souffrant de ne pas déjà se trouver à pied d'œuvre, bouillait d'une telle impatience qu'elle ne cessa de consulter sa montre comme si la moindre minute de retard pouvait lui être fatale. Car ce qui aurait pu n'être qu'un emportement passager, somme toute assez logique quand on connaissait le caractère de la jeune fille, avait pris corps, s'était même amplifié depuis qu'elle s'était résolue à interpréter le rôle de Julie. A quelle actrice d'ailleurs confierait-on ce que l'on porte en soi ? Malgré leur différence d'âge, ça collerait. Les perdantes-nées sont faites pour s'entendre... Et puis, n'avait-elle pas, l'année d'après le Conservatoire, enseigné durant deux trimestres cafardeux le solfège dans ce lycée de banlieue au sein duquel son personnage avait accompli la totalité de sa scolarité ?

Si Adra ne croyait pas encore au destin, elle faisait en revanche grand cas des coïncidences, ou mieux des correspondances — comme de découvrir dans le bac des compils de Tom Waits le *Concerto grosso n° 1* de Schnittke —, de sorte qu'à l'insu de ses amis, qui auraient poussé de hauts cris si elle le leur avait avoué, il lui arrivait de se tirer les cartes quand elle butait, où qu'elle portât ses pas, sur des analogies tout à la fois confondantes et excitantes. Or non seulement il y avait eu la fusillade elle-même, le visage entr'aperçu dans la nuit, puis ce lycée de banlieue, pour l'unir à Julie, mais — elle venait de l'apprendre au détour d'un article — il y avait désormais Piaf, dont les amants écoutaient du matin au soir l'une de ses chansons préférées...

« *Non, je ne regrette rien*
Rien de rien
Ni le bien ni le mal... »

Adra se leva, contourna la table et se rapprocha de la photo. N'attends pas la mort, elle est en toi. Son intuition était la bonne. Ce qu'elle avait jusqu'alors pris pour un défaut d'impression, léger trait noir sur le menton de Julie, ne devait rien à une technique défectueuse.

On n'a pas osé t'abattre, petite sœur, mais on t'a marquée au visage, et sans doute s'en est-il fallu d'un cheveu qu'ils ne te défigurent pour te punir d'avoir agi en mec. C'est bien cela qu'ils n'admettent pas, qu'une fille de pauvre ne traverse plus dans les clous, qu'elle refuse l'emploi qu'on lui a assigné depuis le jour où on lui a coupé le cordon ombilical.

Hein, qu'on le connaît par cœur leur programme : bac avec mention de préférence, fac mais pas plus haut que le capes, trois moujingues au minimum à cause des réducs sur le train et le métro, et, pour finir, varices, cancer du sein, ou de l'utérus, c'est au choix, et retraite à la cambrousse, histoire de se convaincre qu'on a fait mieux que les parents...

Toutes les deux, on a toujours su ce qui nous attendait. Mais comme tu n'en as pas voulu, ils t'ont classée dans la catégorie des mutants. A leurs yeux, tu n'es plus une nana. Ni tu pleures, ni tu souris. Comment veux-tu qu'ils te le pardonnent ? Et puisqu'ils ne t'ont pas tuée, ils vont s'acharner à te voler ton sexe, ta fente, ton trou par lequel passent et naissent nos bourreaux, et parfois aussi nos amants.

« Garçon manqué », disent-ils de toi. « Un comportement qui n'a rien de féminin », ajoutent-ils. Eh bien, nous allons leur rendre la monnaie de leur pièce. Tu seras l'inoubliable.

Tu seras Sonia, celle que Dostoïevski ne sut pas conserver auprès de Raskolnikov.

Inspire-moi, et je leur ferai payer au centuple cette tache de sang sur ta liquette.

Faisant encore un pas en direction de la photo, Adra n'eut qu'à incliner le cou pour poser ses lèvres sur le visage de Julie. Il fallait que ça vienne, que l'échange de substances se produise, que la transmutation s'accomplisse, oui, il le fallait.

Une longue minute s'écoula, et ce fut tout le contraire qui arriva. Comme la lumière qui s'éteint alors qu'on s'apprêtait à remonter l'escalier de la cave, un doute affreux submergea Adra, et son exaltation se mua en désarroi, puis en désespoir. S'adossant au mur, elle se laissa alors glisser vers le sol.

Elle était comme morte.

Dans ce qu'on lui reprochait, tout n'était donc pas faux. Et d'abord, son besoin permanent d'autojustification dès que se présentait le moindre obstacle. Ce n'est pas l'échec qu'elle redoutait, mais le moment où l'on doit reconnaître sa défaite.

Et si ce qu'elle prenait pour de l'orgueil n'avait été que de la vanité ? Et si elle n'était que du discours ?

Et si elle ressemblait à son époque ?

Clet lui avait parlé d'un hôtel-restaurant, 12/20 dans le *Gault et Millau*, à environ, sans se presser, dix minutes du manoir — « En prenant par le deuxième sentier sur ta droite, tu ne peux pas le rater, la patronne est branque, une adepte du *new age* malgré sa coiffe et ses dentelles, mais, pas de panique, on bouffe pas macro dans sa turne, au contraire. Commande des praires farcies et un ragoût de poisson, tu m'en diras des nouvelles, mais surtout te tracasse pas, fais-le marquer sur la note de mes vieux. »

Les dix minutes étaient maintenant passées d'une demi-heure. Cependant, et bien que prise au piège du labyrinthe des chemins creux, et ne sachant plus comment rebrousser chemin, Adra prenait curieusement son malheur à la blague. Juste avant de sortir du manoir, elle s'était récompensée d'avoir noirci une dizaine de pages de son écriture penchée, et appliquée, en s'offrant une petite ligne de coke. Aussi qu'elle fût

crottée et affamée ne rejaillissait pas sur son moral, d'autant qu'elle avait de la compagnie, puisqu'elle s'était dédoublée.
    A deux, on ne s'ennuie jamais, pas vrai, ma vieille ?
    Marche et tais-toi.
    Ah, non !
    Comment ça, non ?
    Non.
    Tu le prends sur ce ton ?
    Pardi.
    Alors, crève ! Paf, paf...
    Salope, tu m'as eue !
    Je sais viser, et maintenant dans la fosse. Ci-gît Adrienne Lambert, victime d'une nature hostile aux...
    T'es en panne, tu trouves pas ?
    Disons que.
    Que quoi ?
    Disons que je cherche.
    Cherche.
    J'ai trouvé : Ci-gît Adrienne Lambert, victime d'une nature hostile aux intempestives.
    D'où tu sors ça ?

    Oui, d'où le sortait-elle ?
    Sinon de son premier bulletin trimestriel après qu'elle fut entrée en sixième. Son professeur principal, chargé de porter l'appréciation d'ensemble, lui avait en effet reproché sa « *gaieté intempestive* » qu'il lui faudrait corriger si elle voulait obtenir les félicitations.
    Ça répond à ta question ?
    Pas tout à fait, c'est quoi une intempestive ?
    Marrant que tu me poses la question, car à l'époque avec Odette on a dû, nous aussi, regarder dans le dico.
    Et alors ?
    Figure-toi que ce connard m'avait rangée parmi les indiscrètes, les importunes, les inconvenantes, pas mal, non ?
    Pas mal.
    Stop, tu vois ce que je vois ?

Une route goudronnée.
Eh oui, allons, un kilomètre à pied, ça use, ça use...

On aurait dit des acteurs de comédies à la française, des caricatures de caricature. Aussi baptisa-t-elle Jugnot l'apoplectique qui se curait les dents avec force bruits de succion, et Lhermitte, celui qui tenait le volant du bout des doigts comme pour mieux souligner une désinvolture aussi surjouée que la drôlerie dont il avait cru devoir faire preuve après s'être arrêté à sa hauteur.

« La demoiselle ne redoute-t-elle pas l'abominable loup-garou pour se promener ainsi la nuit toute seule ? »

Encore un que sa braguette démange, pensa Adra qui se contenta de hausser les épaules. Lhermitte s'entêta — « Vous vous êtes perdue ? Si on peut vous être utile... » —, elle grimaça un sourire incertain, le reste suivit, de sorte que Lhermitte lui ayant appris que l'hôtel-restaurant de Clet était fermé d'octobre à début mai, Adra accepta de se faire déposer sur le port.

Mais elle refusa que Jugnot lui cédât sa place à côté du chauffeur, ce n'était pas une soirée à mains baladeuses, le loup-garou passe encore, le nique pique sur l'herbe mouillée, évitons. Donc, « merci, je serai aussi bien à l'arrière, ne vous dérangez pas pour moi ».

Pourquoi ce qui se dit en musique ne peut-on le hurler ?

Lhermitte conduisait plutôt rapidement (ce qui rassura Adra, car elle tenait pour acquis que qui va vite bande mou), mais impossible par contre d'échapper à sa curiosité, impossible de couper à la déconnante qu'appuyait chaque fois un clin d'œil satisfait au rétro intérieur. Autant d'éléments qui ramenèrent Adra à plus de réalité. De toute façon, si tu rognes sur la coke, tu ne fais qu'effleurer le miroir, tu ne le traverses pas. Vas-y, Lhermitte, je suis tout ouïe.

Après un « comment se fait-il qu'aucun preux chevalier (toi, tu te shootes aux *Visiteurs*) ne vous accompagne ? », auquel elle n'accorda qu'une moue douloureuse, le séducteur décontracté lui servit le commentaire habituel : « Oh, je vois à votre petite mine triste qu'il y en a eu un, mais qu'il s'est mal comporté, le gredin, et que du coup vous êtes venue dans cette île pour l'oublier, chagrin d'amour, n'est-il pas vrai ? »

Oulala, ma vieille, serre les fesses !

Le faisceau lumineux des phares balaya un panneau. Plus que sept kilomètres avant d'atteindre la terre promise. Adra soupira, renifla, cilla (la panoplie complète) comme si elle avait été devinée. Elle aussi avait vu des films. Les autistes inconsolées, elle savait imiter.

« Vous faites quoi dans la vie ? » lui demanda alors Jugnot. Attention, camarade, te goure pas de scénar, ne réponds pas : « *Moi, j'essuie les verres au fond du café.* » Ne fais pas ton intempestive. Souple, souple. Et, malgré ce, sa réponse fusa : « Rien qui vous intéresse. » Bravo, l'ultra-conne, t'as déraillé ! Ça te va bien de jouer les intéressantes, t'aurais dit « coiffeuse », et ils flashaient sur du vent, alors que là, tu les relances.

« Erreur, ma chère enfant, tout nous intéresse », bougonna Lhermitte en ralentissant, sans que le dessin de la route (une ligne droite) ni son état (du billard) le justifient.

Et pourquoi qu'il lève le pied, le désinvolte ?

Jamais en retard d'un mauvais pressentiment, Adra s'assura d'un regard en biais que la serrure de sa portière n'avait pas été bloquée depuis l'avant. Apparemment pas, mais qu'est-ce que j'y connais ?

« Vous ne voulez pas nous dire ? » insista Jugnot qui s'était pour la circonstance retourné de trois quarts et pointait maintenant vers elle son cure-dents. « Laisse-la tranquille, s'interposa Lhermitte, tu n'as donc pas compris qu'elle n'a pas de boulot, notre copine. »

Manquait plus que « copine » ! Réagis, putain, réagis. N'était la voix qui te réconforte chaque jour, tu serais invisible.

« Et vous, vous êtes dans quoi ? » dit la jeune fille alors qu'à présent la R21 roulait, si le compteur ne mentait pas, à moins de soixante.

« On vous paie un verre si vous trouvez, plastronna Lhermitte avant d'ajouter : Bon, les limitations de vitesse, ça commence à me les briser menu. »

Adra essaya *représentants* — « Pour vendre quoi aux ploucs ? » —, *marins* — « Maman, les petits bateaux ! » —, *cracheurs de feu* — « Vous brûlez... » —, puis *psychiatres* — « Pas de flatteries » —, et, histoire de prolonger la farce, *gendarmes*, à peu près au moment même où la R21 dépassait enfin les premiers signes de civilisation.

« Là, vous nous vexez », s'écria Lhermitte en freinant.

Va-t-il se garer ? Tout de même, ça m'étonnerait qu'ils tentent quelque chose ici, se dit Adra en regardant l'enseigne au néon de *La Belle Escale*.

« Résultat des courses, vous avez perdu, mais on vous offre quand même le pot de l'amitié.

— Vite fait alors, maugréa Jugnot, le match commence dans un quart d'heure. »

En levant son ballon de muscadet, Lhermitte se pencha vers Adra et lui corna aux oreilles : « Le blanc pour les dents et le rouge pour les lèvres, un bon mouvement, trinquez avec nous.

— Le vin ne me réussit pas lorsque j'ai l'estomac vide.

— Dommage, mais si je puis me permettre, vous devriez vous maquiller.

— Je suis allergique.

— A tout ?

— Je ne réponds pas aux sondages.

— A la santé du patron, lança Jugnot, en guise de commentaire.

— Et qui c'est, votre patron ?

— Le même que le vôtre. »

Tête d'Adra qui était à mille lieues d'imaginer qu'elle avait devant elle deux des vingt inspecteurs chargés de la protection rapprochée du chef de l'Etat.

« Tiens, et c'est qui ?

— Le seul, l'unique, se rengorgea Lhermitte. On est flics, on assure la sécurité des Voyages Officiels. Les V.O., c'est nous, et comme le patron se repose dans l'île, nous, eh bien, on monte la garde. »

Chiennerie de Bretagne ! Pour un jackpot, c'en était un, Baise-En-Douce à portée de la main !

« Il est là pour longtemps ?

— Au moins jusqu'à mardi, peut-être plus, ça dépend s'il assiste ou non au conseil des ministres, mercredi.

— Mais pourquoi n'êtes-vous pas avec lui ?

— On se relaie, il y a plusieurs équipes, et justement c'est à notre tour de pointer.

— C'était ça, le match ?

— Pas du tout, on ne parle pas en code, c'est un vrai match, France-Roumanie de football.

— Parce qu'il va le regarder ?

— Sûr, et nous aussi, mais dans le petit salon. »

Lhermitte tenta alors — logique, depuis quand un flic se gênerait-il ? — de lui faire la bise, mais Adra se cabra.

« On se reverra.

— A partir de demain, je ne sors plus.

— Peur d'être violée ? » ricana Jugnot en recrachant sur le comptoir son cure-dents ensanglanté.

Adra baissa la tête, elle réfléchissait.

Allait-elle, oui ou merde, s'offrir le plaisir de la dernière réplique, celle qui vous scie son chrétien à hauteur des couilles.

Un, deux, trois, tu te lances, je me lance, musique !

« Puisque tout vous intéresse, je vais vous dire ce que je fais.

— Enfin ! » s'exclama Lhermitte.

Elle brancha le haut-parleur pleine puissance : « JE CASTRE LES POULETS. » Jugnot voulut dire quelque chose. Plus rapide, Lhermitte s'offrit, sur le même niveau sonore, ce qu'il pensait être un must de la plaisanterie : « AVEC LES DENTS, POULETTE ?

— Un cure-dents me suffit.

— On l'embarque ? demanda Jugnot.

— Calme-toi, pour une fois qu'on nous répond du tac au tac. A demain, gentille demoiselle, et sortez couverte.

— J'ai déjà le sida. »

Dans son milieu, la musicienne détonnait. Bien sûr, qu'elle mît Berio au-dessus de David Bowie sidérait les cavillons du rock, mais, plus encore, ce qui les achevait, ces intermittents d'un spectacle en panne, c'était sa boulimie de lecture. Qu'elle fût en fonds ou sans un flèche, il ne se passait pas de jour sans qu'elle achetât, empruntât, volât un livre qu'elle ne conservait ensuite que rarement. Aussi avide que la lionne dévorant sa proie, elle boulottait de l'imprimé partout et n'importe quand. Mais, au rebours de l'animal qui, le festin consommé, digère et somnole, Adra pouvait, en refermant son livre, adopter pour siennes la conduite, les pensées des personnages avec qui elle venait de vivre des moments que le quotidien lui refusait.

Les psychologues scolaires, les procureurs ont un mot pour cela, *romanesque*, un travers qu'ils exècrent et stigmatisent, au nom du principe de réalité grâce auquel les agences pour l'emploi et les prisons se remplissent plus vite qu'elles ne se vident. « *Votre voix vous a-t-elle révélé que vous vous évaderiez de votre cellule ? — Ai-je à vous le dire ?* » Chez Adra, les réminiscences ne s'enchâssaient pas en de clinquantes parures d'une pensée aux abois.

Quand la jeune femme se souvenait, comme à l'instant, de la réponse de Jeanne d'Arc à ses juges, elle ne citait pas, elle ne répétait pas une leçon bien apprise. Pas plus gênée que lorsqu'elle s'appropriait la robe d'occasion dégotée aux Puces, elle se glissait dans les mots d'une autre et les transformait à sa guise.

« Ai-je à vous le dire ?
— Vous vous répétez. »

Il ponctua sa remarque d'un rictus désagréable qui démasqua de petites dents mal réparties, le tout accentuant la morbidité de son regard.

Il avait pris place à la table voisine de la sienne alors que la serveuse s'en repartait à la cuisine avec sa commande. Avant de replonger dans la brochure ramassée dans la chambre de Clet, la jeune femme n'avait prêté attention qu'à ses yeux cernés, charbonneux — ou ce type ne dort jamais, s'était-elle dit, ou il porte déjà le deuil de sa propre mort. Et maintenant qu'ils étaient engagés dans une conversation commencée par les niaiseries que deux solitaires s'obligent à échanger afin de retarder, malgré la laideur du décor et une nourriture médiocre, leur sortie du dernier endroit où, leur semble-t-il, il y a encore de la lumière et une apparence de vie, maintenant qu'ils s'accrochaient l'un à l'autre, Adra se prenait à rêver : rentrerait-elle au manoir ou le suivrait-elle jusque dans sa chambre — ne lui avait-il pas dit que le café était encore pire à son hôtel que dans ce bouiboui ? —, et, si elle lui emboîtait le pas, la garderait-il auprès de lui durant toute la nuit ou la renverrait-il sitôt qu'il aurait tiré son coup ?

Il la regarda comme si elle était devenue une vitre.

Elle lui rendit son regard et pensa qu'il avait raison, elle se répétait.

« Vous réfléchissez trop, vous me rappelez ma fille à qui il suffit de s'asseoir au bord d'une piscine pour se persuader d'avoir traversé le Pacifique à la nage. »

Quel imbécile, me dire ça à moi qui ne ressemble à personne... à personne qu'il connaisse. Lui et moi, nous ne logeons pas sur la même planète.

« Je vous interdis de me comparer à qui que ce soit, et à plus forte raison à votre fille », gronda-t-elle.

C'était en train de cafouiller, elle ne l'apprivoiserait pas. Cette nuit encore, elle dormirait avec une main entre les cuisses.

« Et puis, c'est un réflexe de vieux que de vouloir comparer », ajouta-t-elle.

Il posa sa main, grosses veines proéminentes, à côté de la sienne, elle ne broncha pas, mais il se garda de tenter quoi que ce soit.

On ne doit pas lâcher le mouvement pour rechercher la tranquillité, se rappela-t-elle.

Il fit machine arrière, alluma un cigarillo, tira dessus, puis le lui tendit — « Fumez, ça aide à... » Il n'acheva pas sa phrase. Elle prit le cigarillo et en plongea l'extrémité rougeoyante dans le fond de son verre de vin.

« Je me suis trompé, vous n'avez rien de commun avec ma fille. (Oh, que si, on a quelque chose en commun, une boutique vide dans laquelle tu ne pénétreras pas !)

S'il vous plaît, accordez-moi encore cinq petites minutes, j'aimerais vous raconter... »

Change pas de rôle, Nosferatu, évite-moi les histoires du père Castor, les mômeries de l'Ecole des Loisirs, ta vie, mon poteau, je m'en tape, les fins de parcours, j'ai déjà donné.

Il alluma un autre cigarillo. « J'aimerais vous raconter une histoire. Mais d'abord savez-vous qu'autrefois cette île a appartenu au surintendant des Finances de Louis XIV, le dénommé Fouquet ? Si vous lisez autant que vous me l'avez laissé entendre, Fouquet ne doit pas vous être inconnu. Morand, sur le sujet, a réussi un assez joli livre. Vous l'avez lu ? (Misère, on fantasme sur un possible profanateur de sépultures et on se retrouve en face d'un prof en goguette !) Quoi qu'il en soit, on devrait parler de Fouquet plus souvent qu'on ne le fait, car lui qui puisait à tour de bras dans les caisses de l'Etat surpasse encore aujourd'hui nos ministres corrompus qui ne peuvent s'empêcher de mégoter sur un mur comme sur une piscine, ou sur une escapade à Venise. Fouquet ne s'est jamais caché. Sa fortune, il l'étalait au grand jour, il s'en glorifiait, il en jouissait ouvertement. Si bien qu'un jour il acheta Belle-Île à un descendant du cardinal de Retz et la transforma en royaume inexpugnable, pas comme son château de Vaux-le-Vicomte. (Adra n'apprenait rien qu'elle ne sût déjà, mais elle ne l'interrompit pas ; elle n'avait pas encore renoncé à lui arracher son masque.) Mieux, il leva une flotte, et bientôt son vaisseau-amiral, *Le Grand Ecureuil*, porta ses couleurs de Lorient à Bordeaux. A propos, connaissez-vous la devise de Fouquet ? *"Jusqu'où ne monterai-je pas ?"* Avouez que c'est autrement plus cinglant que "Monsieur le juge, regardez mes comptes, je vis si modestement..." Non ? Oui ? Bon, je continue. Le jeune Louis XIV, qui n'aimait les affronts qu'à condition d'en être l'auteur, se résolut à l'affronter et à l'abattre. Colbert l'y poussa et d'Artagnan s'en chargea. Jusque-là, j'imagine que vous ne comprenez toujours pas pourquoi je vous raconte tout cela. Que voulez-vous, il fallait bien que je plante le décor. (Plante-moi, ducon, plante-moi... Si, moi, je pense trop, toi, tu parles trop !) Or, pour assurer la défense de Belle-Île, qui va-t-on trouver aux côtés de Fouquet ? »

Frédéric Mitterrand, faillit répondre Adra.

« Eh bien, les propres compagnons de d'Artagnan, ses amis de jeunesse, Aramis et Porthos. C'est alors que, comprenant que l'affaire est mal engagée, le premier avoue au second qu'il l'a abusé, qu'il lui a menti sur le bien-fondé de leur cause. A quoi, Porthos lui répond que si Aramis ne l'avait pas trompé, il aurait pu se tromper lui-même.

— C'est tout ?
— C'est tout.
— Singulière façon de draguer les jeunes femmes qui ressemblent à sa fille.
— Disons plutôt que c'est une façon de les mettre en garde contre le père. »

Un avion les survola tandis qu'ils descendaient vers l'embarcadère, épaule contre épaule, sans avoir encore osé se toucher. « Sans doute un émule de Fouquet qui s'en vient faire sa cour au monarque, dit-il.

— C'est quoi votre nom ?
— Sur ma carte d'identité, c'est Jacques, mais depuis hier j'ai décidé de m'appeler Serge... et vous ?
— Moi, c'est Aramis, enfin, quoi ! »

Lorsqu'elle souhaitait qu'on la désirât, Adrienne Lambert, à défaut d'avoir le dernier mot, se mentait sur la nature de son caractère.

4

24 octobre 1994...

« Ce père, mademoiselle Lambert, lorsque vous y songez — car il vous arrive, je suppose, d'y songer —, ce père, à quoi ressemble-t-il ? Ou, plutôt, à quoi aimeriez-vous qu'il ressemble ? »

Sûr qu'elle hallucinait, fallait qu'elle se grouille de remonter dans le train. Bêtasse, va ! On t'interroge sur tes éventuelles possibilités de recyclage et, tant qu'ils y sont, sur ton putain de cadre familial, et, toi, Adra, tu penses à Serge qui te baise si mal, mais auquel tu t'es, en à peine deux petites semaines, attachée plus que tu ne l'aurais pensé en sortant de sa chambre, là-bas à Belle-Île. Or de son corps ne coule aucune fontaine de vie...

Mais non, inutile qu'elle se remette dans le tempo, la question lui avait été bel et bien posée par « Verres Fumés » qui attendait maintenant sa réponse pour l'entrer dans l'ordinateur. Avec sa main en l'air, prête à fondre sur les touches du clavier, madame la conseillère avait tout de la pimbêche qui vient de vous demander combien de morceaux de sucre vous mettez dans votre café.

Sauf qu'il n'y avait pas de tasse de café devant Adra. Et que ce bureau ressemblait davantage à un caisson de décompression qu'à un salon douillet. On n'était pas là pour papoter : « Mon Dieu, vous avez vu, Burt Lancaster est mort. — Qui ça ? — Burt Lancaster, l'acteur. — Et de quoi ? Pas du sida au moins ? — Allez savoir, ma chère, avec les hommes, on ne peut plus aujourd'hui jurer de rien. »

Non, on était là pour s'entuber mutuellement. « Verres Fumés » l'avait prévenue : « Je suis votre nouvelle conseillère en machin-emploi, tchac-tchac, neuf-neuf... » Le portrait-robot de la salope qui biche à l'idée de vous rayer des listes, alors qu'on guigne l'indispensable rallonge de trois mois.

Chaque trimestre, la musicienne se rendait à l'ANPE qui suivait son dossier. En règle générale, les formalités prenaient dix minutes : « Bonjour, mademoiselle Lambert.

— Salut !
— Toujours rien de changé ?
— Non, rien, le désert.
— Ce n'est pas trop dur ?
— Ça va, ça vient, je m'accroche.
— J'ai peut-être un intérim de standardiste avec possibilité d'une embauche en fin de remplacement.
— Je dis pas non (ne jamais dire non) mais, au téléphone, je panique, je bafouille.
— Il faudrait tout de même que vous décrochiez un contrat, même de courte durée, afin que nous puissions revaloriser vos droits.
— Il faudrait !
— J'oubliais, animatrice d'un centre aéré, ça ne vous tenterait pas ?
— Bien sûr que oui (toujours répondre oui), mais je fais peur aux enfants, ils me prennent tous pour une méchante sorcière.
— Pas facile de vous recaser, mademoiselle Lambert... Mais je vais faire mon possible pour vous prolonger.
— Sympa, au revoir. »

La main de « Verres Fumés » esquissa un geste en direction de la jeune fille. Non seulement, ce succube dissimulait son regard derrière des lunettes noires — c'est moi Satanax, le manager des Enfers, qui suis impitoyable, tralala —, mais elle portait à chacun de ses doigts une bague fantaisie en or, pas du massif, naturliche, du clinquant, du toc, du Saint-Ouen en solde.

Aurait-elle été la féroce panthère qu'elle se plaisait à imiter dans ses rares exhibitions scéniques, que la chômeuse en fin de droits la lui aurait arraché sa main à « Verres Fumés ». Avant de lui sauter à la gorge pour la finir. Et une poupée Barbie de moins, une !
Tu parles d'un cauchemar jouissif.

Quand elle s'était pointée à l'agence avec trente-cinq minutes de retard sur l'heure de sa convocation, Adra, qui s'était, pour l'occasion, habillée en fifille sage, jupe couvrant le genou et pull à col roulé, était à mille lieues de prévoir que le traditionnel « Faisons le point, mademoiselle Lambert » se transformerait en séance psy. Pourtant, elle aurait dû se méfier, anticiper le piège, puisque la compatissante du rez-de-chaussée l'avait expédiée d'un sourire faux derche au second — « Vous prenez le couloir de gauche, et c'est la troisième porte au fond. » Sur la porte, avant de frapper (toc toc déférent, et craintif), Adra avait pu lire le nom de « Verres Fumés », Delaquelquechose, un truc prétentieux à rallonge.

« Vous n'avez pas une autre question ? » Tant qu'à faire, et puisque j'ai les dents aussi limées qu'un découvert bancaire, autant ne pas lui répondre par du gros calibre. Déjà que j'ai un retard de deux mois de loyer, et que l'EDF a le doigt sur l'interrupteur... Mollo, ma fille, « Verres Fumés », c'est du grave, du gravissime, y a péril en la demeure !

« Vous savez, mademoiselle Lambert, je ne cherche qu'à vous aider à y voir clair, à prendre les bonnes décisions au bon moment. C'est que dans votre situation il faut examiner... Vous permettez, le téléphone ! Pendant ce temps, repensez à ma question. Elle n'est pas si... »

Si quoi ? Si casse-boutons ? Ou si congrue, comme on dit dans les mots fléchés ? Adra se repassa le film à l'envers. Gamberge, ma vieille, trouve la coupure, et scotche un max. Déplace le centre de gravité. Oublie Serge, oublie : « *Je ne te donnerai jamais que de beaux défauts...* »

Primo, primo, oui, primo, comment en est-on arrivé à causer de ce père qu'elle imaginait, si elle devait le faire, plus proche de Noiret, ou de Balla, de ces Frometons moulés à la louche, cent pour cent de matières grasses, qui vous l'enveloppent d'un tas de faveurs, plus proche de ces pâtes crémeuses que d'un Iggy Pop, ou même, vu que je suis d'avant le virtuel, d'un Sean Connery, *my best one*, surtout dans *Zardoz*... Non, mais, tu veux bien arrêter, ma fille. Cesse de te branlucher l'ego, réfléchis, comment ce père a-t-il refait surface dans ce questionnaire ?

Recale-toi au début.

« Verres Fumés » avait suivi la trame à laquelle Adra s'était depuis le temps accoutumée, le curriculum ordinaire, études, primaires, secondaires, supérieures, diplômes, stages d'entreprise, postes occupés, etc. Classique, systématique, chiatique, rien de coinçant à condition de ne pas céder à la vanité. Pas si folle, ce n'est pas Adra qui aurait imité les petits camarades qui, n'en pouvant plus de passer pour des assistés, des inutiles que les contribuables engraissaient, finissent par cracher le morceau : « Oh, pas de gourance, je ne suis pas un poids mort, moi, il ne faudrait pas croire que je n'en branle pas une. Tenez, un exemple, pas plus tard que le mois dernier, avec deux amis à moi on a donné un concert à l'*Artistic* de Bagneux. »

Alors, là, c'était le début de la fin. Ça ne ratait jamais. Question : « Et ça a marché votre petit... ? » Réponse : « Comment ça, petit ? On a fait un tabac. » Question : « Un tabac ! Bon, d'accord, mais c'était (premier panneau) pour la gloire, non ? » Réponse : « Pour la gloire ? Vous rigolez, on a fait salle comble et, avec du contemporain, il faut se lever matin. » Question : « Admettons, mais il s'agissait d'un concert gratuit, d'une sorte de récital du cœur, n'est-ce pas ? » Réponse : « Pas du tout, que des places payantes. » Question : « Au profit de qui ?

Sûrement pas de vous ? Résultat, pas la plus petite attestation qui aurait quand même amélioré votre dossier, hein ? » Réponse : « Ben, non... » Question : « Au mieux, ils ont dû vous donner de quoi vous payer un taxi, je me trompe (deuxième panneau) ? » Réponse : « Un tax' ? Vous n'y êtes pas du tout, salle comble que je vous ai dit, trois mille balles, facile à partager, faites les comptes. » Question : « En liquide, je suppose ? » Réponse : « Voui. » Question : « Dommage, dommage... En somme, c'était du noir ? » Réponse : « Ecoutez, je vous ai parlé en confiance, pour vous prouver que je ne reste pas les bras croisés à attendre mes assedic. » Question (qui n'en est plus une) : « Je n'en doute pas, il n'empêche que vous avez commis une erreur au regard de la législation sur le travail, et que c'est ennuyeux. »

Des comme ça qui se l'étaient fait mettre in ze baba, Adra en connaissait des masses, et la leçon, elle l'avait méditée. En face de « Verres Fumés », elle avait adopté le profil de la perdante-née, et ne s'était vantée ni de Paranoschize, ni des deux séances d'enregistrement en studio, où elle avait doublé la greluche qui se croit obligée de monter sur scène avec une guitare qu'elle tient comme une bite molle...

Mais le voilà, le cafouillage !

Pour bander, il bandait, le Serge, mais rarement deux fois de suite, et puis, sa queue, c'était pas du méga format, un coton-tige plutôt, et d'une image l'autre Adra en était venue à débrancher l'un de ses deux hémisphères, réservant le droit à « Verres Fumés », et le gauche au cynique qui lui tenait des grandes théories sur tout, et qui n'était pas foutu de la faire gueuler, ouais — mais alors pourquoi était-elle, tout le début d'après-midi, restée auprès de son téléphone à attendre qu'il veuille bien l'appeler comme il avait promis de le faire à midi pétant ? L'enviandé, il savait pourtant qu'elle était sur des charbons ardents, et que de lui avoir filé à lire le premier acte de son grand machin ça valait tous les serments d'amour... Raclure !

« Vous avez réfléchi, mademoiselle Lambert ? Je voudrais bien que vous compreniez le sens de ma question.

Je n'ai pas cherché à être indiscrète. Je résume. Vous m'avez dit que ce n'était pas votre mère qui vous avait poussée dans cette voie, ô combien périlleuse par les temps qui courent, et que votre père s'y serait, sans doute, également opposé. J'ai senti là comme un problème affectif qui pouvait vous bloquer... Pour être tout à fait franche (c'est ça, connasse !), je suis convaincue que le moment est venu de tout mettre à plat, vous ne pouvez y échapper, l'échec est là, devant vous, et désormais vous devez vous demander si vous n'avez pas fait fausse route. Or j'ai souvent constaté, surtout chez les jeunes femmes, que l'image d'un père idéal, fort, paré de toutes les vertus, les empêche de — comment dire ? —, les empêche d'envisager une autre profession que celle qu'elles n'ont choisie que pour épater ce père exemplaire (et que, et que, bravo, madame la conseillère !). C'est comme si elles avaient peur de se renier.

— Intéressant ! commenta Adra.
— Mais encore ?
— Vous connaissez l'histoire du crapaud, du rat et de la belette ?
— Quoi ? Qu'est-ce que vous dites ?... Ah, zut, encore ce téléphone !... Une seconde, s'il vous plaît. »

Que suis-je, à tes yeux, une ombre, ou rien, absolument rien ? pensa Adra pendant que « Verres Fumés » écrivait sous la dictée de son correspondant — « Oui, bonjour monsieur le directeur, oui, j'ai vérifié les statistiques du mois dernier, pas fameuses, je suis d'accord avec vous, oui, un instant, je prends note. »

Lorsqu'il avait été midi, Serge que la secrétaire de Jules Marolles venait à l'instant d'annoncer sous sa véritable identité avait failli décrocher et appeler Adra. S'il y avait renoncé, ce n'était donc pas par oubli, et moins encore par négligence, mais parce qu'il lui avait tout à coup paru impossible de parler avec quelqu'un qu'il s'apprêtait à trahir. Quoique, s'était-il dit en finissant de tirer sur son imprimante le rapport qu'il destinait à son client, je la trahis depuis le jour où je suis entré dans ce restaurant, et cela ne m'a pas empêché de coucher avec elle. Alors, un peu plus ou un peu moins !... Une demi-heure plus tard, il avait tapoté sur le cadran les huit chiffres de la fille Marolles. C'était occupé. Pour le même résultat, il avait recommencé une bonne dizaine de fois, puis il s'était lassé, ou plutôt il s'était convaincu que sa première réaction avait été la bonne, qu'il valait mieux laisser tomber. De toute façon, Adra ne lui plaisait qu'à moitié, et la réciproque devait être vraie.

Quand il la pénétrait, il se faisait l'impression de se glisser dans un boyau de mine, impossible de lui échapper. Elle l'aspirait, le pompait, le liquidait en deux temps trois mouvements. Lui, Freytag, il les aimait larges, spongieuses, sans contours précis, rodées en quelque sorte. A Belle-Île déjà, où il n'avait rien tenté pour la retenir, il s'était promis de ne plus la revoir, s'étonnant même d'avoir enfreint l'un de ses principes en l'emmenant dans sa chambre.

Or ce n'était pas elle mais lui qui l'avait relancée dès son retour à Paris : « Tu me manques, je pense à toi », avait-il grommelé. Aussitôt elle lui avait répondu : « T'es où ? Donne-moi cinq petites minutes. J'arrive. »

Ce devait être cette espèce de disponibilité qui l'attirait, qui l'empêchait de lui dire ensuite qu'il aurait préféré ne pas baiser avec elle. Et pourtant, il la désirait, il aimait ce corps de grand adolescent, aussi lisse qu'un galet.

Et peut-être tout aussi hermétique, tout aussi inatteignable, pensa-t-il en prenant place dans le fauteuil après que l'eut invité à le faire Jules Marolles, auquel il trouva une mine sinistre. En voici un qui ne vivrait pas centenaire.

« Eh bien, monsieur Freytag, où en êtes-vous ? Avez-vous terminé ? Etant donné que j'ai pu, grâce aux amis que je conserve à l'Intérieur, vous faire accéder aux fichiers les plus secrets, votre enquête a tout de même dû vous donner moins de fil à retordre que lorsque mon fils François — eh oui, je suis au courant, nous en reparlerons d'ailleurs —, que lorsque François vous charge de percer l'identité de certains de ses partenaires commerciaux. Bien, je vous écoute. »

Sans un mot, Serge lui tendit son rapport.

« Tout y est ? Elles y sont toutes ? » demanda le vieux Marolles d'une voix joyeuse mais sans que la couleur de ses traits s'en trouvât modifiée. Serge songea au premier couplet de l'une des chansons d'Adrienne : « *Dans la vieille maison abandonnée de tous brûle un feu tenace...* » T'es vraiment un pourri, Freytag, de ne pas lui avoir dit ce que tu pensais des pages qu'elle t'a donné à lire !

« A première vue, ce rapport me semble remarquable. Dites-moi, mon cher, quel effet cela vous fait-il de connaître par le détail la vie d'un homme tel que moi ?

— Vous savez, monsieur Marolles, je ne porte jamais de jugement sur mes clients, sinon je serais forcé de changer de métier.

— Allons donc, je suis persuadé que vous mentez. En vérité, vous et moi sommes des menteurs professionnels. Ces jours-ci, on m'a raconté une histoire qui semble avoir été écrite pour des gens comme nous. Ecoutez, c'est assez drôle, et presque édifiant, c'est l'histoire d'un rat qui rencontre un crapaud et une belette.

— Inutile, monsieur Marolles, une jeune femme me l'a racontée pas plus tard qu'hier, et très franchement elle ne m'a pas fait rire. »

« Il n'y a pas que pour les musiciens que les temps sont durs, n'est-ce pas ? » se permit de remarquer Adra dès que la conseillère eut raccroché. « Verres Fumés » ne répondit pas, elle continua d'écrire, puis elle ouvrit un tiroir, rangea ses notes, redressa la tête, ôta ses lunettes (elle avait des yeux quelconques) et sourit. Mince, qu'est-ce que ça lui allait bien !

« Vous me posez... un gros, un énorme problème, mademoiselle Lambert. »

Adra, qui se préparait à lui faire un compliment — « Vous devriez sourire plus souvent, ça vous rajeunit de dix ans » — se mordit les lèvres (putain, elle va me flinguer, celle-là !) et se prépara au combat (pas question de lui abandonner le terrain...).

« Logiquement, reprit la conseillère, dans quinze jours, je vais être contrainte de vous radier, or vous m'êtes sympathique (merde, alors là, c'est la meilleure, t'es genre quoi, toi ?), et je souhaite vous aider, non pas en prolongeant indûment votre allocation chômage, mais en vous permettant de vous réinsérer dans la vie active. »

L'ouvre surtout pas, ma vieille, le silence ne trahit jamais. Laisse-la jacter, t'as tout le temps de te rouler par terre en hurlant à la mort.

« Aussi de deux choses l'une, mademoiselle Lambert. Ou vous acceptez la proposition que je vais vous faire, ou, début novembre, je vous sors de nos fichiers. C'est clair ? Vous me suivez ? Parfait ! Je veux bien admettre que je ne connais pas le monde de la musique. Mon domaine, c'est davantage les acteurs, mais il se trouve que je compte parmi mes relations l'ami d'un patron d'une... d'une boîte de nuit qui recherche une barmaid — vous ne sursautez pas, tant mieux ! D'autant que cette barmaid doit aussi pouvoir s'occuper du choix des musiques d'ambiance. Attention, pas de confusion, ce n'est pas non plus le boulot d'un disc-jockey, ils en ont un pour la nuit mais, leur établissement ouvrant à l'heure de l'apéritif, la barmaid se charge de tout jusqu'à 22 heures.

— C'est un bar de gouines ?

— Pardon ! J'ai bien entendu ? Qu'est-ce qui a pu vous faire croire que... ? Vous vous trompez, ce n'est pas le genre de la maison. Soyez rassurée — vous souriez, vous devriez le faire plus souvent —, ce n'est pas du tout ce que vous venez de dire mais une boîte africaine, très chic, derrière les Ternes. Vous aurez un fixe, confortable, une fiche de paie, plus les pourboires, et comme la clientèle se compose principalement de membres du corps diplomatique, de journalistes étrangers en poste à Paris et d'hommes d'affaires des deux continents, et qui ne tiennent pas à défrayer la chronique, tout me laisse à penser qu'ils mettent la main à la poche sans se faire prier. Et bien qu'il s'agisse d'un emploi à temps partiel,

puisque vous ne ferez acte de présence que cinq soirées par semaine, les quinze heures vous seront néanmoins payées plein pot, soit, je vérifie, sept mille neuf cents francs, brut évidemment. J'ajoute que si vous savez vous y prendre, vous pourrez y rester au moins quatre mois, sinon plus, puisque la précédente barmaid est en congé de maternité et qu'on sait quand ça commence, ces choses-là, mais qu'on ignore quand ça s'arrête. »
  Qui l'a mise en cloque ? aurait aimé demander Adra qui continua de ne rien dire.

  « Monsieur Marolles, ce rapport est incomplet, ce qui ne signifie pas que je n'ai pas terminé. Non, j'ai bouclé mon enquête, en tout cas j'ai fait tout ce que je pouvais faire. »
  Serge marqua un temps d'arrêt, comme s'il hésitait à poursuivre. En face de lui, le vieil industriel semblait perdu dans la contemplation de ses mains.
  « Voilà, monsieur Marolles, l'expérience m'a prouvé que les rapports s'égarent, circulent et qu'ils se retrouvent parfois sur le bureau d'une personne qui n'en fera pas le même usage que le destinataire d'origine. Or, en fouillant dans votre passé, j'ai découvert — mais il se peut que vous le sachiez déjà... — que vous n'êtes pas seulement le père de trois fils mais aussi celui, selon toute vraisemblance, d'une jeune fille, disons plutôt d'une jeune femme, encore que d'apparence... »
  Jules Marolles s'était repris.
  Les mains désormais bien à plat sur son bureau, il dardait sur son interlocuteur un regard froid, impénétrable. A l'évidence, on voulait le piéger, mais qui ? Si c'était cet avorton, il n'en ferait qu'une bouchée. Il lui suffirait d'appeler le syndicat, et Freytag oublierait jusqu'à sa date de naissance. Une fille, tu parles ! Et une mère qui, pendant toutes ces années, n'aurait pas essayé de le faire cracher au bassinet.
  On ne l'aurait pas *comme ça*...

Alors, c'est *comme ça* que « Verres Fumés » veut me niquer la gueule ? Dans quoi, elle fait, exactement, celle-là ? Tout de même pas dans la traite des Blanches ? Encore que, tu imagines, une agence pour l'emploi au centre d'un réseau de prostitution, une sorte de 3615 *Je t'embauche Je te nique*, ce serait le fin du fin ?

Barmaid, et puis quoi encore ? Je ne rince pas les verres au fond du café, moi...

« Eh bien, mademoiselle Lambert, quel est votre sentiment ? Que pensez-vous de ma proposition ? Sympathique, non ? D'autant que vous remarquerez qu'il vous reste toutes vos journées, sans oublier les week-ends, pour continuer à faire de la musique... et même à vous occuper d'un groupe. N'est-ce pas que vous êtes en train de vous demander d'où je sors ça ? Ce n'est pourtant pas sorcier, nous avons reçu, coup sur coup, deux lettres, sans doute expédiées sinon écrites par la même personne qui s'indigne que vous puissiez avoir droit à une allocation de chômage dès lors que vous vous produisez sur scène. Entre nous, j'ai en horreur la délation, et je vais même vous avouer quelque chose : dans ces moments-là, je déteste ce métier (connasse, et tes ronds de jambe devant ton dirlo, tout à l'heure au bigo ?). Je n'y suis venue que par hasard, une maîtrise de droit, deux boulots vite expédiés, et sans, bien sûr, la moindre indemnité de licenciement, puis la galère pendant presque une année, et enfin un copain de la Cégète (de quoi, tu cotises chez les rouges, toi, avec toutes tes bagouses ?) m'a branchée sur l'ANPE... Je vous dis tout ça afin que vous compreniez que je méprise les gens qui dénoncent, mais que, puisque j'occupe ce poste, je suis néanmoins obligée d'en tenir compte. »

Adra pensa à un livre qu'elle avait lu la semaine précédente, un livre que lui avait offert Serge. L'auteur, un Allemand qui avait grandi sous Hitler, racontait comment sa famille, des prolos qui votaient PC, s'était fort bien accommodée du nazisme. Dommage qu'elle ne l'ait pas eu avec elle, sinon elle le lui aurait offert à cette bourre-la-caisse qui verse une larme sur elle-même chaque fois qu'elle applique les consignes venues d'en haut.

« Si vous le souhaitez, on peut appeler cette boîte tout de suite, il doit y avoir quelqu'un à cette heure-ci.
— D'accord ! décida Adra.
— Vous êtes d'accord, j'en suis ravie. Vous allez voir, nous allons nous en tirer. »

Ouais, dommage qu'elle ne l'ait pas eu, ce livre ! Cette façon de dire « nous » comme si, elle et moi, on partageait le même compte en banque, c'était à gerber. Sauf que, tactique, tactique, tu retiens ton vomi, tu ravales ta fiertanche, et tu t'y pointes dans cette boîte de bourges et tu t'en fais virer dans le quart d'heure, suffira de casser des verres, des bouteilles, d'insulter la clientèle — « Hé, le nègre, ton scotch, fous-toi-le où je pense... » Non, ça, ce serait la démonstration de ta mauvaise volonté, tu perdrais sur les deux tableaux, et la syndique-moche t'enverrait au goulag, non, faut que tu la joues malhabile, incompétente, mais prête à tout pour réussir, l'oiseau égaré, quoi, fastoche, non ?

« Alors, on téléphone ?
— On téléphone... Et, s'il le faut, j'y vais en sortant d'ici.
— C'est bizarre, la vie, on se fait des idées et puis..., non, c'est vrai, je n'aurais pas cru que vous accepteriez aussi rapidement. Comme quoi, les idées ! »

Dans sa bouche, le mot « idées » sonnait comme un renvoi. Adra se demanda de quelle manière aurait réagi Julie à sa place ?

« Ce qui m'étonne...
— Oui, qu'est-ce qui vous étonne ? »

C'étaient les premiers mots de Jules Marolles depuis que Serge avait entrepris de lui narrer par le détail comment il avait été amené à découvrir l'existence d'Odette et d'Adrienne Lambert.

« Ce qui m'étonne, quand je songe à la précision avec laquelle vous avez, lors de notre premier entretien, dressé cette liste, c'est que vous ayez pu l'oublier, elle. A moins que...

— A moins que quoi ? Pourquoi hésitez-vous, Freytag ? Au point où nous en sommes, vous pouvez tout me dire. Que redoutez-vous ?

— Vous vous trompez, je n'éprouve ni gêne ni crainte, simplement, je ne suis pas sûr de moi. Disons que j'essaie de me mettre à votre place. Que j'essaie de comprendre comment un homme qui conserve la mémoire des odeurs, des atmosphères, comment cet homme a-t-il pu ne plus se rappeler une femme qui n'a pas dû, sur le moment, lui être indifférente, à moins que — vous voyez, j'y reviens —, à moins qu'elle ne l'ait mise en face de quelque chose dont ensuite il n'a, sous aucun prétexte, désiré se souvenir, quelque chose qui aurait à voir (à présent, Serge cherchait vraiment ses mots)... à voir avec sa part cachée, avec sa nature secrète ?

— Monsieur Freytag, vous faites de la psychanalyse, et je n'aime pas ça, on n'explique pas une erreur — et un oubli est une erreur — par je ne sais quel complexe, quel ressort caché, ce sont là des arguments dont on se sert pour signifier à un pauvre type pourquoi il n'est pas fait pour s'asseoir à la table des puissants. Autrefois, ils avaient la religion pour cela. C'est la même chanson.

— Puisque vous m'avez autorisé à vous parler sans détour, monsieur Marolles, laissez-moi quand même vous dire que, si vous avez évacué de votre mémoire Odette Lambert, alors que vous vous souvenez de la moindre amourette, c'est qu'il le fallait, c'est que cette amnésie volontaire n'était pas accidentelle. Réfléchissez, un trou de mémoire, ça ressemble à quoi, d'après vous ? Qu'est-ce que ça vous évoque ?

— S'il vous plaît, Freytag. Je sais beaucoup de choses sur vous. Davantage, je le parierais, que vous-même ne vous en souvenez... Pour autant, qu'est-ce que cela prouve ? La mémoire est sélective, sinon nous n'avancerions pas dans la vie, nous serions constamment en train de surveiller nos arrières.

— D'accord, laissons tomber. D'ailleurs, il se peut qu'avec Odette Lambert... »

Une nouvelle fois, le vieux Marolles interrompit Serge : « C'était en 68. A cause des grèves dans le secteur automobile, mes deux ateliers de mécanique qui faisaient de la sous-traitance pour Renault avaient été contraints au chômage technique, et moi-même j'avais déserté mon bureau. Oh, n'allez pas vous imaginer que je perdais mon temps à déambuler dans Paris. Tous ces braillards qui voulaient changer le monde n'avaient en tête que de changer de monde, un point c'est tout. Non, non, loin de moi l'idée de rejoindre le troupeau de ces badauds extasiés, j'avais mieux à faire, j'aidais Charles — il s'agit de mon grand ami, le regretté Charles Hernu, au cas où vous ne l'auriez pas compris — à négocier avec Mendès une alternative crédible à ce foutu général... Si mes renseignements sont bons, et ils le sont, vous avez eu votre part dans ces enfantillages, je veux dire que vous étiez dans la rue et non là où ça comptait. Qu'importe, vous devez vous rappeler que Mitterrand a eu, lui, l'audace de se poser comme le candidat du recours républicain, mais qu'à cause de votre manque d'enthousiasme, de votre dénigrement systématique, ça n'a pas marché. Vous et vos pareils portez l'immense responsabilité d'avoir permis à la droite de rester au pouvoir jusqu'en 81... Mais je m'égare. Revenons à ces journées de mai où je me dépense sans compter pour unir ce qui peut l'être. Ce devait être une fin d'après-midi, j'avais rendez-vous avec un avocat communiste, qui avait l'oreille des Russes, et puisque nous souhaitions connaître leurs réactions à ces zigotos... Bon, j'abrège, comme j'avais du retard — je n'ai jamais réussi à être à l'heure —, on me fait patienter, mais pas dans la salle d'attente, des fois que j'y croiserais un importun. Bref, j'hérite d'un petit cagibi dans lequel, vous l'avez deviné, une secrétaire stagiaire classe des dossiers. Nous avons couché ensemble le soir même, le lendemain aussi, puis, allez savoir pourquoi, je ne l'ai plus jamais revue. La semaine d'après, elle avait disparu, et personne chez cet avocat ne savait, ou ne voulait me dire, où j'aurais pu la retrouver.

— Ça s'était si mal passé ?

— Mal passé ?... Je ne dirai pas ça, mais vous marquez

un point, Freytag, soyez-en satisfait, je n'ai qu'un souvenir assez confus de ces deux nuits. Impossible de me rappeler si nous y avons pris du plaisir, impossible, vous disje... Et d'ailleurs, n'ai-je pas oublié jusqu'à son prénom ? Non, ce que je voulais ajouter, avant que vous me coupiez, c'était qu'à cause de tout ce chambardement dans les rues et ailleurs, je ne voyais pas le temps passer. Mendès et Mitterrand, vous pensez bien qu'on ne rigolait pas tous les jours. Alors les femmes ? Il ne fallait pas que ça traîne... Attendez, ce doit être d'en parler avec vous, mais il me revient autre chose en mémoire. Devinez quoi ? Son rire ! Pour un oui ou pour un non, elle éclatait de rire, mais pas d'un rire communicatif. Plutôt d'un rire qui traçait une frontière invisible entre elle et vous, comme si on ne pouvait plus l'atteindre. Ah, voilà que je vous imite, que je joue les interprètes de l'âme. Tenez, en cet instant précis, il me semble que je l'entends encore, son rire, et pourtant nous sommes restés — quoi ? — sept, huit heures au total ensemble, guère plus, un dîner à Montmartre, un autre sur les Champs-Elysées, me semble-t-il, et ensuite l'hôtel le plus proche... Dites, Freytag, à quoi ressemble ma fille ?

— Attention, elle n'est peut-être pas votre fille. »

Adra était sur le pas de la porte, « Verres Fumés » s'était levée pour la raccompagner, quand elle se retourna vers la conseillère : « Je peux vous demander pourquoi vous m'avez posé cette question sur mon père ?

— Et vous, pourquoi croyez-vous m'être aussi sympathique ? »

Adra haussa les épaules et fit un pas dans la direction du couloir.

« Quel fichu caractère ! Ne partez pas si vite, je vais vous expliquer. Moi, c'est ma mère que je n'ai pas connue. Elle a abandonné le foyer conjugal, comme on dit dans les mélos, deux mois après ma naissance, et il ne se passe pas de jour sans que je n'aie le sentiment de la croiser dans la rue... Voilà pourquoi je vous ai interrogée sur votre père. Par solidarité !

— Vous devriez passer à *Perdu de vue*.
— Vous aussi, on pourrait y aller ensemble. Ce ne serait pas triste.
— Je ne suis pas télégénique.
— Et moi, je crains les projecteurs... Au revoir, mais tenez-moi au courant. Et bon courage.
— Mon père...
— Oui, votre père ?
— Mon père, s'il ressemble à quelque chose, ce ne peut être qu'à un préservatif troué. Regardez-moi bien, madame De-les-caut — Adra détacha chacune des syllabes du nom qu'elle pouvait lire maintenant sur la porte —, je ne suis qu'un accident technique, un trou dans du caoutchouc, et vous voudriez que je fantasme sur une capote défectueuse ? Continuez de rêver à votre mère, mais ne m'emmerdez plus jamais avec le connard qui aura foiré son coup. »

« Il faut que je la rencontre. »
Serge fit semblant de réfléchir, alors qu'il avait déjà pris sa décision. Le vieux Marolles en avait eu pour son argent, et lui-même n'en éprouvait aucun remords, il n'avait fait que son métier mais, dans l'affrontement père-fille, il serait toujours du côté des enfants. « Vous m'embarrassez, finit-il par dire. Car, en plus de vous décevoir, je vais surtout vous paraître moins efficace que vous ne semblez le croire. Et il me serait désagréable que vous puissiez penser que vous avez frappé à la mauvaise porte... D'ordinaire, monsieur Marolles, lorsque je livre une information, elle est, passez-moi l'expression, béton. Dans le cas d'Odette Lambert, et de sa fille, il m'a été impossible de découvrir ce qu'elles sont devenues, l'une et l'autre.
— Mais vous avez une adresse ? Forcément, non ? Vous n'avez pas travaillé avec une boule de cristal, hein ?
— Une adresse, j'en ai eu une, mais Odette Lambert n'y habite plus depuis une éternité, j'ai vérifié, j'ai interrogé les voisins, les commerçants, personne n'a pu me

renseigner. C'est que ça remontait à l'été 69, juste quelques mois après la naissance d'Adrienne. Comme je vous l'ai dit, les deux confidentes d'Odette, ses collègues de travail, qui sont à l'origine de mon enquête, ont cessé de la fréquenter lorsqu'elles ont quitté Paris pour vivre en banlieue. Qui plus est, autant j'étais certain que vous aviez eu une aventure avec Odette Lambert, autant — reconnaissez-le, j'ai assez insisté sur ce point, et ce que vous venez vous-même de me dire sur la brièveté de cette liaison me renforce dans mon doute —, autant il se peut fort bien que cette Adrienne, née de père inconnu, ne soit pas votre fille.
— Je peux avoir cette adresse ?
— Qu'est-ce que je vous disais ? grimaça Serge. Vous n'avez plus confiance en moi, méfiez-vous cependant, ne confiez pas l'affaire à n'importe qui. Ça pourrait se retourner contre vous. Les maîtres chanteurs abondent dans ma profession.
— L'adresse, Freytag ! Et, de grâce, ne me sous-estimez pas, je m'en occuperai personnellement, il faut que j'en aie le cœur net comme pour toutes les autres. Allons, Freytag, l'adresse, j'attends. »
Serge ne pouvait pas en faire davantage, il allait être obligé de lui donner quelque chose, un bout de la vérité, de quoi le promener pendant deux, trois semaines, peut-être moins, peut-être plus, et entre-temps à lui de se débrouiller pour mettre Adra au courant. Et tant pis, s'il la perdait ! Les échecs, quand il s'agissait de sa personne, il y avait belle lurette qu'il en avait pris son parti.
« 115, rue de la Convention ? Mais ce n'est pas très loin d'ici.
— Eh bien, bon courage, monsieur Marolles.
— Ne partez pas si vite. J'aimerais vous entretenir d'un autre membre de ma famille, et celui-là, Freytag, ne me racontez pas que vous ne savez pas comment le joindre. »
Plus jamais, pensa Serge, ce salopard ne me donnera du « cher Freytag », avant de soupirer : « François, je suppose ? Oui, en effet, nous nous voyons quelquefois.
— Vous êtes modeste, Freytag. Quelquefois... ? On

m'a assuré que vous étiez de ses intimes lorsque mon fils passait par Paris. Il paraît même alors qu'on ne voit que vous dans ce club privé de la place des Ternes. Auriez-vous une faiblesse pour les négresses, Freytag ?

— Pour la couleur noire, monsieur Marolles. Juste pour la couleur noire. »

5

16 novembre 1994...

Depuis quelques minutes, Adra ne faisait que gémir dans son sommeil, mais ce n'était pas à cause d'elle qu'il s'était réveillé — on était mercredi, et les jumeaux du dessus, comme chaque fois que leur mère s'absentait (et elle s'absentait souvent le mercredi), avaient entrepris de défoncer le plancher, et tout l'immeuble avec. La semaine précédente encore, Serge avait essayé d'y mettre le holà en expliquant à sa voisine que, pour les grands travaux, l'espace ne manquait pas à Paris. Grands dieux, qu'est-ce qu'il s'était fait recevoir ! De père fouettard, de vieux ronchon, on était allègrement passé à despote de mes deux, macho stérile, et, pour finir, à fasciste sans couilles.

On était donc mercredi — un temps de réflexion —, plus que deux jours et il quitterait Paris. La pendulette Mickey, un cadeau de sa fille, indiquait 9 h 22 et, parce que celle qui partageait son lit ne supportait pas de dormir les volets fermés, Serge constata qu'on était reparti pour une journée de pluie. Qu'importe, après-demain, il serait en Turquie, au soleil, si la météo ne mentait pas.

Il voulut se lever pour aller pisser, mais la main, puis le bras de son amante l'en empêchèrent. Se pelotonnant contre lui, Adra ouvrit ses yeux et tendit ses lèvres. Il se contenta de lui caresser le cou, elle exigea davantage en laissant filer ses doigts sur sa verge, flasque mais encore sensible. Si je bande, pensa-t-il, je ne pourrai jamais lui dire la vérité. Déjà la veille, et alors qu'il était prêt à la lui révéler — « Ce n'est pas le hasard qui nous a réunis à Belle-Île, etc., etc. » —, il avait dû y renoncer, on ne dégrise pas une femme qui pleure dans vos bras d'avoir enfin joui. Car c'était bien ça, l'imprévu qui dérange les plans les mieux établis, ce plaisir qu'ils avaient l'un et l'autre pris à faire l'amour.

Et maintenant que le jour s'était levé, qu'elle savait qu'ils allaient devoir se séparer pour, l'avait-il prévenue, environ trois semaines, Adra paraissait décidée à retrouver l'embrasement de la veille qui les avait précipités dans les mots d'une chaleureuse complicité, mais que Serge s'était promis de rompre au réveil le lendemain matin.

« Pas maintenant, murmura-t-il, tout en la repoussant doucement, il faut que j'aille aux toilettes.

— Pisse-moi dessus, chie-moi dessus, mais reste, ne bouge pas, sinon je me lève et je me jette par la fenêtre », répondit-elle.

Saleté de romantisme ! Ça a lu Bataille, et ça se croit capable de se vautrer dans l'abjection. Elle n'était qu'un livre, qu'une suite d'emprunts... Pauvre Adra, tu l'auras voulu, je vais devoir user de méchanceté, je vais devoir te rendre malheureuse, très malheureuse.

Sans faire preuve de cette fausse tendresse qui lui réussissait si bien lorsqu'il se défilait un sourire aux lèvres pour ne pas avoir à piétiner ses victimes, Serge repoussa la jeune fille, puis se redressa, se leva et s'assit sur le bord du lit. Le visage dur, il chercha ses cigarillos, trouva le paquet qui gisait sur le plancher, à côté de son pantalon roulé en boule, dérisoire image de son désir de la veille, mais constata que son briquet n'était plus à sa place habituelle, sur la table de chevet. C'est alors que la jeune fille lui dit d'un voix amusée : « Fumée du matin, pipi chagrin. »

Il crut avoir entendu Catherine, sa fille, dont il avait huit jours auparavant fêté l'anniversaire (21 ans, déjà !) chez le Yougo du Faubourg-Saint-Denis, et qui de toute la soirée n'avait cessé d'inventer des dictons, aussi puérils que celui que venait de lui assener Adra — dans la minute d'après, refoulant mal son émotion, le soi-disant professionnel de la cruauté zigzagua jusqu'à la salle de bains, et tandis qu'il se soulageait dans le lavabo il entendit le double de sa Catherine éclater du rire qu'elle avait hérité de sa mère.

Comme il refermait la porte, il cria : « Je me douche le premier. Si tu veux du kawa, tu connais la maison. »
Adra alluma le plafonnier mais, au lieu de se lever, elle empila les deux oreillers et s'y adossa confortablement. A l'instar du peintre qui prend la mesure de son sujet, elle commença alors de passer en revue la chambre. A son air concentré, on aurait pu penser qu'elle était en train de la découvrir, que c'était là une terre inconnue, or elle y avait déjà rejoint Serge à plusieurs reprises. Mais ce matin tout lui paraissait nouveau, elle ne s'enfuirait pas comme les autres fois, elle n'avait qu'un désir, s'approprier un univers duquel elle ne se sentait plus exclue.
Sur les murs laqués de noir, alors que le plafond était tendu d'un gros velours anthracite — ô Serge, je serai ta Monelle et je t'apprendrai que chaque noirceur doit être traversée par l'attente de la blancheur future —, il n'y avait pas le moindre tableau, pas la moindre affiche, ni livres ni aucun objet, juste deux cartes postales, deux minuscules taches de couleur que la jeune fille compara, dans son exaltation, au regard apeuré d'un enfant perdu dans la nuit.
Envoyant valdinguer la couette tout aussi consternante que le reste du décor, Adra se leva d'un bond pour aller les examiner de plus près. Bizarrement, elle, qui, sitôt franchi le seuil de l'appartement de la rue des Feuillantines, reprochait à Serge de mégoter sur le chauffage, elle ne chercha pas à couvrir sa nudité quand elle se campa devant ce qui était, à gauche, trois pommes rouges posées sur un lit de feuilles vertes, et, à droite, un homme assis en tailleur qui contemplait une mappemonde suspendue dans le vide. Adra dépunaisa d'un ongle incarnat la première afin de vérifier son intuition, zut, elle avait tout faux, ce n'était pas un Cézanne, mais un détail d'une toile

de Tintoret, qu'elle eut du mal à intégrer dans ce qu'elle imaginait être les ténèbres de son amant. Elle la regarda avec plus d'attention, cherchant le ressort caché, invisible au premier coup d'œil, qui lui permettrait de comprendre. Elle ne le trouva pas et, contrariée, elle remit la carte postale à sa place, puis elle pivota vers l'homme à la mappemonde. Il portait un gilet et un pantalon noirs — et sans doute Serge l'avait-il choisi pour cette raison —, mais sa chemise était blanche, et il en avait retroussé les manches. De la main droite il soutenait son menton et...

« Tu sais qui c'est, n'est-ce pas ? lui demanda Serge en posant sur ses épaules la couette dont elle se débarrassa aussitôt, car elle voulait qu'il la voie telle qu'elle était.

— Il me semble...
— Je ne sens pas l'odeur du café.
— S'il te plaît, qui c'est ?
— Un de mes frères.
— Le matin, je préfère le thé, tu en as ?
— Et si on prenait le petit déjeuner dehors ? »

Elle accepta et fonça se doucher. Après avoir enfilé un pull à col roulé, Serge adressa un petit geste d'amitié à Yves Klein qui continuait, impavide, de s'interroger sur le sens de l'histoire. Salut, vieux frère, pourquoi t'entêtes-tu ? Merde, tu le sais, l'histoire n'a aucun sens, elle ne fait que comptabiliser les morts.

En nouant tout de suite après son bracelet-montre au poignet, Serge constata qu'il était un peu plus de 10 heures, il rangerait plus tard, il avait faim. Le matin, ça ne lui arrivait pas souvent, la plupart du temps il dissipait ses mauvais rêves dans un bol de café qu'il ne terminait même pas. Cet appétit subit le persuada que sa décision était prise. Il ne se battrait pas, il fuirait, car rien ne le mettait de meilleure humeur que la perspective de disparaître. Ni vu, ni connu, Jacques Freytag, alias Serge, alias qui l'on voudra demain, vous tire la révérence, à chacun sa souffrance, à chacun sa façon de se décomposer.

« Adra, tu te grouilles, j'ai les crocs. »

La jeune fille, qui ricanait quand sa mère lui racontait

ses emballements amoureux, ne put s'empêcher de penser que la vie avait du bon.
 « Il est quelle heure ?
 — 10 heures et quart. »
 Le corps encore mouillé, elle s'avança vers lui, il la regarda avec inquiétude mais, quand elle se mit à se caresser les seins, ses petits seins de fillette à peine nubile, comme pour en faire ressortir les pointes brunâtres, il l'attrapa par la taille et ferma les yeux.

Bien sûr qu'il avait un titre !
 Un titre passe-partout, qui s'appliquait aussi bien à cet opéra dont Adra avait maintenant écrit les deux tiers qu'à lui-même, violoniste sans partition. Un titre à l'image de ce qu'était devenu ce pays, un titre qu'il avait fait sien en refermant ce livre sur la jeunesse du Président qu'il s'était décidé à acheter pour faire comme tout le monde.
 « Alors, ça vient ?
 — Appelle-le donc *L'Ephémère*. D'une part, c'est, comme ils disent aujourd'hui dans les boutiques de mode, un mot unisexe, si bien que ton héroïne et son mec se retrouveraient réunis sans qu'on sache qui est qui, et d'autre part, éphémères, nous le sommes tous. »
 Adra souffrit de cette dernière précision, elle aurait aimé réagir par une plainte — « Même nous ! » —, elle se garda de le faire, craignant qu'il ne la foudroie du regard, ou, pis, qu'il se moque d'elle. Aussi lui retourna-t-elle la monnaie de sa pièce en rebondissant là où il ne pouvait l'attendre. Sur sa fille.
 « Quel père es-tu, toi ? »
 Serge s'y attendait si peu qu'il leva la main, comme s'il avait eu l'intention de la frapper. Mais il se borna à froisser son paquet de cigarillos, puis il appela le garçon pour lui demander s'il avait des Havana Stokjes, « les préférés de Beckett », commenta-t-il d'une voix éteinte.
 « Et toi, finit-il par dire, tu ne me parles jamais de ton père ! Il fait quoi ? Quel genre de type, c'est ? Un gros con, un agité du *challenge*, un empaffé de première... ?

— Comme si tu l'ignorais ! Tu le vois pourtant assez souvent. »

Non, mais qu'est-ce qu'elle déconne ? Tu te serais fait baiser dans les grandes largeurs, Freytag ? Comme un bleu ! C'est toi qu'on aurait promené ?

« Hein, que ça te sidère ? »

Adra savourait son triomphe. Il n'y avait pas que lui qui savait foutre en l'air les ambiances. Elle aussi, quand elle voulait, elle te les transformait en saliveux, les porteurs de quéquette.

« Mon père, reprit la jeune fille, tu le vois même tous les jours, à la télé, dans les journaux, on ne parle que de lui. C'est un héros national. »

La garce, elle s'était payé sa gueule.

« C'est moi qui suis la fille de... (Adra marqua une pause, elle hésitait entre Baise-En-Douce et Nanard), mon père, c'est Tapie... Et maintenant — elle ne le lâcherait pas ; pour ça, oui, qu'il le regretterait son *éphémère* — si tu me causais de ta fille, de tes rapports avec elle. Dis, il t'arrive de la gifler ?

— T'as vu l'heure, tu vas rater ta répétition. »

Serge s'était ressaisi. Catherine, il la gardait pour lui. Pas question qu'il lève un coin du voile. Sa fille, il ne la partagerait pas, c'était la seule chose qui comptait. Tous, il les trahirait, sauf elle... Tu veux du saignant sur la paternité ? Patience, ça ne tardera pas. D'ici une huitaine, le vieux Marolles aura bouclé son tour de piste. « Bonjour, Adra, c'est moi le sabreur amnésique, ton papa, ton gentil papa qui avait oublié où il avait garé sa bite. »

« Tu pars quand ?

— Demain soir, mentit Serge.

— Tu ne m'avais pas parlé de vendredi ?

— J'ai dû modifier mes plans. Une urgence... D'ailleurs, il faudrait même que je me tire dès ce soir. »

De nouveau, chacun changea d'attitude. Parce que la générosité lui était une façon de se disculper, Serge s'inquiéta de savoir si elle avait besoin d'argent et, joignant le geste à la parole, il sortit de sa poche, mais sans que la jeune fille ait dit quoi que ce soit, une liasse de billets qu'il posa sur la table. A leur vue, Adra, qui, si Serge l'avait exigé, aurait tout lâché afin qu'il la conserve auprès de lui, hoqueta de rage et, s'emparant des billets, elle les jeta à la volée au plus loin qu'elle put.

« Garde-le, ton fric, connard ! Allez, cours, va le ramasser. Ce n'est vraiment pas de chance que de tomber sur un mec aussi nul que...

— Ne cherche pas, je sais ce que je vaux, personne ne le sait mieux que moi. Tu as un siècle de retard sur moi, Adra, tu te crois de ton temps ? Pas du tout ! Tu appartiens au passé. Mieux, tu es dépassée. Une bonne fois pour toutes, ta vérité, je vais te la dire. Tu en veux au monde entier parce que le monde entier ne t'a pas encore acceptée. Mais ta révolte passera, et tu finiras sur Canal Plus, à faire l'intéressante avec tous ces petits merdeux qui confondent leurs pets avec des bombes incendiaires. »

Sous l'injure, Adra s'était figée, mais elle n'était ni anéantie, ni furieuse. Seul, son corps, aussi glacé qu'une pierre tombale, faisait face à Serge, sinon son esprit, pour ne pas dire son âme, avait depuis longtemps déserté ce bar-tabac de la rue Saint-Jacques. Au loin, très loin, sur les rives d'un fleuve africain, il y avait un vieil homme qui lui prenait la main et la couvrait de baisers, et puis, soudain, effaçant tout, il y eut Julie, le visage ensanglanté.

« Mais dis quelque chose, proteste, réagis, crache-moi dessus, bon dieu de merde ! »

Elle compta jusqu'à dix, puis se leva et dit : « Oublie-moi et je te serai rendue, car désormais lorsque tu me chercheras, tu ne me trouveras plus jusqu'au jour où tu penseras m'avoir oubliée, et alors...

— Alors, ce livre-là aussi, je l'ai lu, pauvre idiote. »

François appela Jacques Freytag à midi trente. Il était encore à Prague, mais, ce soir, que son associé ne s'inquiète pas, il serait comme prévu au *Koroko*. « Est-ce que ta tante va bien ? demanda Freytag.

— Plutôt mieux, le nouveau traitement fait son effet. A propos, quel temps as-tu à Paris ?

— Ça se lève », répondit Freytag contre toute vraisemblance puisqu'il tombait des cordes depuis à peu près une heure.

Du jour où il avait appris par Orsel, un des rares députés de l'ancienne majorité à pouvoir encore siéger à la commission de la Défense, que circulait une feuille d'écoutes où il était fait mention de son nom, François Marolles avait recommandé à la plupart de ses relations d'affaires de coder leurs échanges téléphoniques. Pour rendre à l'occasion divers petits services à la DGSE qui lui facilitait en retour l'accès à certains dossiers classés Secret-Défense, Freytag voulut prendre la chose à la rigolade : « Nous ne tromperons personne... et puis, réfléchis, François, tous les services, de la DST à la DPSD, sont d'accord pour que tu bazardes ta marchandise à qui souhaite te l'acheter dès lors que tu ne marches pas sur leurs plates-bandes, et comme tu as l'intelligence de ne pas t'y risquer, ces feuilles d'écoutes, elles n'existent que pour épater les parlementaires, rien d'autre, crois-moi. »

Mais François adorait les jeux de piste, et les bals masqués. Alors, va pour les codes. Il avait donc été convenu, entre autres enfantillages, que la tante, ce serait le fabricant, ou le grossiste, et que s'il ne pleuvait pas, c'est qu'à l'autre bout de la chaîne le client avait accepté le prix qu'on lui avait proposé.

En raccrochant, Serge ne put s'empêcher de se demander quelle tête aurait fait François en apprenant qu'il avait une sœur, et qu'elle avait de surcroît couché avec son homme de confiance. L'aurait-il viré de ce qu'il appelait pompeusement son organisation, alors qu'il ne s'agissait tout au plus que d'une bande de copains, à laquelle Serge ne s'était agrégé que par curiosité, la même curiosité qui l'avait conduit sur les traces d'Odette Lambert ? Voilà qui ne lui aurait pas déplu, car, mis à part François qui l'amusait par sa volonté ridicule, burlesque, de s'affirmer au-dessus des lois, alors que ces mêmes lois le menaient par le bout du nez, une seule soirée passée en la compagnie de ces jean-foutre lui avait suffi pour en prendre la mesure, et les mépriser.

Dans les romans d'espionnage, les trafiquants d'armes passent souvent pour des esprits forts qui connaissent le dessous des cartes, et qui manipulent à leur guise les gouvernements. En réalité, ce n'étaient que des emplumés, des va-de-la-gueule, des partouzeurs qui vidaient les tiroirs-caisses sans avoir jamais eu à les fracturer. Et qu'on n'aille pas lui raconter qu'il se trompait en assimilant l'ensemble de la corporation à cette dizaine de petits Français dont l'enrichissement n'avait été rendu possible que grâce à la complaisance du plus âgé d'entre eux.

En somme, se dit Serge, si je mettais François au courant, je l'aurais enfin ma punition. Une sœur, passe encore, mais de là à admettre que j'aie pu la fourrer dans mon lit... Il n'aurait de cesse que de me mettre hors jeu, et pas que dans sa branche. Il ferait jouer ses relations et obtiendrait que l'on ferme ce bureau, que l'on m'interdise toute activité. Somme toute, ce serait la meilleure des solutions. Mes arrières sont assurés, j'ai de quoi tenir pas mal d'années, de quoi pouvoir disparaître pour de bon et tout oublier jusqu'à ce Jacques Freytag qui...

Qu'est-ce qu'elle m'a déjà dit, l'autre folledingue ?

Que lorsque je l'aurais oubliée, elle me reviendrait ?

Serge alluma son ordinateur, mais lorsque l'icône Lambert se visualisa sur l'écran, il renonça à en faire disparaître le contenu dans la corbeille.

Puis, il appela sa fille.

Le déjeuner tirait à sa fin, Emilienne Marolles, qu'aucune tentation n'effrayait, venait de commander un baba — « Et, s'il vous plaît, ne fléchissez pas sur le rhum », avait-elle enjoint à la patronne de ce petit restaurant de la porte des Lilas, où elle traitait ses intimes à l'abri des regards indiscrets —, tandis que son beau-frère, Olivier, pas très sucre, réclamait un double serré.

C'était lui qui était à l'origine de la rencontre, et jusqu'à maintenant Emilienne n'en avait pas encore saisi la raison.

A cause d'une allusion à la situation en Turquie, elle avait craint, alors qu'ils en étaient aux hors-d'œuvre, qu'il ne fût question de sa liaison tumultueuse avec ce Kurde dont les accointances avec les terroristes du PKK, plutôt que de la dissuader de coucher avec lui, l'avaient au contraire follement excitée. Ça la changeait de ces attachés de cabinet qui n'en revenaient pas de se retrouver dans une chambre d'hôtel avec l'épouse d'un ancien ministre auquel les observateurs politiques prédisaient un prompt retour aux affaires si Delors se présentait. Ceux-là, même si parfois ils lui donnaient du plaisir, ne serait-ce qu'en lui jurant que sa beauté n'avait pas pris une ride, ne possédaient pas le charme brutal de son Kurde. Ni son coup de reins qui la laissait chaque fois divinement brisée.

Mais non, fausse alerte, Olivier avait, tout de suite après, bifurqué sur le livre qui faisait encore la une des ventes.

« Dans ce coup-là, on a joué les arrosés, avait-il dit en riant, pour mieux noyer l'arroseur, car enfin, et tu en conviendras si tu y as jeté un œil, voici un bouquin qui sert le patron, puisque son auteur établit, la main sur le cœur, que le Président n'est pas, et n'a jamais été, antisémite, et que, pour le reste, Vichy, la Francisque, les amitiés pétainistes, il ne convient pas de le juger sans se replacer dans le contexte de l'époque. En outre, c'est chrétien en diable, tout cela, on cherche le péché et, quand les preuves font défaut, on pardonne. Mieux, on lui délivre un brevet de résistance. »

En grossissant le trait, Olivier se conformait à sa réputation de balourd cynique. Jamais, il n'aurait confié à qui que ce soit le fond de sa pensée, à savoir que, lorsque Mitterrand, à un an du débarquement, avait franchi la ligne, il ne faisait que rallier le clan anti-Laval.

« Tu sais, reprit-il, c'est moi qui ai négocié avec la plupart des gros médias, et ils n'ont pas compris qu'en prenant les devants je les empêchais d'accorder ensuite trop d'importance à l'autre bouquin, celui de ces trois petits emmerdeurs qui ont poussé l'audace jusqu'à vouloir montrer qu'il n'y avait pas que Vichy, puisque, dans l'après-guerre aussi, Tonton s'est montré peu regardant dans le choix de ses relations. Quels sombres crétins ! Comme si l'on prenait le pouvoir sans se concilier ses rivaux potentiels... Je déteste cette race de mecs, toujours prêts à monter en chaire, à jeter l'anathème sur X ou Y, mais qui attendent pour s'y risquer que X ou Y aient un genou à terre. »

Le vin aidant, un excellent santenay à l'arôme de noyau de cerise, ils avaient délaissé la politique et abordé le chapitre des ragots. C'était une sorte de rituel entre eux, auquel ils se pliaient avec la délectation des gourmets s'échangeant des recettes de cuisine. A ce plaisir des sens s'ajoutait l'intérêt le plus vil, car, dans les semaines suivantes, ils sauraient bien négocier ces *bruits de chiottes* contre des avantages qui n'étaient pas à dédaigner.

Dans la malveillance, Emilienne jouissait d'un avantage non négligeable sur Olivier, si l'on considère qu'outre les confidences qu'elle recueillait sur l'oreiller, madame le préfet hors cadre avait, de par ses fonctions, accès à la plupart des rapports confidentiels émanant des divers services de police. Son beau-frère, qui ne lui disputait pas cette supériorité, et qui l'en complimentait, se montrait cependant meilleur manœuvrier depuis qu'il avait percé sa faiblesse : elle voulait toujours avoir le dernier mot. Aussi le lui abandonnait-il de bonne grâce, obtenant en retour les informations qui lui assuraient auprès des gens influents sa réputation d'*homme qui veut faire plaisir*.

« Je te regarde manger et je t'admire, s'exclama-t-il en repoussant sa tasse de café, tu es aussi mince qu'aux premiers jours, lorsque Nicolas t'a amenée rue Bobillot.

— Que veux-tu, Olivier chéri, je me dépense énormément, n'est-ce pas ? gloussa Emilienne, avec une lueur égrillarde dans les yeux.

— Et si nous parlions des choses sérieuses ?

— Ne l'avons-nous pas fait jusqu'à présent ? » répliqua Emilienne, qui entreprit de se déchausser promptement de ses escarpins sous la table — Olivier l'aurait d'ailleurs parié car il n'ignorait pas que sa belle-sœur n'hésitait jamais à le faire dès qu'une discussion requérait toute son attention.

« Ce que j'ai à te dire tient en très peu de mots : il faut torpiller l'opération Delors. »

Emilienne songea à l'un de ses ex pour aussitôt l'oublier, Olivier n'était pas de sa garde rapprochée, sans compter que le pauvre chéri avait déjà trop à faire avec cette histoire de sang contaminé pour que... Donc, ça venait du Château ! Et Nicolas qui continuait de penser que...

« Ton mari, reprit Olivier, nous ennuie, il est en train de faire prendre la mayonnaise, et si elle prend, ils seront forcés de répudier tout ou partie de l'héritage, et ça, ma grande, il n'en est pas question. J'ai essayé de lui en toucher deux mots, mais il n'a rien voulu entendre. Je crains que lui aussi n'ait un compte à régler avec le Président. On ne va tout de même pas nous rejouer Gorbatchev en France, non ? Donc, laissons-le s'enferrer, et préparons les contre-feux. J'ai une idée que j'aimerais t'exposer. »

« Et c'est quoi, ton idée ? »

Après avoir répété deux heures dans ce local pourri, ils étaient revenus au point de départ. C'est-à-dire dans la discutaille sans fin. Style : comment ne pas tomber dans l'illustration pure et simple d'un fait divers qui se suffisait, tout compte fait, à lui-même ? Style : plus on en cause, et moins on avance.

Bien sûr, la musique créerait la différence, Adra n'était pas peu fière d'avoir cassé la rythmique du récitatif par l'adjonction de bruits étrangers, dissonants, sinon discordants, qui devaient interdire toute idéalisation de ses personnages. Bien sûr, trois des sept chansons — il y en aurait au total une bonne douzaine lorsqu'elle mettrait le point final au dernier acte — faisaient la preuve qu'on pouvait écrire directement en français autre chose que des mièvreries. Bien sûr, Adra ayant battu le rappel de la plupart des anciens, qu'ils eussent été avec elle au

Conservatoire ou qu'ils se fussent fait la main, et la voix, dans un garage de banlieue, toute la bande marchait à fond derrière elle. Il n'empêche qu'on tournait en rond.

« Et c'est quoi, ton idée ? » répéta Adra, en passant à Moto, le saxo baryton, l'énorme pétard sur lequel les trois ou quatre qui s'étaient assis autour d'elle tiraient avec la volonté de s'envaper vite fait.

« Faudrait faire comme pour la zizique, parasiter l'ensemble par des emprunts — le mot fit tiquer Adra qui repensa fugacement à cette ordure de Serge — à l'actualité la plus immédiate, comme par exemple ces mesures pour les jeunes que vient d'annoncer Temesta (ainsi désignait-on Balladur chez les rockers), ou en parodiant Mittérouille répondant à Kabache.

— Pas con, comme principe, fit Moto, en laissant échapper un superbe rond de fumée. Sauf que c'est trop facile. Ça a un petit côté groupe Octobre.

— Tu connais ça, toi ? s'étonna Adra qui avait, mais en vain, essayé de lui faire lire des tas de bouquins qu'il n'ouvrirait même pas, sous prétexte que tout ce qui était antérieur à 90 lui cassait le moral.

— Forcé, c'était au programme de la rue Blanche, quand j'ai voulu faire l'acteur.

— On pourrait aussi s'allumer les journaleux... ? Et particulièrement le rat qui avait insinué que si Julie causait pas aux keufs, c'était parce qu'elle avait lu les situs. M'étonne pas qu'il se pisse dessus, celui-là, quand Cohen l'invite dans son ashram. Leonard Cohen, tu parles d'un branlotin !

— D'accord, d'accord, grogna Adra, mais on n'avance guère.

— Attends, on est au début, on défriche, ça va venir.

— Et le nouveau titre, vous en pensez quoi ?

— Pas terrible... ça fait intello. Dans les banlieues, chez les nique-ta-mère, *L'Ephémère*, ça va avoir du mal à passer.

— Dis, Adra, s'interposa Nikie, une ex qui se partageait désormais entre Act-Up et les chœurs de l'Opéra-Bastille, dis, ma toute belle, si tu mets en scène Mitter-

rand, pense à l'affubler d'un masque de cochon. C'est ma copine qui m'a dit que c'était son déguisement préféré quand il se rendait, dans sa jeunesse, à un bal costumé.
— Vouais, pourquoi pas ? acquiesça sans enthousiasme Adra qui planait de plus en plus. Bon, on arrête ? Je suis claquée, j'ai du sommeil en retard et, ce soir, comme je vous l'ai dit, je pointe au chagrin.
— C'est vrai que tu démarres ce soir. A l'occasion, si tu peux couper les couilles à l'ambassadeur de Centrafrique, n'hésite pas, fais-le en pensant à moi, ça fera un salaud de moins. »

D'un mouvement de tête, Adra approuva Malika. Entre négresses, on devait se prêter main-forte. Car celui qui possède les anciennes peaux de serpent empêche les jeunes serpents de se transformer.

S'il est une chose que ses ennemis lui reconnaissaient, c'était son courage. Dans tous les actes de sa vie, et même quand le sort s'était acharné contre lui, comme lorsque la commission des opérations en Bourse s'était réveillée au lendemain d'une juteuse prise d'intérêts dans le capital d'une entreprise de recyclage de déchets nucléaires, Jules Marolles n'avait jamais tremblé. A sa place, la plupart auraient pris peur, se seraient affolés, et auraient fini par lâcher un bout de la vérité dans l'espoir de se concilier les bonnes grâces de la justice. Mais pas lui ! Il avait fait front, nié tout en bloc, et poussé l'audace jusqu'à se poser en victime, moyennant quoi il s'en était tiré sans dommage.

Cette absence de lâcheté lui était si naturelle qu'il s'étonnait qu'on l'en félicitât. La peur, il ne l'avait connue qu'une seule fois, en franchissant la frontière franco-espagnole en 39, non par crainte d'être obligé à rebrousser chemin, mais parce qu'en s'éloignant d'un champ de bataille où il avait ses repères, il pénétrait dans un monde dont, de la langue à la couleur des uniformes, il ignorait tout.

Sinon, était-il en train d'expliquer à ce dignitaire francmaçon de la Fraternelle Ramadier avec lequel il s'entretenait du juge alsacien qui s'était vanté de pouvoir se payer le père à travers le fils, sinon, « quand tu as toutes les cartes en main, et que tu sais qu'à une mauvaise donne succède tôt ou tard, à condition de ne pas se retirer du jeu, la meilleure des mains, que t'importe de mordre le tapis puisque tu ambitionnes de faire sauter la banque. Le courage, ce n'est rien de plus que l'instinct de survie. Voilà, tu es satisfait ? Avoue qu'il n'y a pas de quoi bâtir une légende... Pour finir, dis-moi, ce juge, il n'a pas de maîtresse, pas de fil à la patte, pas de petit mensonge inavouable ? »

Mais toi-même, ne viens-tu pas de mentir ? se reprocha Jules Marolles pendant que Vatinel, qui faisait le lien entre la Préfecture de police et le Sénat, lui promettait d'en toucher deux mots à qui de droit.

Sois honnête, Morazzo, pourquoi n'as-tu pas ajouté que ce qui était vrai pour les affaires, la politique, et toute cette pantalonnade, ne l'était plus quand la mort frappe à ta porte ? Tu lui as menti, *cabrón*, tu n'es pas plus courageux qu'un autre, toi aussi, tu la redoutes cette fin de partie, maintenant que tu sais qu'il n'y aura plus de relance... Tu crèves de trouille, voilà la vérité.

« Changeons de sujet, dit brusquement Marolles. J'aurais besoin que tu demandes à ton vénérable de l'Inspection des services de me mettre en rapport avec quelqu'un de sûr à Dunkerque. Ça m'ennuierait de passer par la rue Cadet, je préfère que ce soit un frère de la Grande Loge qui s'en charge.

— C'est urgent ?

— Oui. »

Evidemment que ça l'était ! Combien de temps encore tiendrait-il ? Avant-hier, au vu de ses dernières analyses, Reynaud, qui désormais ne lui racontait plus d'histoires, l'avait prévenu : « Il n'y aura pas de rémission, le train est en marche, il ne s'arrêtera plus. »

« Si urgent que cela ?

— Oui, si j'avais demain matin un nom sur mon bureau, ou au plus tard demain soir chez moi, je t'en serais éternellement reconnaissant.

— L'éternité, tu sais, sourit Vatinel, il n'y a rien qui

vienne aussi lentement, alors, disons plutôt que tu m'inviteras à déjeuner. En ce moment, c'est bizarre, j'ai toujours faim. »

Pour un peu, Marolles l'aurait embrassé. Lui, *en ce moment*, il n'avait faim que de son passé.

Ce fut d'abord un malaise, ses yeux se brouillèrent, puis tout se remit progressivement en place — bouteilles, verres, clients et lumières tamisées —, mais, à peine eut-elle cessé de s'agripper au comptoir que ça la reprit et, cette fois, ce fut une souffrance intolérable, « comme si on m'enfonçait des aiguilles brûlantes dans le cœur », dirait-elle plus tard à Odette. La seule qui pouvait la comprendre, la seule avec laquelle Adra ne se surveillait pas lorsqu'elle osait parler d'elle-même. La seule enfin qui lui permettait de redevenir l'enfant qu'il lui fallait éconduire dès qu'elle se retrouvait en position de meneuse.

« Comment te dire ? Il n'y a pas de mots pour ça, pas de mots assez précis qui puissent convenir... C'est si nouveau, tu comprends, je n'ai jamais autant souffert, sinon le jour, peut-être, où je me suis fait renverser par ce taxi, rue du Bac. Rappelle-toi, je me tâtais, je me regardais, il n'y avait pas de sang, pas d'ecchymoses, j'étais intacte, je n'avais mal nulle part, et puis, une heure après, j'étais tordue de douleurs, et on a dû m'ouvrir pour colmater la double hémorragie, sauf que, si maintenant on me coupait en deux, on ne trouverait rien... Rien de raccommodable. A moins qu'on ne me décapite, et qu'on fouille à pleines mains dans ma tête. »

Quand c'était arrivé, Adra venait de resservir un double Four Roses au jeune diplomate guinéen qui s'était vanté, en se juchant sur son tabouret, de la faire rire aux éclats. Connaissait-elle l'histoire du sorcier invité à une conférence sur l'informatique ? Non, alors écoutez voir.

Il ne lui avait pas menti, la chute était bidonnante, l'histoire ne tenait d'ailleurs que par là, quand le marabout, sorti de sa brousse — et le diplomate en avait remis des tonnes dans l'imitation —, se justifiait de son peu d'intérêt envers la science de l'homme blanc... « J'ai deux principes dans la vie, disait-il au représentant de Macintosh. Un, les oiseaux peuvent oublier le piège, mais, deux, le piège n'oublie pas les oiseaux. Moralité : quand tu vois un piège, ne lui donne pas la becquée. »

A l'hilarité qui les avait, elle et le diplomate, emportés succéda un de ces silences que les rieurs mettent à profit pour reprendre leur souffle avant de repartir de plus belle. Il fut de courte durée. Quittant sa caisse enregistreuse, Francheschi, le patron du *Koroko*, se glissa derrière Adra et lui souffla dans l'oreille : « Faites attention à lui, c'est un ogre, il dévore tout ce qui... » La jeune fille se vit alors oiseau, volant à tire-d'aile au-dessus de ce qui lui sembla être cette plage du Nord où sa grand-mère l'avait si souvent conduite, jusqu'à ce qu'elle comprenne qu'il s'agissait du corps émacié, fantomatique, de Serge, et qu'elle était piégée.

Ses yeux se voilèrent, son cœur saigna, c'était donc vrai, le livre ne mentait pas, on ne gagnait pas contre les morts, on ne caressait point leurs visages, on ne les embrassait pas. Parce que c'était son premier soir, et qu'il souhaitait que sa barmaid revienne le lendemain et les jours suivants, Francheschi accepta de laisser partir Adra avec une demi-heure d'avance sur l'horaire. « Mais demain, lui fit-il promettre, on tient le coup jusqu'au bout. Autre chose, il va falloir changer de prénom. Adra, c'est trop difficile à prononcer, et Adrienne, c'est toc... Ça fait deux heures que j'y réfléchis, et j'ai trouvé. Que diriez-vous de Pandora ? Ça sonne bien, ça a un petit côté mystère, et puis, lorsqu'on travaille dans une boîte, s'appeler Pandora, quoi de plus naturel ! Hein, que je suis drôle, moi aussi ? Bon, vous êtes d'accord ? Adjugé, vendu ?... Parfait, vous ne le regretterez pas. En tout cas demain, les quatre heures en entier. Ce n'est tout même pas la mer à boire, Pandora... »

Quitte à choisir, elle aurait pourtant préféré boire toutes les mers du monde, et même être noyée sous leurs flots — telle la Pandora de ce film qu'elle adorait —, que d'avoir à affronter cette solitude dans laquelle les hommes la précipitaient chaque fois un peu plus.

Serge, Serge, je te hais !

Pourquoi ne m'as-tu pas retenue ? De quel droit m'as-tu privée de toi ? Qui donc es-tu pour me prendre et me rejeter avec autant d'indifférence ?

Je me vengerai, Serge, je me vengerai.

Je détruirai tout ce qui t'appartient, tout ce à quoi tu tiens.

Alors qu'Adra, plongée dans ses pensées, traversait la rue pour rejoindre l'avenue de Wagram, et sa station de métro, elle se fit klaxonner par une limousine noire. Quelques mètres plus loin, la grosse voiture s'arrêta en double file, le temps de permettre aux occupants de sa banquette arrière — deux hommes et une femme passablement éméchée — de descendre et de s'engouffrer, après s'être fait reconnaître par le portier de nuit, à l'intérieur du *Koroko*.

Se serait-elle alors retournée qu'Adra aurait d'instinct reconnu dans la silhouette de l'un de ces noctambules son amant à cause duquel elle allait devoir faire un détour par la rue Lamartine afin que la console cette mère qui n'avait, pas plus qu'elle-même, su éviter les pièges que les hommes tendent aux oiseaux de nuit.

L'hiver précédent, pour son quarantième anniversaire, Orsel s'était offert la plus grosse des Mercedes. S'il n'avait craint les lazzi de ses collègues, qui déjà ne s'en étaient pas privés lorsqu'il avait élu domicile rue de l'Université, le choix du député de la grande banlieue parisienne se serait porté sur une Ferrari, mais voilà on pouvait à la rigueur pardonner à un élu du peuple de rouler au-dessus de ses moyens, encore fallait-il qu'il le fasse avec modération.

« On ne s'en vient pas siéger à l'Assemblée au volant d'un bolide, surtout quand on appartient à l'opposition », lui avait, en le raccompagnant à la porte de l'Elysée, rappelé Borelly, lequel, malgré cette vertu dont il se targuait où qu'il prît la parole, accourait ventre à terre quand son jeune protégé l'invitait à l'une de ses parties de chasse dans les Ardennes. Reste qu'Orsel s'était rangé au conseil de celui qui lui avait mis le pied à l'étrier, même si depuis ce jour de juin 81 où son ancien professeur d'économie lui avait ouvert les portes du Grand Orient, l'élève, surpassant le maître, hésitait de moins en moins à faire cavalier seul, surtout lorsque la course était truquée.

Toutefois, la position de Borelly, que le Président continuait de consulter à tout propos, lui avait jusqu'à présent interdit de s'affranchir de sa tutelle. D'autant que pour ce qui était de cette voiture, il ne regrettait pas de l'avoir écouté, puisqu'il avait suffi d'un coup de fil de Borelly à un de ses amis concessionnaire pour la toucher, quarante-huit heures plus tard, quasiment à prix coûtant.

« Le garage, c'est sa couverture, sinon il fait dans le mercenaire, mais je le tiens par les couilles, alors autant en profiter, non ? » avait dit Borelly en raccrochant. « Il se peut d'ailleurs, ajouta-t-il, qu'un jour vos chemins se croisent en Afrique. Mais ne te crois pas obligé de lui rendre la pareille, fous-le même en caleçon, pas de pitié, pas de reconnaissance, les cadeaux, ça s'accepte, ça ne se rend pas. »

Et précisément ce soir-là, dans ce *Koroko* où il ne resterait bientôt plus une seule table de libre, Orsel n'avait, la date de son anniversaire approchant, qu'un mot à la bouche, le cadeau qu'il s'accorderait afin de célébrer dignement l'événement. Dédaignant la blonde docile qui les accompagnait — on ne l'avait emmenée que pour l'offrir à ce colonel zaïrois auquel toute la petite bande s'apprêtait à céder un restant d'armes belges —, le député, à court d'inspiration, pressait Serge, qu'il ne connaissait que sous le nom de Freytag, de l'aider à choisir entre un Mystère 20 et l'entreprise de nettoyage industriel dont le père de François — « Mais motus, c'est encore un secret » — souhaitait se débarrasser.

Comment ça, se débarrasser... Qu'est-ce qu'il a en tête,

le vieux ? Il prend sa retraite ou quoi ? s'interrogea Serge, tout en répondant à Orsel qu' « un avion coûte bonbon à entretenir » et que « c'est encore plus difficile à dissimuler qu'une caisse de luxe quand on se présente en défenseur des exclus ».

« Alors, là, mon vieux, toi et Borelly, vous mettez à côté de la plaque, ricana le député. Plus ça va, et plus les pauvres n'admirent qu'une chose, la réussite, et en outre...

— Finis ta phrase. »

Accompagnant son geste d'un roulement d'yeux qui se voulait suggestif, Orsel se mit un doigt sur les lèvres, il n'en dirait pas davantage, si bien que Serge l'abandonna à ses mômeries et qu'il reporta toute son attention sur la table voisine. Du moins, s'efforça-t-il de le laisser penser alors qu'en réalité ce n'était pas ce mannequin, que le Tout-Paris s'arrachait depuis qu'elle avait plaidé à la télévision la cause du Rwanda, qu'il mangeait du regard, mais l'image, plus lointaine et invisible, de cette musicienne qu'il ne parvenait pas à oublier, en dépit de ce qu'elle lui avait recommandé.

Désireuse de mériter son cachet, dix mille cash compte tenu des risques qu'on courait avec les Africains, la blonde s'ébroua et essaya d'en placer une, mais comme personne ne lui accorda son oreille (quels gougnafiers, pensa-t-elle), elle repartit elle aussi dans ses méditations, car elle se reprochait de ne pas avoir réclamé plus depuis qu'elle avait appris la nationalité de son client — un Zaïrois, autant dire un séropo !

Merde, c'était toujours pareil avec François.
Jamais exact.

Déjà, ils avaient dû dîner sans lui, ce qui avait agacé Serge qui, en plus de répondre aux questions d'Orsel dont la cupidité ne l'amusait plus, avait dû faire bonne figure à un troisième larron, l'intermédiaire préféré du fils Marolles quand il s'agissait de prendre langue avec les guérillas chrétiennes d'Asie. Un gros tas qui n'avait eu qu'à naître pour rafler la mise, et qui ne nourrissait pas d'autre ambition que de siéger au sommet du CDS.

Or Serge vomissait les centristes, cet air papelard qu'ils avaient de mépriser les opinions tranchées, alors qu'elles ne leur manquaient pas lorsqu'il s'agissait de trier entre les bons et les mauvais citoyens. Ce dégoût lui venait de sa mère dont le propre père avait été livré aux nazis par un juge de Vichy, lequel ne s'était pas vu interdire, au lendemain de la guerre, les portes du MRP, un parti de résistants dorés sur tranches où, pourvu que l'on fût un cul béni, on fermait les yeux sur vos péchés de jeunesse, tandis que son grand-père, le Juif lituanien, n'en était pas revenu...

« Le club des rêveurs tient ses assises ?

— Enfin, François !

— Félicitations, mademoiselle est parfaite, notre ami ne va plus se tenir... Et pourquoi fais-tu la gueule, toi ? Tu n'as jamais entendu parler des conditions météorologiques qui empêchent tout décollage ?

— J'aurai besoin de te voir après. Tu auras bien cinq minutes à me consacrer ?

— Ne me dis pas que mon père t'a chargé d'un message pour moi.

— Non, il ne s'agit pas de lui — Serge n'avait pas caché à François que Jules Marolles l'avait chargé d'une enquête, mais sans lui en préciser la nature —, il s'agit, oh, et puis, tu verras. Ce ne sera pas long.

— D'accord... Je suppose, mademoiselle, qu'on vous a recommandé de ne pas lésiner sur le préservatif ?... Ça va, Jacques, ne me regarde pas comme si j'étais le dernier des indélicats. Il vaut tout de même mieux prévenir que guérir... Dis, tu ne veux pas qu'on en parle maintenant ? On envoie mademoiselle et le député visiter les toilettes, chacun de leur côté, bien sûr, et on se cause. Tu le sais, je ne suis pas du genre à attendre.

— Trop tard, François, voici notre client. De toute manière, les surprises, c'est toujours mieux en fin de banquet.

— Toi, tu m'intrigues... Mon colonel, mes respects. »

6

12 décembre 1994...

Cette chimio l'épuisait, voilà déjà trois nuits qu'il se réveillait en sursaut, les muscles tétanisés, avec un arrière-goût de moisissure dans la bouche. Seul son cœur semblait encore vivant, battant aussi bruyamment que ce réveille-matin qui avait rythmé ses années d'usine.

Dans sa demi-inconscience, il pensa même que ce cœur, qui ne céderait qu'en dernier, ne voulait plus de lui, qu'il essayait de s'enfuir... *Coño !* Pourquoi les laisses-tu faire ? Qu'ont-ils à s'acharner alors que le fossoyeur a déjà creusé ton trou ?

Coño, coño !

Comment as-tu pu oublier que les vieilles ferrailles ne résistent que si on les remise dans un hangar ? Hein, comment as-tu pu ? *Coño,* tu n'avais qu'à refuser.

Trois mois de plus ou de moins, quelle importance, quand les corbeaux s'assemblent ?

Il n'était pas loin de 4 heures du matin, et Jules Marolles, n'y tenant plus, sortit de son lit, enfila sa robe de chambre et, tel un impotent lançant son pied dans le vide avec la crainte de perdre l'équilibre, il entreprit de descendre l'une après l'autre la vingtaine de marches séparant les deux niveaux de son duplex, dans lequel il n'était plus seul depuis que Nicolas l'avait obligé à engager une infirmière qui ne s'absentait que le dimanche après-midi. « On me l'a vivement recommandée, avait dit son fils aîné, elle ne dort que d'un œil, et à la moindre alerte elle saura toujours quoi faire... »

Coño !

Dans la cuisine traînaient encore les restes du plateau-télé qu'avait improvisé Pascal, son petit-fils. Moitié par manque d'appétit, moitié parce que le déballonnage de Delors lui avait noué l'estomac, Jules avait à peine touché à la mousse de canard et aux canapés de saumon. Quel lâche, ce cureton ! Je me débine et je vous bénis. A vous la droite, mes bien chers frères, et à moi, ma retraite d'eurocrate...

Lorsque Jacques Delors, à la candidature duquel, malgré le forcing de Nicolas, le vieux Marolles ne s'était rallié que parce que les sondages le plaçaient en tête, sinon, lui, son homme, c'était Joxe, donc, lorsque Delors avait renoncé à se présenter à l'élection présidentielle, sans perdre de vue l'audimat (ça, c'était une remarque de Pascal, pour qui plus vite on aurait Balla et plus vite on se révolterait), Jules n'en avait d'abord pas cru ses oreilles.

Quoi ! On lui servait l'Elysée sur un plateau à ce bouffeur d'hosties, et il faisait la fine bouche. Mais non, ma chère Anne Sinclair, je ne serais pas « *un roi fainéant avec un maire du Palais à Matignon* », et vous, mes camarades, je vous affirme que si j'étais élu — « parce qu'en plus, tu t'y croyais déjà », ricana Pascal arrachant une grimace d'approbation à son grand-père —, oui, si vous me placiez à la tête de l'Etat sans disposer d'une majorité sur laquelle m'appuyer « *les déceptions de demain seraient pires que les regrets d'aujourd'hui* ».

Et qui t'aurait empêché de dissoudre l'Assemblée, *hijo de puta* ? pensa le vieux Marolles en s'asseyant pour se servir un verre de ce vin qu'on lui rationnait sans qu'il comprenne bien pourquoi, puisque tout était perdu.

Etrange quand même de se remettre à jurer en espagnol lorsqu'on s'est interdit, durant pratiquement un demi-siècle, l'emploi du moindre mot, du moindre son, pouvant rappeler d'où l'on sortait. Devenait-il gâteux ? Comme ce frère-maçon des Fils de la Veuve qui, frappé par cette saloperie d'Alzheimer, s'était remis à parler l'allemand, une langue qu'il disait avoir oubliée depuis sa sortie de Dachau ?

Quand il se leva pour se rendre dans la salle de bains, Jules Marolles fit tomber une assiette, puis, en voulant la rattraper, le cendrier plein à ras bords des mégots de Pascal.

Quel tintamarre ! Bravo, *hombre*, tu ne vas pas couper à madame l'infirmière !

Mais celle qui ne dormait que d'un seul œil le garda obstinément fermé... Tant mieux.

Il se lava les mains — mauvais signe, il le faisait de plus en plus souvent —, s'essuya, puis remit de l'ordre dans sa coiffure, sans prêter la moindre attention à son visage amaigri. Il passa ensuite dans les toilettes où il préféra s'asseoir pour uriner.

Cinq ou six ans auparavant, peut-être plus d'ailleurs, c'est dans cette même position — quoique alors son manque d'équilibre ait été la conséquence d'un excès de champagne — qu'il avait constaté avec stupeur que sa belle toison pubienne était devenue aussi neigeuse que sa chevelure. Cette fois, c'est son sexe qui le consterna, un bout de chair plus flétrie qu'une pomme de juin, et dans l'instant il se jura de brûler cette liste de noms que lui avait fournie Freytag.

A quoi te servirait, *coño*, d'aller importuner des femmes qui riraient de te voir en pareil état ? Réserve-toi pour les fantômes. Désormais, il n'y en a plus qu'une qui doit compter, c'est Adrienne. Et puisque tu as toujours voulu séduire, séduis-la, et peut-être que si elle te cède, si elle finit par te pardonner à défaut de t'aimer, peut-être alors la mort fera-t-elle un détour avant de prendre son dû ?

Après avoir rapidement posé ses lèvres sur le casque de Clet, qui avait assisté à une partie de la répétition, et qui l'avait raccompagnée sur sa moto, Adra jeta un œil à sa montre tout en le regardant s'éloigner. La vache, il était près de 5 heures. Ça lui laissait à peine six heures de sommeil, vu qu'elle avait une après-midi chargée, le gynéco à 15 heures à cause de cette démangeaison qui s'incrustait, une heure plus tard le copain du copain de Delphine, vague machinchose dans une maison d'édition, le type même de l'agité à nœud pap' qui estimait qu'on pouvait tirer un bouquin de son zinzin, et, pour finir, juste avant de filer au *Koroko*, ce père qui ne lui lâchait plus la grappe — on frisait l'overdose, merde, il n'avait pas compris, celui-là ? Avec elle, ce serait nix caresses, nix tendresses, la terre brûlée, et puis marre. Va falloir d'ailleurs que j'arrête un plan. Et que je prenne le temps de tout mettre à plat.

C'était le jeudi 24 novembre que Jules Marolles s'était invité à la table d'Odette Lambert et de leur fille, Adrienne. Depuis, près de trois semaines s'étaient écoulées, et malgré sa mère dont elle s'expliquait mal l'insistance (car pourquoi avoir décidé de faire seule son enfant si c'était pour le précipiter aussi tardivement dans les bras de celui qu'on avait tenu à l'écart ?), la jeune musicienne n'avait pas fléchi. Ce père, elle le détestait absent, et elle continuerait de le détester à présent qu'il lui était revenu. Tu effaceras avec ton pied gauche la trace de ton pied droit, pas vrai ?

Certes, début décembre, elle avait accepté de déjeuner avec lui, mais ça n'avait été que pour mieux lui assener son réquisitoire. Que lui importait qu'il plaidât l'ignorance — « Minute, à qui voulez-vous faire croire que vous auriez quitté votre légitime ? » —, il n'y avait pas place dans son cœur pour un revenant qui avait trahi sa classe (quand la colère l'aveuglait, Adra, on le sait, ne reculait jamais devant les formules toutes faites, lesquelles peuvent cependant avoir leur utilité).

« Accepter de passer de la pauvreté et du communisme à la social-corruption, c'est le pire des... — Adra regarda bien en face son père — le pire des reniements. Et j'accepterais, moi, d'être la fille d'un individu tel que vous ?

— Adra, tout n'est pas aussi...

— De quoi ? Vous m'avez appelée Adra ? Je vous l'interdis, c'est compris ? »

La demi-sœur

Le fils Higuerra croulait sous les diplômes (Essec plus deux MBA à Harvard et à Stanford), mais bien qu'il émargeât dans son groupe en tant que directeur financier, le vieux Marolles, qui l'avait engagé quand Pablo Higuerra, son père, avait pris sa retraite de comptable, continuait non sans malice à lui donner ce titre si peu représentatif de sa fonction. C'est que les choses étaient simples : l'argent que Jules se chargeait de gagner, il fallait bien que quelqu'un le compte, tout le reste — prospective, diversification, déréglementation, etc. —, c'était de la poudre aux yeux. Lorsqu'on agitait ces questions en conseil d'administration, il n'avait pas de mots assez durs pour les Minc et autres Attali qui ne s'étaient jamais penchés pour ramasser deux ronds dans le caniveau. Donc, le fils de Pablo Higuerra, l'ancien de la division Lister deux fois blessé sur l'Ebre, avait beau avoir fait les écoles (c'est en ces termes que Pablo le lui avait présenté), Jules Marolles ne l'avait conservé à ses côtés que parce que le jeune homme pouvait à tout moment lui fournir l'état exact de sa fortune.

« Alors, comptable, toujours pas marié ?

— Toujours pas, monsieur.

— Peut-être que vous n'aimez pas les femmes, que vous cherchez votre voie ? Vous rougissez, comptable ? Quelle erreur ! De même qu'on ne doit jamais reconnaître ses torts, on ne doit jamais rougir, sinon l'adversaire en profite.

— Jamais reconnaître ses torts, monsieur ?

— Evidemment que non, il vous suffit de les recenser, et d'en tirer profit pour vous-même en les cachant aux autres. Vous avez vu Delors, hier soir, je suppose ? Eh bien, que nous a-t-il raconté, le monsieur-je-sais-tout ? Tout bêtement qu'il ne serait pas en mesure de diriger l'Etat puisqu'il devrait composer avec une Assemblée hostile. Et en 81, qu'aurait dû faire le Président ? S'incliner devant la réalité des chiffres et refuser le combat contre Giscard ?... Bon sang, quand on veut faire de la politique, il faut en avoir dans le pantalon, sans pour autant montrer son cul. Voilà pourquoi, comptable, ne rougissez jamais. Jamais ! Et maintenant, dites-moi où j'en suis.

— A la date du 8 décembre, et sans préjuger des cotations de ce lundi, votre portefeuille d'actions peut être estimé... (remarquant la moue de l'homme qui prétendait ne jamais rougir, le directeur financier s'empressa de rectifier)... Ce portefeuille aurait atteint, à condition de l'avoir réalisé à l'ouverture des cours, la somme de vingt-sept millions sept cent soixante-trois mille francs. »

Après lui avoir recommandé de changer de prénom, le gendarme, à la frontière, avait fait rigoler son collègue en s'exclamant : « Encore un qui nous volera nos sous. » S'il vivait encore, pensa Jules tout en écoutant maintenant le fils Higuerra lui détailler l'état de ses placements boursiers, oui, s'il vivait encore, ce pourri, je donnerais bien un million pour qu'il se traîne à mes pieds dans l'espoir de...

La touche rouge, un numéro réservé à une poignée d'intimes, se mit à clignoter.

C'était Borelly.

Le vieux Marolles pressentit le pire : la mort du Président. Il s'était trompé. Mais pas tout à fait, puisqu'il fut tout de même question de vie et de mort avec le conseiller de l'Elysée.

« Je t'appelle parce que tu n'as pas assisté à la réunion de vendredi et que Reynaud en a profité pour se confier. Le pauvre, si tu l'avais vu, il est si malheureux d'avoir tant tardé à diagnostiquer ce qui t'arrive... (Encore un, ce toubib, qui sous ses dehors brutaux n'est qu'une mauviette, pensa l'industriel.) Aussi je voulais te dire que le Président, à qui j'en ai parlé (et merde, d'ici une semaine tout Paris m'aura enterré, il faut donc que je me dépêche !), m'a demandé de tout mettre en œuvre, médicalement parlant, pour te venir en aide. Sache-le, Jules, tu n'es pas seul. »

Sans quitter du regard son directeur financier, Marolles remercia Borelly, mais nia avec beaucoup d'assurance, quoique en évitant d'entrer dans les détails, la gravité de son état, « Reynaud exagère, c'est toujours comme ça avec les faux laïcs », ce qui fit ricaner Borelly dont l'anticléricalisme avait si souvent été jugé hors de saison, et, l'un dans l'autre, Marolles enchaîna sur Delors, nouveau ricanement de Borelly, puis il en vint au Président.

« Il ne s'occupe plus que de sa fille », lui répondit le conseiller de l'Elysée sur un ton pincé que Jules n'apprécia pas, si bien qu'il l'interrompit : « Pardonne-moi de te couper, mais je ne vais pas pouvoir poursuivre, je suis en réunion. Je te rappelle, c'est promis. »

Lorsqu'il eut raccroché, l'industriel croisa ses mains et poussa un soupir. En face de lui, le fils Higuerra interpréta son attitude comme la confirmation de ce qu'il avait deviné, à savoir que son patron était malade et qu'il se préparait à mettre la clé sous la porte. Intuition qui se trouva aussitôt confortée par ce qu'il s'entendit dire : « Comptable, vous venez d'avoir la démonstration de ma théorie de tout à l'heure, une démonstration par l'absurde d'ailleurs. Figurez-vous que j'ai décidé de laisser courir une rumeur selon laquelle mes jours seraient comptés, et qu'elle est en train de prendre. J'ai un projet, un grand projet, qui n'est réalisable qu'à condition qu'on me croit faible. Sauf que, le moment venu, c'est moi qui les tuerai tous... Tous, comptable ! Je vous en dirai plus demain, mais, en attendant, venons-en à la situation du groupe. La partie ne fait que commencer, croyez-moi. »

Les tenues camouflées se laissèrent glisser le long de ses cuisses. D'un revers de la main, Serge essaya de les en chasser, mais son bras refusa d'obéir. Déchiquetant de leurs baïonnettes sa chair livide, comme si l'ennemi avait pris soin de miner le sol sous leurs pieds, les diables verts continuèrent lentement leur progression. En tête de la colonne marchait leur chef, un mastodonte hilare, le poitrail bardé de chargeurs de kalachnikov... S'il avait été libre de ses mouvements, Serge aurait voulu l'étrangler, mais ils l'avaient ligoté. L'os de son genou craqua, puis céda, Serge supplia qu'on l'achevât. Tout à coup, l'homme à la main coupée apparut, et bien qu'il flottât au-dessus du Kremlin, Serge l'entendit lui demander s'il se souvenait de son enfance. « De quoi te mêles-tu ? Tu devrais savoir que je suis encore en mon adolescence », lui répondit Serge avant d'ouvrir ses yeux (saloperie de rêve), pour aussitôt les refermer (imbécile, tu as tout le temps) et se retourner sur le côté.

Serge était arrivé dans la capitale de la Russie le vendredi, au tout début de l'après-midi. Il y faisait déjà aussi sombre que dans un souterrain. Lui ayant conseillé de voyager en train, les Tchétchènes vinrent le cueillir à la descente de l'express Varsovie-Moscou — deux hommes qu'il avait déjà rencontrés à Ankara quelque temps auparavant. Il aurait eu cependant de la peine à les reconnaître s'ils ne s'étaient présentés à lui. Avec leurs attachés-cases en croco, leurs chapkas en zibeline et leurs somptueux manteaux d'importation, ils ne ressemblaient plus aux pauvres paysans que le réceptionniste turc (Serge était pourtant descendu dans un hôtel à bas prix) avait considérés avec mépris quand ils l'accompagnèrent dans sa chambre afin de régler les derniers détails de la livraison.

Dans cette gare bruyante et sale, on aurait pu les confondre avec ces nouveaux riches qui prenaient plaisir, au rebours des affairistes parisiens, à ne pas dissimuler l'état de leur fortune. Chaque fois qu'on se répandait devant lui en malveillances sur cette opulence par trop voyante, Serge rétorquait qu'il était né dans une époque où les curés portaient soutane et les ouvriers casquette, si bien qu'on ne pouvait se tromper sur l'identité de son voisin et que, si ça n'avait tenu qu'à lui, il aurait fait fusiller tous les créateurs de jeans et de survêtements. C'était bien le seul domaine à propos duquel l'homme à tout faire de François Marolles se permettait d'exprimer une opinion n'appartenant qu'à lui.

Chez l'Arménien, ancien sous-officier du KGB qui ne servait d'intermédiaire à ces *chiens de Musulmans* que parce que ces *ordures de Russes* l'avaient limogé, les deux chauffeurs, des Autrichiens méfiants, les attendaient en buvant de l'alcool de prune. A leur départ de Vienne, les douaniers avaient omis, moyennant cinquante mille dollars, de poser les scellés sur leurs camions, censés transporter du matériel hi-fi alors qu'ils étaient vides de toute cargaison. Laquelle ne fut chargée qu'après qu'ils eurent franchi la frontière tchèque. Ensuite, ç'avait été un jeu d'enfants que de traverser l'Ukraine jusqu'aux faubourgs de Lugansk, où les Tchétchènes avaient récupéré les armes. Toutefois, afin de n'éveiller aucun soupçon, les Autrichiens remontèrent vers Moscou qu'ils atteignirent dans la matinée du vendredi, faisant alors viser permis de circulation et bons de livraison par leur client, qui n'était autre que l'Arménien.

Quant à la venue de Serge dans la capitale russe, elle ne s'expliquait que par la lourdeur des formalités bancaires, ultime vestige d'un système qui, pour avoir voulu ignorer le profit, sombrait hâtivement dans la corruption. Mais ce qui aurait naguère pris des jours et des jours fut réglé en moins de dix minutes, dès lors que le bénéficiaire du transfert, ou son représentant, signait en main propre les bordereaux officiels.

Bien sûr que c'était ce cognac arménien, trop sucré et sans doute vieilli avec de la sciure de bois, qui l'avait envoyé au tapis !
Serge alluma la veilleuse au-dessus de sa tête. Elle dispensait une lumière indécise, faible, tout juste suffisante pour qu'au sortir d'un cauchemar le malheureux voyageur ne se croie pas perdu au fin fond de l'empire des ténèbres... Rassure-toi, mon vieux, tu es vivant, et tes mains ne sont pas couvertes de sang.
Le samedi, l'Arménien l'avait invité à dîner dans un de ces restaurants auprès desquels le luxe d'un trois étoiles français faisait pâle figure. On y servait une excellente cuisine — « Le chef a tout appris chez vous », fanfaronna le maître d'hôtel qui se chargea de composer le menu. « J'en veux pour mon argent », avait simplement prévenu l'Arménien. A Paris, sous l'Occupation, pensa Serge, ça devait se passer ainsi quand des trafiquants du marché noir gueuletonnaient, mais ni moi, le Juif, ni lui, l'Armé-

nien communiste, n'auraient été de la fête. La roue tourne.

Ne laissant rien dans son assiette, et vidant verre après verre, Serge avait fait honneur au repas. C'est ensuite que ça avait déraillé, quand l'Arménien avait insisté pour le présenter à sa famille, qui l'accueillit comme le Messie. On sortit les abricots secs fourrés à la pistache, les feuilletés aux amandes dégoulinants d'un sirop trop épais et le cognac qu'un vague parent, resté au pays, distillait dans sa cave. On chanta, on dansa, et Serge ne fut pas le dernier à lever la jambe.

Vers minuit, un de ses anciens collègues appela l'Arménien pour lui annoncer qu'au moins trois divisions d'élite, dont une du ministère de l'Intérieur, étaient en train de faire mouvement en direction de Grozny, la capitale de la Tchétchénie. La réaction de son hôte — « Quand ça pue la merde, c'est qu'il y a de l'argent à ramasser ! » — ne surprit qu'à demi Serge. Ce type avait une revanche à prendre, et cette guerre, en ne manquant pas de lui rapporter gros, ne pouvait être que bienvenue. On ouvrit d'autres bouteilles de cognac, le grand-père raconta les combats à l'arme blanche dans les égouts de Berlin tandis que le neveu, revenu sans illusions de l'Afghanistan, empoignait son violon pour ajouter à la nostalgie héroïque la tristesse des survivants, de sorte que bientôt chacun sombra dans sa propre rêverie.

En tirant les rideaux, Serge constata qu'il avait neigé. La ville lui parut encore plus inhospitalière que le jour de son arrivée. Il n'aimait pas Moscou, il ne l'avait jamais aimée, même du temps où, faux touriste, il venait y chercher, pour le compte d'une organisation sioniste de gauche, les samizdats que lui confiaient les opposants juifs à Brejnev. En revanche, il adorait les Russes, cette disponibilité de tous les instants à la mélancolie, et, bien que toute idée de chagrin lui fût étrangère, Serge se fondait avec volupté dans cette foule endeuillée. Sans la souffrance des autres, au regard de laquelle la sienne ne pesait pas lourd, il se serait depuis longtemps passé la corde au cou.

De retour dans son lit, Serge repensa à l'Arménien, qui devait sûrement en ce moment écouter la radio avec la même avidité qu'un spéculateur jouant à la hausse. Plus on se tirerait dessus, plus on se massacrerait, et plus sa famille en profiterait, voilà ce que devait se dire le faux importateur de chaînes stéréo.

François Marolles était différent, il ne partageait avec personne, l'argent le laissait de marbre, et d'ailleurs il en manquait toujours. Si, pour l'Arménien, l'univers tout entier se comparait à une vaste société cotée en Bourse, il en allait autrement pour François : il n'y avait ni univers, ni Bourse, il n'y avait que lui et son aversion envers tout ce qui évoquait un foyer, une lignée, voire une race.

Serge se sentait plus proche de l'Arménien que de François — jamais il n'avait été autant heureux que lorsque sa grand-mère réunissait autour d'elle les rares rescapés du clan Freytag. Et c'est aussi pour punir le fils Marolles de mépriser ce qui lui était désormais refusé que Serge lui avait révélé l'existence d'Adra.

Il ne neigeait pas à Paris lorsque le radio-réveil se déclencha à 13 h 30... « Les combats font rage en Tchétchénie (mais où ça perche, ce putain d'endroit ?), le parti socialiste regrette amèrement la décision de Jacques Delors de ne pas prendre part à la course à l'Elysée (super ! les socialos l'ont dans le cul !), la cote de Jacques Chirac ne s'améliore pas pour autant (dommage, tu ferais un meilleur ennemi que Ballamou), par ailleurs, dans un communiqué à la presse, Gilles Ménage, mis en examen pour atteinte à l'intimité de la vie privée, se déclare surpris qu'on puisse l'accuser d'avoir ordonné des écoutes illégales au... »

Adra en eut vite assez, c'était toujours le même vieux disque geignard. En l'écoutant, on se disait que ça merdait de partout, on buvait son café, et, après un petit pipi, on montait sur la balance, et crotte, encore deux cents grammes de pris. C'est décidé, aujourd'hui, je grignote une salade sans vinaigrette et un yaourt 0 %. Puis, soudaine inspiration, on refilait au petit coin, des fois que, mais non, l'aiguille refusait de revenir en arrière, il ne restait plus qu'à tirer la chasse. Chacun ses problèmes, pas vrai ?

On ne trouvait cependant aucune balance dans le studio de la jeune fille.

Pour ce que ça me servirait ! Que je jeûne ou que je dévore, je ne prends pas un gramme. Aussi, tant qu'à claquer de la thune, autant le faire dans l'utilitaire. Dans le qui rend service.

Comme ce répondeur que la jeune fille s'était offert avec les pourboires d'une semaine.

Car, à l'inverse de ce qu'elle avait pensé le premier soir en quittant avant l'heure le *Koroko*, Adra y était revenue le lendemain, et malgré les répétitions qui traînaient en longueur depuis qu'elle et le reste de sa bande pinaillaient sur le dernier acte (Julie s'évadait-elle, ou croupissait-elle en taule ?), quand survenait la fin de semaine, et que la boîte faisait relâche, la barmaid à temps partiel regrettait qu'elle ne fût pas ouverte sept jours sur sept. Le patron, un magouilleur comme il n'en existe que dans les mauvaises toiles, ne tarissait pas d'éloges sur elle : ponctuelle et pas bégueule, la frangine. C'était d'ailleurs lui qui l'avait branchée sur des revendeurs de Montreuil pour son répondeur dernier modèle, avec plein de gadgets auxquels elle ne comprenait que pouic.

Le compteur affichait le chiffre 3. Mais Adra n'écouta les messages qu'après avoir fait chauffer une casserole d'eau, l'avoir versée dans la théière, puis s'être beurré sa première biscotte, la meilleure, celle qui la remettait en connexion avec l'extérieur.

« *Bonjour, mademoiselle Lambert, vous en avez une belle voix, vous devriez chanter (ah ! ah !) ! Voilà, c'est votre gynécologue. Je suis désolé, mais je serai absent de mon cabinet cette après-midi, je vous propose donc de reporter notre rendez-vous à après-demain mercredi, même heure. D'ici là, évitez de vous gratter (ah ! ah !), mais, j'allais oublier, mademoiselle Lambert, voulez-vous avoir l'obligeance de me confirmer notre nouveau ren-*

dez-vous, en laissant à votre tour un message sur mon répondeur ? »

Attends un peu, ducon, que je te la refile, ma mégamycose et, toi aussi, tu gazouilleras comme un beau zoziau, sauf que, t'es verni, plutôt crever que de coucher avec toi, de toute façon, avec le bide que tu te payes, tu le verrais pas, ton zoziau... Putain, quand je pense que j'aurais pu dormir une heure de plus !

« *Ma grande, c'est maman* — comme si, avec sa voix de réglisse identifiable entre mille, Odette avait eu besoin de le préciser. *De deux choses l'une, ou tu es déjà sortie, et je parle pour rien, ou tu dors, et alors n'oublie pas de me poster ton extrait d'acte de naissance. Tu sais, la musique que tu as mis en fond sonore, ce n'est pas très folichon, fais-moi plaisir, change-la. Gros bisous, et sois aimable avec ton père.* »

L'Odette, si tu lui enlèves Nougaro, Cabrel et tous ces va-de-la-larme, elle déprime aussi sec. Idem avec le vieux, le saint homme. Enigme : comment as-tu pu accoucher d'une fille qui fait tout pour te foutre en rogne mais qui n'y parvient d'ailleurs pas ? Réponse : Y a pas de réponse. Message suivant :

« *Dans les romans que tu lis, la neige et l'oubli sont souvent associés, eh bien, moi, qui la vois tomber par la fenêtre, je ne peux pas m'empêcher de penser à toi. J'aimerais tant que tu sois là, à mes côtés, dans ce lit où je suis seul, tu aurais froid, je te réchaufferais et... Comme je te connais — qu'un tout petit peu, sois rassurée —, tu vas sans doute après m'avoir écouté essayer de deviner où neige-t-il aujourd'hui en France. Je vais t'aider, je suis persuadé que tu connais ce poème, toi qui n'es faite, je le répète, que d'emprunts :*

"*En ce temps-là j'étais en mon adolescence
J'avais à peine seize ans et je ne me souvenais déjà plus
                                  [de mon enfance
J'étais à 16 000 lieues du lieu de ma naissance...*" »

Moscou ! Serge se trouvait à Moscou.

Et il l'avait appelée.

Adra se leva pour caresser le répondeur. Elle riait et pleurait tout à la fois. Elle était comme l'enfant à qui l'on rapporte un jouet perdu, elle exultait tout en redoutant d'être la victime d'une hallucination. Il lui fallut réentendre le message pour s'en convaincre, mais, tout de suite après, son humeur changea. Pour qui donc la prenait-il ? Pour un toutou qu'un susucre fait frétiller ? La méprisait-il autant pour se permettre de jouer ainsi avec ses sentiments ?

Et ce poème de Cendrars, en guise d'adieu ! Ça, pour le coup, c'était le sous-entendu qui tue.

Alors, comme ça, parce qu'on se les gèle à Moscou, on repense à la petite Jehanne de France, et puis quoi encore ?... A gerber, le mec ! Qu'on le castre, qu'on lui coupe les couilles, et qu'on balance le tout à la décharge, putain de merde ! Voilà une chose qu'elle pourrait demander à son père : « Tu dis que tu m'aimes, vieux débris ? Alors, apporte-moi la tête de ce type que je regrette d'avoir connu. »

Adra réécouta une nouvelle fois le message de Serge, puis l'effaça.

Ne collectionne point d'enveloppes vides. Ne porte pas en toi de cimetière.

Et comme souvent lorsqu'on aimerait disparaître dans une fente du plancher, que la raison semble vouloir jouer au billard, Adra entrevit, dans cette sorte de tourbillon fétide, la branche à laquelle se raccrocher. Au plus profond de son amertume, elle venait de découvrir de quelle façon terminer son opéra. C'était l'évidence, la miraculeuse certitude, il lui suffisait de tout reprendre, de tout bouleverser, son tort avait été de se camoufler derrière Julie, on ne déclare pas la guerre en s'abritant derrière un masque, on combat à visage découvert.

Il n'y a que l'affirmation de ce que je suis, pense et endure qui les épouvantera. Ce ne serait plus un opéra, mais une messe blasphématoire où, contre toute attente, les morts ressusciteraient. Et morts, nous le sommes tous puisque nous nous murons dans le silence alors que nous devrions les assourdir de nos clameurs.

Dépêché par l'Arménien, son neveu aborda Serge comme il sortait du sauna où il avait lié conversation avec deux Américains de Salt Lake City, des mormons qui, depuis bientôt trois mois, mettaient en fiches les registres de l'état civil de Moscou. Avec la fougue des militants politiques d'autrefois, ils lui avaient expliqué le pourquoi de leur mission. A savoir la reconstitution de l'arbre généalogique de l'humanité afin qu'il n'y ait pas d'erreurs dans le dénombrement des âmes humaines, lorsque surviendrait l'Apocalypse.

D'abord stupéfait — il avait toujours assimilé les mormons à d'hypocrites polygames —, puis sarcastique — Dieu n'aurait donc créé l'ordinateur que par crainte de la bavure comptable —, Serge avait profité de l'aubaine pour fermer la parenthèse qu'il avait ouverte en laissant ce message idiot sur le répondeur de la sœur de François. Lequel l'avait, comme par un fait exprès, appelé tout de suite après, autant par souci d'obtenir des nouvelles fraîches sur les opérations en Tchétchénie que pour lui reparler de cette fille Lambert qui...

Adra, ma pauvre Adra, tu voulais un père et te voilà déjà avec un frère qui te renverra sans l'ombre d'une hésitation dans les limbes, pensait Serge en écoutant le fils Marolles lui expliquer ce qu'il attendait de lui. Comme je t'aime en ce moment... Plus ce salopard s'inquiète pour la réussite de ses plans, et plus je ne fais qu'un avec toi. Tu vas souffrir, mon amour. Sur la scène de ce théâtre où tu es montée trop tard, il n'y a plus de place pour les figurantes, tous les rôles ont été distribués, et c'est moi, moi seul, qui t'ai envoyée au bûcher, mais il le fallait, car c'est de toi, et de toi seule, que j'attends mon châtiment, et peut-être mon salut.

Aussi, lorsque Serge eut accepté d'arranger, dès son retour à Paris, une rencontre entre le frère et la sœur, chercha-t-il, en descendant au sauna de son hôtel, à gommer cette délectation morbide qui l'envahissait par intermittence depuis le jour où il avait rejoint le camp des montreurs de marionnettes, ceux-là mêmes qui s'imaginaient en avoir fait un pantin, et qui devaient penser, se dit-il en se déshabillant, y être parvenus.

Le neveu de l'Arménien conduisait l'Audi flambant neuve de son oncle de la même façon qu'il avait mené son char dans les rues de Kaboul, en faisant hurler la boîte de vitesses, et en ne respectant les priorités que lorsqu'il avait à lutter contre un camion. Les mains collées au volant, sans un regard pour Serge, l'ancien tankiste n'arrêtait pas de parler. A l'évidence, ce n'était pas avec son passager qu'il cherchait à établir le contact, mais avec le cosmos et même, s'il en existait un, avec l'au-delà.

Bien qu'il maîtrisât assez bien le russe, Serge ne comprenait pas toujours ce que son chauffeur disait. Qu'importe, on roulait, et ce flot de paroles lui procurait la même sensation d'absence qu'il avait éprouvée au sauna.

Puisqu'il l'avait invitée à prendre place dans cet affreux fauteuil court sur pattes, manière de la réduire au rôle de la quémandeuse soumise, Adra décida de vamper Maxime Féray en s'asseyant d'une fesse sur le rebord de son bureau et en lui fourrant sous le nez la meilleure part de son anatomie, ses longues jambes que sa jupe, courte et moulante, mettait en valeur comme l'en avait félicitée le patron du *Koroko*.

Dès l'instant où Féray était descendu la chercher au standard, après l'avoir fait, comme de juste, lanterner un bon quart d'heure, le directeur littéraire lui avait déplu. Avec ses lunettes d'écaille perchées sur le haut d'un front dégarni, et ses manuscrits sous les bras, il incarnait ce qu'elle exécrait le plus : le ringard intello qui vous la joue pressé. Admirez-moi, semblait-il vouloir dire, je suis débordé de travail et je prends quand même le temps de vous recevoir. En le suivant dans l'escalier étroit conduisant à son réduit — « Je passe devant car je connais le chemin » —, Adra envisagea de lui pincer le cul, pas gentiment, méchamment, afin qu'il en garde la marque quand il se déloquerait devant le boudin chiqueux auquel, tout en se caressant la queue, le surhomme devait se plaindre du peu de reconnaissance de ses auteurs.

« D'abord, ce titre. Il pose problème ! » dit-il en s'accoudant sur la pile de dossiers qui le séparait de la jeune fille.

Le pauvre chéri, s'il veut faire dans le genre décontracté, il est mal barré, pensa Adra avant de grogner :
« Vous l'écrivez comment *pose* ?
— Pardon !
— Vous êtes tout excusé.
— Ah, je vois... Vous me faites marcher. Vous avez tort, sacrément tort. Vous pensez peut-être que je ressemble à ce bureau, que je suis comme ce personnage de Melville qui... Bartleby, n'est-ce pas ? Eh bien, vous mettez à côté de la plaque, je ne suis là que parce qu'il faut *se poser* quelque part, sinon je passerais ma vie dans les bars, il n'y a pas de meilleur endroit pour qui veut humer l'air du temps.
— Comprends pas.
— Qu'est-ce que vous ne comprenez pas ?
— Que vous vous sentiez obligé de me causer comme dans une de ces toiles répugnantes de Rochant, ou de..., cherchons pas, il y en a trop. Votre cinoche, c'est rapport à ma guitare ? A mes bottines ? A mes collants résille ? Ou à ma... (Adra faillit dire « mycose », mais elle laissa sa phrase en suspens avant de reprendre.) Je vais vous dire, moi, comment je vois les choses : vous êtes derrière un guichet. Okay, ça, c'est le point de départ, vous avez le pouvoir. Et vous êtes en train d'examiner mon permis de séjour, il est faux, ou périmé, et comme vous pouvez, si ça vous chante, en faire des papillotes, vous me débitez le règlement sans chercher à me l'expliquer... Enfin, quoi, il faut assumer ! Vous êtes chef, soyez chef.
— En l'occurrence, s'il y a quelqu'un ici qui fait du cinoche, comme vous dites, c'est vous. Ça ne vous fatigue d'ailleurs pas de devoir penser dans une langue avant d'avoir à vous exprimer dans une autre ? »

« *Et j'étais déjà si mauvais poète que je ne savais pas aller jusqu'au bout...* »

Gaffe, ma fille, il est moins lourd que tu le supposais. Et en plus il se sera rencardé sur toi, sur ta scolarité hors pair, et toutes ces conneries. Normal, il est payé pour.

« Qu'est-ce qu'il a, mon titre ?
— Je préférais le précédent. Il intriguait davantage... Vous comprenez, aujourd'hui, il y a deux sortes de livres, ceux qui font dans le quotidien bas de gamme, le style *"Il s'appelle Henry Beckett, et nous sommes un lundi matin, il vient juste de se lever"*, je cite de mémoire, qu'importe, eh bien, ceux-là finiront comme les journaux, à la poubelle, et puis il y a les autres, qui ne s'appuient sur la réalité qu'afin de mieux la faire éclater... Oui ?
— Rien. J'attendais la citation. Dites voir.
— Franchement, *L'Ephémère*, c'était mieux que *Achève-le*. On peut tout dire, j'en suis d'accord avec vous, mais à condition de...
— Voilà, vous êtes parfait, vous avez pigé le scénar. Si je veux mon permis, faut que je renonce à pisser debout, hein ? Ça ne se fait pas, mauvais genre, pas vrai ? Alors qu'un pipi d'ange dans un joli lit, avec papa-maman qui vous grondent et vous refilent leurs complexes, ça, ce serait le top, genre toutes ces connasses perfides qui racontent des histoires de couches-culottes pour adultes cafardeux. Y a erreur sur la marchandise, moi, c'est avec le sang de mes règles que je règle mes comptes.
— Vous savez ce que faisait l'éditeur Robert Denoël quand Artaud lui postillonnait au visage ? Il sortait un mouchoir de sa poche, s'essuyait, puis rangeait le mouchoir dans le dossier Artaud, convaincu qu'un jour on se l'arracherait.
— Ah, fallait le dire avant, vous voulez que je vous refile mes tampons hygiéniques ? Vous faites collec ? Ou vous êtes viceloque ?
— Les deux... Mais à tout prendre, je préférerais que vous me laissiez votre guitare.
— Quelle idée ! Vous pourriez amocher vos jolies petites mains.
— Autre chose : je suppose que vous avez obtenu l'accord des intéressés pour écrire sur eux ? Légalement, vous y êtes obligée.
— Vous retardez, il n'y a plus d'intéressés, et donc plus d'intérêts, plus de thune, pour vous. Ohé, réveillez-

vous, je ne veux pas finir à la poubelle, moi aussi j'ai de l'ambition. Cette partie-là, je vais la jouer solo, je veux passer à la téloche et me faire photographier avec mon petit chat avec en arrière-plan la photo de mon cher et tendre.

— Comme c'est intéressant. Expliquez-moi. »

Adra mit pied à terre et fit un pas en direction de Maxime Féray. Sans changer de position, le directeur littéraire continua de la manger des yeux (si je ne la publie pas, celle-là, il faut que je la baise, il le faut !).

Vacherie de vacherie, le Maxime ne réagissait pas du tout comme elle l'avait espéré. Il en redemandait, le con. Il ne la foutrait pas à la porte, c'est elle qui allait devoir la claquer. Quelle époque pourrie, plus personne ne voulait dire non le premier.

« Rendez-moi mon machin.

— Mais pourquoi ? Serait-il possible que nous ne nous comprenions pas, tous les deux ? Ce serait dommage. Si je vous ai priée de venir me voir, c'est parce que j'ai aimé, pas tout mais l'essentiel, des cinquante pages que vous avez bien voulu me faire lire. Et j'ajoute que vous avez raison de supprimer toute référence à ce fait divers qui n'est pas, en l'examinant de près, une tragédie de la dimension de...

— D'abord, ce n'est pas moi qui t'ai filé ces pages, c'est l'autre pétasse, la copine du copain d'un copain qui n'est pas le mien mais le tien entre parenthèses, bref c'est elle qui a voulu se mêler de ce qui ne la regarde pas. Moi, je n'écris pas pour faire la couverture de *Elle*, j'écris pour *Le Chasseur français*. Boum, boum, *comprendo* ?

— Arrêtez votre cirque, dites-moi plutôt pour qui vous écrivez ?

— Pour tous ceux... moi aussi, je cite de mémoire, pour tous ceux qui pensent qu' *"il n'y a jamais d'orages dans les terriers"*. Vu ?

— Si c'est la guerre que vous voulez, je suis partant, mais ailleurs qu'ici. Et puis, je ne peux pas vous rendre vos cinquante pages, je les ai confiées à un lecteur extérieur à la maison.

— M'en fous ! Tu peux te les garder et te torcher le cul avec. Toute façon, je vais tout changer.
— On déjeune ou on dîne ? A vous de décider.
— T'es pas gonflé, toi ! Tu fais comme ça avec toutes les nanas que tu reçois dans ton burlingue, ou j'ai droit à un traitement spécial ? Non, non, ne réponds pas, laisse-moi deviner. J'adore les devinettes, les rébus, les... Bon, sur ce, je me casse.
— Je vous répète ma question : vous n'en avez pas marre de vous déguiser ? »
La réponse fut : une porte qui claqua.
Maxime Féray ne s'en offusqua pas. Il avait son adresse, et, par le minitel, il obtiendrait son numéro de téléphone. Quand une porte se ferme, tu en ouvres une autre, se dit-il en lorgnant son entrejambe.

A Sèvres-Babylone, dans le couloir de la correspondance, elle avait subitement rebroussé chemin et appelé son père depuis une cabine empestant l'urine et le dégueulis d'ivrogne. Ça ne la rendit que plus brutale : « Les bureaux, pour aujourd'hui, j'ai assez donné. Va falloir que vous vous bougiez. N'êtes quand même pas impotent ! Toute manière, vous devez avoir un chauffeur et la caisse qui va avec. Alors, voilà ce qu'on va faire, vous me retrouvez à *La Palmeraie*, en haut de la rue Jean-Pierre-Timbaud, à Belleville. Je n'ai pas le numéro, mais il y a comme de juste un palmier peint sur la devanture. Ça se veut un salon de thé, quoique ce soit pas très proustien, si vous voyez ce à quoi j'allusionne... Ça se rapproche plutôt de la caverne d'Ali Baba. Alors, entre voleurs, hein ! J'y serai dans une demi-heure, aussi faites fissa parce que je n'attendrai pas. »

« Bonjour, Adrienne.
— Avertissement sans frais, dit-elle en défaisant sa doudoune, vous me tutoyez pas, ce coup-ci. L'autre jour, je n'ai pas relevé, mais *today, strictly forbidden*. Alors, ça vous plaît comme endroit ?

— Oui, assez. Ça me rappelle Puteaux quand je...
— S'il vous plaît, évitez-moi aussi le couplet de l'enfance malheureuse. Venant de vous, ce serait énorme. Je m'en tape que vous en ayez chié dans votre jeunesse, ça n'excuse rien. Mais alors rien du tout. Parlez-moi plutôt du programme. Vous me faites quel plan, aujourd'hui ?
— Qu'est-ce que tu... pardon, qu'est-ce que vous voulez boire ?... Une pâtisserie vous tenterait aussi, peut-être ?
— Sûr, une grosse, et avec un thé à la menthe. Très sucré, le thé. »
Le vieux Marolles se leva, s'approcha du comptoir et attendit patiemment qu'un joueur de dominos se dérange pour prendre sa commande. Quand il se retourna, son regard accrocha celui de sa fille. Il s'immobilisa et la contempla — Dieu quelle énergie elle dégageait, c'était la vie à l'état brut ! En haussant les épaules, Adra détourna la tête. Mais son père ne bougea pas. Il voulait l'attendrir, il voulait qu'elle cesse de le considérer en ennemi, qu'elle prenne conscience de sa faiblesse et qu'elle lui tende sa main. Ce fut peine perdue, Adra se cantonna dans son attitude hostile.
Rappelle-toi, ma grande : Goliath est toujours vaincu par un caillou.
« C'est curieux, la mémoire, soupira Jules Marolles en reprenant place en face de la jeune femme. Depuis quelque temps, il m'arrive de penser, et même de jurer, en espagnol... Comme si je revenais en arrière.
— Dites-moi quelque chose en espagnol. »
Adra se reprocha aussitôt d'avoir eu ce mouvement de curiosité — n'allait-il pas s'imaginer qu'elle faiblissait ?
« *"Es la sangre que viene, que vendrá por los tejados y azoteas, por todas partes."* C'est la seule poésie que j'ai jamais apprise, c'était à Barcelone, à l'école, et... Vous aimeriez que je vous la traduise ? »
Pour toute réponse, Adra se gratta le nez.
« C'est du mot à mot, évidemment, mais, bon, vous me pardonnerez, n'est-ce pas ? *"C'est le sang qui vient, qui viendra par les toits et les terrasses, de toutes parts..."*

Et son auteur savait de quoi il parlait, les fascistes l'ont fusillé.
— García Lorca ?
— Oui, Federico García Lorca... Un jour, vous me jouerez quelque chose sur votre guitare ? Et pourquoi pas maintenant, d'ailleurs ?
— Eh, oh, on se calme ! Faut se méfier de l'hypertension. Merde, enfin, on n'est pas autour d'un feu de camp. »
Adra s'était reprise, elle crachait à jet continu ses phrases toutes faites, guettant sur le visage de son père la grimace d'irritation qui la pousserait à en rajouter. Comme il ne réagissait pas, elle se crut maligne de faire remarquer qu'elle ne voulait pas, en plus, passer pour une cinoque aux yeux du patron et des autres consommateurs.
« Ils ne diraient rien.
— Et pourquoi ça ?
— Parce que... — *coño*, si tu parles d'argent, elle fout le camp — ... parce que votre musique les charmerait.
— Si vous n'avez pas mieux à me dire, on s'en serre cinq, et salut la compagnie. Dans moins d'une heure, je dois être au turbin. »
Toi, si tu as hésité, pensa la jeune fille en reboutonnant sa doudoune, c'est que tu allais me le sortir, ton putain de fric.
Aussi Adra tomba-t-elle des nues lorsque son père commença à lui parler de ses frères, auxquels, déclara-t-il en essayant de lui prendre la main, il souhaitait la présenter puisqu'elle faisait partie, qu'elle le voulût ou non, de la famille.

Ce qu'Adrienne Lambert ignorait, et qu'elle ignora encore longtemps pour son malheur, c'est que Jules Marolles avait depuis le début de l'après-midi pris sa décision. Non seulement il lui léguerait le quart de sa fortune, à laquelle elle avait d'ailleurs droit dès lors qu'il la reconnaissait comme sa fille, mais il l'avantagerait par une donation assez particulière que lui avait suggérée son notaire, qu'il avait reçu juste après le fils Higuerra.

La demi-sœur

Il y avait encore une chose que la jeune musicienne ignorait sans que son père pût en être de quelque façon tenu pour responsable : c'est dans les jours qui suivirent cette journée du 12 décembre qu'elle fut arrêtée et qu'elle croisa, dans ce commissariat du 14e arrondissement, son frère aîné et son neveu.

Allegretto moderato

TROIS FRÈRES EN HIVER

1

6 janvier 1995...

Maintenant que quelques heures à peine la séparent de l'anniversaire de son frère aîné, maintenant qu'elle descend la rue d'Aubervilliers, direction le métro, Adra se repasse, une fois de plus, cette maudite scène au ralenti.

Le vieux avait toussé. Elle s'était demandé quelle tête ça lui ferait si elle s'épilait les sourcils, si elle supprimait cet unique trait de ressemblance. Il s'était éclairci la voix. Subitement, elle s'était rappelé qu'elle avait oublié de téléphoner au procureur. Il avait dit : « Noël ? » Elle avait compté jusqu'à dix avant de répondre : « J'ai déjà une famille. » Il avait détourné le regard vers le couple de la table d'à côté qui se dévorait du regard. Quand elle avait renversé le fond de sa tasse dans la soucoupe, il avait souri : « On ne lit l'avenir que dans le marc de café. » Elle s'était contentée de caresser d'un ongle laqué de vert l'arrondi de la cuillère, en pensant qu'elle avait peut-être faim de choses inconnues. Il avait ajouté : « Qui peut croire aux présages ? » Elle s'était empressée de croquer le dernier morceau de sucre. Il avait de nouveau toussé. Si ça s'éternisait entre eux, s'était-elle dit, il allait lui coller sa crève, et alors tintin pour les vocalises. Il s'était mouché longuement, avec méthode, puis : « Et le Jour de l'An ? » Elle avait retourné le pouce vers le sol, *nix*, pas question. Il avait sorti de sa poche un petit agenda : « Et le 7 janvier ? » Elle avait glapi : « On fête quoi ce jour-là, la Saint-Franco-de-Port-et-d'Emballage ? » Il avait dit : « Les 42 ans de Nicolas. » Elle avait plissé les lèvres : « Bon, disons que c'est oui... a priori. » Il n'avait pas relevé la réticence.

Adra la connaît par cœur cette scène, elle en rêve la nuit, et pas que la nuit, même au comptoir du *Koroko*, même dans ce hangar du 18ᵉ arrondissement où elle peaufine depuis le début de la semaine ses bandes, et elle sait pourquoi. Elle appréhende, elle angoisse, elle stresse.
Et si elle allait se noyer dans le sirop ?
Dans les premiers jours, au début, son *a priori* l'avait empêchée de remâcher sa décision, c'était là-haut dans un recoin de sa tête, en quarantaine, non, en hibernation, mais à présent ça faisait eau de toutes parts, il allait falloir qu'elle assure — sauf que, imagine que je m'écrase, que je pactise, que, trop jouasse qu'on m'en ait réservé la meilleure part, je m'empiffre de saint-honoré jusqu'à en dégueuler par les narines, tu parles d'une trahison, l'entourloupe volontaire... Le désespoir n'a pas d'ailes, l'amour non plus, je le sais bien.

Va mourir, défaut de capote !
Pour la troisième fois depuis Anvers, « Arbre de Noël n° 1 » vient de lui écraser ses escarpins de velours rouge. « Excusez-la, elle est dans un mauvais jour », plaide « Arbre de Noël n° 2 », tout aussi fluorescente que sa copine, mais avec tout de même un faible pour le bijou de gros calibre.
Connasses, je vais vous décomplexer, moi !

Lorsqu'elle était montée à Stalingrad dans la rame surpeuplée, Adra avait réussi, en doublant sans le moindre remords une Africaine lestée d'énormes sacs plastique, à poser ses fesses la première sur le bout de moleskine encore libre. Ses voisins, des manœuvres exténués, ne l'avaient même pas regardée, ils avaient déjà la tête sur l'oreiller, et la jeune fille s'était préparée à faire un *break* avec ce bouquin de poèmes qu'elle avait emprunté à l'ingénieur du son.

D'ici au *Koroko*, à cinq, six poèmes par station, je me refais une santé, avait-elle pensé en ouvrant au hasard *Il pleut en amour*. Hélas ! les damnés de la terre étaient descendus à Barbès — « Mère Adrénaline, sans toi je ne suis rien » —, et à peine le temps de savourer la page 70 — « J'aimerais que tes cheveux me recouvrent de cartes de pays inconnus » — qu'à la station suivante avaient déboulé dans les pattes de la musicienne les deux Arbres de Noël.

A partir de là, il lui avait été impossible de repiquer à Brautigan, on ne lit pas « Je m'assois tout au bord d'une étoile et regarde la lumière se déverser de mon côté » quand les ménopausables squattent une rame de métro et qu'elles vous imposent leurs déboires amoureux.

« Arbre de Noël n° 1 » se prend la tête à deux mains : « Ça fait trois jours que je pleure non stop sous la couette, à scruter le plafond, et je n'en ressors que pour bouffer, bouffer, jusqu'à ce que mon corps recrache tout... » S'arrêtant de mâchouiller son chewing-gum sans sucre, « Arbre de Noël n° 2 » rend son verdict : « En somme, il te faut apprendre à maîtriser tes élans négatifs.

— Facile à dire, je m'empêtre dans des histoires fumeuses, ce n'est pas que je sois malade, mais je suis très mal quoi. Dis, tu n'en as pas marre d'écouter mon adagio ?

— Ecoute, je suis passée par là, moi aussi.

— Remarque, à part toi, je ne vis plus pour les autres désormais. Je ne m'occupe que de moi, la solitude, des fois ça coûte, mais au moins ce n'est pas maladif... Dis, n'est-ce pas demain que les soldes commencent chez Sonia Rykiel ? »

Le martyre d'Adra ne cesse qu'à la station Monceau lorsque « Arbre de Noël n° 2 », qui en était à distribuer ses conseils à la rangée d'à côté, quatre vieilles peaux emperlées (« Le germe de blé vous empêche de somatiser ? Mais c'est merveilleux ! »), s'avise qu'elle et sa copine touchent au but. Se ruant alors vers la sortie, elles ne manquent pas au passage de bousculer la jeune fille qui se rattrape comme elle peut pour ne pas tomber par terre.

« Et le miel dans l'utérus, vous n'avez pas essayé ? »

Adra ne fait plus dans la voix intérieure, elle ne retient pas sa colère, elle canonne.

L'insulte ne modifie cependant pas l'allure des Arbres de Noël, il n'y a que le quarteron des emperlées pour s'en indigner. Déchaînée, Adra n'en fait qu'une bouchée. Mais sa victoire, trop tardive, trop facile, lui ôte toute envie de reprendre sa lecture. Quand on ne sait plus s'il est jour, s'il est nuit, il ne reste plus qu'à redescendre en soi.

La musicienne frissonne, demain vient trop vite.

D'ordinaire, on ne voit qu'elle, trouant de ses feux l'obscurité hivernale, aussi dominatrice que le panonceau d'une grande surface, si bien qu'au moins deux fois l'an les voisins signent une pétition afin que la Ville, la Préfecture, ou Dieu sait qui, obligent Francheschi à retirer son enseigne polychrome, mais rien n'y fait. Le *Koroko* continue d'afficher effrontément ses couleurs d'un autre monde. Or, ce soir, et bien que sa barmaid soit en retard de cinq grosses minutes, « le rendez-vous des nègres », comme dit la veuve de l'amiral à l'origine de la dernière pétition, ne dépareille plus le strict ordonnancement de la rue.

Et Adra a beau sonner et resonner, personne ne vient lui ouvrir, et quant à secouer la lourde porte blindée, il faudrait être Schwarzenegger pour s'y risquer. Merde, les chicards auraient-ils gagné ? Impossible ! Le *Koroko* est une citadelle imprenable, inviolable.

Cette question, Adra ne se l'est d'ailleurs posée que parce qu'elle ne sait plus quoi penser, car elle a n'a pas mis longtemps à comprendre que Francheschi, son patron, avait le bras long. Hier encore, deux hauts fonctionnaires du Quai d'Orsay sont passés en coup de vent vider une coupe en compagnie du consul général du Bénin.

Donc, ou ils sont tous morts là-dedans, overdose foudroyante et générale, ou Francheschi s'est tiré avec la caisse ? Vouais, sauf que le gros Joseph devrait quand même être déjà en cuisine... Alors ?

Alors, on est sur un rail, ça roule, un coup à gauche, un coup à droite, un coup on se défonce avec la bande, un coup on se ramasse la thune, et voilà qu'on repique au chèque en bois.

Stop, ça suffit, les délirantes, t'es coincée nulle part, ma grande, reconstitue plutôt le puzzle. Pas de cinoche, si le *Koroko,* c'est fini, eh bien, tu te réinscris au chômage, point final.

Soudain, la voix off patine, Adra vient de visualiser son répondeur... Eurêka ! Etant donné, reprend aussitôt la voix off, que tu n'as pas dormi chez toi mais chez Odette, qu'ensuite tu t'es cloîtrée douze heures de rang dans ce studio, et que tu n'as pas pensé une seule seconde à interroger ton petit robot, il se peut que tu aies raté l'épisode le plus palpitant.

Miracle, sur l'avenue de Wagram, la cabine téléphonique est vide — doit sûrement être naze, mais non, ça marche, folledingue ! —, et Adra a assez d'unités sur sa carte pour écouter les cinq messages qui lui sont destinés. Elle ne s'est pas trompée. *First,* Francheschi l'a bien appelée, sur le coup de midi, afin de la prévenir qu'il ouvrirait exceptionnellement avec une heure de retard, mais, remarque-t-elle, sans en préciser la raison. Pourvu que le singe n'en profite pas pour la garder jusqu'à 23 heures.

Par précaution, le patron du *Koroko* a aussi averti madame sa mère qui, ne sachant où joindre sa fille, lui a laissé en début d'après-midi le même message.

Ça, c'est de l'Odette tout craché, Francheschi a dû pourtant lui dire qu'il était tombé sur mon répondeur, il n'empêche que, pour n'avoir rien à se reprocher, elle a doublé la mise.

Immédiatement derrière, une emmerdeuse qui se plaint

de ne pas avoir été retenue, etc., etc., puis la voix de Marolles (quand elle parle de son père, ce qui lui arrive de plus en plus souvent, Adra ne le désigne que par ce nom d'emprunt qui lui fait horreur). Tout en s'excusant de la déranger (pauvre con, tu t'adresses à une machine !), son père a tenu à lui rappeler qu'on l'attendait à 13 heures demain rue de Passy. *Shit !* Comme si j'avais pu oublier ton guet-apens ! Et en plus, tu me bouffes une unité... Même remarque pour le Féray qui a une nouvelle idée, sûrement toujours la même, lui carrer sa zigounette dans le tabernacle.

Bon, quelle heure il est ? 6 h 20. Un petit café, trente pages de Brautigan, « *Tu as entouré mon pénis d'un cercle de châteaux* », c'est *cool*... A condition de vite le dire, car de quoi on l'entoure mon clito ?

Adra est en train de lire la page 159, « *Saute-moi comme une pomme de terre* », quand de longs cheveux soyeux effleurent son front. Elle sursaute en découvrant l'intrus.

Qui c'est, celui-là ? Qu'est-ce qu'il lui veut ?

Il vend quoi ?

« Je pose des questions », dit-il.

Un sondeur qui se tape la gueule d'Arlo Guthrie ? Ça pue le piège. Doit y avoir une caméra planquée. Misère, il ne manquait plus que la téloche !

« Et moi je pose problème, grogne bêtement la jeune femme.

— Tant mieux, j'aime les problèmes, c'est ma spécialité, je les résous toujours. »

Elle le regarde mieux. Tout juste s'il a 20, 22 balais. Des yeux bleus, boudeurs, mais qui ne lâchent pas prise. Une antinomie pleine de charme qu'accentue sa bouche, tout à la fois rassurante et inquiète — dis donc, toi, tu dois prendre plaisir à ce qu'on te reluque, t'aimes qu'on t'aime, hein ?

Inspection terminée, Adra reprend son livre et lâche : « Et si c'était toi, le problème ? »

Quand il ramène ses longs cheveux en arrière, la jeune

femme change d'opinion. L'intrus ne ressemble pas du tout à Arlo Guthrie qui, en plus, doit maintenant accuser la cinquantaine... Ce sont ses tifs et sa canadienne d'un autre âge qui l'ont abusée. Lui, son genre, c'est Sam Shepard dans ce film gnangnan où il est à la colle avec Diane Keaton.

« Tu ne travaillerais pas pour Ardisson, toi ?
— Je pose des questions, c'est tout.
— Et les réponses, t'en fais quoi ? »
Il ne répond pas, il s'assied, sort de sa poche un feutre vert, puis un calepin et commence à lire. Il a la voix qui va avec la gueule, pense la jeune femme. Une voix qui vient de loin, et qui doit imposer le silence quand il intervient dans une discussion.

« On se regarde ?
— Ben, on fait quoi en ce moment ?
— "*On se regarde ?*" c'est le titre de mon questionnaire. »
Ouille, ouille, il est branque, le mec, peut-être même qu'il cotise dans une secte ?
« Je rectifie, le titre exact, c'est : "*On se regarde ou on se claque la gueule ?*" »
Toi, t'as trop de retard sur moi ! Si tu as envie de faire dans l'impertinence, attends-toi au pire, le camarade Serge m'a blindée, et puis, tu n'as pas le physique, t'es trop craquant pour qu'on t'épargne.
Adra enclenche le pilote automatique : « Okay, on se regarde.
— Et qu'est-ce qu'on voit ?
— Attends, tu testes quoi, là ? Ce n'est tout de même pas ta première question ? Vouais ? Chiadée, bravo, quel talent ! Réponse : J'ai une poussière dans l'œil.
— Et le monde, vous le regardez ?
— A combien vous vous êtes mis pour chier ce truc à la... ? Mais que je suis conne, ça y est, j'ai deviné, t'es de bizuthage, non, pas en janvier, alors, ce doit être pour un abonnement à un de ces canards branchés *underground*, hein ?
— Pourquoi ne répondez-vous pas à ma question ?

— C'est quoi, le monde ? Il n'y a pas un monde, mais des mondes.
— Le monde, c'est les autres. Ceux qui vous entourent. Les gens dans ce café, ou ailleurs.
— Comme tu y vas ! Dis, l'archange, t'as quel âge ? Réfléchis avant de répondre. Autre chose, de quel zoo, ou de quel jardin d'enfants, t'es-tu échappé ? »

La bouche de l'intrus s'arrondit, puis se plisse en un rictus moqueur, mais Adra ne tombe pas dans le panneau, celui-là ne rit que de lui-même.

« Et un nom, tu en as un ?
— Daniel.
— Deux fois jeté dans la fosse aux lions et deux fois...
— Et deux fois sauvé ! Mais c'est la vie, non ? Là, je viens de vous poser ma troisième question.
— C'est quoi, ta drogue ? Ta dope ? Tu te piques, tu sniffes, tu... quoi ? Non, ça va, autant pour moi, inutile de cocher la bonne réponse, lève-toi et tire-toi. Les paris stupides, je n'ai plus l'âge. Va rejoindre tes copains, tes copines, va déconner ailleurs... La vie ! Merde, t'en sais quoi, de la vie ? Et quelle vie d'ailleurs ? »

Daniel lui oppose son regard le plus candide.

C'est bien ma veine, il y a un seul dingue dans le quartier, et j'y ai droit, se dit Adra avant de jeter un œil sur sa montre. Encore vingt minutes à tirer.

« Et le désir, là-dedans ? » reprend Daniel.

D'un geste menaçant, la jeune femme lui indique la sortie. Va-t-il enfin comprendre ? Encore un mot, et elle le gifle.

« Bon, alors, on se préserve en attendant le miracle ? »

Adra ne le gifle pas, elle ne réessaie pas non plus de le chasser, elle paraît avoir renoncé, mais elle n'est pas vaincue, elle n'a pas peur, elle s'est refermée sur elle-même, persuadée que, si elle se tait, il finira bien par s'arrêter et disparaître.

Mais il ne disparaît pas.

Il dit : « Bref, on descend dans la rue, ou on y finit ? »

La jeune femme entend la voix de Serge, et son cœur se serre. Pourtant, Daniel est toujours là : « Et la révolution, enchaîne-t-il, on s'y pointe, ou on continue de pointer à l'ANPE ? »

De nouveau, Adra regarde sa montre, 7 heures moins 10, il est temps, elle compte neuf francs et les pose sur ce qu'il reste du ticket de caisse.

« On doit se parler pour mieux se comprendre », ajoute Daniel en refermant son carnet.

Elle se lève, passe le long manteau noir qu'Odette lui a offert pour Noël, et se regarde dans le reflet de la vitre.

Lui aussi s'est levé. Il prend les pièces de monnaie et les tend au garçon qui les empoche et s'en retourne vers la caisse. C'est alors que le jeune garçon pose une question qu'Adra ne peut pas faire mine d'ignorer : « Combien d'enfants voudriez-vous que je vous fasse ? »

De ses gants de cuir, elle lui cingle le visage. Sous la violence du coup, la lèvre inférieure de Daniel s'est fendue, et quand il lui sourit, il y a du sang sur ses dents. Elle voudrait s'excuser, on ne frappe pas un détraqué, mais comment lui faire admettre que ce n'était pas lui qu'elle visait mais un autre ? Elle essaie pourtant. Beaucoup de mots, peu de sens. Elle s'arrête, s'avance vers lui, il continue de sourire, elle lui essuie la bouche avec le bout de son écharpe, pour un peu elle pleurerait. Daniel, le rescapé de la fosse aux lions, fait un pas en arrière et lui dit : « Cela fait quinze jours que je vous suis, Adrienne, mais maintenant, partez vite, vous allez être en retard. » Et elle obéit, sans oser lui demander par quel prodige un garçon qui pose de telles questions idiotes a pu pénétrer son existence au point de savoir son prénom, et surtout que le *Koroko* n'ouvre exceptionnellement qu'à 19 heures.

D'une démarche somnambulique, Adra se dirige vers la porte vitrée. La voici qui l'ouvre et qui va pour se fondre dans la nuit lorsque le vacarme de la circulation agit sur elle à la façon d'un électrochoc. La réalité se remet brutalement en place. Elle a dû rêver. Ce genre de choses n'arrive jamais, se dit-elle sans chercher, en se retournant, à le vérifier.

Elle ne l'avait jamais vu dans cet état.

Le patron du *Koroko* ne s'est pas rasé, ses mains tremblent, et il y a comme de l'épouvante dans ses pupilles étrécies. A l'instant, il vient de remettre le verrou à la porte blindée sur laquelle Adra, en arrivant juste derrière le gros Joseph, a pu lire un avis écrit de la main de Francheschi, et qu'il avait dû apposer pendant que le dénommé Daniel lui faisait son numéro de passe-muraille : « *Le* Koroko *est dans l'obligation de reporter à 19 h 30 l'ouverture de ses portes. Notre aimable clientèle voudra bien nous en excuser.* »

« Que se passe-t-il, patron ? » demande le gros Joseph qui ne s'est pas encore changé. Francheschi ne répond pas. Il attrape une bouteille de malt et s'en sert un grand verre. De la cuisine parvient en écho le fracas frénétique des casseroles et des marmites que Modibo, le plongeur, prend plaisir à maltraiter depuis qu'il a mis au clou sa batterie toute neuve. Pas plus tard que la veille, Francheschi, qui n'apprécie pas qu'on détériore le matériel, l'a menacé de le foutre à la porte, mais ce soir il ne bronche pas.

Comme si elle souhaitait oublier cette atmosphère tendue, Adra s'oblige à sourire en constatant que le cuisinier guinéen a un faible pour les costumes voyants. Jusqu'à présent, elle l'avait associé à une toque et un tablier pas toujours des plus nets, alors que, dans sa flanelle grise à raies blanches, il a tout du mac de Harlem. Francheschi intercepte le regard amusé de sa barmaid, de sorte qu'à son tour il fixe le gros Joseph et qu'il grommelle : « Tu ferais mieux d'aller rallumer tes feux.

— Mais patron ?

— Plus tard, plus tard. »

Adra contourne alors Francheschi, enlève son manteau, et le range sur l'unique cintre en plastique qui se trouve dans le placard aux balais, près de la porte des toilettes.

« Je mets de la musique ? dit-elle en revenant derrière le comptoir.

— De la musique, Pandora ? Pourquoi pas ? Ce n'est pas parce que mon ami — il marque un temps d'arrêt comme s'il regrettait d'en avoir trop dit, puis il reprend —, oui, ce n'est pas parce qu'il est mort ce matin que je dois... »

Il s'interrompt de nouveau et toise Adra avec mépris, à moins que ce ne soit avec rancune, pense la jeune femme qui lui rend son regard. Elle ne joue pas avec les morts. Francheschi finit par détourner les yeux. Aussitôt après, il vide le contenu de son verre dans le bac en alu et se prend la tête à deux mains.

Adra est médusée, et ce n'est pas tant la douleur de Francheschi qui est la cause de son trouble que son aveu involontaire.

Merde, alors, jamais, non, jamais, je n'aurais pu imaginer que ce mec que l'on dit couvert de femmes en était, qu'il pointait chez les guitounes. Tu parles d'une prouesse, jouer les clandos chez les machos, pactiser avec l'hétéro pour que le commerce continue de rapporter.

Dans la pile des CD, Adra ne choisit pas, elle prend le premier qui lui tombe sous la main, c'est *Iso* d'Ismaël Lo, elle n'aime pas beaucoup ça, de la verroterie pour nègres blancs, mais elle n'a pas envie de chercher plus loin. Elle est toujours sous le coup de la surprise. Francheschi au pieu avec un gonze, putain, je rêve, et là-dessus, le sida, parce que, probable, que c'est de cette saloperie qu'il est mort, l'amoureux, putain, il me fait la totale, le Francheschi !

La jeune femme enfourne le CD dans le lecteur et appuie sur la touche *play*. Affichage des plages, puis musique et rengaine : « *Tu marches la tête haute mais tu es brisée* », gémit celui qu'Adra compare à une glaire, « *ne t'entête pas, laisse-nous lui parler de toi...* »

Bravo ! Tu as tiré la réplique de circonstance, celle qui te renverra illico presto à l'ANPE, ma grande.

Mais ça glisse sur son patron qui ne semble pas vouloir émerger de son silence dépressif. Avec des gestes aussi précis qu'indifférents, Adra commence alors à préparer les assiettes d'amuse-gueule — ce sera toujours ça de fait — et repart dans son monologue.

Depuis que je galère dans le bizness, se dit-elle, le style julot par-devant et craquette par-derrière, j'en ai croisé des tas, sauf que dès que l'occasion se présentait ils ne se gênaient pas pour abattre leur jeu. Ceux-là ne vont pas s'allonger sur le divan, ou alors c'est pour baiser le psy. Tandis que l'autre, là, il me rejoue la grande scène du pédé myope. Menteur, menteur ! Il n'y aurait donc que les femmes pour tirer gloire des ténèbres. Et merde, quand je pense que je me suis fait avoir par un bobineux de la rondelle qui s'emmanche lui-même de peur que son bilan plonge dans le rouge...

La jeune fille sent soudain dans son dos la présence de Francheschi. Non mais des fois, c'est pas des façons, ça ! Tu ne voudrais tout de même pas me serrer dans tes bras ? Ce n'est pas parce que je t'ai avoué que je couchais avec qui me plaisait qu'il faudrait me ranger dans la mauvaise case, celle des faux derches. Moi, les pédés, je ne les aime que flamboyants. Albertine, je laisse ça à qui bande d'une couille.

Adra pivote sur elle-même avec une telle maladresse qu'elle en fait tomber la boîte d'olives vertes dont elle venait de dévisser le couvercle.

« Vous m'en voulez, n'est-ce pas ?

— Mais de quoi ? feint de s'étonner Adra.

— Comme si vous n'aviez pas compris... C'est pourtant simple, on est tous obligés de mentir. »

Elle dit la première chose qui lui passe par l'esprit — « Et le désir, là-dedans ? » — pour tout de suite après se demander d'où elle sort cette connerie.

Lui, en se reculant : « Le désir ? Mais j'en crève. Oh, et puis, c'est mon affaire. Le chagrin, ça ne se partage pas. Dites-moi plutôt de quoi j'ai l'air. J'ai une tête affreuse, non ? »

Elle, qui vient de repenser aux longs cheveux de Daniel balayant son front : « Affreuse, non, *destroy*, mais, bon, ça devrait brancher la clientèle.

— Pandora, vous êtes perfide quand vous vous y mettez. Non, non, ne ramassez pas ces olives, foutez-les à la poubelle. Ce soir, la maison ne recule devant aucun sacrifice... Bon, eh bien, je vais aller me raser et changer de chemise. Si je ne suis pas de retour dans les dix minutes, je vous laisse le soin de faire l'ouverture. Le portier ne viendra qu'un peu plus tard. Et surtout, ne comptez pas le premier verre, offrez-le, tournée générale. »

Adra acquiesce d'un mouvement de tête.

Dans la cuisine, le gros Joseph engueule le plongeur dans une langue qui lui paraît aussi indéchiffrable que l'apparition du rescapé de la fosse aux lions, tout à l'heure dans ce bistrot de l'avenue de Wagram. Mais le ton ne trompe pas, le cuisinier parle en maître, il donne des ordres, alors que Daniel, lui, attendait qu'on lui en donne.

C'est l'heure. Adra tire le verrou de la porte blindée. Le spectacle peut reprendre.

Sur le trottoir, ils sont cinq ou six qui font le pied de grue. Des Africains bruyants qu'elle connaît de vue. La barmaid leur souhaite la bienvenue et s'efface pour les laisser entrer. Quand on baigne dans le mystère, et qu'on en redemande, on se doit de fuir les certitudes physiques. Le bruit d'une portière qui claque fait se retourner la jeune femme. A une dizaine de mètres du *Koroko*, deux hommes viennent de descendre de voiture. La lumière du lampadaire éclaire comme en plein jour le premier des deux.

Se peut-il, se dit Adra en se raidissant, que l'art et la vie coïncident à ce point, que le rêve et la réalité se rejoignent ? Oui, se peut-il que la dernière chanson dans laquelle elle s'est mise tout entière, et qui lui a tant coûté, que cette chanson de haine et de désespoir soit en train de prendre corps sous ses yeux ?

C'est à Serge en effet que la musicienne a pensé en écrivant : « *Qui te tire des larmes, tire-lui du sang.* »

Or le voici, en chair et en os, qui se dirige à présent, aveugle à son destin, vers cette silhouette féminine, tandis que François Marolles, qui lui emboîte le pas, lui répète d'une voix gourmande que « la nouvelle barmaid mérite d'après ce qu'on raconte le coup d'œil. Il paraît même qu'elle s'appelle Pandora... Incroyable, non ? Viens ici, ma Pandora, que je t'ouvre la boîte... Ne fais pas cette gueule, ce ne sera que l'affaire d'un petit quart d'heure. Pas plus ! »

Tout au long du mois de décembre, Serge s'était dérobé à sa promesse d'arranger une rencontre entre François Marolles et sa demi-sœur. Chaque fois que le trafiquant d'armes lui demandait où il en était, Freytag lui jurait que, malgré ses efforts, Adrienne demeurait introuvable.

Il y avait d'abord eu le téléphone qui sonne prétendument dans le vide, puis un déménagement sans qu'on sache pour où, et enfin les fausses confidences (« Tu vois que je m'entête ») d'une des amies d'Adrienne qui avait lâché que la jeune fille se trouvait (« Mais c'est un secret, monsieur ») dans un centre de désintoxication (« Comment ça, cette petite conne se drogue ? — Eh oui, mon vieux ! ») dont personne ne connaissait l'adresse si ce n'est qu'il se trouvait quelque part en Dordogne, mais Serge avait été catégorique : « Où qu'elle soit, je te la ramènerai. »

En accumulant les mensonges, son amant n'avait pas cherché à protéger Adra, il n'avait pas davantage cédé à un élan de commisération aussi inattendu que persistant. Lorsqu'il avait quitté Moscou, il était au contraire résolu à la jeter en pâture à son frère, mais après lui avoir révélé son rôle dans cette entreprise maléfique. Depuis le temps que Freytag appelait de tous ses vœux un châtiment que personne ne s'était risqué à lui infliger, il espérait que, pour être à l'origine des infortunes de la jeune fille, celle-ci l'entraînerait par représailles au fond de la nasse.

Son plan était des plus simples — « En existe-t-il de meilleurs ? » avait-il coutume de dire lorsqu'il réunissait dans une lointaine banlieue les plus aguerris des militants de son organisation. L'ancien chef révolutionnaire, auquel la légende attribuait les coups de main les plus spectaculaires du début des années 70, avait tablé sur ce qu'il appelait l'effet boomerang. C'était simple comme bonjour : en s'entichant de cette enfant resurgie de son passé, le vieux Marolles ne pourrait susciter contre Adra que l'impitoyable hostilité du reste du clan familial.

Serge n'ignorait pas que l'argent ne se partage qu'au couteau.

Mais Catherine, sa fille, avec qui il avait dîné en débarquant à Paris, lui avait fait, sans qu'elle s'en doutât, apercevoir la faiblesse d'un tel plan dans une époque où l'on pardonnait plus qu'on ne condamnait. Lui qui s'était ingénié à écrire, sur les murs de Censier, « Si tu vois un prof blessé, achève-le », et qui venait de le rappeler à sa fille (entre la poire et le fromage, elle lui avait, pour un exposé d'histoire sur Mai 68, réclamé sa version des faits), il s'était gentiment fait charrier par cette gamine qui n'épargnait pourtant pas ses efforts, en signant et resignant d'insipides pétitions déclarant inconstitutionnel le Front national. « Pourquoi tant de haine ? s'était-elle récriée. A la fac, des profs, on en a besoin, on en manque, et puis on n'achève pas un blessé, c'est débile comme mot d'ordre, pour ne pas dire dégueulasse. Sans compter que je te vois mal, papa, en assassin. En somme, vous vous montiez la tête, vous ne deviez pas assez faire l'amour... Dis, papa, tu as eu beaucoup de femmes dans ta vie ? »

En retour, Serge avait craint que, malgré son penchant pour les meurtrières sans cause, Adra ne se comporte comme Catherine, qu'elle n'admette pas qu'il l'avait manipulée, ou alors, pis, qu'elle se mette en tête de l'aider. La jeunesse de cette fin de siècle avait le cœur tendre, elle n'aimait rien tant que les salauds. De sorte qu'il s'était convaincu de laisser Adra voguer solitaire vers son destin, un mot que lui aussi ne prononçait qu'avec répugnance.

Puisque sa propre génération, qui se gargarisait de slogans sans lendemain, avait renoncé à réclamer des comptes aux apostats, il était logique que les générations suivantes aient oublié jusqu'au désir de vengeance. Et que sa fille ne lui ressemblât pas prouvait que les lois de la génétique, à l'instar de celles de l'amitié, ne s'appliquaient qu'à une minorité d'individus, lesquels ne tenaient plus le haut du pavé.

Bref, pour toutes ces raisons, et d'autres encore qu'il ne parvenait pas à s'avouer, Serge avait menti à François Marolles. On ne récrivait pas l'Histoire. Ce qui était défait ne pouvait être refait, Adra serait dévorée par ses frères, et lui-même finirait bien par canner sous les balles de quelque client mal embouché.

Or maintenant que le ciel est tombé sur la tête de Serge, que la fenêtre de son réduit vient de s'ouvrir sur un volcan, maintenant que le voici nez à nez avec la nouvelle barmaid du *Koroko* dans lequel, les rares fois où il s'est laissé convaincre de se rendre, il ne l'a fait qu'après dîner, à l'heure où Adra, repassée sur l'autre rive, rudoyait de nouveau l'univers, comment va-t-il réagir ?

Avec François Marolles sur ses talons, toutes les issues paraissent bloquées, il est au fond de l'impasse, face au mur, sur quoi peut-il encore tabler pour s'échapper ? Car une chose est certaine, il ne changera pas ses plans, il s'est retiré de l'histoire, et il n'y reviendra pas.

Mais l'imaginerait-on abasourdi, interdit, stupide, qu'on se méprendrait sur le personnage.

Des situations analogues, quand l'homme surpris est à moitié pris, Freytag en a déjà connu des dizaines et, s'il s'en est toujours sorti, c'est pour ne s'être pas cabré, pour n'avoir pas refusé le sort qui lui était réservé. Au lieu de fuir l'attaque, de s'épuiser à découvrir une improbable porte de sortie, son instinct l'a au contraire poussé chaque fois à s'abandonner à l'ennemi.

Le capitaine Achab n'a péri que parce qu'il a refusé d'admettre la suprématie de Moby Dick, alors que Jonas, en faisant mine de consentir au sacrifice, est ressorti au bout de trois jours des entrailles de la baleine. Cette tactique, qui doit si peu à l'intelligence et tant à sa filiation viscérale aux peuples errants, l'avait fait affectueusement surnommer « le Furet » par Sartre, lorsqu'au soir de sa vie le philosophe se réchauffait le cœur en se pensant l'inspirateur des exploits de Freytag et de son petit groupe de nouveaux partisans.

« *Les mots font peu à peu le paysage de tes malheurs.* »

Quoiqu'elle aimerait le terrasser d'une formule, Adra sait qu'elle n'est pas de taille. Serge transformerait sa vitupération en jérémiade. C'est l'évidence même, il lui faut rengorger ses insultes et mimer le détachement. Aussi, tandis que François Marolles se dépêche de coiffer

La demi-sœur

Freytag sur le poteau en se hissant sur le dernier tabouret de libre, la jeune femme, qui s'efforce au naturel, pivote avec une lenteur qu'elle espère professionnelle vers les alignements de bouteilles. Dans sa tête lui revient un refrain de Piaf : « *Adieu tous les beaux rêves, sa vie, elle est foutue.* » De sorte qu'en offrant son dos à Serge, c'est comme si elle l'avertissait : Auras-tu le courage de me frapper par-derrière ?

La voix de Marolles (« S'il vous plaît, mademoiselle Pandora ! ») ne lui déplaît pas, elle y devine la lassitude des nuits blanches, mais tant que Serge se taira, elle fera la sourde oreille. Marolles insiste. Elle ne peut alors que jeter par-dessus son épaule : « Une seconde, je m'occupe d'abord de ces messieurs. Premiers arrivés, premiers servis. »

S'emparant d'un shaker, Adra commence à le remplir de glace pilée.

Parle, salopard, parle, sers-moi un de tes mensonges... Mais aucune parole ne fait écho à sa prière.

Serge reste désespérément muet. « *Ce n'est que dans ton cœur que sont rangés les vieux soleils.* » Et alors ? Si tu faiblis, négresse, les anges aux longs cheveux se détourneront de ton ventre vide. Continue, verse le Martini, puis le gin dans le shaker, et ajoutes-y le filet de jus de citron.

Marolles s'impatiente.

Qu'est-ce que c'est que cette barmaid à la con qui ne leur accorde même pas un regard ? Pour qui se prend-elle avec son cul en pointillé ?

Il s'apprête à en faire la remarque à Freytag quand, par chance pour Adra, réapparaît, rasé de près, œil vif et main tendue, le maître des lieux. Après s'être excusé auprès du petit groupe d'Africains, en attente de leurs cocktails, d'avoir ouvert aussi tardivement, Francheschi contourne sa barmaid, qui en profite pour filer à l'autre bout du comptoir avec son plateau, et c'est tout sourire que le propriétaire du *Koroko* s'en vient donner l'accolade à Marolles qu'il appelle François et qu'il tutoie. Pour ce qui est de Serge, il se contente d'une tape sur l'épaule. On ne saurait être plus distant. Entre ces deux-là, le courant ne passe plus depuis que Freytag lui a craché au visage que les patrons de boîtes, c'était indics et compagnie.

De son côté, Adra se convainc que ça y est, que le moment est venu, mais elle ne peut s'empêcher, en l'examinant à la dérobée, de trouver à François une belle gueule de voyou. Pour s'en faire aussitôt honte. Non mais, tu dérailles ? Une belle gueule de voyou ! Et pourquoi pas sa queue dans ta bouche ? Tu ferais mieux de te concentrer sur l'autre ordure. Le rideau va se lever sur le dernier acte, et toi, connasse, tu te disperses, tu t'émiettes.

Pauvre enfant qui voudrait qu'on se presse vers le dénouement, que le feu prenne enfin à la plaine, que Serge se traîne à ses pieds en mendiant son pardon, mais qui ne comprendrait pas qu'on lui dise qu'il n'y a plus trace chez elle d'amour déçu, plus trace de rancœur, et que la haine, à laquelle elle se cramponne comme le noyé à sa bouée alors qu'il a déjà touché au rivage, que cette haine l'a quittée, qu'elle n'est mue désormais que par une curiosité douloureuse.

Francheschi : « Pandora ! Approchez que je vous présente mon ami François (levant ses mains serrées à hauteur de sa poitrine, la barmaid le salue à la façon des Hindous ; en retour, Marolles s'incline à demi)... et à monsieur Jacques Freytag. »

Adra se plante devant Serge. Sans qu'on puisse y discerner un quelconque sentiment, leurs regards se rivent l'un à l'autre. Ils sont pareils à des voyageurs dont les trains se croisent en gare et qui s'entre-regardent sans se voir.

Les mots sont prêts.

S'il capitulait, Serge s'efforcerait d'attendrir la jeune femme par une de ces exagérations dont il a le secret. Je suis hanté, lui dirait-il, par l'espace que je dois vivre sans toi. Ce ne serait d'ailleurs que la moitié d'un mensonge puisqu'il... Mais Adra l'en dispense, en prenant l'initiative d'entamer les hostilités.

« Tout de même, c'est curieux, les prénoms ! s'exclame-t-elle.

— Mais pourquoi donc ? fait Marolles.
— Je veux dire que... Vous, par exemple, vous ne pouviez que vous appeler François...
— Non, là, c'est trop facile, d'autant qu'il a fallu que je m'y fasse à François. Il faut nous en dire plus, Pandora. Entre nous, le vôtre de prénom, il n'est pas très *casher*, non ?
— Je vous répète que ce n'est pas en songeant à vous que j'ai dit cela... puisqu'en vous voyant (cette fois, elle est lancée, et tant pis si elle manque sa cible) j'ai tout de suite songé à Villon.
— Villon ? Mais n'a-t-il pas fini au bout d'une corde ? Vous n'êtes guère encourageante. »
Traçant sur le cuivre humide du comptoir un cercle imaginaire, Serge ouvre sans conviction sa mémoire : « *Je meurs de soif auprès de la fontaine.* »
D'entendre tout à coup cette voix de poitrine qui hier encore — mais c'était quand hier ? — lui mettait le feu aux joues, Adra s'étonne de n'y être plus sensible, et c'est tant mieux car ce fils de pute, pense-t-elle, ne s'est pas trompé, il a choisi le bon poème.
« Je n'aime pas les *emprunts*, ça a un côté banquier », dit-elle.
François éclate de rire : « Mouché, le professeur !... Et bien mouché ! Mais alors, c'est donc son prénom qui ne colle pas, hein ? Allez-y, Pandora, allez-y, il a le cuir épais, il peut tout endurer. Qu'avez-vous à reprocher à Jacques ?
— A Jacques ? Rien.
— Mais à qui alors ?
— Dites-moi plutôt ce que vous prenez. Monsieur Franceschi a dû vous prévenir : c'est la tournée de la maison.
— Cuba Libre, répond François.
— Et vous... monsieur ?
— Moi ? La poudre d'escampette, bien sûr... (Puis, Serge ajoute) "*En ce temps-là, je ne savais pas aller jusqu'au bout...*"
— Désolé, fait Franceschi, on n'a pas ça en magasin.
— Le contraire m'eût étonné. (Se retournant vers

Marolles) Tu ne vois pas d'inconvénient à ce que je m'en aille ?

— Permission accordée. »

Et c'est ainsi que le frère et la sœur, dans l'ignorance des dangers qui pèsent sur leur complicité naissante, et irréfléchie, laissent s'éloigner leur chance de salut. Plus tard, après qu'Adrienne Lambert se serait arraché le cœur, Serge se persuaderait d'avoir entendu la jeune fille lui crier alors qu'il avait déjà un pied sur le trottoir : « Va au diable, l'Ephémère ! »

Derrière sa caisse, qu'il ne quitte que pour s'esclaffer aux plaisanteries d'une clientèle qui grossit à vue d'œil, Francheschi, le veuf inconsolé, est redevenu le boute-en-train autour duquel se pressent, avides d'un compliment, épouses et maîtresses qui ne diraient pas non si ce Blanc leur proposait autre chose qu'une coupe de champagne.

Dans l'indifférence générale, Nina Simone chante *Satin Doll*.

Seul, au bout du comptoir, François Marolles dodeline de la tête. C'est lui qui a insisté auprès de cette barmaid dont l'impertinence le ravit pour qu'elle lui mette ce vieux disque. Faisant feu de tout bois, Adra-Pandora paraît au meilleur de sa forme — Francheschi lui-même ne l'a jamais connue aussi gaie, aussi enjôleuse. Aux galanteries, elle répond par des rires de gorge, et lorsqu'on lui offre un verre, au lieu, comme à son habitude, de n'y tremper que ses lèvres, elle le vide d'un trait.

Il y a encore quelques minutes, le fils Marolles s'est cru malin en la comparant au papillon qui, au sortir de sa chrysalide, volette de fleur en fleur. Elle a pouffé, quoiqu'elle ait en son for intérieur pensé que, loin d'être l'insecte inoffensif que les hommes voudraient ramener dans leurs filets, elle se sentait l'abeille qui frappe de son aiguillon chargé de venin le promeneur désarmé et imprudent.

2

7 *janvier 1995*...

Quelques instants avant qu'elle se laisse embrasser par François, Adra lui avait demandé s'il avait un nom. « Un nom de famille, bien sûr ! » avait-elle corrigé en posant sa tête sur son épaule.

Jusque-là, que ce fût au *Koroko* dont ils n'étaient sortis qu'après 11 heures du soir, ou que ce fût dans sa voiture, alors qu'ils roulaient à grande vitesse vers Dieppe, et même plus tard, lorsqu'ils avaient soupé dans ce restaurant de pêcheurs qui ne fermait pas la nuit, Adra n'avait pas songé à lui poser la question. Prise dans le tourbillon, la jeune femme, que François continuait à appeler, sans qu'elle songeât à le corriger, Pandora, s'y était abandonnée avec frénésie.

Perdu pour perdu, advienne que pourra ! Voilà ce que finissent par décider les âmes chancelantes, et infortunées, que cette narcissique fin de siècle produit en nombre croissant, et voilà ce qu'avait pensé la barmaid en emboîtant le pas à François Marolles.

Ne te retourne pas, ou tu seras changée en statue de larmes pétrifiées.

Cet homme, dont Adra ne savait rien sinon qu'il ne regardait pas à la dépense, lui aurait-il proposé d'abattre les deux motards qui les verbalisèrent, porte Maillot, pour avoir brûlé un feu rouge, ou de sauter à pieds joints dans l'eau glacée qui grondait au pied de cette digue où ils s'en étaient venus respirer l'air du large avant de redescendre vers le port, qu'elle l'aurait fait sans hésitation.

Depuis cette inexplicable matinée de novembre où Serge ne s'était pas battu pour la retenir, Adra n'avait cessé de se heurter aux quatre murs de sa solitude sans que personne se décide à l'en tirer, à l'en consoler. Mais a-t-on déjà vu une amazone fréquenter les confessionnaux ? C'était la rançon de sa réputation, il lui était interdit de se plaindre. Outre qu'elle aurait déçu son monde en perdant ainsi de sa superbe, la jeune fille n'aurait pas su trouver les mots qui inclinent à la compassion. Elle s'était donc obligée à terminer coûte que coûte son opéra, tout en maintenant l'ardeur, souvent vacillante, de la petite bande qui avait placé sa confiance en elle.

Or plus les jours passaient, et plus Adra doutait. Dans le secret de son cœur, elle se jugeait désormais sans talent, incapable d'une grande œuvre, et il lui arrivait même de regretter, tandis que l'insomnie la tenaillait, d'avoir relégué au second plan l'histoire de Julie.

Qu'avait-elle eu besoin de vouloir se mettre en scène si elle persistait à se faire passer pour ce qu'elle n'était pas ? En quoi différait-elle de ces vieilles adolescentes qui hantent, aux séances de l'après-midi, les salles de cinéma à la recherche d'un regard complice ? Et qui s'en détournent avec frayeur si d'aventure elles en suscitent un ?

Et cependant Adra était allée de l'avant, ne quittant les répétitions que pour le *Koroko* et, à défaut de se serrer contre un peu de chair, la musicienne avait, en consommant exagérément amphétamines et cocaïne, puisé la force de continuer.

Pas dupe, Odette lui en avait fait un soir le reproche, mais sa fille lui avait répliqué que si elle-même avait pris de la drogue, peut-être qu'elle lui aurait évité ce père, si longtemps attendu, mais si décevant, qui lui pompait la vie mieux que n'importe quelle seringue.

« Un nom de famille ? répète François Marolles en l'étreignant. Mais c'est Villon, aurais-tu oublié ? »

Elle pourrait lui répondre qu'elle n'est que mémoire, que sa tête est un immense charnier, et qu'il lui suffirait d'en exhumer le cadavre de Villon pour que s'en dégage ce « *Vieille serez, vous laide, sans couleur* », qui lui paraissait naguère correspondre à un âge qu'elle n'atteindrait jamais, mais c'est autre chose qu'elle lui murmure en lui offrant ses lèvres.

« Caresse-moi les seins », l'implore-t-elle, car bien qu'elle se sente étrangère à elle-même, sèche de partout, elle veut croire que les mains de cet homme vont lui rendre un peu de ce désir qui lui permettra de singer une fois de plus les gestes de l'amour. Mais maintenant qu'il essaie de lui enfoncer sa langue dans la bouche et qu'au lieu de l'y laisser s'ébattre elle lui oppose, par un réflexe dont elle n'est pas coutumière, le dérisoire barrage de ses dents serrées, elle se fait l'impression d'être une patiente insuffisamment anesthésiée qui réaliserait avec stupeur qu'on est en train de lui entailler les chairs.

De toutes ses forces, elle repousse alors François qui résiste, et s'accroche à elle, sans doute parce qu'il imagine un jeu là où il n'y a que du dégoût de soi. Mais enfin, lui rappelle sa voix off, c'est lui qui a raison, tout ceci n'est qu'une comédie sans importance, donne-lui ce qu'il réclame, depuis quand trois gouttes de sperme dans une capote t'auront fait reculer ?

Le fils Higuerra n'ignorait pas qu'il avait pris un gros risque en appelant la veille au soir Olivier Marolles. Tourmenté par le même mauvais rêve, il n'en avait pas dormi de la nuit, de sorte qu'à 5 heures, il était déjà dans son bain.

Le samedi matin, même quand il consacrait son week-end au groupe de méditation transdimensionnelle, il lui arrivait de rester dans son lit jusqu'à des 9, 10 heures, non pour flemmarder, mais pour faire le vide en lui-même. On ne dialogue pas avec l'Esprit souverain la tête remplie de chiffres, quoique sa qualité de directeur financier du groupe Marolles n'eût pas été étrangère à sa rapide promotion au sein de l'Ordre du Nouvel Avenir. Pour l'avoir deviné, le fils du républicain espagnol — *Ay Dios Mío !* qu'on me lâche avec ce *padre* — ne s'en était pas formalisé. Sans doute parce qu'il s'accordait en de nombreux points avec l'enseignement du Libérateur, selon qui les Elus devaient se recruter parmi l'élite déjà en place.

C'est d'ailleurs pour cette raison que, venu en curieux, Higuerra avait tout de suite mordu, ça le changeait de la mésestime ironique dans laquelle son patron le tenait. Son assentiment ne s'était cependant pas traduit par une capitulation en rase campagne. Il voulait bien être un auditeur attentif, mais il s'était refusé à davantage. Ainsi, quand il s'était agi de lâcher le vieux Marolles, il avait préféré s'adresser à Olivier plutôt qu'au Libérateur, ce qui, s'était-il dit, ne l'empêcherait pas, s'il en tirait le profit qu'il escomptait, de continuer à aider l'Ordre, et d'y jouer de la sorte un rôle plus important. Le fils Higuerra ne manquait pas d'ambition.

Il n'empêche que depuis qu'il avait décroché son téléphone et fixé rendez-vous à Olivier, il s'était rendu compte que le double jeu impliquait un aplomb que la nature semblait lui avoir mesuré chichement. Tant et si bien que s'il ne s'était pas ressaisi, s'il ne s'était pas raisonné alors qu'il arpentait les Champs-Elysées, ce n'est pas avec dix minutes d'avance qu'il aurait franchi la porte de cet hôtel de l'avenue George-V, mais avec une bonne heure. Et à présent que, comme convenu, il s'est assis à la table du fond, et que le barman lui a apporté son thé de Chine et un petit panier de brioches au sucre, il ne peut que se redemander avec une angoisse qu'il ne parvient pas à chasser s'il a eu raison de franchir le pas.

A la vérité, ce n'est pas lui qui a enclenché le mécanisme.

Voilà maintenant trois semaines, comme il venait de garer son cabriolet dans le parking de l'immeuble de grand standing où il loue un trois-pièces confortable, un inconnu avait tout à coup surgi devant lui. Sur le moment, le directeur financier avait songé à une agression et s'y était préparé sans trembler. Chez les Higuerra, on n'a jamais manqué de ce courage physique qui se révèle cependant inutile lorsqu'on doit assumer ses péchés.

S'étant fait aussitôt connaître, Olivier Marolles l'avait entraîné dans la rue en le noyant sous un flot de paroles aussi vaines qu'imprécises, moyennant quoi lorsque le fils Higuerra avait pris place à ses côtés dans un taxi, il ne se doutait toujours pas de ce qui l'attendait.

« Mon cher, nous allons faire comme si nous nous connaissions depuis toujours et, si vous le permettez, je vais être franc et direct avec vous. Voici ce qui m'amène : il se murmure un peu partout dans Paris que mon père envisage de se débarrasser de son groupe. Or vous êtes bien placé — mais si, mais si — pour me confirmer le bien-fondé de telles rumeurs. Attention, je n'attends pas de vous que vous entriez dans les détails, si détails il y a, mais que vous me répondiez par un oui ou par un non. Rien de plus mais rien de moins. »

Par sa maladresse, la question avait intrigué celui que son patron appelait le comptable. Elle jurait avec ce qu'il savait de son interlocuteur. Car, bien que le vieux Marolles se fût toujours refusé à associer ses enfants à la marche de ses affaires, et que le directeur financier n'eût par conséquent jamais pu approcher Olivier, sa réputation d'intermédiaire lui était revenue aux oreilles. Or on ne conquiert pas ses galons de négociateur en prenant à rebrousse-poil le quidam auquel on souhaite arracher le secret qu'il détient.

« Sans doute êtes-vous choqué par la grossièreté, pour ne pas en dire davantage, avec laquelle je me suis permis de vous demander d'éclairer ma lanterne ? Mettez cela sur le compte de l'urgence, le temps presse en effet et les ennemis de mon père sont légion, aussi je voudrais, si c'est encore possible, lui éviter de tomber dans un piège. »

Higuerra eut envie de sourire — le vieux Marolles tomber dans un piège ? Impossible, et son fils le savait —, mais il se garda de le faire, se contentant de hocher la tête comme si lui-même redoutait pareille perspective.

« Vous ne dites rien, tant mieux !... Voyez-vous, mon cher, en vous bousculant, en vous scandalisant peut-être, et ce serait tout à votre honneur, je n'avais en tête que de découvrir, et pardonnez-moi cette mauvaise pensée, si vous étiez l'homme qui avait pu, ne serait-ce que pour faire la preuve de votre importance, alimenter pareils on-dit. »

Moins cinq qu'il ne se laisse aller à dire, comme à son habitude, *pareils bruits de chiottes*. Mais le fils Higuerra, sur lequel Olivier avait pris ses renseignements aux meilleures sources, c'est-à-dire chez ses obligés de Bercy, méritait qu'on le traitât différemment, d'autant qu'on lui avait aussi rapporté que le directeur financier détestait toute connivence triviale pour la subir cinq jours sur sept dans l'entreprise paternelle. Inutile donc de froisser sa vanité de cadre supérieur.

Olivier devait s'en tenir à son plan. En faisant semblant de pénétrer en force sur le territoire d'Higuerra, il avait espéré que le comptable — ce sobriquet figurait également sur ses fiches — penserait qu'on était en train de le manœuvrer et qu'un tel manque d'habileté de la part du fils Marolles ne pouvait que dissimuler une arrière-pensée. Dès lors, ce serait comme au Master Mind, le jeu préféré d'Olivier, où quand on néglige l'ensemble pour ne se concentrer que sur un élément subalterne, on s'égare, persuadé d'avoir raison, sur des chemins de traverse. Et pour autant qu'il pouvait en juger, il semblait à Olivier que le comptable était tel qu'on le lui avait dépeint : trop sûr de son intelligence pour envisager un seul instant qu'en matière de stratégie, qui n'agit pas, à un moment ou à un autre, en barbare court à l'échec.

« Pour être tout à fait honnête avec vous, mon cher, pour abattre mon jeu si vous préférez, mon père souffre d'un cancer si avancé que ses jours sont désormais comptés. L'affaire de quelques mois, tout au plus ! N'est-ce pas que vous l'ignoriez ?... Il ne changera décidément jamais. Maintenant, si vous le permettez, je vais vous confier le

fond de ma pensée. Si les gens qui m'ont parlé de vous
— eh oui, vous vous doutez bien que je n'ai pas agi à la
légère — ne se trompent pas, si votre ambition est à la
mesure de la longueur de vos diplômes, nous sommes
faits pour nous entendre. Disons qu'il serait dommage de
ne pas unir nos efforts afin de sauver ce qui peut encore
l'être... »

Ensuite de quoi, Olivier avait exposé au directeur
financier le pourquoi de cette rencontre impromptue et,
avait-il ajouté, « un tantinet inconvenante ». Comme on
dit qu'il y a des dialogues de sourds, où chacun crie, ce
fut alors un dialogue de menteurs, allusif, plein de sous-
entendus, excepté lorsque Olivier déclara que la vie
n'était, tout compte fait, qu'une machine à laquelle l'argent imprimait le mouvement.

Au bout d'une quinzaine de minutes, on se sépara en
se promettant de maintenir le contact. Bien évidemment,
le fils Higuerra n'avait rien révélé à son interlocuteur des
états financiers que Jules Marolles lui avait réclamés, et
Olivier s'était interdit toute question qui aurait pu le
mettre mal à l'aise. Et pourtant, tout le reste de la soirée,
qu'il passa avec sa maîtresse, il se montra d'excellente
humeur. Fort du principe qu'on ne pourrit jamais qui ne
souhaite pas l'être, il se satisfaisait d'avoir introduit le
ver dans le fruit. Il lui suffirait de laisser opérer les lois
de la nature et d'attendre que le comptable l'appelle.

« Alors, mon cher, où en sommes-nous ? »

Parce qu'on ne lui a appris à raisonner qu'à partir d'un
projet de contrat, sur du donnant-donnant, le directeur
financier ne répond pas tout de suite. Il prend le temps
d'allumer une cigarette, puis il essaie, à tout hasard, sa
diversion favorite : « Vous paraissez fatigué, mauvaise
nuit ? »

Olivier Marolles hausse les épaules et appelle le
garçon.

« Une coupe, dit-il. Du Bollinger, si vous en avez »,
précise-t-il.

Le salaud, pense le fils Higuerra, il ne se découvrira que lorsque je lui aurai lâché quelque chose de précis.

Depuis leur premier tête à tête, lui aussi a mené son enquête. Sous ses dehors avenants, et doucereux, Olivier Marolles dissimule une âme d'égorgeur. A Harvard, les gens comme lui, son prof de gestion les appelait des *smiling killers*, des tueurs souriants. « Ils s'excusent toujours d'avoir à vous trancher la gorge », ajoutait ce vénérable économiste.

Nouvelle diversion, nettement plus agressive : « Du champagne, de si bonne heure ? »

Elle ne prend pas davantage que la précédente.

Levant sa coupe, Olivier Marolles lui porte un toast muet.

« Eh bien, voilà, vous aviez raison, votre père envisage la liquidation de son groupe.

— Allons, mon cher, nous n'en sommes plus là. C'est du réchauffé que vous me servez là. Tous les banquiers sont maintenant au courant. Tsst, tsst, vous, vous êtes inquiet ! Et je vous comprends. Je me mets même à votre place... Sans qu'on vous ait garanti d'en revenir indemne, vous voici forcé d'avancer en terrain miné. Dur, très dur ! Aussi vous êtes en train de vous demander si je ne vais pas vous pomper toutes vos infos pour ensuite vous larguer en calebar... Je sais, j'ai une façon de dire les choses qui ne plaît pas à tout le monde, mais, malin comme vous êtes, vous avez dû vous rencarder sur mon compte. Donc, retraduisez ce que je viens de dire dans votre beau langage, et dites-moi où nous en sommes. C'est comme ça, il va falloir que vous vous déloquiez. Si vous avez de la pudeur, vous pouvez toujours commencer par le haut. Pour le bas, on verra plus tard, je ne suis pas si pressé que ça. »

Comme s'il négligeait tous ses principes et laissait parler son cœur, le fils Higuerra pose du bout des lèvres — mais son air emprunté ne trompe pas son vis-à-vis — la pire des questions, celle après laquelle plus aucun sous-vêtement ne pourrait voiler sa faiblesse : « Mais quel est mon intérêt là-dedans ?

— Je vous en prie, n'inversons pas les rôles, c'est vous

le vendeur, s'empresse de lui répondre Olivier (sous le faux pas, il a flairé un arrière-plan, mais lequel ?). Faites briller ce que je dois acheter et je vous dirai ce que ça vaut... Je vais reprendre une coupe. Vous n'en voulez pas ? Ça s'impose pourtant lorsqu'on s'apprête à passer un marché. Et si ça peut vous rassurer, je ne mégote jamais sur les primes de rentabilité. Sur le bonus. Et puis, réfléchissez, moi, je n'ai rien à perdre dans cette affaire. Quoi que décide mon père, je toucherai ma part d'héritage, tandis que vous..., hein, *quien sabe ?* »

Il y a plus que de l'antipathie dans le regard que lance le directeur financier à Olivier Marolles, il y a l'envie de lui faire mal. De lui infliger une souffrance cruelle. Les mots tombent comme un couperet : « L'héritage, dites-vous ? Sans doute, mais combien, et sous quelle forme ?

— Le tiers du magot... (et peut-être davantage, se dit Olivier Marolles en songeant à son frère François qui pourrait fort bien être absent le jour du partage). Mais, attendez, vous n'insinuez tout de même pas que mon cher père voudrait me déshériter ? Allons donc, vous connaissez aussi bien que moi les lois. Les enfants, mon cher, ont droit à une part de réserve. Il y a belle lurette que les vaudevilles ont fait faillite.

— Certes, mais qui pourrait empêcher votre père de limiter cette part en... ?

— En dilapidant sa fortune ? C'est ça, l'astuce ? Foutaise ! Il n'en aura pas le temps.

— Vous n'avez pas répondu à ma question, monsieur Marolles : Quel est mon intérêt là-dedans ? »

Plus que le regard de tout à l'heure — l'hostilité, il s'en moque, il s'en accommode depuis si longtemps —, ce « monsieur Marolles » déplaît à Olivier, le comptable a plus de ressort que prévu, il est assis sur un tas d'or, et il ne le partagera pas facilement.

D'où son exclamation ponctuée du sourire adéquat : « Trinquons, je sens qu'on va faire équipe tous les deux, et je m'en réjouis d'avance. »

Le fils Higuerra sait bien que non.

A condition qu'il parvienne à tirer son épingle de ce jeu inégal, il se promet de se tenir à l'avenir le plus loin possible du clan Marolles. S'il le faut, il quittera même la France, mais avec des valises pleines. C'est dans le caractère du *smiling killer* que de s'attendrir sur ses victimes, pas de leur faire grâce.

« Vous avez une sœur, monsieur Marolles, et votre père se prépare à lui offrir, le plus légalement du monde, ce que vous estimiez sans doute devoir vous revenir. »

Il est près de 11 h 30 lorsque Olivier Marolles ressort de l'Elysée par l'avenue de Marigny. Ni le brigadier de service qui le salue avec tout le respect que l'on doit aux privilégiés empruntant cette porte dérobée, ni le soleil, aussi inattendu que pataud, ne lui tirent une quelconque réaction. Dans son Aquascutum froissé, soudainement trop lâche pour ses embryons d'épaules, il ressemble à un épouvantail qui n'effrayerait plus que lui-même. Sa démarche a d'ailleurs quelque chose de risible. Presque le pas de l'homme ivre. Un, deux, je chaloupe vers l'avant, trois, je m'arrime, et quatre, je fais marche arrière.

Pas mieux traité que son supérieur de la guérite, le gardien de la paix, chargé de veiller sur sa BMW garée en double file, n'a pas davantage droit au plus petit mot de remerciement. Le *smiling killer* a la tête ailleurs, et c'est avec les gestes d'un automate, à la limite de la panne, qu'Olivier s'assied au volant de son cabriolet, et qu'il démarre après cinq longues minutes d'hébétude.

Dans son bureau lambrissé, dont les boiseries de chêne disparaissent sous les trophées de chasse, Raymond Borelly paraît quant à lui perdu dans la contemplation de ses ronds de fumée. Téléphone décroché pour ne pas être dérangé, il mâchonne le n° 1 de Monte Cristo qu'il vient de rallumer. C'est son deuxième de la matinée, et le dernier avant le déjeuner. Autrefois, lorsque midi sonnait, il en avait déjà fumé cinq ou six des comme ça.

Quand Olivier, en quittant Higuerra, l'avait sonné sur sa ligne réservée et qu'il avait décidé de le recevoir au débotté, le conseiller spécial avait bien essayé de déplacer son unique rendez-vous de la journée (le samedi, c'est sacré, il n'est là pour personne), mais, trop tard, cette ancienne maîtresse du patron était déjà arrivée. Depuis quinze jours qu'elle lui réclamait une entrevue, elle aurait campé dans les jardins plutôt que d'être en retard. Il lui avait donc fallu la faire patienter dans le *foutoir*, un petit salon que Borelly réserve à ses bonnes fortunes.

Aussi, et bien qu'il préférerait rester seul et réfléchir à ce qu'Olivier lui a appris, il se résigne à accueillir la quémandeuse qui piaffe d'impatience et « menace, si ça s'éternise, de monter se plaindre à Tatie Danielle », comme vient de le lui dire, avec sa plaisante familiarité, le planton du week-end.

Elle entre. Grande débauche de fourrure et de parfum capiteux, beaucoup d'allure et autant de rouge à lèvres, des jambes au galbe irréprochable mais le visage enluminé d'une amertume ineffaçable. Pas du tout mon type, tranche Borelly qui se surprend parfois à penser qu'il finira sa vie à la sortie des collèges avec des cigarettes en chocolat.

Après avoir déplacé l'un des fauteuils Louis XV jusqu'au bureau derrière lequel le conseiller parcourt ses cinq, ou six lettres de doléances, elle en prend possession avec l'aisance d'une femme qui se sent partout chez elle. C'est une comédienne de cinéma, aux moyens limités sauf en ce qui concerne son carnet d'adresses. Il y a une dizaine d'années, elle tournait film sur film, les producteurs n'ayant qu'à lui distribuer un rôle pour que les aides de l'Etat leur soient accordées. Son étoile a décliné sous Bérégovoy, lorsque Lang, jamais en retard d'une crasserie, a découvert qu'elle n'était plus invitée à Latché. Comme par un fait exprès, le fisc s'est alors rappelé à son bon souvenir et...

« ... Votre afffaire est aussi simple que banale, lui lance le conseiller spécial en relevant la tête. Il est clair qu'on vous a mal conseillée, qu'il n'y a pas dissimulation volontaire de revenus, mais méconnaissance du code des impôts. On aurait dû vous proposer une solution négociée, et vous inciter à faire davantage attention à l'avenir. Bref, ma chère amie, je suis d'accord avec vous, vous ne méritez pas d'être traitée de la sorte... Ah, bon sang, l'année dernière encore, quand les autres sont arrivés, et qu'ils étaient loin de tout contrôler, j'aurais pu faire déplacer votre inspecteur et obtenir qu'on classe votre dossier, alors qu'au jour d'aujourd'hui, je vais devoir manœuvrer au plus serré. »

Borelly vient de mentir. Il n'a jamais fait classer un dossier, il en a juste fait suspendre le traitement. Ce n'est pas lui qui se priverait d'un moyen de pression. Dans son coffre, il a, année après année, entassé de quoi maintenir son pouvoir sur le Tout-Paris politique et médiatique.

« Suis-je donc perdue ? interroge la comédienne d'une voix qu'un metteur en scène qualifierait non sans grossièreté de cheminée mal ramonée.

— N'exagérons rien, nous comptons encore des amis ici et là, et Veynes n'est pas un mauvais bougre. Vous savez, il se voit Premier ministre, alors... Laissez-moi faire, donnez-moi quinze jours, et d'ici là ne répondez à aucune convocation, à aucune lettre recommandée. Le mieux serait que vous partiez à la neige, par exemple. Mais j'y pense, vous n'êtes pas sur un film en ce moment ? »

Borelly n'a pas pu résister au plaisir de l'agacer par cette question déplacée. S'il n'y avait la télévision publique qui continue à l'employer, la star des années 80 ferait les beaux jours de *Dimanche Martin*, sourit intérieurement le conseiller spécial.

« Je réfléchis à plusieurs propositions, mais les bons scénarios se font rares, sans compter qu'il n'y en a plus que pour les histoires de mecs, comme si ce pays n'aimait plus les femmes. Le sida, le sida, il n'y a pas que ça dans la vie, quand même ! Si vous saviez ce que je dois lire, vous en seriez effondré. Pas la moindre romance, que du gris, du toc et du fauché.

— Quoi qu'il en soit, ma chère amie, considérez que vous avez tapé à la bonne porte, et cessez de vous inquiéter. Nous ne vous laisserons pas tomber.

— A propos, vous qui avez le bonheur de l'approcher, le Président est-il aussi mal qu'on le raconte ?

— Mais non, mais non !

— Quand vous le verrez, faites-lui part de toute mon affection... et dites-lui aussi que je n'ai pas changé de numéro et que je déteste la neige, et tout ce qui va avec. Vous me comprenez, j'imagine ? Au revoir, monsieur le conseiller. »

A peu près au même moment, Nicolas Marolles est en train de nouer sa nouvelle cravate, de la soie tape-à-l'œil qu'il ne porterait pas si elle ne lui avait été offerte la veille, et avec vingt-quatre heures d'avance, par Sylvain, le deuxième de ses fils, sur le quai de la gare de Lyon juste avant que le Palatino les emmène, lui et sa classe de cinquième, à Rome pour une petite semaine. « Et tu sais, papa, lui avait confié le garçonnet de 13 ans en l'embrassant, je l'ai non seulement choisie tout seul, mais je l'ai payée avec mon argent. » Le père l'avait serré encore un peu plus fort contre lui. Sylvain en avait profité pour lui lâcher : « S'il te plaît, papa, fais la paix avec Pascal. »

Brave Sylvain qui avait oublié qu'il fallait être deux pour se réconcilier. Lorsque le député était rentré chez lui, après un détour par le siège du Parti où il s'était employé à convaincre un cacique du Pas-de-Calais de l'imiter en passant du côté de Jospin, l'appartement était vide.
Que l'on fût à la veille de son anniversaire n'avait pas empêché Emilienne de courir, comme chaque vendredi, rejoindre son Kurde. Nicolas l'aurait parié, si bien qu'il n'en conçut ni tristesse, ni dépit. Bien au contraire, cette absence ne pouvait que faciliter son explication avec Pascal, mais lui non plus n'était pas là.
Fallait-il qu'il s'en inquiète ? Il décida que non. Son fils n'était pas du genre à se jeter sous un métro. A tout prendre, et si Pascal en avait eu le courage, il y aurait plutôt poussé son père. Alors, mieux valait ne pas bouger et attendre. Quand un enfant vous échappe, qu'il se déclare votre ennemi, à quoi sert de l'en empêcher, il ne fera que s'enfuir plus vite...
Tout ce que j'espère, s'était dit le député en se déshabillant, c'est de ne pas avoir encore à aller le sortir d'un

commissariat, j'en ai ma claque des boniments. Puis, le téléphone avait sonné, mais le temps de sortir de son bain chaud — c'était ça, ou le mélange vodka-Temesta ! — le répondeur avait déjà enregistré un message des plus lapidaires : « L'humanité ne sera vraiment heureuse que lorsque le dernier des députés aura été pendu avec les tripes du dernier des demsoc. »

Dans la bouche de Pascal, « demsoc », traduisit son père, ne pouvait signifier, façon verlan bien sûr, que social-démocrate.

Mon dieu, l'imbécile !

Et, là-dessus, Nicolas était allé se coucher.

Au matin, Emilienne était venue lui annoncer avec une mine satisfaite que son fils (car c'était le sien chaque fois qu'il s'en prenait à Nicolas) avait découché et qu'il faudrait, en outre, se passer de lui à ce repas d'anniversaire puisque l'une de ses amies venait de l'appeler sur sa ligne personnelle pour l'avertir qu'ils avaient profité du beau temps pour filer à Deauville. « Quel dommage, avait-elle ajouté, ta fête sera gâchée. »

Et maintenant qu'il se demande s'il ne va pas enlever cette cravate qui jure tout de même trop avec le tweed discret de son veston, Nicolas Marolles regrette de s'être emporté quand Pascal l'a traité de carriériste méprisable en apprenant par la radio que son père s'était déclaré en faveur de Jospin. Le tout assorti de ce commentaire : « Delors, c'était nul, mais Jospin, le trotsko honteux qui roule en décapotable et qui porte des pardeufs en poil de chameau, c'est franchement dégueu ! »

Eh bien, non, il la portera, cette cravate qui irait si bien à Olivier. Et pas qu'aujourd'hui, tous les jours.

Sylvain est peut-être le seul à l'aimer dans cette famille...

« Je descends sortir la voiture », crie-t-il à l'intention d'Emilienne qui se traîne dans la salle de bains.

Il est déjà parvenu à la porte d'entrée quand le téléphone sonne. Ce doit être Pascal, se dit-il en se précipitant sur le combiné afin d'empêcher sa femme de décrocher la première.

Maldonne, c'est Borelly qui lui souhaite illico tout ce qu'on peut souhaiter en un jour pareil. Nicolas Marolles se tait. Il est déçu.

« Prêt pour la grande bouffe ? lui demande Borelly.

— Et vous ? Vous en êtes toujours, j'espère ?

— Pardi ! Mais...

— Mais quoi ? Ne me dites pas que votre épouse est souffrante, qu'elle ne peut pas venir.

— Elle, vous plaisantez ? Allons donc, elle s'est mise aux carottes râpées depuis hier midi. Non, je voulais vous demander si vous étiez au courant de... (mais, au dernier moment, le conseiller spécial renâcle devant l'obstacle)... au courant de ce qu'avait décidé Joxe. »

Qu'est-ce qu'il me chante là ? Joxe ne pisse que si le Président l'y autorise, aussi, s'il a pris une décision, Borelly en est déjà informé.

« Je n'en sais rien du tout, finit par dire Nicolas Marolles.

— A mon avis, il ne se mettra pas en travers de votre Jospin.

— Je suis heureux de vous l'entendre dire. Voilà pourtant qui ne va pas faire plaisir à mon père, il n'aurait pas détesté que Joxe succède à Mitterrand.

— Alors, ne lui en parlons pas. Vous l'avez vu récemment ?

— Qui ça ? Joxe ?

— Non, votre père.

— Pas depuis le réveillon du Jour de l'An.

— Et comment l'avez-vous trouvé ?

— Il m'a étonné par sa vitalité. Stupéfiant, même !

— Donc, toutes ces rumeurs sur... ?

— Sur la vente du groupe ? Tel que je le connais, c'est de l'intox, il doit encore préparer un de ses fameux coups tordus. Je plains ses concurrents.

— Mais je parle, je parle, et je nous mets en retard. A tout de suite ! »

Songeur, Nicolas Marolles raccroche.

« Et comme ça, je te plais ? »

Il se retourne vers sa femme. Il ne peut s'empêcher de la trouver désirable.

« Est-ce vraiment à moi de le dire ?

— Une scène ?

— Non, un réflexe de santé.

— Petit personnage !

— Comme il est vrai que pour faire un bon mariage, le mari doit être sourd », murmure Nicolas en ouvrant la porte.

Dans son dos, les lèvres d'Emilienne esquissent une moue de pitié méprisante, tandis que Nicolas, préférant les escaliers à l'ascenseur, se dit que plus vite on aura liquidé ce déjeuner et mieux ce sera, car il est bien décidé à filer tout de suite après à Deauville pour y rejoindre Pascal. Il n'abandonnera pas son fils, il luttera pied à pied. Il a trop souffert de l'indifférence de Jules.

« Mais qu'est-ce que je vois ? T'as du Piaf. *Ses plus grands succès...* Je peux ? Ah, c'est vrai, j'oubliais, tu ne me causes plus. Tu boudes, hein ? »

Adra se met à chantonner : « Villon a les boules, Villon me boude. »

François Marolles ne répond pas. Ni n'accorde un regard à la jeune fille. Tout en sortant de son boîtier la cassette d'Edith Piaf, Adra se penche en avant pour tourner le bouton de l'autoradio au moment précis où l'aiguille du compteur approche les 190.

« Hé, le boudeur, ronchonne-t-elle, tu ne confondrais pas ta bite avec le levier de vitesses ? »

François Marolles ne répond toujours pas. Il lève cependant le pied. En quelques secondes, l'aiguille retombe à 150. Il le peut, il roule sur la voie de gauche, et il n'a personne devant lui. Dans le sens Paris-Cergy, en revanche, constate-t-il, ça bouchonne. Logique, tous les blaireaux se tirent à la campagne. Si je tiens ma moyenne, dans un quart d'heure je suis porte de la Chapelle, et là, bonjour, bonsoir, je la vire. Quatre cents bornes pour la moitié d'un baiser, tu parles d'un exploit !

Alors, le service après-vente, la conversation le doigt en l'air, le dépose-minute, tu repasseras, cocotte...
« *Y a rien à faire,*
Tu es partout sur mon corps,
J'ai froid, j'ai chaud,
Je sens la fièvre sur ma peau... »
Tandis que François Marolles cherche à se convaincre que c'est bien la preuve que les chansons ne sont qu'un ramassis d'illusions à l'usage des paumés, Adra se rappelle, en fermant les yeux, la nuit d'août 1985 à Palavas où, après avoir raconté à Odette que les Allemandes qui louaient le studio du dessus l'emmenaient faire un tour à Montpellier, elle avait rejoint sur la plage son premier prince charmant. En ce temps-là, il suffisait que ce garçon glacier, étudiant en médecine de son état, lui détaille la liste des parfums du jour pour qu'aussitôt elle sente son haleine partout sur son corps.

A Dieppe, il n'y avait pas de sable, mais des galets, et Villon ne sentait pas l'ambre solaire. Tout souvenir est faux, il faut renoncer à connaître la vérité.

« *Un clown est mon ami,*
Un clown bien ridicule,
Et dont le nom s'écrit en gifles majuscules.
Pas beau pour un empire... »
Qu'est-ce qu'elle n'avait pas aimé en lui ?

Autrement plus séduisant que ce Serge qu'elle ne voulait pas regretter, Villon n'était ni malhabile, ni laid. Ce n'est pas lui qui aurait argumenté des heures durant sur le manque de clairvoyance des pauvres. Il n'en avait rien à cirer. Cynique et joyeusement immoral, il ne pleurait pas d'un œil tandis qu'il riait de l'autre.

Et puis, il y avait ce corps, le sien, qui manquait de caresses, qui se craquelait de partout comme puits sans eau et qui tombait en poussière.

Donc, t'aurais pas dû refuser sa bouche, sa langue, ses mains, et sa queue... D'autant que ça venait, non ? Il était là, ce désir poisseux, comme tu dis si bien. Pourquoi alors t'es-tu hérissée et refermée à la façon d'un oursin ?

Pourquoi ?

Oui, pourquoi, lorsque avec une tendresse que tu ne lui

soupçonnais pas, Villon était revenu à l'assaut, dans ce bar où les matelots anglais de la Sealink menaient grand tapage, pourquoi ne lui avais-tu pas ouvert la porte ?

Serait-ce parce qu'on perd le goût de l'amour quand on commence à balayer de fond en comble son cœur ?

Ou bien parce qu'il n'y avait plus de place en toi pour de nouveaux visages ?

Chierie, chierie, chierie !

Quand cesseras-tu, négresse, de te prendre pour ce que tu n'es pas ?

Là-dessus, admets que Serge ne s'est pas gouré, que tu n'es qu'une éponge pourrie, que tu attends qu'on te presse pour... Tu veux savoir ce qui s'est passé ? Vraiment savoir ? Je vais te le dire, moi : Tu ne mouilles plus parce que tu en es déjà à la scène de rupture avant même d'écarter. Tu ne dérives plus dans l'inconnu, tu suis un itinéraire, tu balises, tu n'es pas encore dans les draps que déjà tu as remis ta petite culotte. Tu jouis dans ta tronche, voilà la vérité.

« *Quand son boulot s'achève,*
Elle s'en va à son tour
Chercher un peu de rêve
Dans un bal du faubourg
Son homme est un artiste
C'est un drôle de p'tit gars... »

J'aurais mieux fait de partir avec Daniel. Encore faudrait-il que je sois capable de partir ?

C'était quoi sa sixième, ou sa septième question, à ce mutant ? « *On mord dans la vie ou on se laisse mordre ?* »

Ouais, ça ressemblait à ça. Alors, réponds.

« Porte de la Chapelle, je te laisse à une station de taxis, d'accord ?

— Tu peux me répéter ça, mais en y mettant un peu plus de dureté ? Un rôle de mégotier, ça se mérite !

— C'est du fric que tu veux, Pandora ? »

« *Entre nous, qu'est-ce que ça change ?*
L'homme saura toujours trouver
Toutes les femmes du monde entier
Pour lui chanter ses louanges... »

« Tu as entendu ma réponse ? Elle se suffit à elle-même, il n'y a pas de post-scriptum.

— Dans ton genre, tu es plutôt marrante, dommage que tu ne baises que les années bissextiles ! Tu mérites autant de t'appeler Pandora, que, moi, Zeus.

— Okay, le bar est ouvert ! s'exclame Adra en retroussant rapidement sa jupe. Amène-toi, mon loulou, qu'on s'emmanche sur la banquette.

— Suffit, je me suis mis aux bites absentes, et, en plus, tu pourrais prendre froid... Bon, admettons que je succombe à un élan de charité, où souhaiterais-tu que je te dépose ?

— Rue de Passy.

— Où ? Répète voir, j'ai mal entendu.

— Rue de Passy. Ne me dis pas que tu ne connais pas, c'est ton monde, ça, le 16e, non ?

— Au combien de la rue de Passy ? interroge pour la forme François Marolles que son intuition n'a jamais trahi.

— Au 19. Pourquoi ? Tu connais quelqu'un, là-bas ?

— Personne. »

Métallique, dénuée d'émotion, la voix du trafiquant d'armes est à l'image de ses pensées. Rétrospectivement, qu'il ait pu désirer sa sœur, qu'ils aient pu être amants, ne suscite en lui aucun sentiment d'horreur, ni de honte. Ça ne lui traverse même pas l'esprit. Aussi surprenant que cela paraisse, François Marolles réagit en fonction de ses intérêts comme chaque fois en pareil cas. Il n'a que faire de sa conscience. Il doit résoudre un problème inattendu qui bouleverse ses repères.

Dans quel traquenard l'a entraîné Freytag, et pour quel profit ? Voilà bien sa seule préoccupation.

« Quelle gueule, j'ai ? demande tout à coup la jeune fille. Je suis présentable, ou non ? »

François la balaie du regard.

« Ça dépend de qui tu auras en face de toi... et de l'état de ses artères », ajoute-t-il non sans imprudence. Mais il ne la croit pas coupable, elle est trop imprévisible, elle manque de vice. Donc, si lui, le faux Villon, sait qui elle est, la réciproque n'est sans doute pas vraie.

« Je vais chez mon père. Et pas de gaieté de cœur, tu peux m'en croire.

— Je t'en prie, épargne-moi les détails, il n'y a rien que je déteste plus que les histoires de famille. Mets plutôt les infos, qu'on sache ce que le vaste monde est devenu en notre absence. »

Adra, qui est en train de constater dans le miroir de courtoisie les dégâts de cette nuit blanche, grimace mais obéit. Pour ce qu'elle en a à foutre du vaste monde. Maintenant qu'elle se rapproche de la rue de Passy, elle est morte de trouille, alors, qu'ils aient lâché la bombe sur New York ou sur Bagdad, elle s'en fiche.

Et ce n'est pas ce manche à couilles qui va me redonner confiance, pense-t-elle en se tirant les pommettes.

Odette, Odette, pourquoi m'as-tu fait ça ?

Adra ne peut pas se douter qu'au même moment cette mère, par la faute de laquelle elle se trouve engagée dans une histoire qu'elle n'a pas choisi de vivre, occupe l'esprit de son demi-frère. Une femme qui préfère sa liberté à l'argent du Vieux, se dit François, n'aurait pas dû accoucher d'une évaporée qui s'imagine, j'en mettrais ma main au feu, qu'il va lui suffire de paraître à la table des Marolles pour qu'on lui chante les grâces.

A l'idée que la jeune fille regrettera d'ici peu d'être née, une joie mauvaise envahit François. Il en oublie Freytag — de toute manière, sa décision est prise, son associé ne perd rien pour attendre, il s'est fait tant d'ennemis qui ne demandent qu'à se venger —, il rêve que les siens l'invitent à la curée, il veut en être. Car s'ils venaient à manquer de courage, il saurait bien les forcer à frapper fort et sans pitié. Une fois dans la place, il leur tiendrait la main, il les obligerait à ne pas reculer.

Existe-t-il une meilleure façon de se venger de leur indifférence à son égard ? De leur faire payer les humiliations de la rue Bobillot ?

Mais, bien sûr, qu'il en existe une meilleure !

François Marolles s'étonne de ne pas y avoir tout de suite pensé. Elle lui crevait pourtant les yeux.

« Ça ne t'ennuierait pas de m'arrêter devant cette

cabine là-bas ? Il faut que je téléphone. Mais ne t'inquiète pas, j'en ai pour une seconde.

— Ne te presse pas, j'ai tout mon temps », répond François.

Adra fronce les sourcils. Le con, il a repris sa voix de velours. Il ne manquerait plus qu'il lui fasse encore du violon.

Au milieu de l'après-midi, les vents d'ouest ayant ramené de l'Atlantique les nuages de pluie, Paris avait réendossé sa soutane des mauvais jours. Rue de Passy, Jules Marolles s'était assoupi dans son fauteuil, tandis que dans la cuisine les deux extras finissaient de ranger la vaisselle des grandes occasions sous l'œil soupçonneux de Mlle Danglard.

Il n'avait fallu que quelques semaines à l'infirmière pour asseoir son pouvoir. Même la cuisinière, malgré ses vingt ans d'ancienneté dans la place, ne le lui disputait plus. Or, quoique personne n'eût remis en cause l'étendue de ses prérogatives, ce repas d'anniversaire, qui aurait dû consacrer la souveraine puissance de Mlle Danglard, ne s'était pas terminé à son avantage.

A se fier aux apparences, et Dieu sait qu'elles comptaient pour cette femme de bientôt cinquante ans, il n'y avait qu'elle à avoir pris l'exacte mesure du danger. Alors que, si elle avait réussi à s'affranchir de ses propres inquiétudes, elle aurait pu discerner, sous l'excès de tendresse de certains, un effroi qui ne se comparait qu'au sien, à présent qu'elle fait et refait ses comptes.

Tout semblait, jusqu'il y avait peu, s'être organisé selon ses plans dont la grossièreté ne surprendra que les beaux esprits qui ne lisent jamais, dans un journal, la page des faits divers : Mlle Danglard n'avait accepté de servir Jules Marolles que pour le mettre dans son lit. En l'accablant, à longueur de journée, de sa sollicitude autoritaire, elle ne visait qu'à le rendre dépendant d'elle-même, à en faire, comme on dit, sa chose.

Voilà déjà trois ans, elle avait été à deux doigts de réussir avec cet armateur de Nantes qui se vantait de ne pas connaître le montant de sa fortune, mais, un matin, il lui avait faussé compagnie et il était allé se jeter dans la Loire, et un lointain cousin avait raflé le magot. Cette fois, l'infirmière ne pouvait échouer.

A l'hôpital, une de ses collègues lui avait assuré que l'industriel de la rue de Passy en avait encore pour une dizaine de mois. Quand il l'avait engagée, Nicolas Marolles s'était certes montré plus pessimiste, et elle avait failli reculer. Elle ne s'était décidée à accepter la place qu'après avoir visité le duplex de la rue de Passy et avoir bavardé avec la concierge de l'immeuble. A l'exception de la cuisinière, trop vieille, trop laide, pour être une concurrente, Mlle Danglard avait enregistré avec une satisfaction profonde qu'elle n'aurait à partager avec aucune autre femme l'intimité du vieux Marolles. A compter de ce moment-là, elle se rêva couchée sur le testament que son malade écrirait sous sa dictée, étant bien entendu qu'elle serait suffisamment intelligente pour ne pas chercher à s'aliéner les sympathies des héritiers directs en guignant un trop gros morceau.

Quand il le fallait, Mlle Danglard savait modérer ses appétits.

Mais toute belle mécanique étant à la merci d'un grain de sable, depuis maintenant deux bonnes heures l'infirmière avait de la concurrence.

Jésus, Marie, Joseph, soupire-t-elle en refermant à clé la porte derrière les extras, pourquoi donc le sort s'acharne-t-il contre moi ? Pourquoi si près du but ? Pourquoi m'a-t-on gâché mon triomphe ?

Car c'était bien une victoire, prélude à son inévitable triomphe, que Mlle Danglard avait remportée lorsqu'au moment de passer à table, Emilienne Marolles avait insisté pour qu'elle avançât sa chaise, au lieu de se tenir comme à son habitude en retrait derrière son malade (au tout début, celui-ci n'avait pas supporté qu'elle le traitât ainsi, désormais il y paraissait indifférent).

L'infirmière avait d'abord décliné l'invitation — « Je ne suis pas de la famille, madame » —, mais l'aurait-on prise au mot qu'elle se serait empressée d'ajouter que, « tout bien considéré, ce serait, certainement, plus commode pour aider Monsieur », lequel avait changé d'humeur, remarqua-t-elle, après le coup de téléphone qu'il avait reçu alors que les premiers invités se débarrassaient de leurs cadeaux dans le vestibule.

A plusieurs reprises, Jules Marolles avait d'ailleurs consulté sa montre avant de se décider à faire annoncer par l'un des deux extras que le déjeuner était servi. Revenant de la cuisine, où elle était allée jeter un dernier coup d'œil, Mlle Danglard avait aussi noté que son malade (un jour, il mangerait dans sa main) avait fait discrètement enlever l'un des couverts.

On venait d'apporter la poularde aux ris de veau et au coulis de truffes quand l'inimaginable se produisit qui transforma la béatitude de Mlle Danglard en un calvaire des plus angoissants.

Jésus, Marie, Joseph, tant d'efforts gâchés par un simple coup de sonnette, si léger que personne, dans le brouhaha de la conversation, n'y prêta attention. Pourquoi diable alors avait-il fallu que Me Lacassin, le notaire, dont la présence inattendue avait attisé les inquiétudes d'Olivier, ait eu l'oreille si fine ? C'est lui en effet qui signala à son client, trop occupé à ne pas perdre un mot des confidences de Borelly, qu'il lui semblait qu'on avait sonné à la porte d'entrée.

Dieu du ciel, avec quelle énergie le vieux cachottier l'avait-il repoussée ! Et avec quel orgueil il avait ensuite présenté à la tablée médusée sa grande perche de fille !

Jésus, Marie, Joseph, aidez-moi...

3

8 janvier 1995...

« Je crois aux forces de l'esprit, je ne vous quitterai pas, parole d'homme !
— Jacte moins, et paie ton verre.
— Je ne jacte pas, je rends hommage, moi, monsieur.
— Patron, deux blancs secs sur le compte du philosophe.
— Servez, patron, j'ai de quoi régaler les sacs à charbon. En ce dimanche d'Epiphanie, jour où les Rois Mages ont découvert la surimpression, la photocopieuse laser, il convient, curé, de se noircir sans scrupules. Cela précisé, mettez du mâcon, patron, pas de votre antigel ordinaire.
— Faites comme il vous dit, patron. Un sans-Dieu qui croit aux forces de l'esprit, serait-ce à l'esprit du vin, n'ira pas forcément brûler en Enfer. »
Ces deux-là, le philosophe et le curé défroqué, Daniel les connaît bien. Chaque dimanche matin, depuis six mois qu'il habite le quartier, il les croise au comptoir de ce bar-tabac de l'avenue Jean-Jaurès, et il ne manque pas de les saluer d'un discret mouvement de tête. Qu'ils ne lui rendent pas toujours. Daniel ne s'en est jamais formalisé. Il a compris que leur humeur variait en fonction du résultat de leur mendicité. Il ne leur parle d'ailleurs pas, il se contente de les observer, mais il ne les fuit pas à la

différence des endimanchés qui font le vide autour d'eux dès qu'ils apparaissent.

On ne peut pourtant pas dire qu'ils sentent mauvais ni qu'ils font peur à voir. Ils se lavent, ils se rasent — en tout cas, le dimanche pour la grand-messe, ils ne manquent pas de le faire —, et leurs vêtement, bien que démodés et usés, sont propres. Comme si, à mi-chemin, ils avaient freiné des quatre fers juste avant le grand plongeon.

Le philosophe porte même cravate, tandis que le défroqué, qui ne quitte jamais sa veste de cuir et son polo gris, ressemble au propriétaire de Daniel que le jeune homme a rencontré à deux reprises aux abords de la rue Saint-Denis et qu'il a suivi, sans que sa filature lui ait appris grand-chose de palpitant.

Daniel règle son viandox et ses deux œufs au plat.

Avec ça, plus le pain aux raisins qu'il s'accordera au milieu de l'après-midi, il tiendra jusqu'au soir, à moins qu'Odette — si, comme il l'espère, elle assure la permanence de midi — ne l'invite à partager son casse-croûte, et alors, pour un dimanche, c'en sera un, car elle emporte toujours dans son panier de quoi nourrir un bataillon.

Le nez dans leur verre de mâcon, les deux compères ne prêtent guère attention au jeune homme qui ramasse sa monnaie et sort sans laisser de pourboire. Autant par principe que par nécessité. Ses mi-temps chez Minute Papillon lui paient tout juste son loyer, l'essence pour ses courses, et un repas sur deux, à condition qu'il les prenne dans sa chambre de bonne de la rue Goubet, d'où il a une vue imprenable sur le petit cimetière de la Villette.

En arrivant tout à l'heure, le jeune homme a solidement arrimé sa Vespa (un antivol plus une chaîne) à la barrière de la station Laumière. Non qu'elle vaille des cents et des mille, cette machine, elle a même plutôt tout d'une épave, mais Daniel ne pourrait pas la remplacer si quelque caroubleur venait à la lui voler, étant donné que l'assurance lui rembourserait des clopinettes. D'où ce surcroît de précautions chez un garçon qui n'a retenu de Proudhon qu'une formule tombée en désuétude depuis que le *challenge* a le vent en poupe. Qui de nos jours, en effet, pense encore que « la propriété, c'est le vol » ?

L'ennui, c'est que la météo s'est trompée, que ça repleut à grosses gouttes, et que Daniel a porté, la veille, son anorak à réimperméabiliser. A la perspective de se faire saucer, il décide donc de prendre le métro, en laissant là son précieux outil de travail. D'autant, se dit-il en dévalant quatre à quatre les escaliers, que j'ai plus de chances de me le faire taxer boulevard Saint-Germain que dans ce quartier où l'on examine de près le matos avant de passer à l'acte.

Dix-neuf stations plus tard, après un interminable changement à Austerlitz et un contrôle de son titre de transport, Daniel, pour une fois en règle, ressort de terre à Mabillon. Privilège des quartiers chics, note-t-il en ricanant, la pluie affecte sur cette rive une réserve de bon aloi. Tant mieux d'ailleurs, le coursier supportant mal d'avoir les cheveux mouillés, ça le rajeunit de trop, et plus personne ne le prend alors au sérieux.

A la hauteur du carrefour de la rue de Rennes, à quelques centaines de mètres de l'immeuble que squattent depuis la mi-décembre des sans-logis, et dans lequel Daniel se rend, trois cars de CRS ont pris position.

Longeant ensuite le Drugstore, le jeune homme a une pensée pour Carlos qui y jeta une bombe alors que lui-même était à peine né. Car lorsque Daniel ne sillonne pas Paris, porteur de plis que ses clients ne sauraient attendre, il accumule des pages et des pages de notes sur les terroristes de la seconde moitié de ce siècle. Il voudrait pouvoir en tirer un livre pour lequel il a déjà un titre, *Cent recettes pour faire la bombe*.

A part ce projet pour le moins fantasque, Daniel ne vit plus que pour Adrienne, la fille d'Odette.

Devant chez Lipp, une gravure de mode, qui lui rappelle vaguement quelqu'un, le saisit par le bras.

« Combien voulez-vous ?

— Combien... mais pour quoi ? Pour faire quoi ?

— Pour m'enculer. Dites un chiffre, n'importe lequel, je paierai.

— Vous seriez déçu.

— Laissez-moi au moins vous caresser les cheveux. Ils sont si beaux.
— Un million.
— En petites coupures, mon trésor ? »

D'une tape de la main droite, donnée avec assez de force pour que l'homme pousse un cri de douleur, Daniel se libère de l'étreinte. Il sait maintenant qui se trouve à côté de lui. Et il s'en veut d'avoir fait semblant d'entrer dans son jeu.

Ce grand antiquaire de la place Saint-Sulpice a essayé, dans les premiers temps, d'établir, mais en vain, une liaison entre le comité d'occupation et l'Elysée. Or c'est à cause de gens de son espèce que Daniel s'est longtemps méfié de ces pauvres sur lesquels les riches pleurent toutes les larmes de leur corps quand les élections approchent.

Epinglette de la lutte contre le sida au-dessus de son ruban de la Légion d'honneur, l'antiquaire s'incline devant Daniel et pénètre dans la brasserie où il doit déjeuner avec Olivier Marolles.

« Il faut que les parents meurent pour que les enfants commencent de les aimer », avait fait remarquer Odette Lambert à Daniel alors qu'il venait de lui raconter combien il avait été révolté d'apprendre par la mercière de la rue Henri-Dunant qu'elle n'était pas sa vraie mère, qu'elle l'avait adopté après qu'on l'eut, comme un paquet de linge sale, abandonné sur les marches de la buanderie de l'hôpital militaire de Cherbourg, une nuit de septembre.

Ce n'était pas tant qu'on se soit débarrassé de lui qui avait indigné Daniel — « Chacun est libre de ses actes » — que de découvrir que coulait dans ses veines le sang de quelque soudard.

Le coursier déteste l'armée, ses rites et ses uniformes, et il n'est pas peu fier d'avoir coupé à toute incorporation en se faisant passer pour membre d'une secte luciférienne.

Aux trois médecins qui l'avaient, deux années auparavant, examiné, il avait déclaré, en assortissant ses propos des mimiques adéquates, qu'il attendait depuis toujours ce jour où on lui confierait le pouvoir de décider qui doit vivre et mourir. Que lorsqu'on lui donnerait un fusil, il ne s'en séparerait plus, même la nuit quand Dieu se croit libre d'agir à sa guise. On l'avait réformé et renvoyé illico dans ses foyers.

D'abord souriante, puis éclatant d'un rire moqueur qui le troubla, Odette l'avait écouté avant de trancher : « Il faut que les parents meurent pour que les enfants commencent de les aimer... Oui, oui, tu as tort, mon garçon, on ne peut pas, on ne doit pas juger ses parents tant qu'on ne s'est pas mis à leur place. Et à supposer que ton père soit ce que tu penses qu'il est, oublierais-tu qu'il faut être deux pour fabriquer un enfant ? Que la petite graine ne suffit pas... Ta mère, y as-tu pensé ? Y penses-tu ? Ne crois-tu pas qu'elle soit à plaindre, elle aussi ? Tu estimes peut-être qu'on abandonne son bébé comme on... ? »

Hors de lui, Daniel ne l'avait pas laissée terminer. Les leçons, il avait passé l'âge, non, mais enfin !

Il s'était cependant retenu de la traiter de petite-bourgeoise car, s'il ne s'était pas attendu à trouver dans sa bouche de telles balivernes, il n'oubliait pas avec quel punch cette femme avait, le matin même, rembarré le commissaire venu intimer l'ordre aux squatters de déguerpir séance tenante.

Odette lui posait une énigme.

Comment pouvait-on être aussi agressive avec les keufs et aussi gnangnan dès qu'on causait famille ? Pour Daniel, cela cachait une *contradiction majeure* — expression dont il se gargarisait depuis qu'il étudiait les manifestes d'Action directe.

Dans son esprit sans nuances, famille et police se serraient les coudes pour le plus grand profit de l'Etat.

Quelques jours plus tard, grâce au certificat médical que lui avait délivré un chirurgien de renom qui s'était porté volontaire pour assurer un minimum de soins aux relogés, Daniel, renonçant à une semaine de son maigre salaire, s'était intégré à la vie de l'immeuble. De son côté, Odette avait pris son reliquat de congés payés. On lui confia l'organisation de l'information — Daniel aurait préféré *propagande*, mais il ne fut pas écouté.

En revanche, le coursier ne se fit pas prier lorsque la déléguée à l'information lui demanda de se charger du photocopiage du bulletin, puis de sa distribution. Si bien qu'au bout de deux jours il était devenu le bras droit de cette femme dont il aurait pu s'amouracher si, une nuit, alors qu'il l'avait raccompagnée sur sa Vespa rue Lamartine et que, pour l'en remercier, elle lui avait ouvert son garde-manger, Odette ne s'était soudainement mise à lui parler de sa fille.

« C'est tout le contraire de toi.

— Ben, ça me paraît logique, rapport à l'anatomie.

— Mon Dieu, comme il a de l'humour !... Mais qu'est-ce que tu attends pour reprendre de cette tourte aux épinards, tu ne l'aimes pas ? Je la réussis pourtant assez bien.

— Je l'adore, mais je ne sais pas écouter quand j'ai la bouche pleine. Parle-moi de ta fille.

— Elle ne veut pas vieillir, tu comprends. Sans doute parce qu'elle a peur de me ressembler. Elle est tout entière tournée vers elle-même. Pas par égoïsme, ni par indifférence aux autres. Non, ce doit être le seul moyen qu'elle ait trouvé pour qu'on n'oublie pas qu'elle est une victime. Alors que, toi, Daniel, tu fais tout pour te vieillir. On te proposerait d'avoir 100 ans que tu ne refuserais pas, pas vrai ?

— Et son père ? Il n'existe pas ? Elle n'en a pas ? T'es divorcée, veuve, ou tu l'as trouvée, toi aussi, sur ton paillasson ?

— Imbécile, je l'ai faite toute seule, et c'est encore toute seule que j'ai voulu l'élever. Oui, toute seule. Mais j'ai eu tort. Surtout maintenant que son père a refait surface. Quand je pense que cette gamine, car c'est toujours une gamine si je m'en tiens à ses attitudes, s'imagine que je la pousse dans les bras de cet homme que j'ai refusé d'aimer... Tu sais, ma fille, elle ne me connaît pas. Si je te disais qu'elle ne m'a jamais demandé à quoi j'occupe mes heures de liberté. Et pourtant, à l'entendre, elle veut changer le monde, mais, au fond, elle veut juste le changer dans sa tête, et ce que je fais ici, elle s'en moque. Non, j'ai tort, elle ne s'en moque pas, elle ne veut pas le savoir.

— Et elle fait quoi dans la vie ?
— Elle est musicienne. En ce moment, elle écrit même un opéra, mais un opéra rock.
— Le rock français, c'est nul ! Et c'est du temps perdu.
— Tu parles sans savoir. Voilà bien un point commun entre vous deux... Elle a un sujet formidable et qui te plairait beaucoup.
— Dis, t'as une photo d'elle ?
— Pas une ! Dix, cinquante, cent ! Que dis-je ? J'en ai bien un millier. Toute une armoire remplie à ras bords d'albums, mon chéri... Je suis une bonne mère, moi, tu me l'as assez reproché. »

Et c'est ainsi qu'après avoir convoité la chair si proche d'Odette qui ne s'y était d'ailleurs pas montrée insensible dans le secret de son cœur, Daniel tomba amoureux d'un instantané sur papier glacé.

A la fin de la semaine, convaincu d'avoir obtenu de la mère d'Adra les indications les plus précises sur sa fille, il s'assigna tout bonnement pour mission de la sauver des « griffes du temps ». Il faut savoir que lorsqu'il ne s'adonnait pas à l'étude du terrorisme, ou qu'il ne filochait pas quelque tête connue, Daniel dévorait tout ce qui de près ou de loin ressemblait à de la science-fiction.

Moyennant quoi, jusqu'à ce vendredi où il s'était risqué à se montrer, il se transforma en passe-muraille ou, comme il le disait lui-même quand ses copains coursiers le tannaient sur ses airs mystérieux, il passa dans la quatrième dimension. Sans évidemment jamais l'avouer à Odette qu'il ne voyait plus que le dimanche.

La transaction a été si rapide que Daniel hésite à intervenir.

Imagine que tu te sois gouré ? Que t'aies cru voir ces

deux sachets de neige changer de main ? T'aurais pas l'air con alors, hein ?

Avec son bébé dans les bras, la toxico passe devant le coursier et lui décroche une œillade complice avant de s'en aller papoter avec une copine à elle.

Et puis d'ailleurs que faire ? Expulser le *dealer* qui doit être en train de compter ses thunes dans l'escalier ? Lui interdire de refoutre les pieds dans le quartier ? Ça ne marcherait pas, camarade ! C'est un black, il va gueuler au raciste et, à moins de le fouiller — laisse ça aux flicards —, tu te mettrais tout le monde à dos.

De toute manière, maintenant que la pompe est amorcée, si celui-là ne revient pas, un autre prendra la relève. C'est la loi de l'offre et de la demande, la libre circulation des marchandises. Dans ce genre de bizness, le marchand s'en tape de se faire accueillir par une volée de flèches. Il ne peut pas se permettre de reculer, il a du stock, il doit l'écouler. Y laisser son scalp fait partie des risques du métier.

Donc, réfléchit Daniel, le coincer servirait à que dalle. L'enculé de ses yeux !

Ces salopards nous pourrissent la vie. Sont pires que les casqués, font plus de dégâts. Ils nous mangent la dignité. Si tu tombes sous leur coupe, aucun comité, aucun commando ne pourra t'en sortir... En somme, ce que Daniel reproche aux revendeurs de drogue (petits ou gros, il ne distingue pas), c'est qu'ils divisent les guerriers, qu'ils les réduisent en autant d'individus captifs et indifférents, alors que lui rêve de les rassembler en une grande tribu fraternellement conquérante.

Après un dernier regard soupçonneux à la toxico, qui brade les petits pots de son moutard contre de la dope, Daniel se replonge dans la lecture de *Captain Parano*, une rareté qu'un vieux de la CNT lui a dégoté chez un chineur de la porte Saint-Ouen. Il lui a en coûté un billet de cent balles que le coursier a raqué sans mégoter — « Comme quoi, lui fera remarquer Adra lorsqu'il lui dira le prix de ses trésors, toi aussi, sans drogue, tu ne résisterais pas ! »

« *Folsom se penche et frappe les touches de l'appareil. Il est extrêmement concentré, la langue collée au palais, les dents serrées, et ses grands yeux intelligents sont fixés sur le clavier...* »

Daniel relève la tête.
Victoire, c'est elle, c'est Odette, il va enfin savoir, mais, stratégie oblige, il se force à revenir à son roman. Comme ça, pense-t-il, en masquant mon impatience je serai en position de force.
Il a pourtant du mal à fixer son attention. « *Seuls, ses cheveux en désordre, dressés sur sa tête, trahissent sa fébrilité.* DEMANDE AUTORISATION METTRE FIN MISSION. *Folsom tape, le message doit vrombir déjà dans le vide inconnu.* » Des deux mains, Odette lui écarte les cheveux et l'embrasse sur la nuque : « Alors toujours à lire tes idioties ?
— Réponds-moi : Pourquoi la Fédération impose-t-elle sa loi à la Planète Folsom ?
— Mon Dieu, misère, et en plus, il les apprend par cœur !
— Preuve que j'en ai un... de cœur.
— Et de l'appétit, est-ce que tu en as ?
— L'appétit ? C'est qui, c'est quoi, ça ?
— Toi, tu as dû encore sauter un repas pour te payer ce... (Odette lui ôte, mais sans brutalité, le roman des mains) *Capitaine parano.* Pas vrai ?
— Primo, c'est pas *Capitaine*, mais *Captain Parano*, et deuzio, c'est vrai, j'ai les crocs.
— Eh bien, on va arranger ça. Dans mon cabas, j'ai de quoi te nourrir, des sandwiches à l'omelette, avec des petits lardons revenus dans de la graisse d'oie.
— Mais il y a plein de choses à voir d'abord. Le tract pour les commerçants, plus le communiqué aux syndicats.
— Ça peut attendre un petit quart d'heure, j'ai du neuf à te raconter. »
Parfait ! S'il se trouvait forcé de choisir, Daniel renoncerait à tous les casse-croûte du monde et se pendrait aux lèvres d'Odette.

Malgré cette crainte diffuse qui ne le lâchait plus depuis son entrevue avec le directeur financier de son père, Olivier Marolles s'était au dernier moment refusé à toucher au millefeuille. Il l'avait commandé en se disant qu'un peu de douceur lui ferait peut-être l'effet d'un de ces tranquillisants pour lesquels il éprouvait une répugnance incompréhensible.

« Cher ami !... Enfin !... Bonjour, monsieur, et bon appétit... Vous permettez, juste un petit mot à Olivier, et je vous l'abandonne.

— Je vous en prie, acquiesce l'antiquaire en lorgnant avec convoitise l'intrus qui, lorsqu'il ne glane pas des échos pour l'un des derniers quotidiens de la capitale, hante gymnases et piscines.

— Olivier, vous deviez m'appeler...

— En ce moment, je suis débordé, mais je vous jure que je ne vous oublie pas.

— Cette après-midi, je serai chez moi à partir de 4 heures.

— J'essaierai.

— Promettez-moi de le faire... Bien, à tantôt, alors.

— On raconte qu'il est fini depuis cette histoire de plagiat, glousse l'antiquaire.

— Qu'importe ce que l'on raconte. Vous savez aussi bien que moi qu'à moins de les tuer, ces types-là finissent toujours par rebondir.

— Vous ne touchez pas à votre dessert ? Non... Vous permettez ? Les pâtisseries, c'est comme les jolis garçons, je n'en ai jamais assez. »

Sans un mot, mais avec un air entendu (vas-y, ma grosse, profite, je ne suis pas encore prêt), Olivier procède à l'échange d'assiettes. Pendant que l'antiquaire s'absorbe dans le découpage minutieux du millefeuille en veillant à ne pas en briser le glaçage, *l'homme qui veut faire plaisir* promène sur la salle un regard à la transparence trompeuse.

Que de fois, en venant déjeuner dans cette brasserie, en est-il ressorti plus averti qu'il n'y était entré. A croire que ceux qui la fréquentent perdent toute prudence en se moquant d'être vus en compagnie de leurs maîtresses, de leurs gitons ou de leurs adversaires. Sans doute sont-ils persuadés qu'entre membres d'un même club la règle veut qu'on ne tire pas avantage des secrets de son voisin ? Bien que se pliant lui-même, semble-t-il, de bonne grâce à cette règle, Olivier Marolles ne se prive pas, une fois dehors, de la retourner à son profit.

Comme il l'avouait hier encore à Borelly : « Je fais mes courses où je peux. »

Ainsi, en rejoignant l'antiquaire, avait-il salué cet ancien collègue de son frère aîné, un temps secrétaire d'Etat aux Petites Entreprises quand Nicolas avait en charge l'Industrie, et pris note que ce socialiste bon teint partageait une choucroute des mieux garnies avec l'un des rabatteurs électoraux du Grand Jacques.

Ce serait cependant insulter à l'intelligence d'Olivier Marolles que de le penser assez naïf pour en déduire qu'une alliance contre nature était en train de se nouer entre le fabiusien et le chiraquien. Il laisse cela aux idéalistes qui confondent la morale avec la politique. Lui fonctionne différemment. Si ces deux-là ont pris le risque de se rencontrer un dimanche, quand la Province, jamais en retard d'un haut-le-cœur vertueux, se presse chez Lipp, c'est qu'ils souhaitaient qu'on les suspecte de manquer à tous leurs engagements. Ce ne peut donc être qu'un rideau de fumée. Ils ont autre chose en tête, mais quoi ?

Un probable échange de bons procédés, mais lequel ? Et pour qui ? Pour quel profit ?

Repoussant avec un regret mêlé de satisfaction son assiette, l'antiquaire s'exclame : « Eh bien, merci, et maintenant si nous passions aux choses sérieuses. Je suppose que cette invitation, à laquelle, dois-je le répéter, je suis si sensible, est liée à la candidature de notre ami Jospin ? N'est-ce pas que vous voulez me tirer les vers du nez ? Ne protestez pas, je vous connais et je vous apprécie. Mieux, nous vous apprécions, nous savons ce que nous vous devons.

— Il s'agit justement de cela.

— Hein, qu'on n'apprend pas à un vieux singe à... ?

— Permettez, vous m'avez mal compris. Jospin, je

m'en fiche. S'il fait 20 % au premier tour, ce sera le bout du monde. Non, il s'agit de ce que vous me devez. De la dette que vous avez envers moi. Une dette toute symbolique certes, mais une dette quand même.

— Ai-je encore droit à une tasse de café ? Ou dois-je considérer que votre générosité a des limites ?

— Prenez ce que vous voulez, je vous en prie. Et si une liqueur vous fait envie, laissez-vous tenter. Moi-même, je vais m'offrir un cigare. »

D'un claquement de doigts, une grossièreté dont il n'est jamais parvenu à se débarrasser, Olivier Marolles appelle le garçon, lui commande deux cafés, un Cointreau, et réclame qu'on lui envoie la cigaretière. Celle-ci, qui connaît les habitudes de son client, accourt aussitôt. S'ensuit un manège — choisir un corona plutôt qu'un autre, le humer, puis en cisailler l'embout, l'allumer, et en tirer, sans se presser, une longue goulée — qui paraît interminable à l'antiquaire.

Si Olivier était au meilleur de sa forme, mais cette boule d'angoisse continue à le tourmenter, il ferait encore durer plus longtemps le supplice. Il désire que l'antiquaire mijote dans son jus. Il le veut à point. Se demandant avec effroi quelle dette il va lui falloir essuyer.

« Mon père (l'antiquaire se fige) m'a fait part de son désir de faire acheter par vos soins deux... Chardin (Higuerra n'était pas sûr du nom, et au sourire narquois de l'antiquaire, Olivier devine que ce n'est pas le bon). Aussi je tenais à vous avertir que le Louvre s'intéresse aussi à cette vente et que Bercy soutiendra le musée. »

En lui servant ce mensonge qui, par quelque bout qu'on le prenne, ne tient pas debout, le benjamin des Marolles n'ignore pas que l'antiquaire va sur-le-champ le percer à jour, et qu'il s'empressera ensuite de lui opposer un silence réprobateur et plein de morgue.

Mais pour combien de temps ?

L'antiquaire souffre d'un défaut qui a déjà failli le perdre une nuit de débauche qu'il s'était vanté de ses relations élyséennes auprès d'un inspecteur de la Mondaine qui avait à son insu enregistré ses propos, la vanité l'aveugle, alors qu'Olivier a une qualité, il sait ramper et se vautrer dans la boue avant que de se jeter sur sa proie et la dévorer. Chardin, le Louvre, Bercy ne sont que des chausse-trappes au fond desquelles il attend la gueule ouverte.

Viens, ma grosse, dis-moi que j'ai tout faux. Oblige-moi à m'en repentir. Allons, presse-toi, tu n'es pas le seul sur ma liste.

« Olivier, plastronne l'antiquaire, vous me décevez, je vous croyais plus habile. »

A qui le dis-tu ?

« Il n'empêche que mon père a tort de vouloir se lancer dans l'achat de tableaux. Il n'y comprend rien et... »

Olivier s'interrompt pour tirer sur son cigare. Il est satisfait. Pour un peu, il s'admirerait. Ne vient-il pas d'ajouter du mensonge au mensonge ? « Plus tu feras mine de t'enferrer, camarade Marolles, et plus tu les égareras. » Merde, il leur doit tout, aux stals ! Il en rajoute même : « Et vous-même, qui êtes un amateur éclairé, vous avez dû vous gausser de son inculture, non ? »

Il ne manquerait plus qu'une vieille baderne, le cul galonné d'or, me convoque à bord de son cuirassé qui mouillerait — pourquoi pas ? — devant le Louvre, pour m'annoncer, droit dans les yeux : « Mon garçon, je suis ton père, le génétique, le certifié conforme, allons, courage, approche-toi, mon garçon, viens dans mes bras me donner l'accolade, ensuite, mon garçon, tu me feras le plaisir d'aller te faire couper cette tignasse honteuse, boule à zéro, bon sang ne saurait mentir, mon garçon, hardi les gars, envoyez les couleurs, vive la famille, et vive la France ! »

En même temps qu'il plie en quatre le bulletin de l'association avant de le glisser dans une enveloppe, Daniel n'en finit pas de remâcher ses pensées. Elles ne sont pas particulièrement folichonnes. Cette histoire de retrouvailles où chacun se saute au cou pue l'embrouille. Elle lui rappelle l'une des deux nouvelles de Dick qu'il préfère, les pères y sont doubles, un vrai, un faux, mais semblables en tous points, le faux se révélant être un monstre de l'espace alors que le vrai termine ses jours dans l'incinérateur à ordures.

Jamais en retard d'un soupçon quand un émissaire secret de la Mairie, ou de Matignon, s'en vient rôder dans l'immeuble occupé afin d'assurer aux squatters qu'on ne cherchera pas, « promis, juré », à les en déloger, Odette a vibré de tout son être dans le récit qu'elle lui a fait de ce déjeuner d'anniversaire où les Marolles et leurs intimes avaient, à l'entendre, réservé un accueil des plus chaleureux à sa fille.

« Au fond de moi, Daniel, je n'avais qu'une peur, que ses frères ne l'examinent sur toutes les coutures, comme un animal de foire, et qu'à défaut de la renvoyer dans sa cage ils ne la prennent de haut, de très haut. Car enfin en quoi doivent-ils se sentir concernés par la double vie de leur père ? Surtout le jour où la famille se réunit pour fêter l'un des siens et qu'au lieu de laisser son aîné souffler sur les bougies, ce père autour duquel on se presse vous oblige soudain à élargir le cercle. Tu imagines la scène, Daniel ? Place, faites place à votre sœur, et silence dans les rangs ! La folie pure, quoi ! D'autant que mon Adrienne, telle que je la connais, avait dû soigner sa mise. Elle m'a assuré que non, mais elle ment comme elle respire, et il se peut bien qu'elle ait débarqué rue de Passy vêtue d'une peau de bête avec un os dans le nez. Si tu savais de quoi elle est capable, et ce qu'elle m'en a fait voir.

— Elle va être riche alors ?

— Quelle question ! Comme s'il s'agissait de cela.

— Tu es bizarre. Pas plus tard que la semaine dernière, tu m'as dit qu'il suffisait qu'on parle d'argent pour que tout le monde se taise. Et maintenant tu viens de me demander de me taire. Si ce n'est pas une contradiction, alors... merde !

— Grossier personnage, je t'ai aussi dit que ma fille ne veut rien devoir à son père, ni son nom, ni son argent.

— Et elle, comment a-t-elle réagi ?

— Elle ne veut plus y retourner.

— Tiens donc, et pourquoi ?

— Elle s'est refusée à toute explication. Et je n'ai pas

cherché à en savoir davantage. Déjà beau qu'elle ne les ait pas insultés... Mais j'ai mon idée là-dessus.

— On peut savoir laquelle ?

— A toi, je veux bien la dire puisqu'à moins d'un miracle, et la machine à les fabriquer est depuis longtemps cassée, jamais vous ne vous assiérez à la même table. Vous êtes si différents tous les deux... Pour tout t'avouer, je crois qu'elle ne veut plus les voir parce qu'elle a été la première surprise par leur gentillesse. Il paraît même que Nicolas, c'est son frère aîné, l'ancien ministre de je ne sais plus quoi, l'a longuement questionnée sur son opéra et qu'il se serait fait fort de lui obtenir une salle municipale à Paris même. Tu parles d'un choc... Un dirigeant socialiste qui se propose de l'aider, voilà qui ne cadre pas avec ses idées.

— Ni avec les miennes.

— Dans l'absolu, vous n'avez peut-être pas tort, ils n'ont respecté aucune de leurs promesses, mais, pris individuellement, chaque homme, même le plus corrompu, peut avoir envie de se montrer charitable.

— Je ne crois pas à la charité.

— D'une certaine manière, ce que l'on fait ici y ressemble.

— Pas du tout, et tu le sais. Ici, on reprend ce qui nous appartient, et ta fille a raison de ne pas vouloir toucher à ce qui nous a été volé.

— Ce que vous êtes verbeux, vous les jeunes.

— N'empêche que ta fille a...

— Arrête ! Que je sache, son père n'appartient qu'à elle.

— Encore faudrait-il que ce soit le vrai.

— Quoi ? Qu'est-ce que tu racontes ? Le vrai ? Dis, je n'ai pas la mémoire qui flanche, moi.

— Je crois que je n'aurai jamais d'enfant. Toute façon, comme on ne baise plus qu'avec des capotes, il n'y a pas de danger que ça m'arrive. Et puis, je vais te dire, j'aurais dû naître androïde.

— C'est quoi cette bête-là ? Une espèce de robot, non ? Oui ?... A part ça, tu oublies une chose, c'est qu'une femme pourra toujours faire avec une épingle des petits trous dans ton préservatif, et alors direction la maternité. »

Dégueulasse, tout ça était dégueulasse parce que trop facile.
Trop prévisible.
Trop dans la norme.
Daniel reprend une à une les enveloppes et commence de les coller. Ce soir, c'est décidé, il ira faire un tour dans le 18e arrondissement.

Entre deux considérations sur la reprise individuelle, le jeune garçon avait obtenu d'Odette l'adresse du local dans lequel Adra et sa bande continuaient de régler les derniers détails de ce qui, selon la mère de la musicienne, devrait dorénavant s'appeler *Blanche-Neige et les trois keufs*.

Mlle Danglard était sortie tout de suite après déjeuner.

« Ma cousine du Havre, infirmière elle aussi, avait-elle tenu à préciser à son malade, passe son dimanche à Paris, et comme elle en repart par le train de 17 heures à Saint-Lazare, j'ai pris la liberté de l'inviter à boire le café, pas chez vous évidemment, je n'oserais pas (pas encore, corrigea mentalement Mlle Danglard), mais chez Ruc. Nous nous voyons si rarement, son mari me déteste, et je le lui rends bien. Alors, si vous permettez... »

Il avait acquiescé en lui montrant la porte d'une main déjà alanguie — depuis quelque temps, conséquence probable de la chimiothérapie, Jules Marolles n'avait plus qu'une envie l'après-midi, s'asseoir dans son fauteuil et s'y assoupir. *Está bien ! Fuera !* Ça va, fiche le camp !

L'infirmière n'était pas encore à Saint-Lazare qu'il avait sombré dans un rêve désagréable, presque un cauchemar. Il errait dans une ville étrange, hostile, il avait peur, il avait froid, aux fenêtres les volets étaient tirés, et pas le moindre bar, le moindre hôtel, nulle part où se réfugier, d'ailleurs il n'y avait personne dans les rues, pas même une voiture, aussi quand il avait vu la cabine téléphonique, la seule chose qui fût éclairée, avait-il pressé le pas, enfin il allait pouvoir appeler un taxi et se sauver, mais quoiqu'il fît ses doigts ne parvenaient pas à enfoncer les touches du cadran, et pourtant le téléphone sonnait, sonnait...

Il a alors rouvert les yeux et constaté que, s'il avait rêvé, la sonnerie est, elle, bien réelle. Se levant avec peine, il a décroché : « Monsieur Marolles ?
— *Si !...* Oui, c'est moi. Qui est à l'appareil ?
— Jacques Freytag. »

Ay Dios mío ! Ah, mon Dieu ! pense-t-il, s'il m'appelle chez moi, celui-là, c'est qu'il a quelque chose de grave à m'annoncer.

La tête, tout à coup, lui tourne. De sa main libre, Jules Marolles se raccroche au guéridon pour ne pas tomber.

« C'est Adrienne, n'est-ce pas ?
— Mais non ! Ça ne la concerne pas, en tout cas pas directement. C'est moi que ça concerne ! Cette nuit, on s'est introduit dans mon bureau et... »

On ne lui avait rien volé, mais on avait fouillé partout, même si on l'avait fait avec doigté, sans laisser de trace visible sauf pour quelqu'un dont le métier est d'ouvrir lui-même à l'insu de leurs propriétaires les portes les mieux protégées. Quand Freytag se tait, Marolles, qui a retrouvé ses esprits, lui fait sèchement remarquer qu'il est logique que les gens de son espèce subissent les désagréments qu'ils occasionnent à d'autres, et qu'au surcroît il comprend mal en quoi ça peut l'intéresser.

« Vous ne me soupçonnez tout de même pas ? finit-il par aboyer.
— J'aurais une bonne raison pourtant de le faire.
— *Ojo, borde !*
— Vous me traitez de bâtard ? J'ai bien entendu, n'est-ce pas ?
— Mais c'est vrai que vous parlez espagnol. Vous l'avez appris à Cuba, m'a-t-on dit.
— Comment croyez-vous, monsieur Marolles, que j'aie découvert la visite du fouille-merde ?
— J'ai passé l'âge des devinettes, Freytag.

— Et comme vous devez aussi avoir passé celui des ordinateurs, je n'entrerai pas dans les détails. Sachez seulement que mon visiteur a consulté la disquette dans laquelle j'avais consigné les résultats de l'enquête que vous m'aviez demandé de mener.

— *Hostia, hombre!* Mais pourquoi, bordel, ne l'aviez-vous pas détruite ? On vous a appris quoi chez les *barbudos* ? La peste soit des idéalistes ! Je veux que vous m'en portiez une copie. Ce n'est que lorsque j'en aurai pris connaissance que je saurai peut-être d'où vient le coup. Demain matin, à 9 heures, je vous attendrai dans mon bureau. Et ne soyez pas en retard », ajoute d'une voix rogue Jules Marolles avant de raccrocher brutalement.

Mais au lieu de se rasseoir dans son fauteuil, il descend sans aucune appréhension l'escalier conduisant à la cuisine, où, une dizaine de minutes plus tard, Mlle Danglard, qui vient de rentrer, le découvre, gémissant sur le carrelage. De sa bouche, s'échappe un peu d'écume rosâtre.

Le coup de fil de Mlle Danglard surprend Emilienne au lit.

En quittant la veille le duplex de la rue de Passy, ils s'étaient, elle et Nicolas, disputés au sujet de cette sœur au charme de laquelle son imbécile de mari avait été si sensible, alors qu'elle n'était, pour Emilienne, qu'une de ces inutiles *critiqueuses* qu'on finit par acheter avec des promesses qui n'engagent que ceux qui les écoutent, « sans compter, mon pauvre ami, qu'il va falloir désormais partager le gâteau en quatre ». Là-dessus, comme elle venait de descendre de la voiture, Nicolas avait hurlé avant de redémarrer : « Je pars rejoindre Pascal en Normandie, mais, fais attention, je t'interdis de l'appeler pour l'avertir de mon arrivée. »

De quoi aussitôt la précipiter sur le téléphone sans qu'à l'autre bout de la ligne — Petit con, tu ne pourrais pas être là quand on te sonne ! — quelqu'un décroche et lui réponde. Emilienne s'était alors décidée à se venger de

Nicolas de la façon qui lui réussissait le mieux, en se jetant dans les bras d'un autre homme.

Voilà pourquoi, elle ne s'était couchée que vers 11 heures du matin, exténuée par une nuit fertile en péripéties, où la volupté l'avait constamment disputé à l'anxiété, voire à la peur bleue. « Fais de moi ce que tu désires », avait-elle lancé à son amant, le Kurde, dont jusqu'alors elle n'avait pas soupçonné les penchants pour les plaisirs les plus équivoques. Aussi tombant comme une masse sur le lit conjugal qu'elle n'avait pas pris la peine de défaire, elle s'était réveillée, encore pleine de ce foutre qui avait coulé autant en elle que sur elle. Et incapable de se lever, ne fût-ce que pour prendre le bain qui lui remettrait les idées en place en même temps qu'il l'aurait nettoyée de toute la saleté qui lui collait à la peau.

Quand le téléphone la tire de cet état de prostration, elle en est arrivée au moment que connaissent bien les témoins d'un crime. Ce moment où l'on commence à regretter d'y avoir assisté parce qu'on réalise tout à coup le danger qu'on encourt à avoir ouvert les yeux alors qu'à cause du rang qui est le sien dans la société, on aurait dû passer son chemin et se taire. Bref, Emilienne décroche en pensant qu'il vaudrait mieux, pendant quelque temps, qu'elle évite de revoir son amant si elle ne veut pas se retrouver dans un quelconque rapport de police.

« Allô, c'est mademoiselle Danglard au téléphone. Votre époux n'est pas là ?

— Il vient de sortir... Que se passe-t-il ?

— Monsieur Marolles, votre beau-père, a eu un malaise cardiaque. Rassurez-vous, rien de très grave. Sans doute un effet secondaire de sa chimio, une sorte de bouffée d'angoisse.

— Je saute dans ma voiture et j'arrive.

— Il n'est plus chez lui. J'ai tout de suite prévenu le professeur Reynaud qui a envoyé une ambulance.

— Pardon, mais à quelle heure tout cela s'est-il passé ?

— Il y a environ une heure.

— Et ce n'est que maintenant que vous nous prévenez ?

— Vous savez, dans ces moments-là, nous pensons d'abord au malade. La famille, pardonnez-moi, vient après.

— Nous en reparlerons quand nous nous verrons. D'où m'appelez-vous, de l'hôpital ou de la rue de Passy ?

— De là où mon devoir exige que je sois : de l'hôpital, bien entendu.

— Eh bien, j'y serai dans vingt minutes maximum.

— Rassurez-vous tout de même, Monsieur a déjà bien récupéré, il faudra simplement le surveiller de plus près.

— Vous avez prévenu Olivier ?

— Pas encore, mais je vais le faire, encore qu'un dimanche je ne sais trop où le trouver, d'autant qu'il nous a dit, hier, qu'il partait en week-end.

— Laissez, je m'en occupe. »

« La famille vient après... » Et puis quoi encore ? Si celle-là s'en mêle aussi, grimace Emilienne, en se débarrassant en un tournemain de ses vêtements souillés, ce n'est plus un gâteau qu'on partagera mais une tartelette. Il faut qu'Olivier trouve le moyen de l'éliminer, et vite.

Quelle erreur d'avoir pris par le périphérique !

Porte d'Orléans, Emilienne a manqué de réflexe, elle aurait dû sortir et couper par l'intérieur.

A présent, le nez dans le volant, elle rumine son dépit.

Cette Danglard, tout de même, elle ne manque pas de culot. Et Olivier qui ne répond pas. Pourtant, je le sais, moi, où il passe son week-end... Il le passe chez cette pétasse qui se prend pour la réincarnation de Françoise Giroud alors qu'elle n'est pas fichue d'articuler correctement trois mots de suite.

Emilienne recompose sur le cadran de son téléphone de voiture le numéro de la nouvelle maîtresse de son beau-frère.

Ça resonne dans le vide. Zut et rezut !

A force de la tringler, il a dû fatiguer, le pauvre chéri, et il s'est tiré, et elle, de désespoir, elle sera probablement

allée se goinfrer de pâtisseries au café Beaubourg, imagine Emilienne en repassant en seconde. C'est qu'elle est plus très jeune, la madame pas-dupe-de-ce-que-vous-me-racontez-monsieur-le-ministre-mais-je-vous-sucerai-bien-la-queue, et du côté de ses hanches, ça ne s'arrange pas, bientôt elles seront plus larges que ses épaules. Ça lui fait combien à celle-là ? 37, 38, non ? Oui, facile...
Allez, allez, on se presse !
Quand je pense que je suis coincée jusqu'à la porte de Choisy. Jules, Jules, vous n'auriez pas pu attendre cette nuit pour nous faire votre petit arrêt cardiaque ? Hein, vieille crapule ?... Ah, vivement qu'il crève, celui-là. J'aimerais bien récupérer son duplex, plus un bout, mais un gros, de L'Isle-Adam. Bon, on en est où, là ?
Porte de Gentilly.
Attends voir, la rue Bobillot — « T'en souviens-tu ? Le Diable était beau, comme dit le poète, quand il était jeune » —, attends, cette maudite rue Bobillot, elle est dans quel sens, déjà ? J'y vais ou j'y vais pas ? J'y vais. On verra bien. La procession des dimanches soir, j'en ai ma claque. Et puis, à ce train-là, j'arrive pour la levée du corps.
Cinq cents mètres plus loin, Emilienne rechange de cap. Préférant ne pas s'aventurer au-delà du boulevard Kellermann, elle tourne à gauche et pénètre dans le 13e arrondissement par les Maréchaux. C'est plus sûr, d'autant que ça ne bouchonne pas. Juste après avoir dépassé Charléty, elle réessaie, plus par réflexe que par conviction, le numéro de la journaliste de télé chez laquelle Olivier était censé passer son dimanche. Miracle, ça décroche.
« Allôôôôôô ! »
Elle en a encore un restant dans la bouche ou quoi ?
« Est-ce qu'Olivier est là ?
— Quiii leu demandeuu ?
— L'Elysée.
— Mais vouiii, tout de suitteuu. »
L'Elysée, elle a dû en remouiller sa culotte, la pétasse !
« Marolles à l'appareil.
— Olivier, c'est Emilienne. Ton père est à l'hôpital,

chez Reynaud, rien de trop grave, paraît-il, encore qu'à son âge.
— Merde, merde, merde ! Ça ne pouvait pas tomber plus mal. J'ai un rendez-vous dans un quart d'heure qu'il m'est impossible de remettre.
— Et tu en as pour longtemps ?
— Je ne sais pas. Cinq minutes comme une heure, tout dépendra des réactions de mon vis-à-vis.
— C'est au moins Le Pen que tu vas rencontrer ? ironise Emilienne.
— Je préférerais. Bon, tu te trouves où ? Avec mon père à l'hôpital ?
— Pas encore, mais je n'en suis plus très loin.
— J'arrive dès que je peux.
— Olivier, il faut qu'on trouve le temps de se parler tous les deux.
— T'as du nouveau sur notre ami de Nanterre ? »
Emilienne sourit. L'ami de Nanterre n'est autre que le ministre de l'Intérieur sur le compte duquel Olivier est toujours preneur d'informations depuis qu'un juge s'intéresse à la comptabilité des HLM des Hauts-de-Seine.
« Pas exactement. C'est notre chère infirmière qui fait problème. Je crois qu'elle n'est pas nette.
— D'accord, on voit ça. Nicolas sera là ?
— Ce serait étonnant, il est encore en Normandie, avec Pascal.
— Dispute ?
— Et toi, bonne baise ?
— 11, non, 12/20. Entre nous, moi aussi, j'ai des choses à te dire... sur mademoiselle ma sœur.
— Somme toute, c'est avec toi que j'aurais dû me marier. Dis, c'est indiscret, je suppose, de te demander qui tu vas voir.
— Indiscret, c'est le mot. A tout à l'heure, ma grande.
— A tout à l'heure. Mais presse-toi, parce qu'après 20 heures, les hôpitaux... »
Emilienne accélère. Elle se sent revigorée. Heureusement qu'il y a Olivier, pense-t-elle, lui au moins n'est pas tombé dans le panneau des mamours. A nous deux, on est indestructibles. Mais, bon sang, qu'est-ce que je don-

nerais pour savoir avec qui ce voyou a rendez-vous !
Réfléchissons. Serait-ce avec un coco pour leur demander de ne pas soutenir Jospin ? Ou bien alors avec le banquier suisse qui le rencarde sur les petits placements d'Orsel ?

Madame le préfet hors cadre se trompe du tout au tout. Le rendez-vous qu'Olivier Marolles ne peut remettre n'a rien de politique. Place du Châtelet, c'est un François sur ses gardes qui attend de pied ferme ce frère dont il souhaite se venger d'une façon ou d'une autre.

4

9 janvier 1995...

Après avoir enregistré que ce qui ressemblait à un individu de sexe masculin dormait tout habillé en contrebas du lit dans lequel elle vient de se réveiller, Adra essaie de comprendre pourquoi elle-même est nue sous le duvet. Mais elle a un mal fou à associer deux images. A les sous-titrer de façon cohérente, explicite. La moindre pensée lui coûte.

C'est ce qu'elle appelle être dans la seringue.

On jouerait à la marelle dans ma tête que ce ne serait pas pire. N'y a qu'une chose dont je sois sûre et certaine, le zigue de l'étage inférieur ne m'a pas baisée. Pas besoin de gamberger pour ça.

Il a suffi qu'elle glisse une main entre ses cuisses. Ç'a même été sa première réaction en ouvrant les yeux, et comme ses doigts n'ont ramené que l'odeur de sa solitude, il lui a bien fallu admettre que personne n'avait égaré sa bite dans le puits tari.

A moins que je l'en aie dissuadé ?

Ce serait bien de moi ce genre d'attitude : panteler après le mâle pour mieux, une fois qu'il s'est accroché au convoi, l'en décaniller fissa.

Adra aimerait en rire, mais ses mâchoires ne suivent pas. On les a emprisonnées dans du verre pilé.

La vache, j'y suis dans la zone des turbulences, et sans hôtesse pour me tenir le seau. Il y a pourtant urgence à ce que j'accommode sinon, quand il va se secouer, l'autre en bas, je ne saurai toujours pas où je loge. Cramponne-toi, briquette, le retour s'annonce sanglant.

Et d'abord, reprends tout à zéro. Lui, c'est Daniel, l'Indien, et toi, c'est Gally, la femme cyborg démantibulée... Idiote, arrête. Tu ne virerais pas maso, des fois ? Tu ne sens pas que ça se dévisse de l'intérieur ? Donc, lui, c'est Daniel, le mec qui pose les questions... Bon, ça y est, t'es parée pour la remontée ? Tu le tiens, ton fil ? Le lâche pas, tu te perdrais.

Il y a combien de ça ?

Disons qu'il y a un siècle — tu feras tes comptes ensuite —, ton Daniel, il a atterri en pleine répète et, alors que tu aurais dû l'en virer, tu l'as transformé en figurant. Faut dire qu'il dégage avec son look *Dernier des Mohicans* — exact, ce n'est plus, ça n'a jamais été Sam Shepard mais le sosie de Daniel Day-Lewis. Ce que tu fais chier avec tes références. N'importe, un frimant qui reste de marbre même aux meilleurs endroits, ça excite la curiosité. T'as eu tellement envie de le boxer que tu te l'es réservé pour le final.

Jusque-là, ça paraît se tenir. C'est donc après que ça a déconné, que, toi, ma grande, tu as merdé...

Sur une des nombreuses piles de livres qui touchent, pour certaines, au plafond, lequel n'est tout de même pas bien haut — un réduit, cette turne —, Adra avise alors ses vêtements qu'on a pris la peine de plier. Ce qui veut dire qu'il m'a déloquée sans que je m'en rende compte et qu'il a de l'ordre, l'Indien. Remarque, s'il ne les avait pas sauvegardées, tes fringues, jamais tu ne les aurais retrouvées dans cet enchevêtrement. Il garde tout, le mec ! Pas comme toi. On ne se méfie jamais assez des collectionneurs. Ils finissent par t'enfoncer une aiguille dans le cœur, et le coup d'après les miteux paient pour venir t'admirer dans la vitrine. Rappelle-toi : « *Celui qui possède les anciennes peaux de serpent empêche les jeunes serpents de se transformer.* »

De quoi ? Ça remarche ? Le menu Fichier est reconnecté ? Y a de l'espoir, alors. Suffit que tu t'appuies sur tes bases.

C'est comme ce duvet, qui a dû être bleu dans les temps anciens, avant de passer et repasser en machine. Réfléchis, il te raconte une histoire, ce truc. Tu n'aurais pas déjà dormi dedans ? Et si ce n'est pas dans celui-là, c'est dans un qui lui ressemble. *Les jolies colonies de vacances*, tu te rappelles ? « Elle ne pisse pas au lit, votre fille, madame Lambert ? Sinon il faudra penser à nous fournir, en plus du sac à viande, une alèse, car les duvets, n'est-ce pas, c'est nous qui les lavons... » L'enfance, tu parles d'une escroque ! Ne songent qu'à t'humilier. Donc, mauvaise piste, oublie le duvet, concentre-toi sur autre chose.

Mais, putain, je me suis injecté quoi dans les veines ?

Pas de la came, tout de même ! On s'est tous promis de ne plus y toucher tant que dureraient les répètes. Pétards, amphés, le nez farci, d'accord, mais pas de fixes. Où que je l'aurais d'ailleurs eue, la dose ? Si, par hasard, c'est ce glandeux, je les lui cisaille au ras du noyau. Mais non, il t'a dit, souviens-t'en, qu'il était *against* les drogues, toutes les drogues, le verbifuge ! Sauf que — j'y suis — il ne crache pas sur l'eau de feu, genre mélange bière tequila, et que — ouais, ouais, ça s'enchaîne — dans le rade où tu l'as suivi, après son numéro comme quoi il blairait pas qu'on se ramasse de la thune sur une histoire qui serait jamais la nôtre, et qu'il y avait loin d'une guitare électrique à un fusil à pompe, etc., etc., sauf que, j'y reviens, j'y reviens, dans ce rade — derrière République, non ? — où il m'a traînée, le patron n'encaissait qu'une tournée sur trois, même que tu le lui avais fait remarquer et qu'il t'avait répondu que c'était « sa manière d'assumer ».

La classique disserte du mec à thèse-antithèse. Nul, archi-nul.

Mais bière et tequila, ça n'aurait jamais dû me faire cet effet-là...

Gaffe, il s'étire, je vais avoir droit à l'abominable échange de points de vue : « Et comment ça va ? Et t'es en forme ? Et tu prends quoi ? Et combien de sucres ?

Et quand est-ce qu'il va se décider à faire beau ? » Et merde !

S'il me bassine de trop, je shoote dans ses bouquins, j'y fous le feu. Non, mais qu'est-ce que c'est que ces blancs-becs qui te font la leçon et qui accumulent la marchandise ?

« A chaque instant, on doit donner l'impression à l'ennemi qu'il est encerclé. »

C'est un rêve ! Il n'est pas réel, le mec... Il n'y a que dans les rêves qu'on te sert du péremptoire dès la mise en marche. Disparais, fantôme, va voir ailleurs si j'y suis.

« Je ne suis jamais allé en Espagne, et pourtant il me semble que je connais chaque rue de Barcelone. »

Bon, d'accord, ce n'est pas un fantôme, je ne rêve pas, il est juste camisole de force, et je suis à poil, retenue contre mon gré dans une annexe oubliée de la Nationale. Quel merdier ! Mais comment, *com-ment*, j'ai pu arriver ici ?

« Tu ne devrais pas avoir honte de tes seins. Quand on les touche, une chaleur étrange et réconfortante s'en dégage.

— T'avise pas de recommencer, ou il t'en cuira, rafale Adra qui, dans la seconde d'après, s'arracherait la langue pour avoir réagi aussi bêtement.

— J'étais forcé de te déshabiller, tu ne tenais plus debout, réplique sans trembler Daniel.

— Justement, raconte-moi un peu ce que je fabrique dans ta chambre. Ça coince au niveau de la souvenance.

— Tu voulais voir, disais-tu, mon campement.

— On est à Paris ?

— Oui, dans le 19ᵉ. Si tu te lèves et que tu regardes par l'œil-de-bœuf...

— D'accord, mais plus tard, quand je serai reloquée. Toi, la dernière fois que je t'ai vu, ce qui s'appelle voir, en chair et en os avec le son qui va avec, je veux dire, c'était dans un bistrot où il y avait plein de vieux mecs qui jouaient au tarot. Exact ? »

Avant d'opiner de la tête, Daniel, qui était sur le dos, se met debout sans s'aider de ses mains, d'une détente souple et puissante. Bons abdos, ne peut s'empêcher d'apprécier Adra qui a l'impression très nette de renaître à la vie. La preuve, c'est qu'elle accepterait une tasse de café, et même de l'en poudre, si, comme elle l'espère, il se décidait à en faire. Mais non, il se contente d'enlever le bout de couverture qui pendouillait devant l'œil-de-bœuf. En se hissant sur les coudes, mais tout en maintenant contre elle le duvet (Tu fais dans la pudeur, maintenant ?), Adra aperçoit une rangée de toits qu'éclaire un soleil qui n'a pas l'air au meilleur de sa forme, genre néon en phase terminale, mais c'est quand même mieux que la flotte.

« J'ai beaucoup bu dans ce bar ?
— Ce qu'il fallait pour te calmer.
— Rassure-moi, je n'en avais pas après ton anatomie ?
— Non. »

S'il ne rallonge pas ses répliques, ce connard, on est parti pour la cassette de 240 minutes. Or, vu qu'il fait jour, que j'ai les crocs, que le 14e, ce n'est pas la porte à côté, et qu'il ne doit pas être loin de 10, 11 heures, suffisamment tard en tout cas pour que je me rentre si je ne veux pas être à la bourre à mon rencart, vaudrait mieux qu'on arrête l'enregistrement.

Comme s'il l'avait devinée, Daniel vient s'asseoir sur le rebord du lit, mais à bonne distance, et lui dit : « Tu as voulu savoir ce que je pensais de ta pièce, pardon, de ton opéra, et je ne t'ai pas caché que j'avais des doutes. Et tu t'es mise à boire, mais tu encaissais, superbe ! D'ailleurs, dans le bar, ils étaient admiratifs, et ils t'ont tous payé un verre. C'est après que tu as disjoncté. Je t'ai proposé de te déposer en Vespa, mais, à mi-chemin, après le Luxembourg, quand j'ai dû freiner sec à un feu rouge, on a dérapé. Toi, tu n'as rien eu, c'est moi qui ai pris. Oh, le minimum, un hématome à la cuisse, et des écorchures sur les mains, regarde, mais toi, tu as voulu que j'aille à l'hôpital, que je passe une radio. Soi-disant que je pouvais avoir quelque chose de cassé à l'intérieur. Bref, j'ai mis l'engin sur le trottoir, et on a pris un taxi jusqu'à Cochin. (Pour sûr que nous parlons la même langue, se dit Adra qui écoute bouche bée Daniel, et pourtant chacun de ses mots sonne creux. Une Vespa, une chute, un hôpital, de quoi il me cause, là ?) Aux urgences, on a encore perdu une plombe, et plus on attendait, et plus tu délirais. Le grand jeu ! Tu hurlais que c'était un crime de traiter les gens de cette façon, que tu écrirais au *Canard*, et tu as même dit que t'avais un frère ministre qui s'occuperait d'eux (Ah, non, pas ça ! gémit Adra). Puis, un interne est venu me chercher. Il était de mauvais poil, il a refusé que tu m'accompagnes. Du coup, tu es restée seule avec les deux infirmières qui étaient à l'accueil. Bien sûr, à la radio, il n'a rien vu, l'interne. Il l'a très mal pris, et, cette fois, c'est moi qui lui ai conseillé de mettre la pédale douce, sinon il allait y avoir droit lui aussi à la radio. Et pas pour rien. Un nez cassé, c'est visible ! Il s'est excusé, la nuit du dimanche, c'est la plus dure, manque d'effectifs et plein d'agités. "D'ailleurs, a-t-il ajouté, votre amie, il faudrait que vous parveniez à la calmer." Je n'ai pas eu besoin de le faire car, lorsque je suis repassé par l'accueil, tu avais changé du tout au tout. J'ai pensé que tu étais une excellente comédienne. Ce n'est que dans le taxi, quand tu m'as demandé de visiter mon "campement", que je me suis douté de quelque chose, mais c'était trop tard. A l'arrivée, chez moi, t'étais naze ! Totalement, hs... Dis, tu te rappelles s'ils t'ont fait boire quelque chose ?

— M'en souviens plus. Me souviens de rien.

— Si mauvaise que soit la situation d'un ennemi retranché, il a des armes puissantes... »

— S'il te plaît, ne recommence pas. »

Elle les a sentis monter, elle a bien essayé de les retenir, mais c'est plus fort qu'elle, de gros sanglots ruissellent de ses yeux. Cela fait si longtemps qu'elle avait fini par penser qu'elle ne pleurerait jamais plus. Daniel cherche à la consoler, mais il se révèle si maladroit qu'en voulant lui prendre la main, seulement la main, il fait tomber le duvet.

« Bazire ne cesse de le répéter, Chirac est au fond du trou. Il ne manque que quelques pelletées de terre, et on pourra l'oublier.

— Que tu colportes ce genre de propos m'étonne

bigrement. Tu sembles oublier, Olivier, qu'en politique, tant qu'on n'a pas enterré son adversaire — et quand je dis "enterré", ce n'est pas une image dans ma bouche, c'est vraiment quatre planches de sapin et six pieds sous terre —, eh bien, tant qu'on ne l'a pas enterré, il ne suffit pas d' "oublier" son adversaire pour l'empêcher de ressusciter. »

Malgré son envie de leur réclamer un verre d'eau, il fait si chaud dans cette chambre d'hôpital, Jules Marolles se tient coi. Ce n'est pas qu'il souhaite, à l'insu de ses deux fils, suivre leur conversation. Il entend bien leurs voix, mais il ne les écoute pas. Sa passion pour la politique s'amenuise chaque jour un peu plus depuis qu'il a réalisé que ni Mitterrand, ni lui-même ne survivraient à cette élection présidentielle. S'il ne s'agissait pas de retarder le moment où, *por desgracia*, ils l'entoureront, et l'accableront de prévenances haïssables, il ouvrirait ses yeux. Un seul désir l'habite, l'obsède, rejoindre cette fille qui, elle au moins, ne lui ment pas.

Au plus loin qu'il remonte dans son passé, le vieux Marolles se souvient de s'être toujours battu, sans jamais concéder une seule défaite, mais avec Adrienne il ne peut être question d'une bataille. Sa reconquête exige des aptitudes dont il se sait dépourvu. Si tant est qu'il soit encore capable d'apprendre, il lui faudrait du temps pour les acquérir. Or les coups de pioche des fossoyeurs résonnent déjà à ses oreilles.

« Il n'empêche, Nicolas, qu'une suite de mauvais sondages équivaut à une extrême-onction. Chirac est foutu, et Balladur sera, que cela te plaise ou non, le prochain président à moins que, oui, à moins que vous ne lui opposiez le seul candidat en mesure de séduire le plus grand nombre d'électeurs de tous bords.

— Inutile de remettre ça sur le tapis, je ne me battrai pas pour imposer Tapie. Que tes petits camarades s'en chargent. Moi, mon choix est fait, Jospin et personne d'autre.

— Bravo ! Dans ce cas, vous irez dans le mur. A qui peut-il plaire, celui-là, hein ? Allez, dis-le-moi. A peine l'ouvre-t-il qu'on va se coucher. Il sue l'ennui, l'huile de coude, ton Jospin. Le plus grave, c'est qu'il ne s'améliorera pas. Et tu sais pourquoi ? Parce qu'il n'a jamais fait la cour à une femme, parce qu'il ne saurait d'ailleurs quoi en faire. Dans le rôle de l'homme sans désir, et sans couilles, on a déjà Balladur. Voilà pourquoi en face de lui il faut un adversaire qui bande et qui fasse bander. »

Nicolas ne répond pas. Il se lève de sa chaise et s'approche de son père qui vient, d'un signe de la main, de l'inviter à lui donner à boire. Dans son geste, le vieux Marolles s'est efforcé de mettre le plus de cette faiblesse qu'on suppose aux grands malades et qui leur évite de trop longues effusions. A présent, l'oreille collée à sa bouche, l'aîné de ses fils acquiesce à son envie de dormir une petite heure.

Mais qu'Olivier et Nicolas sortent de la chambre, et aussitôt leur père se dépêchera de faire mander Reynaud afin de lui arracher la décision de le laisser rentrer chez lui maintenant que tout danger est écarté. Il a même prévu que, si le médecin s'y montrait réticent, il se passera de son accord, il fera le mur comme lorsqu'il avait 20 ans et que son adjudant le traitait de métèque. Mieux, quand il se retrouvera hors de l'hôpital, il ne demandera pas à son chauffeur de le conduire rue de Passy. Pas si ramollo, l'Espagnol ! Avec ses manières de viceloque, la Danglard ne lui mettra plus le grappin dessus, et pas davantage Emilienne qui lui ressemble comme deux gouttes de poison. Tout ça, c'est fini. Mieux vaut être seul que mal accompagné. Sa résolution est prise, Jules Marolles ira, sans l'aide de personne, jusqu'au bout de son rêve. *Cual el tiempo tal el tiento.* Autrement dit : A la guerre comme à la guerre.

« Où donc as-tu appris ?
— Appris ? Mais appris quoi ? »

Le verre étamé du miroir de poche qu'il lui a accroché au-dessus de l'évier s'écaille sur les rebords, si bien qu'il faut se coller le nez tout contre si l'on souhaite ne pas se rater. Avec son crayon à maquillage, Adra n'est parvenue à cadrer ses deux yeux qu'en déployant des trésors d'ingéniosité. Le résultat est loin d'être satisfaisant.

Mais qu'importe si je ressemble à un clown, se dit-elle avant de se retourner tout sourire vers Daniel, assis en tailleur à ses pieds.

Est-ce qu'il se doute, ce fils de pute — Merci, madame, de l'avoir fait si beau — que c'est bien la première fois que j'accepte qu'un mec me mate pendant que je fais ma toilette ?

« Comme s'il te fallait un dessin, fripouille !... (Et Adra ajoute, tendrement ironique) Où as-tu appris à ne pas rater ta cible ?

— Je n'ai eu qu'à bien tendre mon arc, à faire corps avec lui, réplique Daniel sur un ton identique.

— Je suppose que toi vouloir maintenant que moi sois squaw de toi ? (Pourvu qu'il ne dise pas non, implore Dieu sait qui la musicienne.)

— Si toi d'accord, moi, partant !

— Quelle heure est-il ?

— Midi moins cinq.

— Midi moins cinq... Il est tout à fait inutile que je repasse chez moi me changer. Il me recevra comme je suis, l'autre enviandé. Donc, ça me laisse encore environ une heure et demie. Merci, ô Grand Esprit de la Baise ! Merci. Eh bien, toi avoir encore flèche dans ton carquois ? »

Sans changer de position, Daniel dénoue alors la longue étoffe bariolée qui lui ceint les reins, et qu'il avait achetée à un Tamoul de Montreuil pour l'offrir à Odette.

« Indien toujours prêt, dit-il en exhibant non sans quelque fatuité sa verge en érection.

— Enfin un qui n'a pas une chaussette dans son calcif, murmure à part soi Adra en posant son crayon sur ce qui sert d'étagère.

— Toi avoir dit quelque chose ? demande Daniel en bondissant sur ses pieds mais avec moins de facilité qu'à son ordinaire.

— Ça t'ennuierait de monter ton radiateur ? J'aimerais suer à grosses gouttes, comme si l'on faisait l'amour en plein été sur une plage d'Afrique.

— Tu m'emmèneras là-bas ?
— Après la Révolution ? Ou avant ?
— *"Que voulez-vous elle était affamée*
Que voulez-vous nous nous sommes aimés..."
— (Voix gouailleuse) Mais il n'y a pas que la s.-f. qui le branche, mon Vaillant Guerrier, la poésie aussi ! (Puis, plus sourdement) Baise-moi, baise-moi fort. »

« Comment ça, parti ? Voilà encore une heure, on m'a dit qu'on ne pouvait le déranger sous aucun prétexte.
— Vous aurez mal compris, ou alors on se sera trompé. Vous permettez, je vérifie... J'ai sous les yeux l'autorisation de sortie signée par le professeur Reynaud. C'est bien ça, il l'a visée à midi quinze, quasiment à l'heure où vous prétendez... où vous m'assurez avoir appelé. J'ajoute que, d'après le registre, monsieur Marolles nous a quittés un quart d'heure plus tard.
— Il est donc complètement rétabli ?
— Il faut croire... Bonne journée, monsieur. »
C'est quoi, cette histoire à la con ? D'un côté, on le pleure comme s'il avait déjà un pied dans la tombe, et de l'autre, on le retape en à peine une nuit. Lazare avait quand même dû attendre quatre jours avant que Jésus le ressuscite.
Encore sous le coup de la surprise, Serge ne parvient pas à détacher son regard du téléphone.
Il reste dans cet état d'hébétude de longues minutes, jusqu'au moment où, relevant la tête, il s'aperçoit que le journal de la 2 vient de commencer. Il appuie alors sur la télécommande pour remettre le son.
Engoncée dans l'inévitable parka, symbole du dur métier qu'elle exerce, une jeune pimbêche, micro à la main, interroge à la sortie de la Cour des comptes un Joxe plus insaisissable que jamais, mais Serge ne prête pas attention à ce que l'ancien ministre déclare. Toutes ses pensées vont à Jules Marolles. Il est de plus en plus convaincu qu'il existe un lien entre la fouille dont il a été la victime dans la nuit de samedi et l'hospitalisation, trop courte pour être fondée, de son ancien client.

Lequel — un coup d'œil à son bracelet-montre l'en convainc — doit être maintenant rentré chez lui, rue de Passy. Serge pourrait l'appeler, il en brûle d'envie, mais il se retient pourtant de le faire. Ce coup-ci, ce n'est pas lui qui mène en double. Au contraire, on est en train de le balader. Peut-être même est-ce ce vieux schnock qui tire les ficelles ? Bien sûr que non, quel intérêt y aurait-il ? Se venger ? Mais de quoi ? François, alors ? La visite de son bureau lui ressemble assez, mais pour l'hosto, quand on connaît ses relations avec son père, ça ne tient pas.

Alors ?

Alors, on t'a dit quoi, ce matin, quand tu t'es pointé au siège du groupe ? Que monsieur Marolles n'était pas là. Qu'il ne viendrait d'ailleurs pas de la journée. Et qu'il était donc inutile de l'attendre. Manière inélégante mais expéditive de te désigner la porte de sortie. Bon, tu ne t'es pas laissé faire, tu as insisté, tu as réclamé des explications, et ce préposé à l'accueil, que tu aurais autrefois, rien que sur sa mine, recruté pour les têtes de manif, s'est décidé en maugréant à sonner la secrétaire particulière du big boss. Qui a mis près de dix minutes à descendre les escaliers des deux étages séparant le hall de son bureau. Et là, deuxième sujet d'étonnement, et pas des moindres.

Yeux cernés, démarche fatiguée, la brune opulente, auprès de laquelle Marolles avait dû souvent se consoler des méfaits de l'âge, n'était plus que l'ombre d'elle-même. Et sa voix quand elle t'a adressé la parole ! Un filet plaintif ! « Je suis navrée, monsieur Freytag, mais... »

Tu t'es tout de suite dit que le vieux avait cassé sa pipe et que tu avais devant toi sa veuve éplorée. Même que tu as failli la prendre dans tes bras et la consoler. Tu t'étais trompé. La veille au soir, vers les 10 heures, monsieur Olivier l'avait appelée en coup de vent. Lui ordonnant d'annuler tous les rendez-vous de son père pour les jours à venir. « Et il m'aurait raccroché au nez si je n'avais pas insisté », avait-elle pleurniché. Avant d'ajouter, désarmante de naïveté : « C'est que cela fait bientôt dix ans que nous sommes ensemble. Il paraît qu'il s'agit d'un petit accident sans gravité. J'ai bien essayé depuis d'en apprendre davantage par le professeur Reynaud, mais tout ce qu'il m'a dit, c'est de ne pas m'inquiéter, oh, monsieur Freytag, je pressens le pire. »

Sous le sceau du secret, « et en espérant que vous aurez à cœur, monsieur Freytag, de me téléphoner dans le cas où vous parviendriez à le voir », elle t'a finalement confié dans quel hôpital on avait transporté son patron.

Dire qu'il y a vingt ou trente ans tu en aurais forcé la porte et que tu serais sans encombre arrivé jusqu'au chevet de ton client. Mais tu as changé, Freytag. Tu es mûr pour le musée. Tu as préféré le téléphone, triple idiot. Cinq coups de fil pour rien ! Et lorsque tu as cru que tu allais enfin pouvoir lui parler, il était parti. Et voilà comment tu te retrouves dans le brouillard.

Serge s'arrête tout à coup de ressasser ses réflexions moroses. Il est sûr d'avoir bien entendu, on a sonné à sa porte. Un coup bref, mais quand même... Etrange ! En dehors de Catherine, il ne reçoit jamais personne ici. Et comme sa fille, le lundi, déjeune avec sa grand-mère. A moins qu'Adra... ?

Impossible, se dit-il en se levant, elle me méprise trop.

On resonne. Plus longuement. On s'impatiente. Donc, on sait qu'il est chez lui.

Lorsque Serge regarde par l'œilleton et découvre qui se tient sur le palier, il secoue la tête, puis laisse échapper un petit rire sarcastique. Se sachant observé, François Marolles affiche ce sourire béat que l'on voit aux candidats sur les panneaux électoraux.

Eh bien, camarade, la voici ta réponse.

Les deux hommes n'ont pas échangé la moindre parole et ne se sont pas davantage serré la main. Dans leurs yeux, on ne perçoit pourtant ni défiance, ni hostilité. Ils sont comme ces boxeurs qui, dans l'attente du premier coup de gong, sautillent sur place, le regard absent. Aucun des deux ne se décide à porter l'attaque, chacun se réservant pour la riposte.

Après avoir ôté son manteau, François Marolles s'est

assis dans le fauteuil que lui a indiqué Serge avant qu'il s'éclipse dans la cuisine, de laquelle il revient avec deux bouteilles de bière tchèque.

Dans le paquet ouvert sur la table rase, François pioche un cigarillo et l'allume pendant que Serge décapsule l'une après l'autre les bouteilles.

« Verrais-tu un inconvénient à ce que j'éteigne la télé ? » demande-t-il ensuite. Une question pour rien, pense Serge. De même, lorsque François accompagne d'un claquement de langue son commentaire sur la bière — « C'est de la bonne ! » —, on ne peut pas dire qu'il a commis l'erreur de laisser voir de quelle façon il compte mener cette conversation, ni, à plus forte raison, ce qu'il espère en retirer. Tout au plus, ces échanges de banalités s'apparentent encore à ces gesticulations dans le vide qui suivent le début d'un combat de boxe.

Quoiqu'ils continuent d'y paraître indifférents, le silence s'appesantit entre les deux hommes.

Dans le commerce des armes, ils ont connu pire avec parfois un canon sur la nuque. Pourquoi se presser puisque après la poudre parlera ?

Si bien que Serge laisse passer les trois premières sonneries du téléphone avant de décrocher : « Oui ?... Ah, bon !... Où ?... Oui, oui, je vois où c'est... Dans une heure ?... D'accord, j'y serai... Mais oui, j'ai compris. A tout de suite. »

Se rasseyant en face de son visiteur, il le fixe avec un sans-gêne que François Marolles interprète aussitôt comme le signal de l'assaut. Attention, se dit-il en se tassant sur lui-même, ce changement d'attitude ne peut s'expliquer que parce que monsieur a appris quelque chose qui lui permet d'avoir barre sur moi.

« C'était ton père.

— Tiens donc, tu es de nouveau en relation avec mon père, première nouvelle. »

Serge n'esquive pas, il enchaîne. « Et ta sœur, tu l'as trouvée à ton goût ?

— Je l'ai baisée, si tu veux savoir.

— C'est un bon coup ?

— Moyen. Manque de pratique et puis surtout...

— Dis-moi tout. L'inceste m'excite.
— C'est le genre qui jouit plus avec des mots qu'avec une bite.
— Alors que, toi, les grands discours, ce n'est pas ton truc, hein ?
— En quoi sommes-nous différents ?
— Si ton père l'apprend, il te tuera.
— Ou il te tuera, toi. Va savoir. Avec les Espagnols, on est toujours surpris. Tu n'aurais d'ailleurs pas du sang espagnol dans les veines, toi ? Au prochain *check-up*, vérifie, on ne sait jamais.
— Et si l'on s'arrêtait de jouer ?... Question : c'est toi qui as fait un tour dans mon bureau ?
— Réponse : non... J'aurais dû ?
— Il faut savoir ce que tu veux. Tu n'es pas venu me voir pour me casser la gueule, ça ne cadrerait pas avec ton style, et puis tu as d'autres moyens de te débarrasser de moi.
— C'est vrai. Il me suffirait d'appuyer sur un bouton, et hop, à la trappe, le Freytag.
— T'es venu chercher quoi, alors ?
— Je vais te le dire, mais d'abord qu'il soit clair entre nous que, le moment venu, je te ferai payer tes petites magouilles avec mon père, et surtout cette soirée avec ce qui est, paraît-il, ma sœur. Tu es prévenu.
— Je n'oublierai pas.
— Ça vaut mieux. Reste que j'ai effectivement besoin de toi. Olivier, mon frère, a pris contact avec moi. C'est qu'il a les jetons, l'ordure. Mon père se prépare, semble-t-il, à faire profiter de sa fortune cette gourde d'Adrienne, alias Pandora. En voici une, entre nous, qui a usurpé son surnom. Il n'y a rien dans sa boîte.
— Ton père a pour lui la loi.
— La loi, c'est quoi, ça ? Un bout de papier dont on fait ce qu'on veut. Le Vieux est d'ailleurs en train de la tourner, ta loi. Il veut avantager sa fille par une série de dispositions dont je t'épargne le détail mais qui réduiraient considérablement notre part à mes frères et à moi. Et comme le cher Nicolas joue les grands seigneurs, Oli-

vier s'est rabattu sur moi. Sauf que, pour éteindre son feu, il a appelé le pyromane.

— Il est plus redoutable que tu ne l'imagines.

— Comme si je ne le savais pas, mais il a besoin de moi. Le sale boulot, il ne s'en charge que parce que, dans le monde qu'il fréquente, on meurt dans son lit... Pas toujours, tu as raison de sourire, mais quand même pour un ou deux suicides combien de vieillesses crapuleuses ?

— Et tu veux me mettre dans le coup ?

— Tu sais, depuis samedi je me suis pas mal agité. C'est fou ce que les gens sont bavards. Dans ton immeuble, en particulier... On ne doit jamais se fâcher avec sa voisine du dessus.

— Songerais-tu à épargner ta sœur ? Tu me surprends.

— Oh, je ne crache pas sur le fric de mon père, mais disons que je ne souhaite pas la mort du petit cheval. Ce n'est pas d'elle que je désire me venger. Et maintenant donnant-donnant. »

Que, dans cette rue plus inhospitalière que l'antichambre de la morgue, pût exister un tel hôtel suscita chez Serge une désagréable sensation d'impuissance. Dans son souvenir, derrière ces façades uniformément ravalées, il n'y avait que des compagnies d'assurances, autant dire une foule de banlieusards pressés de rentrer chez eux quand leur chef leur donnait campo.

L'érosion progressive de son corps ne lui avait jamais arraché une plainte, un soupir, mais qu'elle affectât tout à coup la matière vive grâce à laquelle il s'était maintenu en vie l'accabla.

Tout en attendant que Jules Marolles en eût terminé avec son précédent rendez-vous, il s'était souvenu de l'époque (Mais c'était hier enfin !) où son intimité avec la capitale épatait les plus parisiens des Parisiens. C'est qu'il n'avait pas appris cette ville dans les guides, et les dictionnaires, mais en l'arpentant de jour comme de nuit, avec pour seule boussole la volonté de s'y perdre.

A la charnière des années 70, quand ses camarades s'ingénièrent à habiller de dérision leurs sentiments, Serge avait adapté sa passion au goût du jour. Désormais, à l'entendre, Paris était devenue une poubelle dans laquelle lui, le chiffonnier de la colère, s'immergeait pour la bonne cause. « Il faut bien cela, disait-il, pour empêcher l'ennemi de s'y sentir en sécurité. Où qu'il se terre, nous fondrons sur lui, le taillerons en pièces et ensuite disparaîtrons sans qu'il sache jamais d'où nous sommes sortis... » Il pouvait alors, la lui réclamait-on, réciter la liste complète des immeubles à double issue, quoique sa préférence continuât, en secret, d'aller aux lieux de plaisir clandestins.

Plus tard, lorsqu'il ne rêva plus d'incendier l'Elysée, il commença de se vanter d'une filiation spirituelle avec un écrivain dont le nom ne disait rien à personne, mais qui s'était adjugé le beau titre de « Piéton de Paris », et auquel le liait de surcroît la faculté de ne pas s'endormir avant l'aube. Alors que maintenant...

« Vous dormez *maintenant* l'après-midi ?... C'est mauvais signe.

— On réfléchit mieux les yeux fermés, voilà tout.

— A tu tía... ! A d'autres, Freytag. Vous dormiez. »

Réplique assez fidèle de l'atmosphère luxueuse des grands transatlantiques de l'entre-deux-guerres, le bar de l'hôtel Caravelle baigne dans une lénifiante lumière bleutée. Pour s'y être laissé prendre, Serge l'accepte mal, et il en punit le vieil homme en détaillant avec arrogance son visage ridé. Que ne donnerait-il pour que s'y soient incrustés les progrès de la maladie.

Mais rien !

Il avait pensé voir le capitaine d'un vaisseau fantôme, et voici qu'au lieu d'un mort-vivant prend place en face de lui un homme dans la force de l'âge. L'ironie souveraine que Serge lit dans ses yeux achève de le déconcerter. François se serait-il trompé ?

Ou lui aurait-on menti ?

« De qui vous cachez-vous, monsieur Marolles ?

— Nous verrons ça plus tard... Bien, m'avez-vous apporté une copie de vos notes ?

— Non, désolé. Ma disquette s'est révélée, malgré tous mes efforts, illisible.

— Vous mentez.
— Croyez ce que vous voudrez.
— Quoi ? Qu'est-ce que c'est que ce ton ? Vous feriez bien d'en changer, Freytag.
— Le miraculé que vous êtes supporte-t-il qu'on fume en sa présence ? » continue Serge sur un ton encore plus agressif.

Et comme pour prouver au vieux Marolles qu'il se fiche de sa réponse, il allume un de ses cigarillos dont il rejette la fumée droit devant lui.

La disquette que vient de lui réclamer son ancien client se trouve dans l'une des poches intérieures de son manteau. Il lui suffirait d'allonger la main pour la lui donner. Mais il ne le fera pas. Sans qu'il sache bien pourquoi, il a, au dernier moment, changé d'attitude.

« Pourriez-vous au moins me dire ce qu'elle contient ? Sinon comment voulez-vous que je vous aide à découvrir qui vous en veut ?

— Ne vaudrait-il pas mieux dire : qui nous en veut ?
— Sans doute, encore que j'ai mon idée là-dessus.
— Vous n'êtes pas le seul. Et d'ailleurs, pour ne pas vous cacher plus longtemps la vérité, je n'ai plus besoin que vous m'aidiez.
— Tiens, tiens !
— J'en sais même plus que vous n'en savez vous-même.
— Tiens, tiens !
— C'est un nouveau tic ? Tstt, tstt, mauvais signe.
— Pardon ?
— Non, rien, je plaisantais... C'est votre fils Olivier, l'homme au sourire entre les dents, qui s'est introduit dans mon bureau. Probablement pas en personne, ses compétences ne doivent pas dépasser le vol de cendrier, mais c'est lui en tout cas qui a commandité l'équipe de visiteurs.
— Pourquoi une équipe ?
— Parce qu'il faut, au minimum, un guetteur à l'extérieur, et un fouilleur, plus un effaceur à l'intérieur.
— Un effaceur ! Mais ça efface quoi, un effaceur ?
— Les traces que pourrait laisser le fouilleur.

— Deux questions, Freytag. Primo, comment avez-vous découvert qu'on avait pénétré chez vous s'il n'y avait pas de traces ? Et secundo, sur la base de quoi pouvez-vous affirmer qu'Olivier a tout orchestré ?

— Les gens qui ont fait ça ont remarqué, bien en évidence sur l'un de mes classeurs métalliques, une bombe anti-tabac. Un de ces désodorisants qui vous transforment un cloaque en sous-bois. C'est une habitude chez moi. Chaque fois que je quitte mon bureau, j'en pulvérise un maximum. Même pour un gros fumeur, les relents de tabac froid, c'est parfois dur à supporter... Or, samedi soir, j'avais oublié de le faire, mais eux l'ont fait pour moi, sans doute parce qu'ils n'ont pas pu s'empêcher d'en griller une pendant leur fouille.

— Freytag, c'est du roman noir, votre histoire.

— Si vous le dites !

— Et pour Olivier ?

— Et pour cet hôtel ?

— Je ne vous dirai pas par qui j'ai appris, à chacun ses secrets, qu'une partie de ma famille tramait contre moi une espèce de complot afin de me retirer la conduite de mes affaires. Je me suis donc mis, provisoirement s'entend, à l'abri des pressions. Je leur ai fait croire que je partais me reposer quelques jours dans ma maison de campagne, où ils ne foutent jamais les pieds, et d'où je les appellerai tous les jours pour leur donner de mes nouvelles.

— J'ai peine à croire, monsieur Marolles (Serge a failli dire Marolles tout court), que l'un des vôtres ose se mettre en travers de votre chemin. Ou alors... Dites-moi, que prépariez-vous qui les ait obligés à agir de la sorte ?

— Vous n'avez pas à le savoir, Freytag. »

Serge esquisse un sourire, puis l'exagère, il veut que le vieux Marolles l'interprète comme l'aveu d'un homme qui savoure son triomphe. Regardez-moi, semble-t-il vouloir dire, je sais ce qui est en jeu.

« A propos, j'ai retrouvé ma fille.

— Vous m'en direz tant !

— Inutile de jouer au plus fin avec moi, Freytag. Vous étiez au courant, n'est-ce pas ? »

Serge feint d'ignorer la question en repassant à l'attaque :
« Pour Olivier, c'est François qui m'a soufflé la réponse.
— Pardi, il règle ses comptes. Comme je le comprends.
— N'empêche qu'il vous hait.
— Quelle importance ! Ça fait longtemps que je voulais que vous m'organisiez une rencontre avec lui. A présent, je désire que vous le fassiez le plus vite possible. Il a beau me haïr, François, comme vous dites, il se battra à mes côtés, car il les hait encore plus que moi, quitte ensuite à me pousser dans le trou.
— Oh, vous saurez en venir à bout.
— Plus maintenant, Freytag... Je vais bientôt mourir et je...
— Oui, oui, on le murmure ici et là, mais quand je vous vois devant moi, j'en doute.
— *Me voy, pues, me voy al yermo donde la muerte me olvida* », grommelle le vieil homme en baissant la tête.
Si j'ai bien compris, réfléchit Serge, il s'en va là où la mort l'oublie. Eh bien, ce ne sera que justice.
« Arrêtez de vous plaindre, parlez-moi plutôt de votre fille. Vous ressemble-t-elle ? »
Si tu réponds par l'affirmative, tu n'auras pas d'ennemi plus acharné que moi.
« Je l'aime, Freytag. Je l'aime plus que je n'ai jamais aimé personne. Elle est si imprévisible.
— Et elle, vous aime-t-elle ?
— Bien sûr que non ! De toute façon, je crains qu'elle ne sache pas ce qu'est l'amour, et c'est ma faute.
— Vous risquez donc de la perdre.
— Hier encore, c'était vrai, mais aujourd'hui, je vous le répète, je suis en train de mourir.
— Qu'est-ce que ça change ? Si elle ne vous aime pas, elle n'aura pas pitié de vous.
— Tout compte fait, je commence à croire que vous êtes un idiot, Freytag. Vous aussi, il vous manque quelque chose. La même chose qu'à elle, d'ailleurs. L'amour !... *Coño*, ce n'est pas sa pitié que je cherche.
— Quoi alors ?

— Parlons plutôt de ma belle-fille, Freytag. Que savez-vous d'Emilienne Marolles ?
— Vous avez aussi couché avec elle ?
— Et vous, vous comptez vivre longtemps ? »

« Bonjour, est-ce que Daniel est là ?
— Daniel ? Lequel ?
— Euh... une seconde, s'il vous plaît, on sonne à la porte, mais je vous reprends tout de suite. »
Merde et remerde ! Elle ne sait même pas son nom de famille. Comment est-ce possible ?
D'habitude, je pose tout de suite la question. C'est que ça éclaire le jeu, un nom. Adolf, par exemple, ne pouvait que s'appeler Hitler, il y a déjà du hurlement et de la terreur là-dedans. C'est comme François. Quand il avait fini par lui cracher le sien sur la plage, là-bas, à Dieppe, elle avait tiqué — Préchac, ça sent le renfermé, cette chose, qu'elle s'était dit.
« Ohé, la miss, faudrait penser à revenir... Le téléphone, c'est un outil de travail, chez nous. Allô, allô, j'ai l'oreille en rideau !
— Oui, vous l'avez trouvé ?
— Mais vous êtes sourde, petite madame ! Y en a trois de Daniel.
— Le coursier, bien sûr.
— Ils le sont tous, coursiers, à Minute Papillon. Vous savez où vous êtes, là ? On ne vend pas du surgelé dans notre boîte. Des fois, on se les gèle, mais...
— Il a les cheveux longs, très longs.
— Ah, Barrat !
— Comment avez-vous dit ?
— Barrat, comme Bon Débarras. Elle est super, non ?... Je le cherche et, s'il n'est pas au bistrot à s'arsouiller, je vous le passe. Ne quittez pas. »
Elle, Adra, en entendant Barrat, elle a pensé à Baratin. Puis à Baraka. Et elle a étouffé un petit rire bêtement satisfait à l'idée qu'il allait lui porter chance. Baraka ! Elle le sent, c'est la fin de la poisse, de l'angoisse. Finis

les Freytag et compagnie, les porte-scoumoune, les glacés de l'intérieur.

« Allô, vous êtes toujours là ?... Je vous le passe.

— Daniel, c'est toi ?

— Pourquoi le demandes-tu puisque je suis à côté de toi ?

— J'avais envie de t'entendre.

— Ça s'est mal passé ? Tu n'as pas eu ce que tu voulais ?

— Devine un peu ce que je veux... Dis, est-ce que tu mets un t à la fin de ton nom ?

— Je te mets, toi, et sans trait d'union, collée tout contre.

— Tu es seul ?

— Pourquoi ?

— Personne ne t'écoute, tu peux parler librement ?

— Tu veux savoir combien ils sont autour de moi ? Attends que je compte... Dix, vingt, trente.

— Est-ce que tu bandes quand tu penses à moi, quand tu entends ma voix ?

— Hé, les mecs, écartez-vous, faut que je vérifie quelque chose.

— Parce que, moi, je mouille, ducon !

— Dans les mots croisés, quand ils définissent l'amour, ils n'en parlent jamais.

— De quoi ?

— De ces choses-là... Dis-moi, je ne vais pas pouvoir te parler longtemps, je bloque une ligne, tu comprends ? Déjà que je ne bosse pas vraiment !

— Comment ça ?

— Ma Vespa, quand je suis allé la récupérer tantôt, à 2 heures, des connards en avaient fait de la pâte à modeler. Vu qu'à cause des chaînes, ils n'ont pas pu la taxer, ils se sont acharnés dessus. Du coup, je suis quasiment chômedu.

— Mais l'assurance ?

— Elle me remboursera une misère... Pour aujourd'hui, ça va encore, je m'occupe comme je peux, mais demain "à votre bon cœur, m'ssieurs-dames" !

— Ça douille, un engin comme le tien ?

— Neuve, une 125 PX, ça vaut à l'aise une plaque et demie... Bon, il faut que je te laisse, il y a Lulu qui me fait les gros yeux. On se retrouve où et quand ?
— Après le *Koroko*, si tu es d'accord... Pourquoi ne passerais-tu pas me prendre ?
— Où ça ? Sur le comptoir ?
— Si ça te dit.
— Ce qui me dirait, c'est que tu ne bosses plus là-bas. T'as qu'à chanter dans les rues, et je ferai la quête. Bon, salut, je t'attendrai à la sortie du métro... Pandora. »

C'est quand même moche. On me propose une salle, et lui, on ne lui laisse que les yeux pour pleurer. Baraka à sens unique, hein ? Et merde ! Il faut absolument que je le dépanne, sinon ça ne tiendra pas huit jours entre nous. Mais que je suis conne... Avec mes bulletins de salaire, je vais lui tirer un crédit. Faut bien un jour ou l'autre commencer à faire des cadeaux. Remue-toi, briquette, crache pour ton mec.

Le téléphone se met à sonner, Adra décroche et se renfrogne, c'est son père, la série noire continue.

« Je m'attendais à ce que tu m'appelles, à ce que tu me dises comment tu avais réagi, oui, comment tu avais vécu cette petite réunion de famille.
— J'avais dit : pas de tutoiement.
— Mais samedi, pourtant !
— Je ne voulais pas me singulariser.
— Et que penses-tu, excuse-moi... Désolé, Adrienne, je ne peux pas te dire vous. Il faudra t'y faire. D'accord ou pas. Alors, que penses-tu de tes frères ?
— Conformes.
— Tu avais tout de même l'air de bien t'entendre avec Olivier.
— Même avec le diable, je saurais me tenir.
— Et pour ce que t'a proposé Nicolas, qu'as-tu décidé ?
— C'est une affaire qui roule. Tiens, à propos de choses qui roulent ou qui ne roulent pas, et bien que ça

m'emmerde de vous, non, de te le demander, j'aurais besoin d'un crédit, remboursable, ça va sans dire.
— En combien de mois ? Non, je plaisante... Combien ?
— 15 000.
— En liquide, je suppose ?... D'accord, tu les auras dans une heure.
— Putain, ce que ça t'est facile ! Pour un peu, je regretterais. Ça me file les boules.
— Ce n'est qu'un prêt, n'est-ce pas ? Alors...
— Vouais.
— On se voit bientôt ?
— Il y a une nécessité ?
— Je dîne avec ta maman ce soir.
— Et ensuite, vous couchez avec ?
— Au revoir, Adra.
— Ne lui refaites surtout pas un enfant. Fille unique, c'est dans la norme, et ça me suffit. »

Daniel, Daniel, si tu savais ce que je viens de faire. A quatre pattes, la négresse, voilà où j'en suis. Déjà que la salle municipale, c'est limite de la capitulation, alors les thunes du vieux Marolles, c'est Vichy, la main tendue au maréchal et le drapeau blanc. Sauf que je peux te faire une gâterie sans t'annoncer le prix que ça m'a coûté. Même que c'est classe comme attitude. Et d'ailleurs tout mensonge qui dure est sincérité.

Non, et non, à toi, je dirai toujours la vérité.

Toujours. Enfin presque.

« Allô, Minute Papillon ? Oui, c'est encore moi. Il est à côté de vous ?... Ça vous ennuie pas trop de me le passer ? Allô, Daniel ? Tu crois encore au Père Noël ? Eh bien, figure-toi qu'il vient de me parler. »

5

10 janvier 1995...

Elle avait bâclé sa réunion de concertation — que l'on construisît ou non cette voie rapide entre deux banlieues où elle ne mettrait jamais les pieds ne lui faisait ni chaud ni froid —, pressée qu'elle était de rallier ce bar-tabac de la rue Marbeuf que son correspondant n'avait choisi, la veille au soir, que pour son mélange de clientèles.

« Nous y serons aussi invisibles qu'un couple de fourmis dans une zone de transit », lui avait-il dit avec l'assurance de celui qui s'attend à ce que ses traits d'esprit provoquent l'hilarité générale. Ils sont bien tous les mêmes, avait-elle pensé avant de lui demander comment ils se reconnaîtraient dans cette *zone de transit*. Il fumait la pipe et, pour l'occasion, il lirait — un gros silence — *50 Millions de consommateurs*. « C'est une blague ? » Ce n'en était pas une. Le commissaire Dréan y était abonné.

« Qui plus est, avait-il ajouté toujours aussi sûr de ses effets, je veux bien être pendu si nous sommes cinquante millions à nous être donné rendez-vous dans ce tabac. »

Au petit matin, et alors qu'Emilienne s'était réveillée la lèvre enflée par son herpès annuel, il s'était remis à pleuvoir, une neige fondue gluante contre laquelle les essuie-glaces piquaient du nez. Aussi était-elle arrivée la dernière à la réunion et, lorsqu'elle en était ressortie au bout de vingt minutes, à croire que la terre entière s'était liguée contre elle, les feux tricolores, entre le pont

Alexandre-III et le rond-point des Champs-Elysées, avaient été frappés de paralysie.

Le commissaire devant regagner avant midi le ministère, place Beauvau, ils étaient convenus de se retrouver à 10 h 45 pétantes. Or, saleté de journée, Emilienne n'avait atteint le parking de la rue François-Ier qu'après 11 heures, furieuse et aussi un peu angoissée à l'idée de rencontrer cet « ami de qui vous savez », porteur d'un document qui « ne manquera pas de vous étonner », et dont elle découvre à présent la teneur sous son œil fureteur.

« Mais de quoi les soupçonnez-vous pour les avoir mis sur écoutes ? demande-t-elle en reposant sur la table, mais sans les lâcher, une petite poignée de feuillets mal dactylographiés.

— Madame le préfet, mes ordres se limitent à vous communiquer ce document que je vais par ailleurs devoir vous reprendre. Je ne suis donc pas autorisé à vous révéler pourquoi l'entreprise Minute Papillon fait l'objet d'une surveillance téléphonique.

— Vous reprendrez bien un café, commissaire ? A moins que vous ne préfériez quelque chose d'un peu plus fort compte tenu de l'heure.

— Non, un café m'ira très bien. Avec une goutte de lait froid », précise Dréan à l'adresse du garçon qui lui accorde autant d'importance qu'à une fourmi.

« Et serait-ce trahir un secret d'Etat que de m'apprendre qui est ce Daniel Barrat ? reprend Emilienne.

— Si je vous dis qu'il s'agit d'un coursier qui a de mauvaises fréquentations, serez-vous satisfaite ?

— Vous êtes dur, commissaire.

— Discipliné, madame, discipliné. »

Ne sachant trop comment s'y prendre avec ce flic qu'elle devine satisfait de pouvoir lui tenir ainsi la dragée haute, Emilienne se laisse aller à gratter d'un ongle effilé la petite vésicule rougeâtre qui doit, se désole-t-elle en tournant la tête, lui déformer la bouche.

« Il faut faire attention avec ces choses-là, ça peut s'infecter et...

— Dispensez-vous de ce genre de commentaires, commissaire, l'interrompt Emilienne d'une voix hautaine. Restez donc dans ce que nous appelons, dans notre jargon, "le cadre de vos attributions".

— Je ne voulais pas vous offenser, madame le préfet.

— Il suffit, commissaire. Reprenez vos écoutes et allez rendre compte à vos supérieurs avant que je ne leur fasse part de votre impertinence. Est-ce que je me mêle, moi, de vous interdire de fumer votre pipe au motif que vous courez le risque de succomber à un cancer des poumons ? Et puisque nous nous sommes tout dit, je ne vois pas ce qui vous retient ici. »

Tout en ne cessant pas de tirer sur sa pipe, il semble même qu'il y prend encore plus de plaisir, le commissaire ramène à lui les feuillets dactylographiés qu'il range dans sa serviette, puis il se lève, passe son imperméable luisant de pluie, le boutonne toujours sans un mot, et finit par se rasseoir.

« Je suppose que ce que je vais vous confier restera entre nous, madame le préfet ? (Comme Emilienne l'encourage d'un sourire gourmand, il poursuit.) Nous ne nous intéressons pas directement à ce monsieur Daniel Barrat, mais à quelques-uns de ses collègues qui, nous en avons la conviction, ont constitué une filière de revente de drogue particulièrement active dans les milieux artistiques. Autre chose — vous voyez, je suis bon prince —, mademoiselle Adrienne Lambert n'est pas une inconnue de nos services. En effet, en plus d'être une consommatrice, il lui est arrivé de faire circuler et de revendre de la cocaïne. Le mois dernier encore, elle a été interpellée dans le métro en possession d'un peu de hachisch... Voilà pourquoi nous avons consigné ses deux échanges téléphoniques avec le dénommé Barrat. Maintenant, que vous y trouviez votre profit, j'en suis le premier heureux, et je regrette sincèrement ma remarque inopportune.

— Moi-même, commissaire, soyez assuré que je regrette de m'être ainsi laissé emporter. Donc, si je vous comprends bien, ma... belle-sœur est fichée ?

— C'est un bien grand mot. A tout hasard, on conserve un œil sur elle, sait-on jamais ? Les petits poissons croisent parfois de gros poissons, et alors, le coup de filet rapporte... N'allez pas croire que je souhaite que

vous me rendiez la monnaie de ma pièce, mais je ne vous cache pas que j'ai moi-même été surpris de découvrir que cette Adrienne Lambert était la fille de votre beau-père.
— Oui ?
— C'est assez récent, non ?
— Assez récent ! Elle a tout de même plus de 25 ans.
— Récent, comme reconnaissance de paternité, voulais-je dire.
— Vous êtes de nouveau hors de votre territoire, commissaire.
— Je vous le concède, madame le préfet, encore que ça change beaucoup de choses. On ne traite pas une Marolles comme une Lambert. Vous me comprenez ?
— Une Marolles ! C'est vite dit. Merci, commissaire. Je vous rends votre liberté.
— C'est trop aimable à vous. Si je puis vous être encore utile, voici un numéro auquel vous pouvez me joindre. Ma ligne directe... »

Contre toute attente, au lieu de déguerpir, le commissaire Dréan paraît vissé à sa chaise. Il sort de sa poche un cure-pipe et approche de lui le cendrier.

Bon Dieu, mais qu'est-ce qu'il veut de plus, ce lourdaud ? s'interroge, pour le moins intriguée, Emilienne qui détourne néanmoins son regard, comme si elle voulait lui signifier qu'à ses yeux il n'existe plus, qu'elle l'a rayé de son paysage.

« Je sais que j'abuse, mais quand j'ai quelque chose sur le cœur, il faut que ça sorte. »

Emilienne continue de fixer la table de Japonais qui piaillent à qui mieux mieux en comparant leurs achats de la matinée.

« Je voulais que vous sachiez, continue imperturbablement Dréan, que j'ai réglé ma vie sur un principe assez simple, un principe d'insulaire : Il n'est de si beau jour qui n'amène sa nuit, avons-nous coutume de dire chez nous. Aussi que vous vous soyez trompée sur moi m'indiffère, on me paie pour cela, mais que, par contre, vous vous trompiez sur vous-même... »

— Cessons, commissaire. Vous êtes ridicule.
— C'est bien ce que je disais, vous faites fausse route,

mais viendra le jour où, pour vous être scandalisée à tort du ridicule et non de, appelons ça, la lâcheté ambiante, vous aurez besoin qu'on vous aide. Il se pourrait alors qu'au numéro que je vous ai donné, vous trouviez les secours qui vous permettront d'y voir plus clair.

— Si je ne m'abuse, Dréan, entre votre service et cette sorte de SOS-Détresse que vous avez l'audace de me proposer, il existe un monde dans lequel je n'ai pas jusqu'à nouvel ordre ma place. Alors, encore une fois, fichez-moi la paix, d'autant que je ne comprends rien à ce que vous me racontez.

— La paix, madame Marolles, quelle paix ?

— Vous cherchez à m'impressionner ? A me déstabiliser ? Qu'insinuez-vous, monsieur le fonctionnaire de police ?

— Mais rien ! Je n'oserais pas. L'épouse d'un ancien ministre qui sera, demain peut-être, le premier d'entre eux. Comment un... modeste fonctionnaire de police, tel que moi, pourrait-il se mesurer à de telles évidences ? Mon ambition est moindre. Et je suis d'ailleurs persuadé que nous nous sommes compris. A présent, si vous le permettez, je rentre taper un rapport qui finira, sans doute, dans la corbeille à papiers, mais que serait un flic sans rapports ? Sans dossiers ? A propos, puisque nous parlons boutique, deux petites précisions. Chez nous, on appelle fourmis les convoyeurs de drogue et, par ailleurs, la demoiselle Lambert n'est pas une tox indic. Pas encore, du moins. Au revoir, madame le préfet, au plaisir. »

Tandis que le commissaire, dos voûté mais démarche assurée, s'éloigne, Emilienne tire de son sac à main un petit miroir. Pourvu que ce qu'elle va y découvrir ne lui ôte pas cette énergie dont elle a plus que jamais besoin !

« Tout de même, lui souffle à l'oreille Olivier, était-ce bien nécessaire que nous nous empoisonnions ? Je déteste le préfabriqué sous toutes ses formes.

— Je vais te faire un aveu, c'est la première fois, que tu me croies ou non — depuis le temps ça paraît invraisemblable, mais je te jure que c'est bien la première fois —, que je fous les pieds dans ce genre d'endroit. Même à New York, je m'y suis refusée, et puisque nous étions l'un et l'autre pressés, je me suis dit que l'occasion, etc., etc. »

Voilà cinq minutes que le benjamin des Marolles a rejoint Emilienne et qu'ensemble ils font la queue dans ce MacDo' bourré à craquer.

Alors qu'Olivier ressortait du siège de sa chaîne de télévision préférée, où il avait déposé avec des mines de conspirateur les résultats confidentiels d'un sondage patronal sur les chances de Jospin, et que, débarrassé pour quelques instants de ses soucis personnels, il roulait en direction de la Chambre des députés, l'appel de sa belle-sœur sur son téléphone de voiture l'avait contraint à repasser la Seine.

De son côté, Emilienne, lorsque le commissaire Dréan l'avait quittée, avait d'abord essayé de toucher l'un de ses anciens amants. Longtemps consultant officieux du Château pour les approches discrètes avec l'extrême droite, ce médecin, fils de bonne famille (un père milicien reconverti dans l'Opus Dei, et une mère liée au clan Scapini), dirigeait une clinique psychiatrique à Louveciennes qui réservait l'essentiel de ses soins au Tout-Paris camé et stressé. En téléphonant à ce singulier personnage, Emilienne avait espéré lui soutirer quelques précisions sur les procédures d'internement dans l'intérêt des familles, car, dans ce que lui avait appris Dréan au sujet d'Adrienne, elle avait tout de suite vu quel profit en tirer. Une droguée qu'on isole dans le but de la désintoxiquer, et donc qu'on retire de la circulation, ne devrait plus représenter une si terrible menace, et c'est de cela qu'elle entretient Olivier tout en mangeant son Big Mac.

« D'accord, la petite sœur a un fil à la patte, mais, si j'en crois ce qu'on me dit, le Vieux ne l'a pas mise au courant de ses intentions. Bien au contraire ! C'est comme s'il craignait qu'elle refuse quoi que ce soit de son vivant, alors que, lorsqu'il sera mort et enterré, il est fort possible, a-t-il dû prévoir, qu'elle change du tout au tout, remarque Olivier en repoussant la salade de crevettes à laquelle il n'a touché que du bout des dents.

— A ceci près, mon cher, qu'elle n'a pas hésité à lui demander 15 000 francs, et qu'après un tel début elle peut tout aussi bien lui en réclamer dix fois plus demain, et ainsi de suite. L'argent est une drogue autrement plus puissante qu'un pétard qu'on se passe de main en main.

— Peut-être, mais ce fric, ce n'était pas pour elle, et il n'est pas dit qu'en y réfléchissant son petit camarade ne le lui enverra pas à la figure. Le fric des bourges, ça pue !

— Il y a des odeurs plus insupportables, non ?

— Suivez mon regard, sourit Olivier avant d'ajouter : Dans tout ça, il y a quand même quelque chose qui me chiffonne. Si j'ai bien compris, c'est du fraîchement pondu qu'il t'a apporté, ce flicard ? Et ça, ça te paraît normal ?

— Oui et non.

— Oui ou non ?

— Oui. Finalement, oui ! Chacun pense à son avenir en ce moment. Pas vrai ? »

Olivier fait entendre un petit bruit de bouche approbateur. Puis, il trempe ses lèvres dans le gobelet de café et grimace. Quel monde étrange, observe-t-il, c'est elle qui vient de la haute, et regarde comme elle bouffe ses frites surgelées, elle en lécherait la table. Sauf qu'il n'y a rien d'étrange là-dedans, c'est une vorace, elle pense par sa bouche, et aussi par son trou du cul, camarade. Ce qu'elle ne peut dévorer, elle le détruit. Alors ?... Alors, il vaut mieux que je ne lui parle pas de François. Je dois au contraire lui laisser croire qu'elle tient le bon bout, que la solution truc-machin est, tout bien pesé, pas si nulle que ça, d'autant que si elle gratte bien son sujet, elle ramènera, va savoir, le détail qui tue.

« Dis donc, tu as de l'appétit, ma grande ! Ma salade te tente ? Je n'y ai quasiment pas touché. Les crevettes sont caoutchouteuses à plaisir.

— Non, je préférerais un milk-shake... si tu m'accordes encore quelques instants, le temps de refaire la queue.

— Je t'en prie, vas-y. »

Mais après avoir obtenu ce qu'elle désirait, et appris de la caissière que la cabine téléphonique se trouvait au sous-sol, Emilienne s'y précipite. Olivier a eu tort de la sous-estimer. Cette partie-là, s'est-elle convaincue pendant qu'on lui préparait sa gourmandise, il serait suicidaire de la jouer sans Nicolas.

Quoique incapable, sur la base de ce que lui rapporte Serge, de suspecter semblable déloyauté entre Emilienne et son frère, François ne peut que se féliciter d'avoir eu l'idée de faire filer Olivier. Si cette ordure rencontre la couche-toi-là, c'est qu'il y a de l'embrouille dans l'air, et qu'il m'a probablement baratiné dimanche soir, l'enfoiré.

De même, François a-t-il enregistré avec satisfaction, mais en s'efforçant de le dissimuler à celui qu'il s'interdit désormais de considérer comme son second, qu'Emilienne n'a haussé le ton au téléphone que pour ce fort explicite « arrête avec ton Borelly, il est fini, te dis-je, et ses conseils, tu devrais t'asseoir dessus ».

« Les deux appareils ne sont pourtant séparés par aucune porte, par aucune paroi, et j'étais donc censé être comme qui dirait en stéréo avec ta belle-sœur. Macache, elle parlait si bas que je me suis fait l'impression d'être subitement devenu sourd.

— Ça ne fait rien, nous savons quand même une chose : ces deux-là se rencontrent, et que ce soit ailleurs que dans l'une de leurs cantines pour cadres de luxe nous prouve qu'ils complotent, et forcément contre moi, même s'ils ont dans leur collimateur ta charmante trouvaille. »

En disant « nous », François a cherché à s'épargner tout commentaire sur Borelly, bien qu'il soit au fond de lui-même convaincu que Serge ne l'a pas attendu pour tirer de l'exclamation d'Emilienne une conclusion qu'il aimerait connaître, mais ce serait lui laisser entrevoir la part obscure de sa stratégie. Aussi choisit-il de faire diversion : « As-tu remarqué qu'on partage plus facilement une poire en deux qu'en trois ?

— Non, sans blague ! Quel sens de l'observation. Envisagerais-tu, par hasard, de te recycler dans l'enseignement de la philosophie ? De toi à moi, tu n'aurais pas tort, c'est à la mode en ce moment. »

D'un revers de main à peine appuyé, François écarte la saillie. Dans l'atmosphère de la Saab, qui évoque à la fois le bain turc et la fumerie d'opium, son geste indolent a quelque chose d'irréel. A l'extérieur, sous les trombes d'eau, l'avenue de Wagram n'est plus qu'un long défilé de parapluies.

« A la sortie du MacDo', qui as-tu suivi ? reprend François. Non, ne dis rien, je parie que c'est Emilienne. N'est-ce pas ?

— Là, pour le coup, félicitations, tu peux réclamer la chaire de Baudrillard.

— Baudrillard ! ?... Attends que je réfléchisse. J'en ai connu un de Baudrillard. Un amateur qui voulait péter plus haut que son cul. Les rebelles du Sud-Soudan lui ont arraché les yeux et l'ont ensuite obligé à les avaler. Il faut dire qu'il leur avait bazardé de l'artillerie roumaine pour de la canadienne. C'est de celui-là dont tu me parles ?

— Pas tout à fait, encore qu'ils soient cousins. Le mien de Baudrillard traficote aussi dans le faux-semblant.

— La récréation est terminée, tranche François d'une voix irritée. Revenons à Emilienne.

— Il n'y a rien à en dire.

— Vraiment ? »

Après avoir allumé le plafonnier, Serge ouvre un calepin, le colle contre son nez, puis l'ouvre à une page blanche qu'il fait semblant de lire :

« 14 h 10 : Récupère sa voiture au parking de la rue François-Ier. Rejoint Boulogne, et de là file jusqu'à Louveciennes, où elle arrive trois quarts d'heure plus tard. Ce n'est pas qu'elle conduit lentement, mais ça roulait mal. Se gare devant la clinique des Œillets blancs. N'en ressortira qu'à 15 h 40. Entre-temps, je m'informe et j'apprends que leur spécialité dans cette grosse villa discrète, c'est la remise en forme des fatigués de la seringue et du reste, mais à condition que leurs comptes en banque soient solides. Emilienne revient ensuite sur Paris où je la laisse rue de Solférino devant ce que tu devines... Voilà, et comme nous avions prévu de nous retrouver à 17 heures, j'ai bien été forcé de me rapatrier sur l'autre rive et de l'abandonner à son sort.

— Au siège du PS, donc !... De deux choses l'une, ou elle est montée faire la bise à Nicolas, ce qui m'étonnerait, ou bien alors elle est allée faire sa cour au jeune qui monte. »

Les deux hommes se taisent maintenant. Sur la carrosserie, la pluie crépite à la façon d'une mitrailleuse.

« Donne-moi un de tes petits cigares... s'il te plaît.

— C'était mon dernier, mais si tu sors et que tu fais bien attention de passer entre les gouttes, tu verras cent mètres plus loin de la lumière. Aussi étrange que ça te paraisse, on y vend ce genre de choses à un prix décent.

— Radin !

— Toujours en fin de journée.

— Je vais te dire un truc : demain, à la même heure, j'aurai rencontré mon père.

— Tu lui as téléphoné ?

— Pas encore... J'irai le voir sans le prévenir.

— Dans ses bureaux ou chez lui ?

— Ça dépendra de mon humeur. Et puis, sait-on jamais ? Des fois que tu irais le prévenir...

— Je ne change de camp que lorsqu'on me trahit.

— Tout de suite, les grands mots ! En tout cas, je vais entrer dans son jeu, je vais me ranger de son côté... Du côté de la grande sauterelle, pour être précis.

— Comme ça, de but en blanc ?

— Avec mon père, celui qui finasse n'a aucune chance de réussir.

— Ça m'étonnerait qu'après toutes ces années de silence, elle marche, ta combine. Combien de temps ça fait que vous ne vous êtes plus adressé la parole ?

— Un siècle. Mais je sais comment l'attendrir. N'oublie pas qu'il est malade. Il n'aura ni l'envie ni la force de me repousser. »

Sans lâcher son calepin, Serge essuie du poing la buée sur sa vitre. « Il n'y a qu'un point noir dans ce que tu me racontes, c'est ta sœur. Ça lui sera difficile d'admettre qu'elle a pu se faire draguer par son demi-frère.

— Je t'arrête, tu as raison, mais...

— Mais quoi ?

— Mais il me suffira alors de te sacrifier.

— C'est-à-dire ?
— Je lui dirai que tu as tout manigancé, que tu as fait exprès de me pousser dans ses bras, je lui dirai aussi que tu n'as imaginé cette farce sordide que parce que...
— Ne t'interromps pas, continue.
— Que parce qu'en t'intéressant à elle sur l'ordre de mon père tu en es tombé amoureux. Ça ou autre chose, qu'importe ! J'aviserai le moment venu. L'improvisation me réussit toujours. Et il vaudra mieux qu'elle accepte pour argent comptant mes explications, sinon pas de pitié, rayée de la liste, la sœurette.
— Tu lui donnes quel pourcentage de survie ?
— Un petit 30 %. Quand même, tu es un drôle de mec, Freytag. Alors que je viens de te dire que je suis prêt à te faire porter le chapeau, tu ne te préoccupes que du sort de cette greluche. A croire qu'elle ne t'est pas indifférente.
— Tu te trompes, François. Les choses sont plus simples, beaucoup plus simples. Moi aussi, je peux appuyer sur le bouton, moi aussi, je ne manque pas de munitions.
— Je n'en doute pas. C'est d'ailleurs le seul côté excitant de cette affaire car, pour le reste, tout est déjà écrit. Il ne manque plus que mes initiales au bas du contrat. »
Serge écrase son cigarillo dans le cendrier, puis referme son calepin. « Eh bien, salue ton père de ma part.
— Je n'y manquerai pas... Tu fais quoi maintenant ?
— Je vais retrouver ma fille.
— Ah, c'est vrai que monsieur appartient lui aussi à la confrérie des gentils papas. »
Le gentil papa te souhaite bien du plaisir rue de Passy, pense Serge en faisant claquer sa portière plus fort que nécessaire.

« Ça se tient comme polar, non ?
— Bah...
— T'es jamais content. Je suis sûre que tu vas maintenant me bassiner avec les années 50, Bogart et compagnie et que, gros plan par ci, travelling par là, je vais avoir

droit à... Tu vis trop dans le passé. En fait, tu n'es qu'un nostalgique. Comme maman. Vous n'auriez jamais dû vous séparer. Quel couple d'enfer vous auriez fait !

— Hé, *baby*, tu me cherches, grommelle Serge en pointant son doigt sur sa fille qui fait mine d'être effrayée. En plus, tu te goures. Ton réalisateur, ton jeune con de réalisateur, je devrais dire, c'est un fruit sec, il manque d'instinct, sa copie est impeccable mais trop léchée. Il a tout juste, et, moi, je n'apprécie que les erreurs. »

Il pleut toujours autant, et il fait un froid de canard. Catherine propose à son père de l'abriter sous son parapluie, un grand machin multicolore qui vante les mérites d'un champagne haut de gamme. Ils viennent de voir un film américain et, s'ils respectent leur programme, ils vont se dépêcher de traverser le boulevard Saint-Germain pour plonger dans la rue des Canettes où ils dîneront dans un restaurant italien que Serge affectionne depuis le soir où Jill, la mère de sa fille, alors traquée par les services secrets britanniques, lui avait annoncé qu'elle était enceinte mais qu'elle n'envisageait pas de garder ce bébé inopportun.

« On prend comme d'habitude ? demande Catherine, en rejoignant son père sur la banquette, après un détour par les cuisines où chacun l'a embrassée comme si elle était la fille de la maison.

— D'accord, va pour des *spaghetti al pesto*. Et avant ?

— Pour moi, ce sera des poivrons grillés. Il faut tout de même que je surveille ma ligne. Et toi ?

— Une salade de calamars, commande Serge à Angelo, le serveur aux grosses moustaches qui a autrefois assuré la liaison entre Prima Linea et son groupe.

— *Va bene !... Il vino ?*

— Chianti classico. Un 91 de chez Verdiani.

— *Perfetto !* »

A une table voisine, deux jeunes garçons se sont arrêtés de parler. Ils n'ont d'yeux que pour Catherine qui, lorsqu'elle s'en aperçoit, imite aussitôt les grisettes soumises. Serge raffole de ces instants trop rares à son goût, ils lui rappellent les années où lui-même, étudiant solitaire, s'indignait de se voir préférer par les filles de son âge un professeur prestigieux. C'est une manière de se venger d'un passé envers lequel, au contraire de ce que prétend sa fille, il n'éprouve aucune nostalgie.

« J'ai lu le bouquin que tu m'as acheté. Enfin, quand je dis "lu", j'exagère, je peine dessus, mais j'avance.

— De quel livre, parles-tu ? Ces dernières semaines, je t'en ai offert plusieurs.

— Exact. Tu es un authentique papa gâteau, bien que, mais ne le prends pas mal, tu ne sois pas toujours digeste. Il y a mieux comme sucrerie.

— Le roman de Victor Serge ou le... ?

— Non, ce n'est pas du roman qu'il s'agit, encore que... Encore que... tu crois que c'est totalement vrai ce qu'il raconte, ce Regler ?

— Ah, ce livre-là !

— Oui, celui-là, *Le Glaive et le Fourreau*. Quel titre ridicule, entre parenthèses. Ça sonne bidon, clairon, vieux con.

— C'est pourtant bien utile, un fourreau.

— Où caches-tu le tien... si tu en as un ?

— Mais tu l'as devant toi, je suis mon propre fourreau.

— Tu parles. Quel vantard, tu fais ! Encore heureux que tu ne m'aies pas dit que tu étais aussi le glaive.

— Catherine, j'ai une question à te poser.

— Et si je n'ai pas la réponse, tu me coupes en deux ?

— Tu auras la réponse.

— Dis voir. »

Elle lui brûle les lèvres, cette question, et cependant les mots se figent dans sa bouche. Irritant chaud et froid qui le paralyse, qui le rend muet. Il est bloqué, il ne peut pas parler d'Adra à sa fille.

« Alors, ça vient ? s'impatiente Catherine. C'est si dur que ça ? Tu ne serais pas amoureux, des fois ? C'est ma réaction qui te... Oublie donc que je suis ta fille, laisse-toi aller.

— Que vas-tu chercher ? Moi, amoureux, c'est tout à fait impossible. Tu ne cesses d'ailleurs de me répéter que je suis incapable d'aimer.

— Quel faux cul ! J'ai un père hypocrite, zut, alors. Tiens, passe-moi plutôt le parmesan.
— Sur les poivrons !
— Eh oui, si ça me plaît.
— Je voulais te demander...
— Nous y voici, nous y voilà.
— As-tu déjà couché avec un homme ?
— Trois fois. D'accord, d'accord, j'aurais pu faire mieux, mais les... les glaives ne courent pas les rues. C'est donc ça qui te préoccupait ? Tu ne vas quand même pas me réciter le couplet sur les dangers du sida ? Pas avant le café, en tout cas, ça me couperait l'appétit.
— Et qui a rompu ?
— Quelle curieuse question. Moi... N'est-ce pas ce que tu m'as appris ? Toujours rompre, ne jamais s'enraciner, c'est bien toi qui dis ça ? »
Un fou rire s'empare soudain de Serge. D'abord éberluée, Catherine finit par se laisser contaminer. Les deux jeunes garçons à la table voisine haussent les épaules. C'est toujours pareil, il n'y en a que pour les vioques.

Le notaire le connaît bien. Il éprouve envers lui plus que l'habituel respect que l'on doit à un riche client. Il le craint, il lui obéit et ne manque pas une occasion de lui marquer de la révérence. C'est qu'à son contact, il a appris que les lois, dès lors qu'on a pénétré la bassesse des hommes, se réduisent à une seule : la gourmandise n'est péché que lorsqu'on n'a pas faim.
Durant cette vingtaine d'années au cours desquelles Marolles a multiplié par cent, sinon plus, sa fortune, l'industriel n'a jamais manqué d'appétit, si bien que Me Lacassin, y ayant lui même trouvé de quoi remplir son assiette, s'est, sans rechigner, accommodé de son irrespect des convenances et des horaires. Jules Marolles n'est pas homme à passer à table à heure fixe. Il mange quand l'envie lui en prend. Différer la conclusion d'une affaire sous le prétexte qu'on peut la remettre au lendemain n'entre pas dans son raisonnement.
Que son client l'ait donc convoqué aussi tard dans cet

hôtel, où il se comporte en maître des lieux, ne l'a pas surpris. Le vieil homme doit avoir découvert le moyen de mettre un point final au dossier sur lequel ils travaillent depuis bientôt trois semaines. Et ce sera ensuite à lui, le notaire, d'y apporter l'indispensable touche juridique grâce à laquelle, un jour prochain, les étudiants en première année de droit se feront la main en se récriant d'admiration.

Mᵉ Lacassin ne s'est pas trompé. Se jouant de toutes les difficultés légales, Jules Marolles vient encore de s'égaler à ce Gobseck que le notaire cite en exemple à ses clercs quand ils peinent sur un contrat. Au mur de la partie de l'étude interdite aux curieux, l'homme de loi a d'ailleurs accroché l'un des plus fameux principes de Gobseck que sa mère lui a brodé avec amour.

En lettres d'or, on peut y lire que *« pour ne pas se crotter en allant à pied, le grand seigneur, ou celui qui le singe, prend une bonne fois un bain de boue »*.

Et voilà que Marolles l'a — non pas *une bonne fois*, mais une fois de plus — obligé à prendre avec lui ce fameux bain de boue.

« Hein que je les tiens, maître ?

— Vous les tenez, monsieur.

— Je suis ravi que l'homme qui connaît la loi, dont c'est le métier, m'approuve. »

Penché sur ses notes, le notaire ne relève pas la tête, il sait que Marolles ne se gêne plus, dans ces moments-là, pour faire étalage de sa roublardise. « Un de mes clercs, dit Mᵉ Lacassin, vous déposera demain matin les différentes pièces... 11 heures, cela vous va-t-il ?

— 11 heures, c'est parfait.

— Ici même, je suppose.

— Naturellement.

— Il ne manquera plus alors que la signature de mademoiselle votre fille.

— Dommage que nous ne puissions pas l'éviter. Sur ce point, vous êtes catégorique ?

— Monsieur Marolles, sans son accord, rien n'est possible.

— Nous sommes mardi. D'ici samedi, tout devra être en ordre. Je m'y emploierai.
— Je n'en doute pas. Avons-nous terminé ? Oui... Puis-je me retirer ?
— Faites, je vous en prie. Rentrez vite chez vous, maître. Une dernière chose, pourtant, sans que cela vous mette dans l'embarras.
— Oui ?
— Est-ce que Borelly vous a fait contacter ?
— Il a essayé, mais en vain, et si je ne vous en ai pas parlé, c'est parce que je ne souhaitais pas nuire à l'amitié que vous lui portez.
— Maître, je n'ai plus d'amis, je n'ai plus qu'une fille... et deux petits-fils. A l'avenir, pensez-y. »
Tandis qu'il referme la porte de la chambre, le notaire entend le vieux Marolles jurer en espagnol. Diable ! se dit Me Lacassin, en appuyant sur le bouton de l'ascenseur, il serait plus prudent d'annuler ce rendez-vous avec Borelly, et moi qui croyais bien faire.

« Côté accessoires, ça craint un maximum ! » Là-dessus, des musiciens aux figurants, tous paraissent d'accord. La malheureuse qu'on a bombardée régisseuse, puis costumière, et enfin accessoiriste, bout d'indignation. Il n'y a guère que les acteurs et les actrices qui bémolisent leurs critiques, sans doute parce qu'ils sont trop contents d'avoir réussi, pour la première fois, à donner un semblant de vie à leur prestation.

Adossé à une pile de vieux journaux, qu'on devrait brûler à la fin de chaque représentation a suggéré l'Africain qui joue le rôle du chauffeur de taxi, Daniel ne prend pas part à la curée, quoiqu'on lui ait à maintes reprises réclamé son opinion. Il a choisi de faire la sourde oreille. Non qu'il manque d'opinions, il en a des tonnes à leur servir, de quoi leur scier vite fait le moral.

S'il s'est tu, c'est parce qu'il se méfie des prétendues discussions libres, tu l'ouvres, on t'approuve, et dans la foulée on te flingue aussi sec ! Même chez les anars d'Alternative libertaire, ça se passe comme ça, tu critiques, vas-y camarade, et, au final, on te passe au laser.

Quand il arrive à Adra de croiser son regard, Daniel l'encourage d'un clin d'œil ou d'un petit geste éloquent à ne pas céder. Puisqu'elle aime la bagarre, qu'elle y aille à fond, il sera toujours temps ensuite de lui panser ses plaies, et de la consoler. Lui, il joue dans une autre pièce, où ce que tu dis, ce que tu fais, c'est la vérité vraie, pas du flan, et sans que le public t'encourage ou te siffle, d'ailleurs il n'y a pas de public, un huis-clos sans témoins, que des cris et de la sueur, surtout lorsqu'on monte le chauffage. Le feuilleton *hard* où si tu te plantes, tu te plantes.

Et c'est justement ce que Daniel redoute, se planter, quand il va lui balancer que, tout bien réfléchi, un, il n'en veut pas de son fric, et que, deux — à moins qu'il n'inverse l'ordre des facteurs —, son opéra, un mot qui le glace chaque fois qu'il le prononce, son opéra donc, même relooké façon feuilleton social, c'est moyen-moyen, pour ne pas dire toc.

« Mais, merde, Adra, dans une chanson de Ferré, il y a mille fois plus d'intensité, mille fois plus de choses qui passent ! »

Halte-là, mon gaillard, si tu en viens à lui assener la purge, attends-toi à ce qu'elle t'éclate la gueule. Et puis, ducon, pense qu'elle a fait un sacré pas vers toi en te promettant de ne plus retourner, d'ici à la fin de la semaine, au *Koroko*. Alors, adopte la position du tireur couché, refuse la thune mais fais l'impasse sur leur chef-d'œuvre. Et en plus, t'es qui, t'es quoi pour la juger ? Elle t'a dit qu'elle t'aimait, et tu sais que tu l'aimes, alors, bravo, applaudis.

« Et toi, t'en penses quoi ? »

Le con, il ne l'a pas vue venir, et maintenant qu'elle est accroupie à ses côtés il est bel et bien coincé, le critique.

« Vous avez fini ?

— Incroyable, t'as pas suivi ! On parlait pourtant assez fort. T'étais déjà sur ta nouvelle Vespa... *ché-ri* ?

— Je peux t'embrasser ?

— Réponds d'abord. T'en penses quoi ?

— Tu tuerais quelqu'un, toi ?
— C'est ça, ta réponse ?
— Non, c'est une question en passant. Une question subsidiaire, comme dans les concours.
— Evidemment que je tuerais quelqu'un... si ce quelqu'un voulait me piquer l'enfoiré qui rêve à un deux-roues au lieu de m'admirer. Ça te va comme réponse, *ché-ri* ?
— Je t'en dois une, alors ?
— Et là, tu bandes ?
— Ça vient.
— Sûr ?
— Certain.
— Alors, entretiens la bête, je me démaquille, je me change et on se casse. Tu me donneras ta réponse tout à l'heure quand on sera dehors. »

Adra se redresse et toise son amant :
« Et toi, tu tuerais mes ennemis ?
— Sauf s'ils sont plus forts que moi.
— Je ne plaisante pas.
— Dis, sans plaisanter justement, tu penses quoi de Léo Ferré ? »

6

11 janvier 1995...

Le combiné coincé entre l'épaule et la joue, Nicolas Marolles griffonne avec une nervosité croissante toute une série de points d'interrogation dans la marge du brouillon de sa lettre à la fédération de Paris.

Il était en train de la revoir lorsque le standard lui a passé, malgré la consigne de ne pas le déranger, cette « dame qui insiste — d'après elle, c'est très urgent — pour vous parler de votre père, il paraîtrait qu'il aurait disparu ».

Disparu ? Mort, alors ?

Sans lui laisser le temps de placer sa question, Mlle Danglard l'a aussitôt enseveli sous une avalanche d'explications auxquelles il n'a pour le moment pas compris grand-chose sinon que, « avisée lundi matin par monsieur votre frère que vous souhaitiez vous priver de mes services » (Pourquoi cet idiot d'Olivier ne m'en a-t-il rien dit ? s'étonne Nicolas), elle s'était tout de même permis, désireuse de récupérer divers objets auxquels elle tient et qu'elle avait oubliés rue de Passy dimanche soir, de passer les y prendre, mais voilà il n'y avait personne...

« Bien sûr, il ne pouvait en être différemment. Mon père a préféré quitter Paris pour aller se reposer dans sa propriété de L'Isle-Adam. Si c'est cela que vous appelez disparaître, soyez donc rassurée. Et maintenant, si vous le permettez, je retourne à mes dossiers.

— Allô, allô, monsieur Marolles, ne coupez pas, je n'ai pas fini. Pas encore ! Ecoutez la suite. Hier après-midi donc, après avoir constaté que personne ne m'ouvrait, je suis redescendue voir la concierge pour lui demander de transmettre à votre père l'adresse où me faire envoyer ce qui m'appartient. Or cette dernière m'a alors appris qu'il me faudrait patienter une, voire deux semaines, avant qu'elle revoie votre père, car il se reposait à la campagne. Jusque-là, vous et moi sommes d'accord, mais je continue. Me voyant bien embêtée par ce contretemps, la concierge a pris sur elle de me communiquer le numéro de L'Isle-Adam. Eh bien, dès que je suis rentrée chez moi, j'ai essayé de joindre votre père. Au moins une bonne dizaine de fois, et jusqu'à tard dans la soirée, mais sans succès, là encore, personne n'a jamais décroché.

— Quand mon père se met au vert, il débranche fréquemment son appareil, s'exaspère Nicolas.

— C'est ce que, moi-même, j'ai pensé. Aussi ai-je recommencé ce matin, et il y a maintenant une demi-heure (Nicolas fait coulisser sa manche de chemise, 9 h 53 précises sur sa Baume et Mercier extra-plate) je suis tombée sur le jardinier. Tenez-vous bien, monsieur votre père n'a pas mis les pieds à L'Isle-Adam depuis le mois de novembre. Que dites-vous de cela ? Surprenant, non ?... Si ce n'est pas une disparition, dites-moi ce que c'est ?

— Donnez-moi votre numéro, mademoiselle Danglard, je vous rappelle. »

En dessous de son dernier point d'interrogation qui ressemble davantage à un gibet qu'à un signe de ponctuation, le député note les huit chiffres, puis raccroche.

Bon sang, ils ont la bougeotte dans cette famille ! Mon frère, mon fils et maintenant mon père... Et Olivier, qu'est-ce qu'il lui a pris de virer cette bonne femme ? Elle, au moins, nous aurait évité cette fugue, car ce ne peut être qu'une fugue. Monsieur aura voulu aller voir si... Mais, bon sang de bois, ce n'est plus de son âge. D'ici à ce qu'on le retrouve mort, ce vieux cochon, dans une chambre d'hôtel de passe. Quel menteur, mais quel menteur ! Il fallait l'entendre, hier encore, lorsqu'il m'a téléphoné à l'Assemblée : « Je m'occupe, je m'occupe — Ne te fatigue pas trop, papa, tu as un jardinier, ne l'oublie pas — Ne t'inquiète pas, je rattrape surtout mon retard de lecture — Mais que lis-tu ? — Des babioles, les choses dont on parle, Montaldo, Péan, et je m'étonne, à chaque page, de leur ignorance ! — Tu ne devrais pas, ça pourrait t'énerver à la longue — Mais non, ça me divertit au contraire, c'est si drôle — Veux-tu que je monte te voir ? — Ne te dérange pas, tu es sans doute très occupé par la candidature de Jospin. Pour être tout à fait franc avec toi, j'aurais quand même préféré que vous choisissiez quelqu'un comme Charasse à défaut de Joxe — Fichtre, papa, tu as le goût de la plaisanterie, aujourd'hui — En tout cas, je voulais te dire que j'avais beaucoup apprécié ton comportement en face d'Adrienne, et c'est du fond du cœur que je t'en remercie... »

Adrienne !

La voici, la clé.

Elle, elle doit savoir. Peut-être même que le vieux est parti avec elle ? Ce serait tout à fait son style. Le caballero flanqué de sa gitane de fille.

Je l'appelle.

Sauf qu'à cette heure-là, je la trouve où, puisqu'elle m'a assuré ne pas avoir le téléphone ? « On peut néanmoins me laisser des messages au *Koroko*, à condition de bien spécifier que c'est pour Pandora » (et pourquoi pas Aphrodite tant qu'elle y était ?), qu'elle m'a confié dans l'oreille quand je lui ai parlé de la salle de concert... Oui, mais, vu leur heure d'ouverture, certainement pas avant la nuit, et à condition qu'elle y travaille encore car, s'ils se sont envolés la main dans la main, il ne me restera plus que la télépathie pour entrer en communication avec la famille Fantômas.

A cette perspective, et malgré son désarroi, qui est allé grandissant, Nicolas se gausse de lui-même. Pas longtemps, car chez lui le sérieux est une seconde nature, mais assez pour se ressaisir et envisager avec calme et méthode, en organisateur qu'il se vante d'être, de quelle manière régler cette escapade qui risque de nuire à sa réputation.

Il rappelle le standard, demande qui lui a passé la communication avec la folle qui racontait n'importe quoi sur son père, et s'emploie, en riant, à éteindre ce qui pourrait être le début d'une rumeur. Après quoi, sans trop savoir quel mensonge lui servir, il appelle sur sa ligne directe Mlle Danglard.

C'est occupé, et ça l'inquiète. Il ne faudrait pas qu'elle aille le crier sur les toits. Mais à qui pourrait-elle en parler ? Etant donné qu'Olivier l'a mise à la porte, ce serait à désespérer de la rancune si elle lui téléphonait. Et si c'était à Emilienne ? Entre femmes, et femmes méchantes et médisantes, tout est toujours possible.

Il recompose le numéro.

« Allô, mademoiselle Danglard ? Rebonjour, c'est Nicolas Marolles. Je vous rappelle pour vous rassurer. J'ai le fin mot de notre histoire. Figurez-vous que c'est sur l'ordre du professeur Reynaud que le jardinier et madame Julia — c'est notre femme de ménage-cuisinière à la campagne — font à tout étranger la réponse à laquelle vous avez eu droit... A l'instant, je viens d'appeler L'Isle-Adam et, comme je suis de la famille, on me l'a passé sans difficultés. J'ai pu lui parler pendant quelques minutes, il était désolé de vous avoir causé cette frayeur. Il est très diminué, vous savez, il lui faut un repos absolu. Oh, j'allais oublier, il vous transmet bien sûr son meilleur souvenir... Vous ne dites rien ?

— Je n'ai rien à dire.

— Vous ne semblez pas convaincue.

— Si, si.

— Vous pensez bien que s'il avait, comme vous me l'avez affirmé, disparu, je ne serais pas là à vous faire la conversation, je remuerais ciel et terre pour qu'on le retrouve.

— Et pour ce que je dois récupérer rue de Passy ?

— Je m'en charge.

— Bien... Si votre père est aussi mal en point que vous le dites, permettez-moi de vous faire alors remarquer qu'un jardinier et cette madame Julia ne remplaceront jamais une femme d'expérience comme moi.

— Je n'en disconviens pas, et d'ailleurs je compte m'en entretenir avec mon frère Olivier.

— Il a été très injuste avec moi. Injuste et insultant. »

Quelle que soit son habileté à tisser de plausibles intrigues, Nicolas se sent en terrain glissant. Dans l'ignorance des reproches qu'a pu adresser Olivier à la garde-malade, laquelle lui avait paru, pour ce qu'il avait pu en juger, n'en mériter aucun, il brasse du vide. Il n'y a qu'une chose dont il est convaincu, il ne doit pas se désolidariser de son frère, sinon ce serait abandonner la conduite de cette conversation à Mlle Danglard. « Vous aurez mal compris, et on l'aura mal renseigné, se hâte-t-il de dire. Il n'existe pas d'erreur qui ne puisse se réparer, mademoiselle. J'y veillerai dans l'intérêt de mon père.

— D'autant que c'était à vous de me signifier mon congé. Vous êtes l'aîné et, par conséquent, le chef de famille.

— Naturellement, naturellement. Eh bien, à très bientôt, mademoiselle Danglard.

— Je l'espère. Et ne manquez pas de faire mes amitiés à votre épouse... et à votre sœur. Dites, ça a dû vous faire un choc que de vous découvrir une... ?

— Désolé, mais on m'appelle sur une autre ligne. Au revoir mademoiselle Danglard. »

Olivier va me le payer, pense Nicolas en raccrochant. En tout cas, s'il ne l'apprend pas par d'autres moyens, qu'il ne compte pas sur moi pour que je lui dise que Jules s'est fait la malle. Idem pour Emilienne. Elle ne pourrait pas tenir sa langue.

Et maintenant, Adrienne, à nous deux !

« Vous m'excuserez de vous avoir fait attendre, ce n'est pas dans mes habitudes, mais de nos jours plus une seule réunion ne commence à l'heure.

— C'était déjà comme ça, autrefois. »

La matinée approche de sa fin. Dans les cuisines de la

rue de Solférino, on active les feux. Au menu, puisqu'il en faut pour tous les appétits, il y a de la poularde demi-deuil et du cassoulet. A l'étage au-dessus, le bureau national du Parti socialiste vient de se terminer sur un statu quo, les anciens trotskos plaidant de conserve pour une entente avec Tapie, tandis qu'Emmanuelli, mis au pied du mur par Nicolas mais soutenu en secret par Fabius, a clamé haut et fort son peu de goût pour les « dramatisations inutiles », alors qu'il y est passé maître. Personne n'a d'ailleurs été dupe de son subit désir d'œcuménisme. En adepte du « laisser du temps au temps », il est clair qu'Emmanuelli s'emploiera à susciter dans les semaines à venir d'autres candidatures.

C'est encore lui qui a mis en retard Nicolas, en le retenant ensuite pour lui reprocher avec une brutalité maladroite son engagement « sans principes » en faveur de Jospin (« Sans principes », allons, Henri, tu ne détestes donc plus les « dramatisations inutiles » ?). A l'ironie a succédé l'emportement après qu'Emmanuelli lui eut affirmé que le Président ne soutiendrait qu'à contrecœur son nouveau poulain. Donnant de la voix, le député de Paris s'est indigné qu'on aille chercher le soutien d'un homme si obsédé par sa mort prochaine qu'il se terre des journées entières dans son lit, qu'il en est même à se faire imposer les mains par des charlatans — « Comme si tu ne savais pas, Henri, qu'il ne se survit qu'en ressassant des haines médiocres... » Si bien que les deux camarades avaient failli en venir aux mains, et qu'ils s'étaient séparés en se jurant chacun d'avoir la peau de l'autre.

Si la colère d'Emmanuelli n'était pas feinte, celle de Nicolas Marolles a surpris les témoins de la scène. Quelqu'un l'ayant attribuée à ses déboires conjugaux, on s'est aisément rangé à cette opinion et on s'est hâté d'aller répandre hors du siège du parti le bruit que Mitterrand n'était plus que l'ombre de lui-même, qu'on tenait de la meilleure source qu'il était impotent, sinon gâteux. Or tel était le but poursuivi par Nicolas, lui et les siens ne l'emporteraient contre l'appareil qu'en ruinant la réputation de celui que les Mauroy et autres considéraient encore comme l'arbitre suprême.

Aussi Nicolas est-il remonté dans son bureau de meilleure humeur qu'il ne l'était en le quittant puisque, entre son coup de fil à Mlle Danglard et son départ pour la réunion, aucune des sonnettes qu'il avait tirées ne lui avait permis de retrouver la trace de son père ni de sa sœur.
« Eh bien, je vous écoute... Je dois cependant vous prévenir que je ne peux vous accorder que quinze minutes. On m'attend à l'Assemblée.
— Vous ne vérifiez donc jamais ? »
Les sourcils arqués, Nicolas paraît interloqué. En face de lui, Serge croise les mains et lui renvoie un regard inexpressif. Sur sa fiche, la secrétaire de Nicolas a écrit : « Jean-Paul Malaval, recommandé par la FASP. » Quant à l'objet de la visite, bien que non mentionné, on n'est jamais trop prudent, il va de soi : ce Malaval est un flic syndicaliste que sa fédération envoie en éclaireur pour savoir à qui les jospinistes songent comme ministre de l'Intérieur en cas de victoire. Déjà, Nicolas, alors qu'il appuyait Delors, avait eu la visite de l'un de ses collègues.
« Que voudriez-vous que je vérifie ? Votre identité ? On n'est pas dans un commissariat, ici.
— Je m'appelle Jacques Freytag, et j'ai pour patron votre frère, François. »
Il a raison, pense Nicolas, on entre dans cette maison comme dans un moulin.
Alors, c'est lui, Freytag ? Depuis le temps que j'en entends parler ! Il ne paie pourtant pas de mine, il doit facilement passer inaperçu. S'il est venu négocier la dette de François, je le fous à la porte.
« Ça y est, demande Serge d'une voix glacée, vous avez rassemblé les pièces du puzzle ?
— Il me suffirait d'appuyer sur ce bouton, répond Nicolas sur le même ton.
— Mais nous savons, vous et moi, que vous ne le ferez

pas... Pas avant que vous ayez appris pourquoi je me suis servi de ce moyen vieux comme le monde pour arriver jusqu'à vous. Cela étant, vos mesures de sécurité laissent à désirer.

— Nous en sommes déjà à quatre minutes. Il ne vous en reste plus que onze.

— Je serai donc bref. Votre frère François a l'intention de vous nuire.

— Ce n'est pas nouveau.

— Je peux fumer ? Non... Effectivement, je vous le concède, que François complote contre vous n'est pas nouveau, mais ce qui l'est, c'est qu'il en a la possibilité, et qu'il n'est pas seul, cette fois. »

Impossible que François ait passé un marché avec le Vieux, réfléchit à toute vitesse Nicolas tout en se disant que, plus il le regarde, plus le visage de Freytag lui rappelle quelque chose. Ils se sont déjà rencontrés, mais où ?

« Vous attendez quoi pour m'en dire plus ? De l'argent ? Vous êtes mal tombé.

— J'attends que vous me le demandiez.

— Essaieriez-vous de m'abaisser ?

— Et pourquoi l'essaierais-je ? Je n'ai pas de haine particulière envers vous, sans compter que ce serait maladroit de ma part. Demain, quand vous serez de nouveau ministre, je ne souhaite pas vous trouver en travers de mon chemin.

— Bien, alors quel est ce plan ? Que mijote ce cher François ?

— Avant d'entrer dans les détails, je me permettrai de vous faire remarquer que c'est vous qui me méprisez, et non moi, en ne vous étonnant pas que je puisse ainsi trahir la confiance de celui que je sers.

— Au fait, monsieur Freytag, au fait !

— Il y a moins d'une semaine, François a appris que votre père se préparait à reconnaître comme sa fille une dénommée Adrienne Lambert, mais cela vous le savez puisqu'il vous l'a présentée samedi dernier. Vous vous doutez donc qu'au cas où il viendrait à disparaître, ce qui compte tenu de son état de santé ne constitue pas une hypothèse irréaliste, cette jeune femme bénéficierait d'une part d'héritage, laquelle serait néanmoins diminuée de moitié par rapport à celle des enfants légitimes. Or il semble que ce soit déjà trop pour votre frère Olivier qui souhaite l'en priver totalement et qui a donc, à cet effet, rencontré François. Et tous deux ont décidé d'unir leurs efforts afin d'écarter de la succession votre demi-sœur.

— Mais pourquoi m'en parler à moi et non à mon père ?

— C'est qu'il est introuvable et que...

— Oui ?

— ... et que si cette histoire s'ébruitait, vous seriez le premier à en pâtir. Et que c'est bien ce que va faire François qui projette également de trahir Olivier.

— En admettant que tout ceci soit vrai, où est votre intérêt ? Je veux dire : qu'est-ce qui vous pousse à lâcher François ?

— Un restant de morale.

— Vous ? Allons donc, vous plaisantez.

— Bien sûr. Disons que je prends une assurance sur la vie.

— Une autre remarque encore. Pourquoi avez-vous pensé que je n'étais pas au courant de toutes ces intrigues ?

— Pour la même raison qui m'a poussé à venir vous voir.

— La morale ?

— Mais non, c'est la prudence qui vous anime. D'où il est facile de conclure que vous n'êtes pas assez malavisé pour ruiner votre carrière en mettant, ne serait-ce qu'un doigt, dans ce guêpier.

— C'est ce que vous appelez prendre une assurance sur la vie ?

— Exactement.

— Vous permettez, je voudrais passer un coup de fil.

— Ne vous trompez pas de numéro.

— Rassurez-vous, je n'ai pas d'autre intention que de prévenir mon attaché parlementaire que je ne déjeunerai pas avec lui. Vous aimez le cassoulet ?

— Je préférerais fumer.

— Je vous en prie, faites. »

Pendant que Nicolas téléphone, Serge plonge sa main dans la poche de sa veste de cuir et en retire un paquet de cigarillos. Puis, avec un naturel trompeur, il fait mine de chercher dans ses autres poches de quoi allumer ce qu'il a planté au coin de sa bouche, alors que, de deux doigt agiles et précis, il s'emploie à débrancher son mini-magnétophone.

« Suivez-moi, monsieur Freytag, dit Nicolas Marolles en se levant, vous allez avoir le privilège de goûter à la cuisine, et ce sans jeu de mots, du parti socialiste.

— Il y aura beaucoup de monde pour nous entendre.

— Comment, vous n'êtes pas au courant ? Les temps ont changé, les pique-assiette ont traversé le boulevard. »

A côté de lui, sur la moleskine luisante de la banquette, il y a la grosse enveloppe jaunâtre que lui a fait apporter à l'heure convenue Me Lacassin. Il n'aura qu'à tendre la main pour l'ouvrir et en étaler le contenu sur la table de cette brasserie de Montparnasse, dans laquelle, après y avoir si souvent dîné, quand il préparait, avec Charles et les copains, l'après-Pompidou, il n'avait plus remis les pieds depuis son changement de propriétaire.

C'est lui qui l'a choisie pour s'être souvenu d'y avoir inutilement attendu Odette au début de l'été 1968.

Le matin de ce jour-là, il s'était engueulé avec Marie-Hélène, mais à présent qu'il y réfléchit, en trempant avec avidité ses lèvres dans le demi de bière crémeux qu'il s'est fait apporter, et auquel Reynaud lui interdirait de toucher, il ne parvient pas à se rappeler la cause de cette dispute. Selon toute vraisemblance, un reproche, un de plus, sur l'argent qui lui filait entre les doigts, sur le mauvais exemple qu'il donnait à ses fils...

« *Me cago en la familia !* » Je chie sur la famille !

Voilà ce qu'il avait dû lui répondre, se dit-il avec une joie mauvaise tandis que, négligeant sa serviette, il essuie du revers de la main ses lèvres dégoulinantes de mousse.

Au lieu de l'épuiser, de telles scènes suscitaient en lui les désirs les plus sales, en sorte qu'il ne se rendait à son bureau qu'après un détour par les Halles où contre trois billets froissés il se débarrassait, d'un coup de reins, de son trop-plein de haine. N'importe quelle pute faisait alors l'affaire, et les plus difformes de préférence. Mais, ce jour-là, délaissant la rue Saint-Denis, il avait appelé Odette et l'avait suppliée de déjeuner avec lui. Et toute la matinée, ensuite, il n'avait cessé d'entendre le rire de triomphe dont elle ponctuerait sa jouissance. Or, malgré sa promesse, elle n'était pas venue.

Coño, pourquoi n'as-tu pas alors sauté dans un taxi, pourquoi n'es-tu pas allé te traîner à ses pieds, pourquoi avoir remis au lendemain ? Par vanité ? *Que no !* Alors pourquoi ? Sinon pour ramasser ce fric dont elle se moquait ? *Que si !* Bien sûr que oui... *Maldito sea...* Alors que si tu l'avais fait, peut-être n'aurait-elle pas disparu sans laisser d'adresse ?

Jules Marolles redemande un autre demi. Adrienne a maintenant plus d'une demi-heure de retard. *Ay Dios mio !* faites qu'elle n'imite pas sa mère ! Faites qu'elle vienne. Prenez tout de suite ma vie, je n'en veux plus, mais faites qu'elle vienne.

Autour de lui, on mange, on boit, on s'interpelle, on crie, on rit, la vie continue. *La vida, hombre !*

Son cœur se serre, sa poitrine se met à le lancer.

Du mieux qu'il peut, le vieux Marolles repose, sans que sa main le lâche, son demi qui lui a paru aussi amer que de la mort-aux-rats. Il se sent terriblement las.

Ay Dios mio ! La Mort aurait-elle entendu ma prière et serait-elle déjà à l'œuvre, en usurière pressée de récupérer son bien ?

« Salut ! C'est la faute au métro, un suicide à Saint-Michel, ou une bagarre de clochards, on ne sait pas trop, mais, résultat, on est restés coincés dans le wagon... Lui, c'est Daniel, mon copain. »

Ils ont fait l'amour avant de venir ! C'est sa première pensée, et elle efface comme par miracle sa fatigue. La vie de nouveau circule dans ses veines, l'arbre sans feuilles reverdit.

Ils ont fait l'amour avant de venir.

Jules Marolles a envie de les en remercier. Une seconde, il ferme les yeux, et les imagine nus, s'étreignant dans toute la vigueur de leur jeunesse. Oh, oui, merci, c'est le plus beau cadeau qu'on m'ait fait depuis longtemps. « Vous avez faim ? demande-t-il, et sans attendre leur réponse, il poursuit : Choisissez, commandez tout ce qui vous fait plaisir.

— Bien sûr qu'on a faim ! On meurt de faim, mais on ne sait pas encore si l'on mange ici, ça va dépendre.

— Dépendre de quoi ? s'inquiète le père d'Adra.

— On ne veut pas de tes 15 000 francs. Faut que tu les reprennes.

— Es-tu sûre que ce soit la bonne décision ? Tu n'en as vraiment plus besoin ? On finit toujours par regretter un coup de tête.

— Si ça peut te rassurer, non, *je ne regrette rien, rien de rien.* »

Et Adra éclate d'un rire qui n'a rien de blessant.

Gracias, gracias, j'aurai au moins connu ça, ma fille redevenue humaine, *gracias* !

« Range-les vite, des fois qu'on te prendrait pour un mac. »

Remarquant que les trois liasses de billets de cinq cents n'ont plus leurs bandes d'origine, Jules relève aussitôt les yeux vers Daniel. C'est lui qui a dû la forcer à le faire, se dit-il. Pour s'y être résignée, il faut donc qu'elle l'aime profondément. Si je ne m'en fais pas un allié, j'échouerai.

« Douze belons, je peux ?

— Le double, si tu le désires. J'ai de quoi, n'est-ce pas ? » dit-il en lui clignant de l'œil, et, miracle, elle le lui retourne. « Et vous, Daniel ?

— Puisqu'elle vous tutoie... je te tutoierai aussi. D'ailleurs, je tutoie toujours les patrons.

— Rien ne saurait me faire plus plaisir, répond Marolles sans paraître s'offusquer du ton sur lequel Daniel s'est adressé à lui. Alors, des huîtres, aussi ?

— Non ! Des poireaux vinaigrette et une part de Tatin.

— Que ça ! s'étonne Adra en lui caressant les cheveux.
— Il y en a déjà pour 100 balles. Ça suffira. »

« Mais si tu lâches ta place, et que tu t'obstines à ne vouloir rien me devoir, de quoi vas-tu vivre ?
— Du chômage, comme d'habitude. Les assedic, faudrait être folle pour demander plus, s'esclaffe Adra.
— Il n'en est pas question », grogne Daniel entre deux bouchées de son second dessert, un parfait moka, qu'il s'est accordé en dépit de sa promesse initiale.
Le visage d'Adra se crispe. Elle s'habitue mal à ce que l'on remette en cause ses décisions, constate son père, de ce point de vue-là, elle est bien ma fille.
« Tu comptes m'entretenir ? »
Si le ton est sec, le demi-sourire qui accompagne la question voudrait en atténuer l'effet. Encore faudrait-il que Daniel s'en aperçoive.
Le regard braqué sur l'une des fresques qui ont fait la réputation de la brasserie, il lui répond sans détourner la tête vers elle : « On va partir.
— Répète voir.
— On va partir.
— Ah, oui... et où ?
— Où tu veux. Où tu as toujours voulu aller, sans te décider à le faire.
— Quand même !... Sauf qu'il y a mon spectacle. Je dois faire une croix dessus, peut-être ? »
Avec une vivacité qui surprend aussi bien le père que la fille, Daniel se lève, lance son verre vide contre le mur, puis, dans le silence qui suit, il s'agenouille devant Adra. A la table d'à côté, une grosse femme en tailleur de tweed applaudit. L'air furieux, un garçon s'avance. Marolles lui fait aussitôt signe de s'arrêter.
« Voilà, dit Daniel, je me suis mis à genoux devant toi. Et je n'en ai pas honte. L'orgueil, la vanité, toute cette merde qui nous englue, on tire un trait dessus. Terminé ! Toi aussi, si tu m'aimes, tu lâches tout, et...
— Je t'emmerde, lui rétorque Adra. Je ne lâcherai rien. Tu m'entends : rien. Je ne déserterai pas, moi.

— N'emploie pas de grands mots, ça te vieillit.
— Lâche ! Et ça, c'est aussi un grand mot ?
— Je vous en prie, les enfants, tente de s'interposer le vieux Marolles, arrêtez, cette dispute n'a aucun sens.
— Toi, le patron, je t'interdis de t'en mêler. C'est à cause de gens de ton espèce qu'elle n'arrive pas à voir clair en elle-même.
— Ecoutez-moi, ce craquedu ! Tu te prends pour qui, l'Indien ? Pour le psy de service ?
— *Ya está bien* ! rugit Jules Marolles, ça suffit. Vous ne pensez pas un mot de ce que vous êtes en train de dire.
— Marolles, tu n'as pas le droit de parler espagnol.
— Et pourquoi, s'il te plaît ? »
Daniel se remet debout. Avec dédain, il toise le vieil homme qui y paraît indifférent, puis il met la main à la poche, en sort quelques pièces de monnaie et les jette à la volée dans le passage séparant les deux rangées de tables.
Cette fois, ce n'est pas un mais trois garçons qui font mouvement vers lui.
« Si vous osez le toucher, je pisse par terre, hurle Adra, en se levant à son tour.
— Personne ne le touchera, dit Jules. Appelez-moi plutôt le maître d'hôtel.
— Tu viens avec moi ou tu restes avec ta petite famille ? »
Après avoir déchiré un bout de la nappe en papier, Adra le tend à son père :
« Ecris-moi l'adresse de ton hôtel. On a encore quelques petites choses à régler, nous deux. »
Pendant que Jules Marolles s'exécute, Daniel se retourne vers la grosse femme au tailleur de tweed :
« Ça vous a plu ? Souriez, vous êtes filmée. Eh oui, c'était pour *Surprise Surprises*. Vous ne l'avez pas reconnu, lui ? Mais c'est Mitterrand ! Si je vous le dis...
— Qu'attendez-vous pour sourire ? Il faut toujours croire ce qu'on vous dit. On ne plaisante pas avec la télé, ajoute Adra en prenant par le bras Daniel. Allez, viens, on se casse. »

Le couple s'avance vers les trois garçons que l'on sent disposés à donner du poing, d'autant plus qu'on accourt derrière eux pour leur prêter main-forte.

« Messieurs, messieurs, leur lance le vieux Marolles en se redressant, laissez-les sortir. Je m'occupe de tout. »

Quand il se rassied, l'enveloppe de Me Lacassin glisse de la banquette et tombe à ses pieds. Un homme en costume noir se penche et la ramasse.

« Monsieur Marolles, dit-il, avez-vous au moins bien déjeuné ?

— Félix, c'est vous ! Je vous croyais mort. De quel placard sortez-vous donc ?

— Désormais, j'ai la charge du vestiaire et des toilettes.

— *Mierda !*

— Je vous en prie, monsieur Marolles. Il faut bien que tout ait une fin puisque tout change.

— Pas tout, Félix. Pas tout... La jeunesse continue de mordre. Il n'y a que nous, mon pauvre Félix, qui avons changé. »

Lorsqu'ils se retrouvent sur le trottoir, Adra lâche brutalement le bras de Daniel, puis d'une bourrade dans les côtes l'oblige à lui faire face : « Tu ne vas pas t'en tirer comme ça ! gronde-t-elle. Le double langage, ça aussi, c'est terminé. Il va falloir que tu causes dans le micro, que tu craches enfin ce que tu as sur le cœur, et fissa. »

Le jeune homme se recule sans quitter du regard le visage d'Adra que mouille une pluie aussi fine que glaciale.

« Tu es en train de changer de couleur, dit-il avant de s'encapuchonner.

— Ta gueule ! Ne te défile pas.

— Remarque, le vert te va bien.

— Je t'aurai prévenu.

— Okay. Qu'est-ce que j'ai sur le cœur ? Facile, ça tient en trois lettres... trois lettres majuscules : TOI.

— Fais pas chier, n'y a pas que le corps à corps, la baise, le... il y a aussi... (Elle change de ton.) Il y a aussi ce que je suis, ce que je fais. Sans la musique, je ne suis plus rien, MOI ! »

La saisissant par les épaules, Daniel essaie d'entraîner Adra sous l'auvent de la brasserie mais, quoiqu'elle ne se débatte pas, elle résiste. Elle se moque de la pluie, elle veut qu'il s'explique.

« Tu comprends, si je m'arrête, je meurs. »

Le jeune homme découvre alors qu'il n'y a pas que le crachin qui ruisselle sur le visage d'Adra.

« Si tu meurs, je meurs. »

Mais Adra secoue la tête, comme si elle se refusait à l'entendre.

« Je sais... Je sais ce que tu penses, romantisme nul, piège à cafards, d'accord, mais c'est ainsi, je n'y peux rien. Sans toi, je redescends dans la soute, je me rentre dans mon trou noir.

— M'en fous ! Ma musique... Parle-moi de ma musique.

— Mais enfin, elle n'appartient qu'à toi, ta musique. Alors, comment pourrait-elle me déplaire ? Hein, comment ? Elle te ressemble si fort. Tiens, en ce moment, qu'est-ce que tu crois que tu fais ? De la musique, encore de la musique. Tu t'ouvres, tu te fermes, c'est ta cadence, ton rythme. Un coup, tu verses une larme et un coup...

— Et un coup, je n'admets pas qu'on profite de moi, qu'on joue sur mes sentiments en me cachant quelque chose. Ne mens pas, Daniel, ne me mens jamais. Je préfère encore que tu me cognes. Oui, mieux vaut une gifle que le silence. Je te le demande une dernière fois, vas-y, ne m'épargne pas.

— Mais d'abord, tu t'abrites. Si tu chopes la crève, tu perds ta voix, et je serais trop malheureux si tu la perdais. »

Il a encore essayé de la faire rire, mais ça ne prend plus.

Je suis sortie de la nuit, et je rentrerai dans la nuit. Car, moi aussi, je suis une créature de chair... Arrête, je ne peux pas m'être trompée, voudrait se persuader Adra en se laissant guider jusque sous l'auvent. Je ne le supporterais pas.

« Tes personnages, commence Daniel, je ne les aime pas, c'est vrai. Je les plains, mais ils ne sont pas — comment te dire ? — de ma tribu. Dès le départ, dès que j'ai lu dans les journaux le récit de leur virée sanglante, je n'ai pas marché. Trop petits, trop fragiles, trop influençables. Et puis, je n'aime pas les défaites. Quand je pense qu'on les a comparés aux allumés de *Tueurs-nés*, quelle connerie ! Dans le film, ils ne se trompaient pas de cibles, ils survivaient, ils s'en tiraient. *Happy end !* Vive les fins heureuses, ma belle... Et pourquoi s'en tiraient-ils ? Pourquoi ? Merde, ça crève les yeux ! Parce qu'ils ne font confiance à personne. Ni Dieu, ni maître. Le meilleur des programmes... Les tiens de héros, j'en ai connu des tas, et j'en connais encore. Comme il ne se passe rien dans leur vie — et s'il ne s'y passe rien, c'est qu'ils passent à côté de l'essentiel —, eh bien, ces deux-là sont mûrs pour le catéchisme, prêts à couper à tous les boniments. Ils marchent à la jactance, les tiens. Celui qui parle le plus fort emporte le morceau. Même qu'ils auraient pu échouer dans une secte genre celle où ils se sont tous fait sauter le caisson quasiment le même jour. Tu sais bien, le Temple de mes couilles en or... Prends leur squat, par exemple. Ils n'étaient absolument pas obligés d'y vivre. Papa, maman, qui s'étaient déjà saignés aux quatre veines pour leur payer des études, auraient continué à raquer. Leur squat, ils l'ont choisi. En voyage organisé qu'ils y sont allés, chez le lumpenprolétariat. Ce sont des scouts qui se la sont jouée façon damnés de la terre. Des promeneurs du dimanche qui se prennent pour la bande à Bonnot parce qu'ils ramassent par terre une pomme qui ne leur appartient pas, et tout ça, histoire d'avoir des souvenirs pour plus tard quand ils toucheront leur retraite... "Mon enfant, ma sœur, allons voir si la misère a revêtu ses habits d'aventure", etc., etc. Moi, tel que tu me vois, Adra, j'en viens du souterrain. On ne m'a pas payé d'études. C'est avec le fric de ma première paye que je me suis offert mon premier bouquin. Vu que j'ai dû le lire une bonne dizaine de fois, je me souviens encore de son titre. *Les Sirènes de Titan*, qu'il s'appelait... Tu veux que je te dise mon envie profonde : c'est de ne jamais retourner en arrière. Merde, comme si de travailler à la chaîne avait jamais uni les hommes ! Ça les enchaîne à la machine, au salaire qui va avec, à toute cette saloperie qui te détruit petit à petit. Ça, oui ! Bref, tes amoureux, eux, ils se sont offert une place de ciné en la payant au prix fort. Et encore, comme ils ont raté les bandes-annonces, ils ont flingué le projectionniste, les ouvreuses et le mec qui coupe les tickets à l'entrée. C'est tout ça que je n'aime pas. Et que, là-dessus, toi, qui as tout lu, tout compris, tu te sois fait avoir me déprime... encore que je le comprenne. C'est comme si, en voulant te venger de ton enfance, tu t'y cramponnais, et tu sais pourquoi ? Parce que tu n'as pas pu, pas su couper le cordon ombilical. Le vrai. L'invisible. Celui qui t'empêche de prendre appui sur la pointe de tes pieds pour ne pas faire un plat quand tu te jettes du haut du plongeoir. Je n'ai pas eu ta chance, moi, j'ai dû apprendre à nager sans bouée, sans masque ni tuba, sans personne pour me repêcher. S'il faut sortir les fusils — et, bien sûr, qu'il le faudra — je flinguerai d'abord ceux qui ont tout, et non l'inverse... Putain de putain de putain de reputain, je débloque ! Excuse-moi, je ne sais pas faire dans le commentaire de textes. Lorsque je t'ai abordée dans ce bistrot le premier soir, j'avais répété mon rôle pendant une semaine, c'était du par cœur, mon truc. Dans l'instinctif, je bafouille. »

Sitôt qu'il s'est mis à lui vider son sac, Adra a frémi d'indignation. Il lui a fallu s'arc-bouter sur elle-même pour ne pas l'interrompre. Ne pas l'insulter. Ne pas lui arracher la langue. Elle est passée par tous les états de la fureur. Et si elle est parvenue à se taire, c'est parce qu'elle a fini par ne plus prêter attention à ce qu'il lui disait.

Elle entendait bien les mots, mais son ventre se refusait à les comprendre. Elle ne pensait qu'à cette chambre surchauffée où elle le ramènerait afin de le réduire à sa merci. De sorte que plus il détruisait le monde qu'elle avait adopté pour sien, le seul qui pût exister, et plus elle mûrissait sa vengeance.

Elle en est si persuadée, si pleine, qu'une fois son amant à court d'arguments, elle prend pour de la ruse les quelques mots qui sortent de sa bouche, et qu'elle prononce avec l'air de celle qui tend la main dans l'espoir qu'on la lui prenne. « Réécrivons-la ensemble, mon histoire », dit-elle tandis que Daniel se penche vers elle.

Mais alors qu'elle croit penser que tout bonheur qui dure est malheur, elle ne réalise pas que son cœur a été touché.

« Non, lui souffle à l'oreille Daniel, allons plutôt là où ça se passe pour de bon. »

Elle, même jeu :

« Allô, tu m'entends ? On va où ? Dans ton lit ou dans le mien ?

— C'est loin, chez moi.

— Mais chez moi il y a un répondeur, et j'écouterai les messages, je me connais.

— Allô, allô, je t'entends mal.

— Imbécile !

— Regarde ton père qui s'en va.

— Qu'il s'en aille. »

Nicolas Marolles accroche imperméable et chapeau à la patère du vestibule. Les lumières du salon sont allumées, mais il ne s'y arrête pas. Dans la voiture, il s'est rappelé que Pascal lui avait reproché dimanche, sur la plage, que plus jamais il ne venait lui parler quand il rentrait à la maison. Aussi va-t-il d'abord frapper à la porte de la chambre de son fils aîné avant de se servir un verre. Aucune réponse. Il insiste. Toujours rien. Il soupire et se dirige, résigné et irrité, vers le salon.

En passant devant la salle de bains, il entr'aperçoit Emilienne qui se recoiffe. Parce qu'il espère qu'elle ne l'a pas vu, il allonge silencieusement le pas.

Trop tard !

« C'est toi ?

— Qui veux-tu que ce soit d'autre ?

— Ton père vient juste d'appeler. »
Nicolas ne dit rien. Il ne pense qu'à son whisky. Cependant, lorsque son épouse le rejoint dans le salon, et que l'alcool circule déjà dans ses veines, il lui pose la question qui lui brûle les lèvres : « Il t'a paru comment, mon père ?
— Avec moi, tu n'es pas sans savoir qu'il est avare de confidences. A peine s'il est poli.
— Tu n'as rien remarqué de bizarre ? insiste Nicolas en reposant son verre presque vide.
— Je comprends mal ta question. Que veux-tu savoir exactement ?
— Oh !... Non, rien...
— Toi, tu as appris quelque chose que j'ignore. Reynaud t'aurait-il téléphoné ?
— Absolument pas. Non, je me demandais ce que l'on se demande quand... Bref, je me demandais s'il t'avait paru fatigué, ou en bonne forme. Je ne sais pas... gai, abattu, ce genre de choses, tu me comprends, n'est-ce pas ?
— En somme, tu aurais aimé que je te dise qu'il avait toute sa tête, car, toi aussi, tu dois t'inquiéter à ce sujet.
— Pardon ?
— Tstt, tstt, ne me dis pas que tu n'y penses pas.
— A quoi est-ce que je pense, d'après toi ?
— A l'invraisemblable folie qu'il est en train de commettre en reconnaissant cette fille.
— Je voudrais te faire remarquer que tu parles de ma sœur... Puisque tu es debout, ça ne t'ennuierait pas de me resservir ? Merci.
— Tu n'es donc pas inquiet ? dit Emilienne en s'asseyant en face de lui.
— Bien sûr que je le suis. On le serait à moins. Mais ce n'est pas à cause d'Adrienne. Je ne suis préoccupé que par la santé de mon père. Par rien d'autre.
— Eh bien, sois rassuré. Il se sent si bien qu'il nous invite à venir déjeuner avec lui dimanche à L'Isle-Adam.
— A L'Isle-Adam, répète Nicolas.
— Comme il sait que Sylvain rentre après-demain

d'Italie, il aimerait que son cher petit-fils lui raconte son voyage.
— Nous quatre alors ?
— Il ne l'a pas précisé, mais j'en doute. Elle en sera aussi, je le sens.
— Tant mieux, tant mieux. Nous apprendrons à mieux la connaître. »
Sur ces mots qui font hausser les épaules à Emilienne, son mari s'empare de son verre qui semble accaparer toute son attention, alors qu'il n'affecte cette attitude insouciante que pour décider tout à son aise s'il doit ou non aborder la question Danglard.
« A propos, le relance Emilienne, tu ne vois pas d'inconvénient à ce que je dîne dehors ce soir ?
— Une réunion de travail ? s'enquiert d'une voix ironique Nicolas.
— Pas tout à fait ! Je suis invitée chez Mortaigne. Tu l'étais, toi aussi, mais j'ai pris la liberté de dire non à ta place, sachant ton peu de goût pour les mondanités culturelles.
— Qu'est-ce qu'il devient, Mortaigne ?
— Il s'est recasé à Orsay... Et moi, mise à part, il n'y aura d'ailleurs que des conservateurs à sa table. Il t'est donc facile d'imaginer quelle collègue à lui — femme, je précise — j'y retrouverai. Ce sera charmant. Accorde-moi que rompre le pain avec la Maintenon ne se refuse pas. J'arriverai bien à lui arracher quelques petits secrets.
— Avant que tu disparaisses, pourrais-tu me dire ce que fait Pascal, ce soir ?
— Il est au cinéma, mais il devrait rentrer vers 10 heures. »
Le temps d'ajouter quelques reparties ineptes sur cette météo qui ne s'améliore pas, et voici Emilienne envolée, et Nicolas enfin seul.
Il allume la télé, le Journal est déjà commencé, mais, ce soir, la politique, il en a sa claque, aussi zappe-t-il sur la chaîne du sport. Pas de chance, c'est un match de hockey.
Il sonne la bonne et lui demande ce qu'il y a dans le

frigo. « Mais non, dit-elle, je vais vous préparer une omelette. » Il refuse. Du pain et du fromage feront l'affaire, et puis, inutile qu'elle reste à attendre monsieur Pascal. S'il n'a pas mangé, le député promet de s'en occuper. Elle ne se le fait pas dire deux fois et file dans sa chambre, au dernier étage, où, d'après Emilienne, elle n'est jamais seule.

Tant mieux pour elle, pense-t-il en coupant le son de la télé. Déjà que le hockey ne l'amuse guère, s'obliger à subir les commentaires d'un Canadien emphatique est plus qu'il ne peut en supporter. Soudain, il se lève et s'empare du téléphone qu'il pose sur la table basse. Il décroche et appelle le *Koroko* : « Bonsoir, c'est Nicolas Marolles.

— Le frère de François ?

— Oui, entre autres choses. Dites-moi, juste un petit renseignement...

— On s'est déjà rencontrés, non ? Vous n'êtes pas venu un soir avec Roland et le président Bongo ?

— Il me semble, en effet... Est-ce que Pandora est là ? Je ne me trompe pas, vous avez bien une barmaid qui s'appelle ainsi ?

— C'est à peine croyable, elle vous a tous tapé dans l'œil, celle-là.

— Comment ça, tous ?

— Vous n'êtes pas le premier à vouloir lui parler. Votre père, lui aussi, vient d'appeler.

— Elle n'est pas encore là ?

— Elle n'est plus là. Elle a rendu son tablier. »

Nicolas remercie son interlocuteur et raccroche, mais sans relâcher le combiné. Avec une impassibilité qui pourrait faire croire que sa main ne lui appartient plus, il regarde ses phalanges se contracter et bleuir, tandis que, dans sa tête, roulent les pensées les plus contradictoires.

Au bout d'un moment, sa main retombe d'elle-même, comme vaincue par l'effort qu'elle a fourni, et Nicolas, reprenant ses esprits, se lève d'un bond de son fauteuil et se rue vers le vestibule.

En toute hâte, il repasse son imperméable, mais oublie

son chapeau. Quand il s'en rendra compte devant l'immeuble paternel rue de Passy, il sera trop tard, et puis de quelle utilité lui serait un chapeau pour ce qu'il se prépare à faire ?

7

12 janvier 1995...

Au milieu de la nuit, un François éméché, et tonitruant, l'avait tiré de son sommeil cafardeux pour lui apprendre que son frère Nicolas avait cherché à joindre Adra en téléphonant au *Koroko*, et que cette langue de pute de Franceschi s'était dépêché de lui dire que son père avait aussi essayé. Serge avait rétorqué que la mouche qui pique la tortue se casse le nez. A l'autre bout du fil, François avait hoqueté bruyamment, puis s'était tu, tandis que Serge avait en son for intérieur attribué cette réplique d'un autre temps au livre qu'il avait à moitié parcouru avant de se résoudre à éteindre. Après quoi, le fils Marolles lui avait demandé s'il s'agissait d'un article unique ou s'il lui en restait beaucoup en magasin des proverbes de ce calibre.

« Et pourquoi donc ?

— Mais parce que ce que je vais te dire maintenant mérite que tu m'en ressortes un.

— Dis voir.

— Tiens-toi bien, le coup de fil du paternel était à double détente. Il voulait aussi me filer rencart. »

Serge s'était alors tout à fait réveillé. N'avait-il pas été convenu avec le vieux Marolles que c'était lui, Freytag, qui devait s'en charger ?

« Et tu ne devineras jamais où... Il m'invite dans sa maison de campagne, dimanche midi. »

Tiens, pourquoi là-bas et pas rue de Passy ?
« J'attends, avait ajouté François.
— T'attends quoi ?
— Le bon mot.
— Désolé, je suis en rupture de stock.
— Fais un effort. »
Serge avait cueilli le livre au pied du lit et l'avait ouvert au hasard. François s'était impatienté.
« Accélère, c'est que je suis en main, moi.
— Le vieil arbre transplanté meurt.
— Répète, j'ai mal entendu, il y a un de ces baroufs autour de moi.
— Le vieil arbre transplanté meurt.
— Pas drôle, sinistre même.
— A cette heure, le rayon farces et attrapes est fermé depuis longtemps.
— Viens nous rejoindre, le matos est de première bourre, ça te changera les idées.
— Non, je suis en panne, bonne nuit.
— Pas si vite. Dans son message, mon père a proposé que ce soit toi qui te charges de lui transmettre la réponse.
— Le vieil arbre transplanté meurt.
— Mais à partir de quel âge un arbre est-il vieux ?
— Tu penses à moi ? avait grogné Serge.
— *Natürlich,* fais de beaux rêves, et dis au Vieux que c'est d'accord pour son déj', je mettrai mes habits de fête, mes habits du dimanche. »

Ensuite, Serge n'avait pas pu se rendormir. Depuis quelque temps, la même cause produisait le même effet. Le forçait-on à penser à Adra, lui en soufflait-on le nom, et Dieu sait que c'était devenu l'ordinaire de ses journées, qu'il repartait dans d'interminables rêvasseries. Il n'y échappait qu'à condition que quelqu'un partageât sa solitude. Quelqu'un sur qui se décharger de son obsession, comme le fait le scorpion de son venin, mais pour que réussisse cette curieuse transfusion, il y fallait une présence physique; tandis que le téléphone l'obligeait à se mordre lui-même.

Son livre, qu'il rouvrit à plusieurs reprises dans l'espoir

que ses yeux fatigués finiraient par se fermer, ne l'aida pas davantage à chasser de son esprit l'image de la jeune femme. Il est vrai qu'il ne l'avait acheté que parce qu'Adra lui en avait, la veille de leur rupture, longuement parlé. A l'entendre, il figurait en troisième position, ex-aequo avec *Le nommé Jeudi*, sur sa liste de repères — ce mot de « repères », comme sa manie de tout répertorier, l'avait amusé, se rappela-t-il en le refermant alors que la demie de 6 heures sonnait au clocher de l'église voisine.

Et à présent qu'il se rapproche de l'hôtel où l'attend Jules Marolles, Serge ne cesse de se répéter un lieu commun dont il ferait des gorges chaudes si un autre que lui voulait s'en servir afin de définir ce qu'il ressent. Somme toute, se dit-il, je suis puni par où j'ai péché.

A la réception, la jolie Martiniquaise, qu'il a plaisantée la fois dernière sur la façon qu'elle avait eue de prononcer à la teutonne son nom, le félicite de sa ponctualité, « mais, voilà, tout le monde n'est pas comme vous, monsieur Freytag, et la personne qui vous a précédé étant arrivée avec plus de vingt minutes de retard, il ne vous reste plus qu'à... — elle lui montre la porte à double battant de style boîte à matelots qui conduit au bar — qu'à vous installer au... »

Serge l'interrompt, il préfère encore bavarder avec elle plutôt que de se retrouver seul : « Animal, végétal ou minéral ? dit-il en s'efforçant de plisser comiquement les yeux.

— Pardon ?

— Vous ne connaissez pas les Marx Brothers ?

— Les Marx ! Il n'y en avait pas qu'un seul ?

— Si vous êtes libre un soir, et que la compagnie d'un Allemand (elle sourit) ne vous est pas insupportable, je vous mènerai voir un de leurs films. Au Quartier latin, il y en a toujours un à l'affiche... J'espère que ce sera celui dans lequel Groucho, l'aîné des Marx, se pose, à propos de je ne sais plus qui, mais en tout cas un être humain, cette question fondamentale : "Animal, végétal ou minéral ?"...

— Vous me demandez donc si la jeune femme que reçoit en ce moment monsieur Marolles est un animal, un végétal ou un minéral, c'est cela, n'est-ce pas ? »
 Bien que se faisant la réflexion qu'il ne l'invitera jamais au cinéma, Serge acquiesce d'un mouvement de tête.
 « Ma foi, hésite la jolie Martiniquaise, c'est un peu des trois. Animal, pour la démarche, végétal, mais du genre cactus, pour les manières, et minéral quant au regard. Vous allez d'ailleurs pouvoir en juger par vous-même car je l'entends qui descend les escaliers... S'il l'avait connue, je suis persuadée que votre Marx aurait ajouté une quatrième hypothèse à sa question, celle du métal. Je n'ai jamais vu autant de ferraille sur un blouson. Ecoutez... »
 Serge se garde bien de suivre le conseil de la réceptionniste, il n'a pas besoin de prêter l'oreille, il n'a aucun doute sur l'identité de la visiteuse et, sans attendre qu'elle apparaisse, il s'engouffre dans le bar mais, une fois qu'il se sent en sécurité derrière les claires-voies de la porte, il ne peut s'empêcher de regarder passer Adra.
 Il lui semble qu'elle a changé, que quelque chose en elle s'est modifié — bonifié, serait-il tenté de penser —, un petit rien qu'il lui est cependant impossible de distinguer, de cerner avec précision tant marche vite celle qui ne lui sera rendue que s'il l'oublie.
 Alors que la jeune femme ne se résume plus qu'à une impression fugitive, et déchirante, Serge remarque la grosse enveloppe jaunâtre qu'elle tient entre ses mains derrière son dos.
 « Monsieur Freytag, monsieur Freytag... »
 Mais tais-toi donc, Adra va sûrement t'entendre.
 Non sans précipitation, Serge fait un grand pas de côté et s'abrite du mieux qu'il peut derrière une colonne.
 « Monsieur Freytag, s'il vous plaît. »
 Serge fait le mort. Il s'oblige à compter jusqu'à vingt avant de ressortir de sa cachette.
 « Vous l'avez ratée.
 — Vous non, par contre. Le portrait que vous en aviez fait est tout à fait conforme.
 — Vous l'avez vue, alors.

— Lorsque vous froncez les sourcils, vous êtes charmante. »
Les sourcils !
Voilà ce qui a changé chez Adra. Elle se les est épilés. Serait-ce pour ne plus ressembler à son père, ou parce qu'un homme le lui a demandé ? Va savoir, Freytag...
« Dites-moi la vérité, vous avez fait exprès de ne pas vous montrer ?
— Vous avez gagné.
— Je suis libre les mardis, jeudis et samedis soir. Et nous sommes jeudi.
— Pendant que je monte voir monsieur Marolles, regardez donc dans les programmes s'il y a un film des Marx.
— Attendez, attendez, je le préviens de votre arrivée... Mais j'y pense, donnez-moi au moins un titre sinon comment voulez-vous que je trouve ?
— *Soupe au canard*, *Une nuit à l'Opéra*, *Un jour aux courses*, n'importe lequel fera l'affaire. De toute façon, on peut toujours dîner ensemble ? »
Salaud, est-ce ainsi que tu espères sauver Adra, en empêchant, comme elle ne te l'enverrait pas dire, les jeunes serpents de se transformer ?
Chacun ses ruses, se répond à lui-même Serge.

« M'apportez-vous la réponse de François ? »
Pas rasé, à peine coiffé, mais loin d'avoir mauvaise mine, Jules Marolles est en robe de chambre, une tasse de café à la main. (S'il reçoit sa fille dans cette tenue, c'est que leurs rapports sont en train de changer, et si tel est le cas, gare à elle, pense Serge sans répondre.) Déjà, en pénétrant dans la chambre, il lui avait fallu enjamber deux plateaux de petit déjeuner.
« C'est votre fille que j'ai croisée dans le hall ?
— Pourquoi me posez-vous la question, Freytag, puisque vous la connaissez ? »
C'est en tête à tête avec lui-même que Serge perd pied, jamais en face d'un homme qu'il considère comme son

ennemi, et dans son système de valeurs tous les hommes le sont.

« Et d'où la connaîtrais-je ? » demande-t-il pour la forme, car, s'il voit mal Adra détaillant à son père la liste de ses amants, il s'attend à ce que celui-ci nomme le *Koroko*.

« Elle a été barmaid dans une boîte de nuit que vous fréquentez. Voilà pourquoi... Le mensonge, Freytag, ne trompe qu'une fois. »

Serge est pourtant bien décidé à ne pas céder. Il veut contraindre ce vieil homme arrogant à lui en dire davantage. « Vos renseignements sont inexacts. C'est votre fils, François, qui en est un habitué, pas moi.

— Je ne vous crois pas.

— Croyez ce que vous voulez, je m'en fiche, mais puisque vous parlez du *Koroko*, Adra vous a-t-elle avoué qu'elle connaissait François ?

— Comment ça, connaître ? grommelle le père après un moment d'hésitation. Ça ne tient pas debout, votre histoire. François ignore encore qu'Adrienne Lambert est ma fille.

— Admettons. Mais elle, pour qui le nom de Marolles signifie quelque chose, pourquoi alors a-t-elle passé toute une nuit avec François qui est, vous le savez, l'un des meilleurs clients de cette boîte ?

— Toute une nuit ! *Maldito seas tú !*

— Et en une nuit, il peut s'en passer, insiste Serge qui jubile intérieurement au spectacle que lui offre son ennemi tiraillé par le doute le plus affreux.

— Méfiez-vous, Freytag, vous allez trop loin. *Quien siembra vientos recoge tempestades.*

— De quelle tempête me menacez-vous, monsieur Marolles ? J'en ai par-dessus la tête de vos grands airs. Et d'ailleurs pourquoi vous en prendre à moi qui ne vous ai pas trahi ? Vous m'avez payé pour exécuter un boulot dont les résultats ont, je crois, dépassé vos espérances. Ensuite, et bien que vous m'ayez déjà fait votre numéro de dur à cuire, je n'ai pas manqué de vous avertir que quelque chose se tramait contre vous. Et lorsque vous avez souhaité que je vous prête main-forte, j'ai tout de suite répondu présent. Depuis — je vous le dis en face — j'ai fait ce que vous m'avez dit de faire. Rien de plus, rien de moins, encore que je vous ai facilité la tâche en vous permettant de voir clair dans les manœuvres de chacun. Je n'en dirais pas autant de vous. Ainsi, avec François, quel besoin aviez-vous de lui apprendre incidemment, mais en sachant fort bien ce que vous faisiez, que je travaillais pour vous ? Et pourquoi me suspectez-vous de je ne sais quelle duplicité lorsque je vous déclare ne pas connaître votre fille ? Quel jeu mènerais-je donc, selon vous ? Me pensez-vous assez fou pour mentir à chacun des membres de votre famille ou pour faire commerce de vos petits secrets ? »

Après avoir débité avec une conviction croissante sa tirade mensongère, Serge paraît ne pas vouloir faire cas de la réaction de son interlocuteur puisqu'il se lève de sa chaise et que, se saisissant de son manteau, il se dirige vers la porte.

« Rasseyez-vous, Freytag. Je n'ai laissé de message à François qu'à la suite d'un concours de circonstances. J'avais besoin de parler à ma fille qui m'avait dit travailler au *Koroko*. Or, après avoir décliné mon identité, la personne que j'avais au bout du fil, probablement le propriétaire de la boîte, a cru bien faire en m'apprenant que mon fils n'allait pas tarder et que, si je le souhaitais, il lui ferait part de mon appel. J'en ai profité, il n'y a pas de quoi en faire un drame... C'est aussi simple que cela », mentit à son tour Marolles dont l'aplomb imperturbable avait de quoi convaincre un bluffeur, sauf qu'à continuellement se mouvoir dans l'ambigu et le factice Serge ne se fiait même plus à ce que ses yeux voyaient.

« Il n'empêche que vous m'avez accusé de vous mener en bateau, et que cela, je ne l'admets pas. »

Si maintenant il s'excuse, c'est qu'il me truande depuis le début, et pas que sur François, se dit Serge en revenant, mais sans s'y poser, près de sa chaise.

« Freytag, je ne suis pas homme à reconnaître mes erreurs. Ce n'est pas dans mon caractère. En affaires, du moins. Or qu'est-ce qui nous lie, vous et moi, sinon une affaire ? (Jules Marolles pousse un long soupir de résignation.) Bon, je l'admets, je n'aurais pas dû, oui, j'ai eu tort de... Enfin, aidez-moi, trouvez le verbe qui vous convient, et finissons-en. J'ai des choses plus importantes à vous dire. »

Tu veux jouer avec moi, matador, alors jouons, mais tu as perdu d'avance, ton fric ne te suffira pas, car j'ai la clé du coffre.

« J'écoute, dit Serge en se rasseyant.

— Vous pouvez fumer si vous le désirez.

— J'ai oublié mon paquet dans ma voiture.

— Souhaitez-vous que je vous en fasse monter ?

— Ils n'auront pas ce que je fume... Laissez tomber. Parlez-moi plutôt de ce que vous avez appris, et qui est si important.

— C'est mon directeur financier qui a informé Olivier. *Diablos !* Ça ne vous fait pas réagir davantage ? A votre place, pourtant...

— Virez-le.

— C'est déjà fait. Reste que je suis quand même surpris que vous ne me demandiez pas comment je l'ai percé à jour, comment...

— Parce que vous me le diriez ? le coupe Serge.

— Non, mais où serait le plaisir de la conversation si vous deveniez muet ?

— Je commence à vous connaître, et je fais désormais au plus court. C'est tout ?

— Pas vraiment. Ma belle-fille, l'épouse de Nicolas, a commis une erreur dont nous pourrions tirer profit si nous savons nous y prendre.

— Ça vous a coûté combien de mettre toute votre famille sur table d'écoutes ?

— Un prix raisonnable. Je plaisante évidemment mais j'ajoute que, pour Emilienne, je peux vous en dire plus si vous êtes preneur.

— A vous de juger.

— Je ne le fais d'ailleurs que parce que vous allez pouvoir me faire la démonstration que vous êtes vraiment de mon côté. Voilà, Emilienne a un amant qui est kurde, et ce monsieur abuse de notre hospitalité — oui, je sais, moi-même ne suis-je pas un étranger ?... Il n'empêche

qu'il n'y a pas d'autre façon de désigner un réfugié politique qui recueille des fonds pour un groupe terroriste anti-turc, quoiqu'il se trouvera toujours des gens à votre image pour défendre de tels individus. Mais continuerez-vous de le faire lorsque vous saurez que ce charmant jeune homme vient d'être depuis quelques jours chargé par son organisation d'une nouvelle responsabilité ? Pour peu que vous m'ayez bien écouté, il vous est facile de deviner laquelle... Achat d'armes, *claro está*. Vous voyez donc à quoi je souhaite en venir, Freytag ? C'est votre domaine, ça, non ?
— Celui de François, aussi.
— Justement. Approchez votre chaise que je vous explique à quoi j'ai songé. »

Borelly jette un œil envieux vers la boîte de Partagas que l'actrice de l'autre jour vient de lui faire déposer. Mais il est avare, s'il l'ouvre, il devra en offrir un à son visiteur. Aussi s'en détourne-t-il et soupire-t-il : « Jules est un vieil ami. »
Le conseiller du Président paraît songeur comme s'il réfléchissait à la profondeur du lien qui l'unit au père d'Olivier. En face de lui, le benjamin des Marolles ne souffle mot. Dans l'attente de la suite — après le compliment viendra fatalement le reproche —, il remarque que, dans son désir inconscient de ne faire qu'un avec le maître des lieux, Borelly a repris jusqu'à sa manie de se caresser les mains. Au rebours de la plupart des observateurs qui n'ont vu, dans ce tic du chef de l'Etat, qu'une volonté d'apaisement, ou, pour les plus malintentionnés, le signe avant-coureur de sa décrépitude, Olivier l'a toujours assimilé à la patte de velours du félin quand il cherche de quelle façon déchiqueter sa proie.
« Un vieil ami, reprend le conseiller, dont j'ai eu, dont nous avons eu parfois, hélas, à déplorer l'entêtement, le manque de souplesse, voire l'aveuglement, mais enfin, me diras-tu, ne faut-il pas préférer un caractère bien trempé, entier, à l'absence d'envergure ? Certes, encore que... »
Levant les yeux au ciel, Borelly voudrait imiter le mal-

heureux que met au supplice d'avoir à dire ce qu'il s'apprête à confesser, alors que son œil brille d'un éclat cruel : « Encore que, mon cher Olivier, qui ne sait s'adapter peut se rendre coupable, sans l'avoir prémédité, dois-je le préciser, d'un crime. Le mot est peut-être trop fort, disons d'une faute. Il n'empêche qu'en politique, la faute ne pardonne pas dans certaines circonstances. Et ça ne date pas d'hier, quand on y réfléchit. Les interventions successives de Jules auprès du Président, afin qu'il condamne publiquement notre stratégie africaine sous le prétexte que cette dernière nuisait aux intérêts de notre parti, nous ont, à l'époque, causé bien du souci, pour ne pas user d'un autre terme. Ton père n'était pourtant pas guidé par une quelconque croyance aux billevesées tiers-mondistes dont notre programme de gouvernement était infecté, simplement il ne comprenait pas qu'on dût partager avec nos adversaires les avantages de la coopération commerciale. Je crois même, et tant pis si je m'avance trop, que c'est à partir de ce moment-là que le Président, sans lui retirer bien sûr son amitié, ne lui a plus fait accorder tous les marchés auxquels il aurait pu prétendre. Eh oui, c'est ainsi, Olivier, autant que tu le saches ! Entre nous, a-t-on idée de s'en prendre à l'héritier d'un prince, serait-il républicain ? C'est, n'est-il pas vrai ? s'exposer à son juste courroux, ou, à défaut, à son dépit. Ajoute à cela que ton frère Nicolas, bien que plus souple que ton père, n'a pas toujours été bien inspiré dans ses griefs, très récemment encore, mais bref... Il n'empêche que Jules est un ami, et que je ne l'abandonnerai pas à l'heure où la vie le quitte. »

Voilà une oraison funèbre qui ressemble à s'y méprendre à un acte d'accusation, se dit Olivier. Mais ce ne sont que des mots, il me faut plus, un blanc-seing, ou, à tout le moins, un encouragement liant Borelly de telle manière qu'il lui serait ensuite impossible de se dédire.

« Je suis désolé si je t'ai peiné, poursuit Borelly. Ce n'était pas dans mes intentions. J'ai pour toi tant de tendresse et d'affection. Si tel était cependant le cas, pardonne-moi d'avoir cédé à la franchise qui n'est pas de mise, pas toujours, lorsqu'on parle d'un ami. Mais en

même temps je comprends ton désarroi, il n'est jamais agréable de se faire spolier, de même qu'il n'est pas souhaitable pour l'économie d'un pays comme le nôtre qu'un groupe industriel performant, qu'importe sa taille, se retire volontairement du marché, qu'il se démantèle de lui-même, si j'ai bien compris ce que tu m'as expliqué. Mais que faire ? »
Il n'ira pas plus loin. Si Olivier ne glisse pas un doigt dans l'engrenage, ce vieux gredin s'en tiendra à son rôle de l'ami déchiré. « Emilienne a une..., commence le plus jeune des Marolles.
— Tu as raison de t'appuyer sur elle, c'est une maîtresse femme, mais, pardon, je t'ai coupé.
— Emilienne a donc appris que cette personne était mêlée à un trafic de drogue et qu'on peut avec quelque raison craindre qu'elle tombe sous la coupe d'individus sans scrupules, lesquels pourraient alors tirer profit de cet argent providentiel.
— Ce serait de toute évidence fâcheux, mais que pouvons-nous y faire ? Chacun est libre de dépenser ce qu'il possède comme il l'entend, à moins que...
— A moins que ? »
A l'absence de réactions du conseiller — pas une de ses nombreuses rides n'a frémi, aucune lueur ne s'est allumée cette fois dans ses petits yeux gris —, Olivier Marolles comprend qu'il ne doit plus se permettre ce genre d'interruption, on ne manœuvre pas un Borelly comme un directeur de journal télévisé toujours prompt, dès qu'on sollicite sa vanité, à faire étalage de son génie tactique.
« Dis-moi plutôt à quoi Emilienne et toi avez songé, dit Borelly, car je me doute que vous y avez réfléchi, n'est-ce pas ?
— C'est elle surtout qui... — vous connaissez son sens de l'équité, de la justice, et son horreur de tout ce qui contrevient à la loi —, oui, c'est elle qui voulant préserver les intérêts de chacun, y compris d'ailleurs ceux de cette... »
Alors que Borelly ne s'est toujours pas départi de son flegme à l'énoncé des qualités d'Emilienne, le voici qui s'autorise un toussotement désapprobateur : « Vous ne

devriez pas traiter avec autant de mépris la fille de votre père, qui est, quoi que vous en ayez, votre sœur.
— Ma demi-sœur, corrige d'une voix sourde Olivier.
— L'autre moitié est où ? Suis mon conseil, quand vous avez à parler d'elle, appelez-la par son prénom.
— Vous avez raison. Donc, ne serait-ce que dans l'intérêt d'Adrienne, afin de la responsabiliser comme on dit aujourd'hui, Emilienne se demande si on ne pourrait pas lui offrir les soins auxquels elle a droit dorénavant. Pour être précis, une cure de désintoxication. Et celle-ci, outre qu'elle lui permettrait de mieux se porter, de reprendre goût à la vie, la couperait de ses mauvaises fréquentations. La mettrait par conséquent à l'abri de tous les chantages, de toutes les pressions. Il va sans dire que, pendant cette période de réadaptation, que nous souhaitons la plus brève possible, les dispositions que s'apprête à prendre mon père en faveur d'Adrienne — Borelly opine du bonnet — seraient gelées.
— Ça ne marchera pas, pour au moins deux raisons. Il vous faudra obtenir l'accord de votre sœur, elle est majeure, et le donnerait-elle que Jules peut ne rien changer à ses plans. Si la fantaisie me prenait demain de céder de mon vivant tout ou partie de mon maigre bien (Olivier refrène son sourire) à l'un de mes enfants, il me suffirait, par exemple, de lui signer une reconnaissance de dette fictive. Il n'y aurait plus alors que le fisc qui pourrait s'en mêler, s'il prouvait qu'il s'agit d'une donation déguisée... Dans le cas de Jules, les solutions ne manquent pas. Ainsi il n'a qu'à vendre sa propriété de L'Isle-Adam à Adrienne et ne pas, en échange, exiger d'elle le versement de la somme à laquelle cette vente fictive aurait été consentie. Dans un tel cas de figure, les tribunaux se révéleraient impuissants, puisqu'il y aurait, chez un notaire des plus honnêtes, un acte de vente bel et bien enregistré.
— Conclusion, la solution d'Emilienne n'empêche rien.
— Je m'excuse d'être brutal, mais êtes-vous donc si décidés à priver Adrienne de ses droits ?
— Ce n'est pas exactement comme cela que nous voyons les choses. Nous pensons que notre père ne

mesure pas les conséquences de son acte, et que nous devons lui éviter de sacrifier tant d'années d'un dur labeur à...
— Olivier, ce n'est pas moi que tu dois consulter. Dans ma position, il m'est difficile, tu l'admettras, d'être juge et partie. En revanche, une visite à Lamblard ne serait pas la plus mauvaise des initiatives.
— Lui ? sursaute Olivier. Mais il est l'avocat de l'Hôtel de Ville, et mon père n'est pas en odeur de sainteté dans cette maison.
— Rappelle-toi que c'est en essayant que les Grecs ont pris Troie. L'homme de la situation, c'est Lamblard, et personne d'autre. »

Au dernier moment, il s'était excusé de ne pouvoir assister à la réunion de la commission des Finances mais, lorsque Petitbois, son assistant parlementaire, lui avait demandé où le joindre en cas d'urgence, il s'était drapé dans un silence énigmatique et méprisant, en sorte que le député de province avec qui il partageait bureau et secrétariat, et auquel Petitbois s'était benoîtement ouvert de ce surprenant changement d'emploi du temps, n'avait pas manqué de décrocher son téléphone pour prévenir Borelly que « le Marolles est en train de nous préparer un de ces coups fourrés qu'il affectionne ».

Sans qu'il le sût, ce mouchard avait toujours servi les plans de Nicolas, et Petitbois également. A eux deux, le traître et le bavard, ils permettaient au député de Paris de faire croire à ses adversaires ce qu'il désirait qu'on crût. Ils formaient ce rideau de fumée sans lequel on s'expose inutilement. Juste retour des choses, c'est Borelly qui lui avait appris que garder près de soi un Judas n'est pas le plus mauvais des calculs. Aussi, que cet expert en désinformation fût à son tour, et après tant d'années, la dupe de l'un de ses meilleurs élèves n'aurait pas manqué de réjouir Nicolas.

Car, en remontant à pas lents le boulevard Saint-Germain, le député ne se rend à aucun rendez-vous mystérieux. Il n'est que de l'observer pour admettre qu'un comploteur ne traînerait pas ainsi d'une vitrine à l'autre. Qu'il se soit arrêté de pleuvoir participe sans doute à son plaisir mais, plus encore que ce ciel presque bleu, c'est le sentiment de pouvoir disposer à sa guise d'une longue heure de liberté qui comble Nicolas Marolles.

Son expédition nocturne, la veille, rue de Passy, plus les quelques insinuations malveillantes auxquelles s'est livrée, dès le saut du lit, son épouse l'ont, au fur et à mesure que la matinée s'est écoulée, convaincu que lorsqu'une seule partie raconte une histoire, celle-ci n'est qu'à moitié dite. Certitude qui s'est trouvée renforcée lorsque son père lui a fait porter peu avant midi une lettre qui lui a mis du baume au cœur. Voilà pourquoi il a, sur un coup de tête, renoué avec cette habitude de sa jeunesse studieuse, quand à la veille d'un examen il cessait toute révision et partait le nez au vent se promener dans Paris.

Comme il atteint l'angle de la rue des Saints-Pères, Nicolas s'arrête sur le bord du trottoir, il semble perplexe. Derrière lui, les jeunes gens qu'il a dépassés alors qu'ils discutaient quelques mètres plus bas arrivent en courant et ne se privent pas de le bousculer en se jetant entre les voitures. Nicolas proteste à voix basse mais ne sait toujours pas où diriger ses pas. Va-t-il tourner sur sa droite, et repasser devant l'hôtel particulier où l'ENA dispensait autrefois ses cours à l'ambitieux qu'il se targuait d'être, pour s'en aller faire la queue devant chez Poilâne, la boulangerie dans laquelle Emilienne et lui se goinfraient de pains aux raisins ?

Ou va-t-il poursuivre plus avant ? Et pourquoi pas jusqu'au Panthéon ?

Qui sait, peut-être que le tabac de la rue d'Ulm est encore ouvert et qu'il pourra y déjeuner au comptoir de deux œufs durs et d'un céleri rémoulade ?

En tout cas, le restaurant des Saints-Pères, où l'on mangeait si mal tout en caressant les projets les plus fous, a fermé ses portes, la mode a pris la suite, mais Nicolas

Marolles n'a plus personne à qui offrir ces robes qu'il juge de surcroît fort laides et quasiment sépulcrales.
« Alors, camarade député, on prend le frais ? On attend sa maîtresse ?
— Pascal, s'exclame Nicolas avec une joie non dissimulée. Si je m'attendais ! Mais qu'est-ce que tu fous là ? Tu tailles ou tu... ?
— Je taille la cantoche, oui.
— Tu veux qu'on mange un morceau ensemble ?
— Non, j'ai autre chose au programme.
— Peut-on savoir quoi ?
— Rien qui puisse t'intéresser.
— Un rendez-vous galant ?
— N'inverse pas les rôles, s'il te plaît. Ça te ferait plaisir de savoir où je vais ? Ça te rassurerait, peut-être aussi ? Des fois que j'irais rejoindre une amie de ma mère.
— Je t'en prie, Pascal, ne commence pas à me...
— Au cas où tu l'ignorerais, trois cents mètres plus loin, il y a un immeuble que des sans-abri occupent, et dans moins d'un quart d'heure il va y avoir foule là-bas, *because* concert de rock, mon vieux. Si ça te chante, tu n'as qu'à venir. Ça va chauffer un max, vu que les CRS n'ont pas vraiment l'oreille musicale. Mais, j'y pense, un député, et un député de gauche qui plus est, ça peut toujours servir en cas de baston. Alors, t'en dis quoi ? Tu es partant ?
— Ce sont des bons, je veux dire, tes musiciens ?
— Pas mauvais. Surtout s'il y a Paranoschize. »

« Celle-là, c'est la meilleure ! »
Parce qu'un pantalon et un veston croisé ne suffisent plus à distinguer un homme d'une femme, Adra n'a pas molli sur le maquillage. Tout à l'heure encore, Daniel, promu au rang d'homme à tout faire, a ajouté au masque de la virilité sa touche personnelle en lui dessinant jusqu'à mi-joue des pattes de rocker de banlieue. Elle en est toute défigurée. En comparaison, les deux garçons de Paranoschize — jupes étroites, bas résille et talons hauts — pourraient plus facilement trouver preneur. Quant à

Caro, sa copine, masculine à souhait dans sa tenue camouflée façon guerre du Golfe, elle rendrait fou de jalousie n'importe quel giton du canal Saint-Martin.

C'est à l'instigation de son amant qu'Adra avait battu le rappel de son ancien groupe, et ça n'avait pas été *easy, easy*, surtout avec Gus et Caro, qui s'étaient refusés en novembre à la suivre dans son grand projet. « Ça risque de manquer de liant, des musicanti ne se mobilisent pas comme des militaros », avait-elle déclaré à Daniel lorsqu'à minuit passé elle était arrivée à arracher leur accord.

Et maintenant qu'après les Snipers de Levallois-Perret, Paranoschize s'apprête à lancer son cri de guerre, ne voilà-t-il pas qu'Adra avise dans la petite foule agglutinée autour de la scène de fortune un visage qu'elle ne s'attendait pas y voir, d'où son exclamation qu'elle répète mécaniquement : « Celle-là, c'est la meilleure !

— T'as une bite qui t'a poussé ? » s'esclaffe Daniel.

La musicienne lui tire la langue, puis s'assombrit et secoue la tête : « Putain, j'en reviens pas ! Il est là pourquoi, lui ?

— Qui ça, lui ?

— Mon... frère.

— Lequel ? C'est que madame fait désormais dans la famille nombreuse.

— Le député... Dis, le Marolles n'appartient tout de même pas à votre comité de soutien, parce qu'alors, ce serait niet pour nous.

— Pas que je sache, encore que, question récup, on ne peut jurer de rien dans ce genre d'assoce.

— Putain, si c'est ça, ton monde nouveau, laisse-moi te dire que ça pue le *remake*.

— Hé, ho, on se calme, s'irrite Daniel. Et puis ne me ressors pas le discours habituel du Tout-ou-rien. Depuis quand, merde, crée-t-on en partant de rien un monde nouveau ? On est bien forcés de se servir de ce qu'on a sous la main, vu ? Autre précision : moi, ici, je ne fais que passer. Je sème ma merde, et ensuite, salut la compagnie, j'ouvre une autre porte et je recommence ailleurs, jusqu'à ce qu'on me revire. »

Adra hésite entre la grimace et le bras d'honneur, elle

choisit le plus explicite. A quoi, Daniel répond par l'identique.

« C'est à vous, leur lance au passage le bassiste des Snipers.

— Allez, les kids, on les assomme, puis on se tire », claironne Adra au reste de sa troupe.

Mais alors que Daniel ferme la marche en portant les guitares des deux filles, Adra se retourne vers lui, l'enlace et l'embrasse sur la bouche. Des militants d'Act-Up applaudissent frénétiquement tandis que la majeure partie du public affiche un sourire dont on ne sait trop s'il traduit sa complicité ou sa gêne.

« Ducon, n'oublie jamais que, pour tout désir nouveau, tu dois créer des dieux nouveaux, lâche Adra en se reculant.

— On n'est plus à l'école, c'est fini les récitations », maugrée Daniel.

Il ne l'avait pas reconnue et, si ensuite il ne s'était pas attardé en la compagnie de son fils aîné, Nicolas Marolles ne se serait jamais douté que la grande bringue, foutue comme l'as de pique, qui lui avait cassé les oreilles, était sa sœur. Mais parce qu'il partage si rarement quelque chose avec Pascal, il s'était, malgré l'heure qui tournait, accroché à lui. Il voulait en profiter jusqu'à plus soif.

Au premier qui s'avise de me reprocher mon retard, s'était-il dit, je réponds que c'était pour la bonne cause, et que les camarades feraient bien d'aller sur le terrain. On ne gagnera pas la présidentielle dans les studios de télé.

« C'est sans doute la première fois que tu ne regardes pas toutes les deux minutes ta montre, lui fait remarquer Pascal comme ils ressortent de l'immeuble occupé. Vous êtes en grève dans votre parti ?

— Grève générale insurrectionnelle, mon petit vieux.

— Tu m'offres le pain et le sel ?

— Je tiens toujours mes promesses. Tu connais un endroit potable ?

— Au carrefour, plus bas. Suis-moi... A propos, ça t'a plu ?
— Plus que *Les Grosses Têtes*, mais guère plus !
— Quoique Bouvard, ma foi, enfonce ton Jospin haut la main. »

Alors, là, pour le coup, pense Nicolas en se dépêchant de faire écho au rire satisfait de son fils, c'est Noël en janvier.

« Ça te va ?... Le seul problème, c'est qu'il y aura un monde fou.
— Je connais l'endroit. De mon temps déjà, ça ne désemplissait pas... Bon sang, mais c'est Adrienne.
— Où ça ? Où ça ? Que je voie enfin à quoi elle ressemble, la tante des contes de fées.
— En face, juste devant la pharmacie.
— Tu déconnes ! Non, elle, sans charrier ? C'est génial. T'as une sœur qui fait partie de Paranoschize. Et laquelle des deux, c'est ?
— La grande, avec les cheveux courts. Elle est mille fois mieux sans son maquillage.
— Mais, attends ! Attends une seconde. Il me semble que je l'ai déjà rencontrée, qu'on se connaît... Sauf que je ne me rappelle plus où. Bon, c'est pas grave, on verra après. Alors, on y va, on traverse ? Mais, s'il te plaît, tu m'évites les présentations à la con. Je n'ai pas envie qu'elle me confonde avec le reste du clan Marolles. »

Quoiqu'on ne soit qu'au milieu de l'après-midi, il fait déjà nuit quand Olivier se gare pas très loin du cimetière du Père-Lachaise.

A sa sortie de l'Elysée, il avait tout de suite appelé François. Occupé, puis répondeur. Comme il désirait avoir son frère en direct, il n'avait pas laissé de message, si bien qu'il lui avait fallu lanterner jusqu'aux environs de 16 heures, et là il s'était entendu dire que « faut pas charrier, jeunot, tu t'y prends trop tard, je suis déjà au-delà du *surbooking*. Au cas où tu ne suivrais l'actu que sur ton écran de téloche tu ne sais peut-être pas qu'en ce moment ça flingue de partout, et que les affaires sont reparties à la hausse, faudra donc que tu attendes demain, et encore, le mieux serait qu'on remette notre rencart à lundi ».

Olivier ne s'était pas démonté. Puisque son frère faisait la sourde oreille, il lui avait, tout à trac, corné aux oreilles qu' « on allait pouvoir s'offrir Borelly sur un plateau ». Bien qu'il n'entrât pas dans les intentions du plus jeune des Marolles de faire la peau à un si puissant personnage — car, à moins d'être suicidaire, on ne s'attaque à Talleyrand qu'une fois l'acte de décès dressé et après s'être assuré de surcroît que le cadavre n'est pas contagieux —, Olivier n'avait pas trouvé mieux que le conseiller de l'Elysée pour appâter son frère qu'aucune prudence ne guidait, s'était-il rappelé, lorsqu'on lui offrait la possibilité de se venger d'un plus grand que lui.

Par chance, François n'avait pas changé. A la perspective de « s'offrir Borelly sur un plateau », sa réponse ne s'était pas fait attendre : 17 h 15, rue du Chemin-Vert, au 12, la première porte en entrant.

« Lamblard ! Voyez-vous ça... Dans ma branche, on l'appelle "l'Etrangleur".

— Tu ne te trompes pas de bonhomme ? C'est de l'avocat dont je parle.

— Beau parleur à Paris, mais intermédiaire impitoyable en Afrique. Sur chaque contrat qu'il négocie, il lui faut sa livre de chair fraîche. Et, crois-moi, ce n'est pas une image. Ton Lamblard a du sang sur les mains... Tu as tout de même entendu parler de l'OVEMA ? Ce ne sont pas des tendres, ces clients-là, ils te sortent plus volontiers le coupe-coupe que le Waterman. Quant à leur chef, le si sympathique leader populaire, s'il y a bien une chose qu'il adore, c'est de crever les yeux de ses ennemis. Il ne dédaigne pas non plus de leur couper le nez d'un coup de dents. Quant aux couilles, imagine ce qu'il peut en faire. Tu vois donc le tableau ? Eh bien, Lamblard lui a fait peur, c'est dire. »

Comme s'il souhaitait se prouver que son visage n'a subi aucune mutilation, Olivier se frotte les yeux de deux doigts convulsifs qui s'en vont ensuite épouser, puis caresser l'arête de son nez. Ce geste inconscient n'échappe pas à François, même s'il ne lui accorde aucune espèce de signification, trop occupé qu'il est à imaginer son frère aux prises avec une bande de guérilleros africains.

« Reste que si c'est par Lamblard que tu pensais qu'on allait s'offrir Borelly, tu t'es gouré. Que ces deux-là soient de mèche ne constitue pas ce que tu appellerais un scoop. De l'autre côté de la Méditerranée, leur association ne défraye plus la chronique. A force, chacun s'y est habitué. Pas une affaire qui ne se traite sans qu'on les ait préalablement consultés. Je ne dirai pas qu'ils touchent sur tout. Il y a des secteurs qui leur échappent, le mien par exemple, mais sans Orsel, et derrière lui, sans "Papa-m'a-mis-là", je l'aurais eu moi aussi dans le cul. N'empêche que je ne vends pas un lance-patates sans les mettre dans la confidence. En résumé, ce sont des enviandés de première. Aussi, à supposer que tu l'aies fait, tu as eu tort de te confier à Borelly. Il écoute, il enregistre, et tôt ou tard il te met à l'amende.

— Je ne me suis pas confié à lui.

— Ne mens pas, tu l'as fait, et tu es en train de t'en mordre les doigts... et peut-être le reste.

— Comment peux-tu dire cela ? Je ne t'ai encore rien rapporté de notre entrevue. Merde, tu ne t'es guère amélioré. Tu es toujours aussi expéditif, aussi schématique. C'est pourtant si facile de changer.

— Oui, oui, d'accord. Mais alors pourquoi n'as-tu pas changé, toi aussi ? Hein, pourquoi ? Fais un effort, rappelle-toi quand tu étais petit. Dès que tu mentais, je te comparais à Pinocchio, non que ton nez s'allongeât, ça aurait été trop beau, mais tes oreilles s'empourpraient. Et sur ce chapitre-là, toi non plus, tu ne t'es pas amélioré.

— C'est faux.

— Tu veux un miroir ?

— Tu m'ennuies, François, et je suis poli.

— Ta politesse, jeunot, je me la fous au cul. Fais-en des papillotes, ou du PQ... Dis-moi plutôt ce que tu as lâché à Borelly, et n'essaie pas de m'entuber, je le verrai. »

Sans entrer dans le détail, Olivier relate en quelques phrases ce que lui et le conseiller de l'Elysée se sont dit. Mais soit parce qu'il craint que son frère, concernant ses oreilles, n'ait raison, soit parce que, quitte à subir ses sarcasmes, il le veut à ses côtés, il ne lui en cache rien d'essentiel.

« Au fond, tu n'as fait que mouiller Emilienne, qu'elle crève ! sourit François lorsque son frère s'arrête de parler. De ta part, ce n'est pas si mal joué, d'autant que tu as obligé Borelly à commettre une erreur.

— Laquelle ? s'étonne Olivier.
— Vraiment, tu ne vois pas laquelle ?
— Non.
— En t'adressant à Lamblard, monsieur le conseiller très spécial s'est condamné à partager son avis.
— Je ne vois toujours pas où est l'erreur. »

En réalité, Olivier Marolles commence à en avoir une idée assez précise.

« Tu me déçois, et pourtant tu as l'air d'être sincère. La couleur de tes oreilles ne s'est pas modifiée. Je vais t'expliquer. Borelly a chargé Lamblard de t'indiquer comment déposséder la petite Lambert sans s'en prendre directement à elle, donc en attaquant le Vieux. Il a agi comme le médecin qui t'envoie consulter un de ses confrères en connaissant par avance son diagnostic. L'essentiel étant de ne pas avoir à le porter... Le syndrome de Ponce Pilate, en quelque sorte. A l'évidence, Borelly sait déjà de quelle manière procéder pour niquer la gueule à son ami Jules. Quelle ordure ! N'empêche que Ponce Pilate ne sera jamais blanc bleu. Reste qu'il est à peine croyable que Borelly ait pu la commettre, cette erreur. Et pourtant... C'est vrai qu'en t'envoyant chez Lamblard, on pourrait penser que monsieur le conseiller spécial se met sur le banc de touche. A d'autres ! Car, même en affectant de se tenir en dehors de la partie, Borelly est quand même dedans. Parce qu'il est de moitié avec l'arbitre, il ne s'angoisse pas un seul instant sur le résultat du match, il peut parier dessus et se ramasser le gros paquet. Pour autant, il ne l'avouera jamais, et macache pour le prouver.

— En somme, tu sais ce que Lamblard va me conseiller de faire ?

— Peut-être pas à cent pour cent, mais à un pour cent près, oui. En fait, je crois qu'on est synchro tous les trois, qu'on a pensé à la même chose, je t'en fous mon billet. Il n'y a d'ailleurs qu'un moyen, et ce moyen, c'est... Ecoute-moi bien, jeunot. »

S'il me traite encore une fois de jeunot, je lui fous mon poing dans la figure.

Karim est sur le dos, nu, quoiqu'au dernier moment, davantage par pudeur que par frilosité, il ait rabattu sur le bas de son ventre un peu de la couverture dans laquelle elle s'était enveloppée — « Dans mes montagnes, en cette période de l'année, il gèle à pierre fendre », lui a-t-il encore répété avant de sombrer.

Il dort un bras replié à la hauteur de son visage, elle se penche vers lui et, lentement, doucement, parce qu'elle ne veut pas le réveiller, elle fait glisser le carré de laine qui l'empêche de le contempler tout son saoul.

Elle raffole de ces moments-là quand elle peut, sans être vue, dévorer d'un regard concupiscent cette petite chose qui avoue alors sa fragilité. Elle ne s'en est jamais lassée et, à chaque fois, lui revient le souvenir de ce roman de Lawrence qu'elle lisait à l'insu de ses parents la nuit sous les draps. Aujourd'hui encore, elle se sent en complète symbiose avec cette Lady Chatterley qui n'aura pourtant connu ni la mode des seins nus, ni les dangers du sida.

Qu'il soit en érection ou désenflé, le sexe d'un homme bouleverse Emilienne. Si fort qu'il lui arrive parfois de rêver qu'elle préside aux destinées d'une secte dans laquelle on n'admettrait que les femmes ayant eu au moins cent amants.

A une époque, elle avait caressé le projet de fixer sur papier glacé ces admirables appendices de la virilité. Ç'aurait été son album de famille qu'elle aurait exhibé avec plus de fierté qu'on ne le fait des clichés de ses enfants. Elle n'y avait renoncé que parce qu'il lui était impossible de garder son calme, et sa distance, quand ils commençaient de défaire leur ceinture.

Et puis, avec ou sans appareil photo, Emilienne n'en avait oublié aucun, les classant selon une typologie qui n'appartenait qu'à elle. Il y avait les longs flots, les anguilles visqueuses, les gros comme la cuisse, les moucherons taquins, les pâtes molles, les armatures à la rigidité sans défaut, avec pour chacun de ces archétypes des sous-modèles tout aussi évocateurs.

Mais voici que soudain Karim remue. Son bras retombe le long de son flanc, le Kurde grogne faiblement, sans que son souffle s'en trouve modifié. A l'évidence, il continue de dormir. Emilienne reprend son exploration, ses lèvres effleurent le nombril profond et violacé, puis volettent jusqu'à l'objet de sa convoitise. Elle procède avec minutie et méthode, elle n'est pas de ces excitées qui mordraient par mégarde le pénis de leur amant, et, quand enfin elle le prend dans sa bouche, elle ne s'appesantit pas, ne s'attarde pas, feignant même de vouloir se reculer, en sorte qu'il s'éveille et la force à ne pas le lâcher. C'est ce qu'elle cherchait, ce qu'elle voulait : lui ôter toute énergie.

« J'aime te sucer, et j'aime ce qui s'en échappe, dit-elle en s'essuyant les lèvres tandis qu'il l'attire contre sa poitrine.

— Tu parles trop.
— Je te fais honte ?
— Tais-toi... je t'en prie. A quelle heure dois-tu rentrer chez toi ?
— Tu me renvoies ?
— Mais non, c'est parce que je ne voudrais pas que...
— Que quoi ? Tu penses à mon mari ? Il y a longtemps qu'il ne s'inquiète plus.
— Tu couches encore avec lui ?
— Attends que je compte, ça ne m'est plus arrivé depuis... depuis 1989. Je m'en souviens, c'était un soir à

son ministère, ça m'avait amusé de faire ça sur le canapé où s'asseyaient ses visiteurs.

— Tu es une drôle de femme.

— N'est-ce pas ? Dis-moi, j'ai un service à te demander.

— Je suis vidé, Emilienne, laisse-moi respirer.

— Imbécile, j'ai dit service, pas coup de queue. Voilà, j'ai une amie qui a un problème en ce moment et que j'aimerais pouvoir dépanner. Il faut que je te dise qu'elle est...

— Jolie ?

— Cochon !

— N'emploie pas un tel mot avec moi.

— Oui, elle n'est pas mal, mais ce n'est pas cela, son problème. Elle se drogue, pas à l'héro, mais à la coke. Or, figure-toi que son revendeur s'est fait coincer et qu'elle est en manque.

— A Paris, elle n'a que l'embarras du choix. Et d'ailleurs, pourquoi m'en parles-tu ? De quoi me soupçonnes-tu ? D'être un *dealer* ? Un trafiquant ? Tu es folle ou quoi ?

— Je te retourne l'avertissement, n'emploie jamais ce mot quand tu t'adresses à moi. Et puis, qu'est-ce que tu vas imaginer ? Je ne te soupçonne de rien. J'ai pensé que comme tu avais de nombreuses relations dans les milieux les plus divers, tu me l'as assez prouvé l'autre nuit, oui, comme tu étais introduit un peu partout, peut-être que tu connaissais un moyen d'obtenir de la cocaïne sans que ça se sache trop, sans s'exposer inutilement.

— Tu n'as pas d'amie, c'est toi qui veux y goûter.

— Pas du tout, elle existe. J'ai oublié de te dire qu'elle ne peut plus se permettre d'acheter elle-même ses doses, car elle a déjà été arrêtée pour usage de stupéfiants et qu'elle risque gros si on la repiquait.

— Je ne peux rien faire pour elle.

— Je n'en suis pas si sûre. De même que je ne suis pas sûre que tu sois aussi fatigué que tu le prétends. Il faut que j'aie ma dose, moi aussi. »

Pendant qu'Adra prend une douche, et que la chaîne hi-fi crache un rock de P. J. Harvey, Daniel profite de sa solitude pour fureter aux quatre coins du studio. Il ne cherche rien de précis sinon de quoi mieux cerner la personnalité de cette femme au cou de laquelle il s'est jeté sans trop savoir ce qui se camouflait sous l'étiquette.

Contrairement à ce qu'il avait imaginé, les livres ne s'y taillent pas la part du lion, il y en a même moins que chez lui. La plupart sont écornés, maculés de taches de café, de vin. Pas un qui n'ait été annoté en marge, ou dont certains passages n'aient été soulignés. Il n'empêche que si quelques titres lui sont familiers, il ignorait jusqu'à l'existence des autres.

Lui et Adra ne nagent pas dans les mêmes eaux.

Ce qui intrigue le plus Daniel, c'est l'abondance de recueils de poésie. Semblable au touriste tristement esseulé qui, reclus, la nuit, dans une chambre d'hôtel à l'étranger, se met à consulter l'annuaire dans l'espoir assez vague d'y dénicher un nom lui évoquant l'odeur de son pays, il en feuillette quelques-uns, au hasard. Un titre, *Le Monde absent*, l'arrête un peu plus longtemps, en particulier l'une de ses pages que sa maîtresse semble, étant donné son aspect, avoir lue et relue : « Merde, lit-il à son tour, *je crie, merde au soleil, merde à la pluie, merde à la vie !* »

C'est bien d'elle, ce genre de littérature, se dit-il en le refermant. Mais au lieu de le remettre sur l'étagère où il l'a pris, il le repose sur la table à tréteaux qui croule sous les objets les plus hétéroclites, et c'est alors que, dans ce fatras, il remarque une grosse enveloppe jaunâtre entrouverte. Il la retourne, la suscription en est lapidaire : « Mlle Adrienne Lambert-Marolles », sans autre mention de rue, de ville, et d'ailleurs on n'a pas jugé utile de l'affranchir.

C'est donc qu'elle lui a été remise. Sans doute par son père puisqu'elle est passée le voir ce matin.

La curiosité de Daniel est piquée au vif et, sans qu'il réfléchisse à la conséquence de son acte, elle l'emporte sur toute autre considération. Il y a là une dizaine de feuillets dactylographiés à l'en-tête d'une étude notariale.

Après un regard vers la salle de bains, il se plonge dans leur lecture, si bien que ce qu'il y découvre lui en met tellement plein la vue qu'il n'entend pas Adra s'approcher de lui, emmitouflée dans une grande serviette-éponge.

« Il y en a pour de la thune, hein, là-dedans ? »

Nulle trace d'agressivité dans la voix de la jeune fille, plutôt une pointe de tendre raillerie, comme si elle était soulagée que Daniel lui ait épargné, en violant son intimité, d'avoir à lui apprendre que son père projetait de la couvrir de millions. Furieux autant contre lui, il a été pris sur le fait, que contre elle, elle ne lui dit donc pas tout, son amant se contente d'acquiescer d'un grognement.

« Que ferais-tu à ma place ? Tu puiserais dans le coffre ou tu cracherais à la gueule du banquier ? continue Adra sur le même ton.

— Depuis quand, t'as ces docs ? réplique non sans froideur Daniel.

— Ce matin.

— Et tu as préféré ne pas m'en parler ?

— On va dire que l'occasion ne s'est pas présentée, okay ? plaide Adra en lui clignant de l'œil.

— Et on va peut-être faire comme si j'avais mon mot à dire ? Comme si je devais prendre parti et te donner un avis ?... Eh bien, désolé, ça ne me concerne pas et, si ce n'est déjà fait, c'est à toi de trancher.

— T'es furax ?

— Moi ? Et pourquoi le serais-je ? D'ailleurs, s'il y a quelqu'un qui devrait être furax, c'est bien toi. J'ai fouillé dans tes affaires, non ?

— Tu ne me croirais pas si je te disais que je me suis volontairement mise dans cette situation ? Que je l'ai fait exprès de laisser traîner ces papiers ? Que je souhaitais que tu les découvres ? Qu'ainsi, ça m'épargnait de la salive ? Que c'était une façon de te mettre dans la confidence sans avoir besoin de me justifier cent sept ans ?... Non, je le vois à ta tronche, tu ne me crois pas. Et pourtant, c'est comme ça. Je ne te mens pas, que ça te plaise ou non. »

Au fur et à mesure qu'elle se justifiait de lui avoir dissi-

mulé l'existence de cette enveloppe, Adra a délaissé l'ironie pour adopter une sécheresse accusatrice que Daniel ne sait trop comment interpréter.
« Qu'est-ce qui te gênait dans tout cela ?
— T'es assez lourd, finalement. Tu vis dans les astres, mais une fois sur terre tu as du mal à te repérer.
— Si je te pose la question, c'est pour que, toi, et personne d'autre, tu me donnes la réponse, pour que tu oses me la donner, parce que, sinon, inutile d'avoir la tête farcie de références imbitables pour comprendre que tu te sens merdeuse d'avoir accepté, ne serait-ce que de réfléchir à la proposition de ton père. La vérité, c'est que tu es double, Adra... Comme tout le monde, tu vas dire, d'autant, je le sais, que ce n'est pas nouveau dans ma bouche. Et que, dans le reproche, je ne me renouvelle pas. D'accord, mais, là, tu as fait fort. Ton côté "Familles, je vous hais" ne t'empêche pas d'avoir des envies de fric.
— Parce que, toi, non ?
— Bien sûr que si, sauf que, moi, je n'ai pas dans mes relations de papa gâteau... et que... et que... et que merde !
— Et que voilà un beau raisonnement !
— Donc, tu vas être riche. Très riche, insiste Daniel.
— Pas si vite. Je n'ai pas dit oui.
— Tu n'as pas non plus dit non. En fait, si je n'existais pas, ce serait plus simple, pas vrai ? »
Avisant un cutter dans une boîte à thé remplie de crayons et de feutres, Daniel s'en empare et, d'un geste théâtral, fait mine de se trancher la gorge. S'il espérait ainsi dérider Adra, c'est raté. Sur les lèvres de la jeune fille flotte maintenant une moue de dédain, pour ne pas dire de mépris.
« Tu m'en veux ? »
Sans lui répondre, elle se dirige vers la chaîne et arrête la musique, puis s'empare d'un livre et se laisse tomber sur le lit défait.
« Tu vas me faire la lecture ? » demande Daniel d'une voix penaude.
Adra ne lui répond toujours pas, elle tourne avec fébrilité les pages comme si elle était à la recherche de quelque

chose. Daniel est de plus en plus mal à l'aise, il voudrait s'allonger à côté d'elle mais il craint qu'elle ne le rembarre, alors qu'elle-même n'a qu'un désir, qu'il la rejoigne afin qu'on efface tout et qu'on recommence. « *Ne digère pas les heures passées, nourris-toi des jours futurs* », brûle-t-elle de lui hurler, mais Adra se tait. Elle se sent enchaînée à un rôle qu'elle n'a plus envie de jouer, tant il la domine et l'écrase, un rôle auquel, elle le pressent, elle n'aura pas la force d'échapper à moins qu'il ne la prenne dans ses bras.

« Si on faisait comme si cette enveloppe n'existait pas ? » propose Daniel sans bouger de l'endroit où il se trouve.

Relève-toi et déchire toute cette saloperie, essaie de se persuader la jeune femme, mais son corps ne suit pas, et elle finit par prononcer des mots qu'elle regrette aussitôt : « Et pourquoi ne partagerait-on pas ?... Si je me rappelle bien, sans le petit commerce de son pote Engels, le camarade Marx aurait fini à l'hospice, alors le fric, on peut en faire ce qu'on veut. On peut acheter des fusils, des canons, tu sais bien, des trucs qui font boum boum.

— Ton père dans la peau d'Engels, c'est du n'importe quoi. Et ton ministre de frère, tu le distribues comment dans ton *Dallas* façon *new age* ?... Il n'avait pas l'air con, celui-là, quand, devant la pharmacie, il t'a félicitée de te mettre au service des exclus.

— Laisse tomber, j'en ai rien à glander de mon frère. Ce n'est pas la famille que je veux, c'est... »

Parce qu'elle hésite à dire : « C'est toi », Daniel interprète de travers sa réticence et bondit aussitôt : « Tu vois que j'avais raison, tu as déjà décidé que tu prendrais ce que ton père t'offre pour se faire pardonner.

— Il faudra plus que du fric pour que je lui pardonne... Dis, tu vas me faire chier longtemps avec ça ? Car si je fais le compte de tes critiques — en quarante-huit heures, tu m'as gâtée — j'ai tout faux à tes yeux, hein ?

— Tu te trompes. Pas tout.

— Va te faire...

— Quand tu veux, où tu veux.

— Passe-moi ces papiers.
— Non.
— Tu me les donnes, oui ou merde ?
— Tu vas les signer ?
— Devine. »

8

13 janvier 1995...

En proie à une peur panique, il s'est réveillé en sursaut, mais aucun corps sacrifié, mutilé, ne gît à ses côtés, le sang ne l'a éclaboussé que dans cette zone reptilienne, la part maléfique du cerveau, vers laquelle un sommeil artificiellement provoqué l'entraîne parfois. Comme à son habitude, il est seul. Un peu du parfum poivré de la Martiniquaise s'est incrusté dans le traversin. Pendant quelques instants, il le presse contre son visage.

De vivant, en dehors de lui qui, à présent, humecte avec fébrilité ses lèvres desséchées par une trop forte dose de somnifère, il n'y a que les chiffres rouges de son réveil, dérisoire fanal d'une locomotive à l'arrêt.

La Martiniquaise l'ayant quitté vers 4 heures du matin, Serge n'a donc dormi, le temps que l'Halcion fasse son effet, que trois heures au grand maximum, et, pourtant, malgré cette légère migraine dont il viendra à bout en mélangeant de l'aspirine au café, il ne se sent ni abattu ni déprimé en posant un pied par terre.

Et maintenant qu'il s'est douché, rasé et habillé, et que la pression sur ses tempes s'est relâchée, il se fait l'effet d'être retapissé de neuf.

A la radio, Robert Wyatt détaille de sa voix usée les charmes de *Yolanda*. Celui-là, il l'avait croisé à Londres à l'occasion d'un concert au profit des victimes du coup d'Etat de Pinochet. Trois mois plus tard, le camarade

Freytag amenait son pavillon de combat et se fondait dans l'anonymat des foules corruptibles. Dans sa chaise de paralytique, Wyatt, lui, a continué, il a été de tous les combats, des sandinistes aux mineurs gallois, et c'est tant mieux.

Car il en faut qui résistent, se dit, sans le moindre pincement au cœur, Serge qui se demande ensuite si Adra écoute ce genre de mélodies. Ce serait une question à lui poser dans une autre vie quand les murs d'images tiendront lieu d'usines à rêves.

Quand on nous aura tous oubliés...

Le café étant encore tiède, Serge s'en ressert un demi-bol, le sucre, puis, avant d'aller se coller à la fenêtre d'où il regardera la pluie tomber, il s'allume un cigarillo et en tire une goulée autrement plus consistante que ses souvenirs de lampiste de l'illusion. Lorsque le tabac lui brûle les lèvres, il ouvre la fenêtre afin de se débarrasser de son mégot et, visant la capote de la Golf qui s'est garée en double file devant la boulangerie, il s'applique à faire mouche.

Bingo, objectif atteint, *sauf que*, comme dirait ta copine, le feu ne peut rien contre l'eau du ciel.

Après avoir débarrassé sa table de bistrot de la cafetière et des journaux de la veille, il branche son portable sur le secteur. Depuis la fouille de son bureau, la disquette Marolles ne le quitte plus, ce qui ne l'a pas empêché avant de partir rejoindre la Martiniquaise — que les Marx Brothers auront moins émoustillée qu'un haricot de mouton à la Villette — d'en tirer, hier en fin d'après-midi, une copie que sa vieille cousine de Sélestat recevra ce matin avec son courrier, accompagnée d'un petit mot lui demandant de la ranger entre ses piles de draps.

D'un doigt, il n'a jamais réussi à se servir de ses deux mains, Serge commence de taper son compte rendu de la journée du jeudi quand il s'interrompt au beau milieu d'une phrase pour aller éteindre la radio. C'est le quart d'heure des « je pense que » et des « j'insiste sur », l'ignoble boniment des cocus de l'histoire, une catégorie d'individus envers laquelle ses sentiments n'ont pas varié.

Au fond, se dit Serge en se rasseyant devant son écran, je devrais appliquer à cette famille Marolles la même méthode. Les faire taire ou, mieux, les obliger à paraître devant leurs juges, la corde au cou et pleurant à fendre l'âme. Pitié, on ne voulait pas la mort de la fillette, pitié, on ne le refera plus !

Bien sûr que le monde entier s'apparente à une cour de récréation, que ce sont ceux qui caftaient à l'instit, qui piquaient vos billes, et qui vous martyrisaient, qui appuient maintenant sur la détente, à l'abri derrière leurs diplômes, leurs comptes bancaires et les écrans de leur télé...

Pour ne plus avoir la tête à ce qu'il tape, Serge appuie sur la touche de sauvegarde et tire à lui le téléphone. Le premier qui décrochera paiera cher son imprudence, et puisqu'il lui faut louvoyer entre François, Nicolas et leur père, n'importe qui fera l'affaire, mais, au sixième chiffre du numéro qui lui est venu spontanément à l'esprit, il repose le combiné.

Quand auras-tu fini de jouer au petit soldat ? Il y a beau temps que tu as touché ta feuille de démobilisation, qu'on t'a rayé des effectifs, que tu t'es mis un collier de chien autour du cou.

Aboie, mais en rampant.

Avoue-le, Wyatt et tout ce passé qui te colle à la peau, tu n'en es plus digne. Ne rêve plus, essaie plutôt de réussir ton ultime machination. Ne te retourne plus, derrière toi accourt le halètement des flammes de l'Enfer. « L'avenir appartient, l'as-tu assez répété à Adra, à celui qui souffle la tempête, jamais à celui qui trottine derrière. »

« Et puis, à cette heure matinale, il n'y aura pas un chat. Ce n'est pas comme durant la période des salons où le Nippon rapace ne respecte plus aucun horaire, mais enfin les affaires sont les affaires. »

S'il n'y avait cette femme de ménage qui, malgré les protestations de Lamblard, s'entête à vouloir passer son aspirateur — « mais ce ne sera pas long », a-t-elle concédé —, le bar de l'hôtel des Deux-Duchés serait en effet désert. L'avocat ne s'est pas trompé en le choisissant comme lieu de rendez-vous.

« L'inconvénient, continue Lamblard, c'est que nous ne pourrons rien commander, le barman ne prenant son service qu'à 10 heures... (Et il ajoute, avec un gros rire trivial qui secoue ses bajoues couperosées :) Après tout, ma note d'honoraires s'en trouvera diminuée d'autant. De temps à autre, un petit bénéfice ne se refuse pas. Blague à part, il était temps que nous nous rencontrions, nous deux. J'avais déjà eu le privilège d'approcher votre frère Nicolas, mais nos divergences politiques, hélas !... C'est qu'il est sectaire, le frangin, quand il s'y met. Vous me comprenez, n'est-ce pas ? Quant à votre père, si, dans le passé, nous avons plus souvent échangé des noms d'oiseaux que des compliments, j'ai appris, les années passant, à l'apprécier. Il ne restait donc plus que vous, et pourtant les occasions n'ont pas manqué. Je suis votre carrière avec beaucoup d'intérêt. Et il n'y a pas que moi, mes amis, aussi.

— Merci, maître... Je m'étonne cependant que vous ayez oublié de mentionner François.

— Comme dit le proverbe : "Ce qui est oublié n'est pas regretté"... Vous voudrez bien m'excuser une petite minute, peut-être cinq — sait-on jamais avec la prostate ? —, mais pendant que madame la sous-payée vaque à ses occupations, je m'en vais secouer le menhir. »

Les manières outrageusement vulgaires de l'avocat ne sont pas pour rassurer Olivier. Lui à qui aucune grossièreté ne répugne, il n'ignore pas que lorsqu'il distille les siennes, il ne le fait que pour mieux entourlouper son auditoire. Comment l'Afrique tout entière pourrait-elle trembler au seul énoncé du nom de ce marque-mal ? On n'échappe pas à la machette de ses clients avec des propos orduriers. Il y faut autre chose, de la férocité par exemple, celle-là même dont Lamblard a fait preuve en évacuant le simple rappel de l'existence de son frère.

« Un tour pour rien ! » s'exclame l'avocat en revenant s'écrouler sur le canapé en face duquel Olivier essaie de se tenir bien droit, malgré une chauffeuse trop moelleuse à son goût.

« Peut-être ne buvez-vous pas assez d'eau ?

— Mettriez-vous en balance ma trogne d'ivrogne et mon petit robinet ? »

Si le propos se veut plaisant, le ton de l'avocat ne trompe pas Olivier qui s'empresse de dire : « Je ne me le permettrais pas.

— Vous jouez aux échecs ?

— Il n'y a que la réussite qui m'intéresse.

— Voilà une fausse bonne repartie qui ne vous vaudrait pas l'acquittement d'un jury, serait-il composé de farceurs tels que moi. Donc, vous ne jouez pas aux échecs. Dommage, car j'aurais aimé avoir votre opinion sur un petit problème qui me cause bien du souci. Je vous l'expose quand même. Figurez-vous que mon roi est attaqué par une tour et les deux cavaliers, et que je n'ai plus pour me protéger que trois pions et ma reine. Vous me suivez ? Non... Tant pis, je continue. La question que je me pose est, en vérité, simple comme bonjour : qui dois-je sacrifier pour rester en vie ?

— La reine a un nom ?

— Vous m'avez menti, vous jouez aux échecs. Disons que, bien que portant la livrée de mon roi, elle n'est pas de son rang, ni de sa race. Si, par race, on entend non pas quelque lien de sang mais une réelle affinité. Je m'explique assez bien ?

— Le mieux du monde. Mais ne pourrait-on pas sacrifier — c'est le verbe qui convient, n'est-ce pas ? — les trois pions ?

— Ça va de soi. Et même, après les pions, la reine, mais que vaudrait alors le roi ?

— Oui, demande Olivier d'une voix soudain altérée, que vaudrait alors ce roi sans troupes ni parenté ?

— Il existe donc peut-être un moyen plus radical de terminer la partie. Je dis bien de la terminer. Or comment mieux la terminer qu'en envoyant le roi à la mort, puisqu'aux échecs, les morts ne sont que simulées ?... Seriez-vous homme à sacrifier — c'est en effet le bon verbe — un roi s'il n'y avait pas d'autre issue ?

— Je n'en sais trop rien. Tout dépendrait...
— ... de l'enjeu, je suppose ? Somme toute, je constate que votre ignorance des règles ne vous est pas un handicap, et que vous n'êtes pas ennemi des solutions à haut risque. J'aime cela. Je n'en attendais d'ailleurs pas moins de vous. Un garçon qui a fait ses classes place du Colonel-Fabien, chez les cocos comme nous disions dans mon jeune temps, apprend vite où réside son intérêt... Permettez-moi une question amicale : n'avez-vous jamais été tenté par l'Afrique ? »

« Quiconque veut saisir l'empire et le diriger à sa guise ne peut y parvenir.
— J'ai remarqué que tu ne philosophais que lorsque tu biaisais, que lorsque tu te dérobais pour ne pas me dire la vérité. Or ma présence ici ce matin t'oblige à le faire. Je ne suis pas venu consulter un vieux sage sur son tonneau, je suis venu réclamer l'avis d'un expert, en quelque sorte le plombier de ma pauvre carcasse. »

Depuis qu'il se sait condamné, Jules Marolles, naguère désarmé devant la plus petite ordonnance, et qui s'y soumettait sans la moindre objection, a ouvert plus d'un dictionnaire de médecine afin de comparer ce que l'on y écrivait de tel ou tel cancer avec ce que lui-même ressentait. Au fil des semaines, il a appris à lire les résultats d'examens, à décoder sous la banalité des pourcentages comparatifs la terrible vérité, si bien qu'un bilan sanguin lui parle aussi clairement qu'un registre comptable. Il est devenu ce que redoutent tous les médecins, son propre diagnostiqueur, mais, loin de lui assurer cette maîtrise qu'on lui reconnaît dans la conduite des affaires, sa science toute neuve l'a rendu encore plus dépendant de la maladie.

Reynaud l'a tout de suite compris quand son ami, après avoir voulu lui assener la démonstration qu'ils discutaient sur un pied d'égalité, lui a, d'un ton soudainement mal assuré, réclamé une nouvelle estimation quant au temps qu'il lui restait à vivre.

C'est toujours la même chose, pense le médecin en faisant semblant de reprendre l'examen des scanographies étalées sous son nez, ils finissent par confondre leur corps avec une machine, mais une fois qu'ils ont déchiffré la notice d'emploi ils se rendent compte qu'ils n'en sont pas les inventeurs.

« Je suis bien embarrassé, soupire Reynaud. Chaque cas est différent. Toi-même, si ma mémoire est bonne, tu n'as eu de cesse, lors de nos convents, de plaider pour la reconnaissance de la différence, ce devait même être notre credo. Or ce qui vaut pour le citoyen, vaut aussi pour le malade. Tout ce que j'ai sous les yeux, c'est vrai, ne traduit pas la pause, le répit... — cette diminution temporaire que nous appelons rémission — dans l'évolution de ton mal. Pour autant, tu me parais, quand je t'observe, quand je t'entends, plus décidé, plus obstiné, que tu ne l'étais, il y a encore un mois. Je vais prendre une image. Tu me fais penser à ces vieux pruniers dont on prédit à chaque hiver qu'on va devoir les abattre, et qui, ô miracle, redonnent des bourgeons au printemps. Cependant, les faits sont là, leur tronc est gangrené, malade, il n'empêche qu'ils ont reverdi, refleuri, et que, bientôt, des fruits leur viendront.

— *Dime, dime quien me llama, quien me dice, quien clama*, murmure, en baissant la tête, le vieil industriel.

— Que dis-tu, l'espingouin ? interroge Reynaud avec une bonhomie qui rappelle à Marolles le temps où ils plaisantaient à tout propos de leurs origines respectives.

— Ce que je dis, le chtimi ?... Je dis : *"Dis-moi, dis-moi qui m'appelle, qui me nomme, qui me réclame"*... Voilà ce que je dis, alors que, toi, tu ne dis rien. »

Le visage de Reynaud se rembrunit. Il se voit forcé de concéder un peu de cette vérité à laquelle lui-même croit si peu : « Trois mois comme un an, voilà ce que je peux te dire. Mais, peut-être aussi, un peu plus ou un peu moins. Va savoir.

— Et à quel moment ?

— Je t'en conjure, Jules, ne m'en demande pas davantage.

— Tu comprends, continue néanmoins le vieux Marolles, je ne voudrais pas ressembler à ce qu'on me dit que le Président est devenu. Je me tirerais une balle dans la tête. Je n'ai pas peur de l'au-delà, moi. Le Paradis m'a toujours ennuyé, je lui préfère l'Enfer, ça ne me changera pas, et je déteste devoir modifier mes habitudes. *Come cebas, así pescas.* Tu as compris ? Comme on fait son lit, on se couche.

— Tu oublies le Purgatoire.

— Je le laisse à mes fils. Ils en auront bien besoin pour se faire pardonner leurs péchés.

— Je n'ai jamais compris pourquoi tu ne les aimais pas, car tu ne les aimes pas, n'est-ce pas ?

— Pourquoi aimerait-on ceux qui ne vous ressemblent pas ? J'ai cru longtemps pouvoir le faire, je n'en ai plus le désir, ni la volonté. C'est aussi simple que cela. Inutile d'épiloguer. Dis-moi plutôt ce que je dois faire pour ces douleurs. Il n'existe pas d'autre traitement ?

— Non, aussi n'hésite pas à augmenter les doses.

— Je n'ai donc plus rien à perdre ?

— Si ! L'opinion... l'estime que tu as de toi-même.

— Ne t'inquiète pas, j'en fais mon affaire.

— On raconte que...

— *Hermano...* frère, bouche-toi les oreilles et n'écoute personne. Tu y perdrais ton temps, comme moi d'ailleurs. Laisse aboyer les chiens. Et maintenant, pressée par ce temps qui passe décidément trop vite, la caravane lève le camp et s'en va, si tu le permets.

— Veux-tu que je te fasse appeler un taxi ?

— Inutile, j'ai mon chauffeur. Je pars cette après-midi pour L'Isle-Adam. »

Orsel est hors de lui. A l'instant, sous le prétexte que sa secrétaire ne lui présentait pas assez vite les lettres qu'il devait signer, il l'a couverte d'insultes. François ne l'a jamais vu dans cet état. Même lorsque la commission d'enquête parlementaire sur de possibles ventes d'armes à l'Afrique du Sud s'était intéressée à leurs petites combines, et qu'il y allait de son honorabilité, voire de son siège, le député avait tout pris à la blague, en sorte qu'ils étaient passés à travers les mailles du filet. Aussi cette incompréhensible métamorphose l'inquiète-t-il. Serait-ce que l'Elysée ne le soutiendrait plus ? Car enfin ce n'est pas parce que deux flics de la brigade financière se penchent sur les comptes des associations sportives que le député préside qu'on doit se débander de la sorte.

« Je vais la virer, cette connasse ! continue de vociférer le député en envoyant balader la pile de journaux que la secrétaire lui a apportés en même temps que le courrier.

— Tu aurais tort, tu t'en ferais une ennemie. Qui sait ce qu'elle irait ensuite raconter ?

— Mouais, toujours du côté du peuple, toi ! Bon, à part ça, on les flingue quand, ces deux emmerdeurs ?

— Okay, d'accord. C'est toi qui t'en charges ?

— J'endosse les chèques, moi, je n'appuie pas sur la détente... Non, mais qu'est-ce qu'on fait ? Je te le redis, on n'est pas dans la merde, là.

— Faudrait savoir, on y est ou on n'y est pas dans la merde ? remarque François avec l'espoir de dérider son associé.

— Tu as encore le temps de te marrer, toi ?

— Ecoute, les juges, les flics, je connais. Il n'y a pas de quoi perdre les pédales, c'est de la politique, tout ça. Il suffit de tirer les bonnes sonnettes, et ils retourneront dans leur niche, trop heureux d'en avoir encore une.

— Parce que tu crois qu'en face, ils ne veulent pas ma peau ? Ils me haïssent, je ne suis pas de leur monde. S'ils peuvent me coincer, ils ne me lâcheront pas.

— Tout du moins, au début ! Ce sera un joli coup au but pour pas un rond... Sûr qu'ils ne vont pas se gêner pour te faire peur. Apparemment d'ailleurs, laisse-moi te dire qu'ils y sont déjà arrivés, mais, à la finale, ils finiront bien par *dealer* avec toi. D'accord, ils ont l'avantage puisque l'enquête est lancée. Eh bien, imite-les, ramasse tout ce que tu peux sur les plus pourris d'entre eux, en particulier toutes les histoires de cul. Ça paye toujours, ce genre de trucs. Le peuple préfère les voleurs aux violeurs.

— Il va falloir que tu m'aides.

— Ce sera donnant-donnant.

— Comment ça ? N'est-on pas comme les deux doigts de la main, nous deux ?

— Qui te dit le contraire ? Simplement, j'ai deux mains, et si je t'ai cédé la gauche, façon de parler, la droite a besoin que tu lui renvoies la balle.
— Je ne comprends pas un seul mot de ton charabia. Sois plus clair. Que veux-tu ?
— Un dossier complet, ce qui s'appelle complet, sur Emilienne Marolles. La liste de ses amants, le détail de ses vices, le relevé de ses dettes, si elle en a... Tout !
— Tu remarqueras que je ne te demande pas l'usage que tu comptes en faire. Reste que toucher à ta belle-sœur, c'est chaud si son mari l'apprend.
— Oh, tu te débrouilleras bien pour qu'il n'en sache rien.
— Marché conclu. Et toi, qui tu peux toucher chez les gens d'en face ?
— Le réseau corse, comme d'habitude. »

Le commissaire Dréan suçote l'embout de sa pipe. Pas plus tard que l'avant-veille, à la visite annuelle de la médecine du travail, la doctoresse, une nouvelle, lui a fait tout un laïus sur les méfaits du tabagisme après avoir noté que sa tension n'avait cessé, « avec une régularité alarmante, commissaire », d'augmenter d'une année sur l'autre. Ç'avait été aussi pénible qu'un contrôle d'identité, à ceci près que les rôles étaient inversés. Combien de pipes par jour ? Tabac brun ou blond ? La fumée, avalée ou non ? Etc., etc. Il lui avait menti avec aplomb — « cinq seulement » —, alors qu'il lui arrivait de dépasser la dizaine, « et je n'avale pas la fumée » — tu parles, c'est ce qu'il y a de meilleur. Résultat : à défaut d'arrêter, elle lui avait fait promettre de réduire, dans un premier temps, sa consommation. « Une, le matin, et une, l'après-midi. — Et le soir, après dîner ? — Des cachous, commissaire. » Il avait opiné, bien décidé à ne pas respecter son engagement.

Or, et il en a été le premier surpris, cette mijaurée est quand même parvenue à jeter le trouble dans son esprit et, bien qu'il soit 11 heures du matin, le commissaire Dréan n'ose pas rallumer sa deuxième pipe, elle devra lui faire usage jusqu'au déjeuner. Saleté de toubib qui ne sait rien d'un métier où l'on doit fumer comme un pompier pour n'avoir pas à se boucher le nez... « En résumé, madame, vous me demandez quoi ? » siffle-t-il entre ses dents.

Muette, Emilienne s'empare de la boîte d'allumettes du commissaire, en sort une, et l'examine comme s'il s'agissait de tout autre chose que d'un brin de bois imprégné de soufre.

« Attention, ne jouez pas avec le feu, vous pourriez vous brûler, ne peut s'empêcher de railler Dréan qui pense que c'est elle, la préfète, qui a dû lui porter le mauvais œil avec sa remarque, l'autre matin, sur le cancer des fumeurs.

— Sans le savoir, vous venez de me tendre la perche, commissaire. Il s'agit bien de cela : je souhaite, nous souhaitons que vous évitiez, par une surveillance accrue, à un membre de notre famille de se brûler les doigts. Nous pensons en effet que notre chère Adrienne court un gros risque en fréquentant ce garçon dont vous m'avez vous-même confié qu'il était en relation avec des individus pour le moins dangereux.

— J'entends bien, madame, mais la police ne s'occupe que rarement de prévention, et en outre il lui faut des ordres pour agir en ce sens. »

Et toc, prends-toi ça dans les gencives ! Si tu crois que je ne t'ai pas vue venir avec tes gros sabots, se réjouit Dréan en observant la mine renfrognée d'Emilienne.

« C'est un service que je vous demande, et j'ai conscience qu'en vous le demandant, je prends quelque liberté avec le règlement.

— Vous me parleriez d'un réseau que je pourrais... »

Le commissaire, qui a repris sa boîte d'allumettes, vient de calculer que s'il ne tire que deux bouffées, pas davantage, il lui restera assez de tabac dans sa pipe pour ne pas en rebourrer une troisième. Ce petit calcul, aussi imprécis qu'il soit, et Dréan n'en est pas dupe, le décide néanmoins. Il fait craquer une allumette et, tout de suite après, il aspire avec satisfaction cette fumée sans laquelle la vie, se dit-il, ne vaut pas la peine d'être longuement

vécue. Reprenant alors le fil de son hypothèse, il ajoute d'un air convaincu : « Vous nous mettriez sur la piste d'un trafic qu'alors tout serait différent. On ne parlerait plus de service à rendre mais de nécessité du service, une nuance qui a son poids dans notre profession.
— Justement...
— Dites-moi tout, madame. Faites-moi confiance.
— Mais je ne peux que vous faire confiance, commissaire. »

Lorsque le temps ne se mesurait pas à ces heures qui s'enfuient si vite, Jules Marolles, l'éternel retardataire, ne supportait pas qu'on le fît attendre, mais depuis que l'on assemble les quatre planches de son cercueil, il ne fait plus que cela, attendre. Et que lui importe que, derrière cette vitre mouchetée de pluie, toute une foule, dont il ne sera bientôt plus, profite d'une accalmie pour se donner l'illusion qu'elle existe ?

Il n'y a plus que sa personne qui l'intéresse. La sienne, et Adrienne, *evidentemente*.

De tout temps, l'industriel s'est protégé du doute, et de la peur, en cultivant les manières hautaines à l'encontre des gens du sérail que sa réussite indignait, et qui mettaient pareille attitude sur le compte de ses opinions politiques.

Mais de là à mépriser la foule, comme il vient à l'instant de le faire, et comme il se le reproche en portant à ses lèvres un verre de blanc limé — il a eu envie de regoûter à ce mélange de vin et de limonade qui faisait ses délices quand il prenait l'apéro avec les copains de l'usine —, oui, de là à mépriser ce peuple d'employés de bureau qui ne peuvent s'offrir un vrai repas chaud à l'heure du déjeuner, mériterait qu'à ton tour, *coño*, tu sois méprisé.

Car qui méprise devient méprisable, hein, *hombre* ?

« Est-ce que monsieur ne voudrait pas, en attendant son invitée, goûter à quelques crevettes fraîches ?
— Non, merci. C'est très bien comme ça !
— Monsieur est-il au moins satisfait de sa boisson ? »

L'œil noir du vieux Marolles pulvérise l'ironie voilée

du maître d'hôtel qui se confond alors en obséquiosités. Un taureau dans l'arène aurait tout de même plus de *caste* que toi, songe l'Espagnol en maugréant : « Donnez-moi donc l'heure.

— 13 heures passées de dix-huit minutes. C'est qu'avec le mauvais temps et tous ces travaux sur l'avenue, on a bien du mal, monsieur, à être à l'heure.

— Bien sûr, bien sûr ! Vous pouvez disposer. »

En traversant dans les minutes suivantes la grande salle de ce restaurant où ne s'attable, à l'heure du déjeuner, qu'une clientèle en notes de frais, Adra soulève sur son sillage quelques coups d'œil éloquents et envieux dont le cœur de Jules Marolles se réchauffe.

On doit me prendre pour un vieux machin traitant sa jeune maîtresse. L'envie plutôt que la pitié, merci, qui que tu sois.

« Aujourd'hui, on s'évite, encore plus que jamais, les reproches, dit Adra après avoir tendu à la dame des vestiaires le grand ciré rouge brique comme on en voit aux marins dans les ports bretons, et que lui avait offert Serge à Belle-Île.

— Je ne songeais pas à t'en faire. Tu es ravissante... aujourd'hui.

— Qu'aujourd'hui ?

— Si je t'avais sue si sensible aux compliments, je t'en aurais à chaque fois couverte, car tu es tout le temps superbe, ma fille.

— Quelle impression ça te fait, de dire "ma fille" ?

— Agréable, très agréable. Je ne m'en lasse pas, ma fille.

— C'est sans doute que, pour toi, ça a le mérite de la nouveauté, que c'est comme qui dirait un produit qui vient de sortir. A la longue, tu t'en lasseras, j'en suis sûre.

— Le voudrais-je que je n'en aurais pas le temps.

— Nous y revoici, nous y revoilà. J'espère que tu as pensé à commander le *Te Deum* ? Sinon, ça manquerait à notre casse-croûte.

— Pardonne-moi. Je te promets de ne plus t'embêter avec ce qui n'est que...

— Et pourquoi donc ? Peut-être bien que j'aimerais, moi aussi, te tenir la main, te remonter le moral en te débitant les âneries de circonstance ? Tu sais, toutes ces choses que l'on dit à voix basse lorsque son père agonise. Détrompe-toi, je connais mes classiques.

— Tu te fais plus méchante que tu es », proteste d'une voix éteinte Jules Marolles avant de se dire qu'il avait bien raison tout à l'heure : le méprisant est méprisable. *Ay Dios mio !*

De son côté, Adra qui voudrait rester sourde à tout sentiment de culpabilité essaie de se convaincre que les choses mortes sont des miroirs qui déforment.

« Et si l'on commandait ? Tu as faim ?

— Moyen... j'ai petit déjeuné très tard.

— L'amour, toujours l'amour. Mais est-ce qu'il y a quand même quelque chose qui te ferait plaisir ?

— Choisis pour moi. Je n'ai pas l'habitude de ce genre de cantoches. »

Jules Marolles va au plus simple. Assortiment de fruits de mer et un bar grillé, mais, pour le vin, il jette son dévolu sur du champagne.

« Puisqu'on prend du champagne, vous n'en auriez pas du rosé ? intervient Adra.

— Si je puis me permettre, mademoiselle, le Castellane 87 que suggère monsieur se mariera mieux avec le goût si particulier des oursins.

— Ne discutez pas, servez ce que mademoiselle désire.

— Dis donc, s'exclame Adra, tu n'as pas dû être un patron facile à vivre. Tu as vu son regard au loufiat, la terreur à l'état pur.

— Il s'en remettra.

— Avec un gros pourboire ? Comme pour moi ?

— Je t'en prie.

— A propos, les papiers que tu m'as donnés, eh bien...

— Tu ne les as pas signés, je suppose ? l'interrompt son père.

— Je ne risquais pas de le faire, vu que je les ai égarés.

En ce moment, je perds tout... *Ah, l'amour, toujours l'amour !*
— Tu m'imites bien.
— Ce doit être la voix du sang, mon père.
— Pour les papiers, rassure-toi, j'en ai une copie avec moi.
— Prévoyant, le généreux donateur. Tu savais donc que j'allais les perdre ?
— Pire ! Je pensais que tu les déchirerais, que tu les brûlerais, bref, que tu t'en débarrasserais, une fois sortie de l'hôtel.
— Mais pourquoi veux-tu me donner absolument tout cet argent ? Je ne t'ai rien demandé. L'épisode des 15 000 balles ne t'a pas suffi ?
— Non. L'argent n'a aucune valeur. Ou plutôt si. Il n'existe que pour être dépensé. Et tu es à l'âge où on le dépense sans penser à plus tard.
— C'est une bonne réponse. Et ta femme, la légitime, je veux dire, elle le dépensait, ton argent ? Parle-moi de ta femme. L'as-tu aimée ? »

« Ma grand-mère !... Encore faudrait-il que je m'en rappelle ! »
Comme Pascal réfléchit à ce qu'il pourrait bien ajouter, Adra pointe sur lui un index accusateur :
« On ne dit pas "je m'en rappelle". »
Son neveu tire longuement sur sa Camel filtre puis en recrache la fumée vers le sol.
« On commence par respecter une langue, dit-il en fixant Adra, et la langue finit par ne plus te respecter.
— Et un pet foireux, un ! Si tu cherchais à m'impressionner, c'est raté. Des comme ça, j'en invente toutes les cinq secondes. C'est même ma spécialité, la phrase qui tue.
— Mais alors pourquoi es-tu si agressive avec moi ?
— Parce que j'ai mes règles, ducon, et que j'ai trop à faire avec ma tuyauterie pour me sentir en harmonie avec mes frères les humains. Satisfait ?
— Tu veux savoir quoi sur ma grand-mère ?

— Elle sentait mauvais ? Elle avait du poil au menton ? Elle te battait ? Je veux du crapoteux, tu comprends ? Du raide, du noir, du cafardeux. Il n'y a que ça qui puisse me faire oublier mon bide.

— Les seules fois où elle m'adressait la parole, ma grand-mère, c'était pour me demander quelles notes j'avais en classe. C'était toujours le même refrain... Au début, j'avais cru qu'elle s'y intéressait, histoire de me refiler un billet. Mais pas du tout, elle était d'une pingrerie effroyable. Alors, je me suis glissé dans la peau du cancre, et j'ai pris mon pied à diviser par deux, ou trois, mes notes.

— Et elle réagissait comment ?

— Le mépris de fer.

— Et toi ?

— Moi ?... Moi, j'en rajoutais. Le zéro absolu, le taré débile, c'était moi. Le nul des nuls ! Résultat, un jour, elle a fait toute une scène à mon paternel. Comme quoi, il devait mieux me surveiller, qu'il y avait déjà un moins que rien dans la famille — mon oncle François, que tu ne connais pas... moi non plus, d'ailleurs, ou si peu —, et que deux ratés, c'était plus qu'elle ne pouvait supporter, etc., etc.

— Il a dit quoi, Nicolas ?

— Rien. Devant elle, il l'a toujours bouclée, mais, moi, le menteur, le méchant, j'ai trinqué. Interdit de sortie durant un mois, le temps d'apprendre par cœur une connerie de pièce de théâtre. Quand on pense que j'étais à peine en cinquième, ou en quatrième... En tout cas, elle est morte juste après. Bien fait pour elle !

— Laquelle de pièce ?

— *Le Jeu de l'amour et du hasard.*

— Il aurait pu plus mal choisir, ton paternel... Récite-moi quelque chose, pour voir si c'est vrai ce que tu me racontes. Je me méfie des Marolles.

— *"Mais encore une fois, de quoi vous mêlez-vous ? Pourquoi répondre de mes sentiments ?"*

— *"Mon cœur est fait comme celui de tout le monde"*, réplique sans la moindre hésitation Adra.

— Si tu cherches à m'impressionner, sourit Pascal.

La demi-sœur

— Ce qui m'a toujours perdue, et qui me perdra encore, c'est d'avoir de la mémoire, soupire Adra. Et toi, tu en as de la mémoire ? De la vraie mémoire. De celle qui t'empêche d'oublier la vie de merde qu'on mène ?

— Moi, répond Pascal avec un air d'importance, je suis éleveur de poussière, alors la mémoire... »

Ils se sont rencontrés devant chez Tati, rue de Rennes. Si Adra en a presque lâché ses deux sacs en le voyant, Pascal s'est efforcé de paraître tout autant surpris, alors qu'il la guettait depuis un bon moment. Pour avoir entendu, la veille, sur le trottoir de la rue du Cherche-Midi, les deux filles de Paranoschize s'y donner rendez-vous, il s'est, à l'heure dite, posté en sentinelle devant cette grande surface du vêtement pas cher. Malgré la pluie qui ne se calmait que pour mieux repartir et malgré sa conviction, croissante, qu'elles avaient dû changer leurs plans, le jeune garçon n'a pas levé le pied.

« Tu fais souvent tes courses dans ce magasin ? On trouve quoi là-dedans ?

— Parce que tu n'y as jamais foutu les pieds ?... Tu devrais. Tu n'aurais plus l'air de te rendre à un enterrement. Putain, pourquoi vous vous habillez tous en noir dans ta génération ? Tu ressembles aux mal-baisés qui parlent de la musique sur MCM.

— T'es vraiment de mauvais poil... On peut voir ce que tu as acheté ?

— Non.

— Je n'insiste pas.

— Toutes les veines, hein ? Voilà qu'il est lâche, le neveu ! Et toi, tu les achètes où, tes tronçonneuses électriques ?

— Je savais bien que tu m'avais reconnu.

— T'as de la thune pour payer les cafés ?

— Tu me prends pour un minable, hein ?

— Non. Je crois même que je t'ai à la bonne... Tu me prêtes dix sacs, je te les rends dimanche, puisqu'on doit se voir à L'Isle-Adam. J'en ai besoin pour faire un cadeau.

— C'est con, je ne les ai pas.
— Tant pis.
— T'es raide, et tu as tout de même pu acheter tout ça ?
— Avec un chèque, on peut tout. Et je te signale qu'il n'y a rien pour moi là-dedans, ce ne sont que des fanfreluches pour un spectacle.
— Tu m'y inviteras ?
— Tue d'abord ton père, puis on verra.
— Et le tien, tu le tues quand ? »
Adra pourrait lui répondre que le rebelle refuse de se laisser prescrire sa conduite, et c'est pourtant tout autre chose qu'elle lui dit : « On ne tue pas ce qui ne vous ressemble pas. »

Après l'avoir quittée devant la bouche du métro, Pascal n'avait pas tout de suite réalisé à quel point Adra s'était jouée de lui. Il était encore sous le charme, à l'image du spectateur de théâtre qui n'en revient pas d'avoir vu évoluer devant soi, en chair et en os, pour de vrai, l'acteur ou l'actrice jusqu'alors inapprochables, et qui serait bien incapable de pouvoir juger le texte que ces créatures de rêve lui ont servi moyennant un dérisoire droit d'entrée.

Ce n'est qu'en se rapprochant du Luxembourg, près duquel il devait retrouver quelques-uns de ses camarades de lycée, qu'il avait réalisé qu'Adra n'avait pas pris au sérieux son refus, pourtant formulé avec la plus extrême véhémence, d'être assimilé au clan Marolles. Et que, loin de le traiter en égal, de l'admettre dans sa confidence, elle l'avait, quand on y réfléchissait, promené dans ce qui pouvait se comparer à un labyrinthe sans issue.

Elle avait d'ailleurs fait bien pis en ne cherchant pas à peaufiner ses mensonges, en ne les enrobant pas d'un minimum de vraisemblance. Il devait en prendre son parti, sa tante le méprisait.

Dans un premier temps, alors qu'il retournait sur ses pas, préférant encore remâcher sa rancune plutôt que d'avoir à subir les bavardages de ses condisciples, il l'avait détestée.

Puis, parce l'idolâtre ne saurait se transformer en iconoclaste par le seul effet d'une déception, Pascal s'était convaincu qu'Adra n'avait pas voulu l'humilier, qu'il s'agissait tout au contraire d'une de ces épreuves auxquelles lui-même soumettait les nouveaux venus avant de leur accorder le droit de s'enfoncer sous Paris. Mais autant il lui était facile de mesurer avec précision les capacités physiques d'un anonyme, autant, dans son cas, il ne savait trop quelle action d'éclat il allait lui falloir accomplir afin de forcer Adra à reconnaître ses mérites.

Indifférent à la pluie qui avait repris de plus belle, il était d'abord redescendu vers la Seine, rêvant un instant devant le Louvre de renouveler le geste de cet Italien qui était parvenu, au début du siècle, à y dérober *La Joconde* avant d'aller l'offrir à Apollinaire, son poète d'élection. Lorsqu'à la fin d'un cours sur la flexibilité des notions morales, Barnave, le prof de philo, leur avait raconté cette histoire, la quasi-totalité de la classe l'avait prise à la blague sauf Pascal qui ne ratait pas une occasion de faire l'éloge de Néron chaque fois que sa mère le bassinait avec les grands travaux de Mitterrand.

Mais voilà — s'était-il convaincu en laissant rapidement le Louvre derrière lui —, que pourrais-tu voler qu'Adra acceptât ? Lui apporterais-tu *Le Radeau de la Méduse* qu'elle te rirait au nez ! Merde, elle te l'a assez dit, l'art n'est pour elle qu'un passe-temps en attendant mieux. En attendant quoi, d'ailleurs ?

Réfléchis. Vu sa réaction quand tu lui as parlé du suicide d'Antoine Peyrot — « On ne se tue que parce qu'on a renoncé à tuer les vrais coupables » —, qu'est-ce qui la branche ? Qu'est-ce qui la fait bouger ?

Son mec, sûrement.

Mais en dehors de lui, qui et quoi ?

Remarque, s'illumine-t-il alors qu'il remonte la rue du Bac, ce n'est pas la contradiction qui lui fait peur, elle est même en plein dedans, parce que sa musique, elle s'y donne à fond, tandis que, toi, tu n'as rien à quoi t'attacher, tu te fous de tout, tu n'as aucune ambition, et donc, dans une certaine mesure, tu lui es supérieur. Elle n'erre dans la nuit qu'avec l'espoir d'en sortir, de s'en sortir. Et elle finira par y parvenir. Sans un regard pour toi. Hisse-toi donc à son niveau. Mieux, précède-la, double-la, mène la course en tête, oblige-la à te coller au train. Apprends-lui que si l'on refuse à un enfant de 17 ans de passer par la porte, il rentrera par la fenêtre et, alors, malheur à qui se mettra en travers de son chemin.

« Vous n'auriez pas du feu, par hasard ?
— Je ne fume pas.
— Dommage... Quel temps de chien, hein ?
— Toutes les pluies ont une fin.
— Vous êtes étudiant ?
— J'en ai l'air ?
— Donc, vous ne l'êtes pas, et pourtant votre remarque sur la pluie avait ce petit côté littéraire qui dénote son bon élève.
— Et vous, vous êtes quoi ? Un brontosaure qui ne retrouve pas le chemin du muséum ? » persifle Daniel qui n'apprécie pas qu'on l'empêche de poursuivre la lecture de son journal de petites annonces.

Le sale con ! Brontosaure, et puis quoi encore ? Quand je pense qu'il va falloir que je m'explique avec lui...

« Moi ? Moi — pourquoi vous le cacher plus longtemps ? — je ne suis que l'ancien amant d'Adra. »

Frappé de stupeur, on le serait à moins, Daniel ne sait quelle contenance adopter et, faute d'une réplique foudroyante, il ne trouve pas mieux que de repousser en arrière cette frange qui lui permet si souvent de ne pas prêter attention à ce qu'il ne désire pas voir. Qui peut donc bien être ce désossé à la figure d'enterrement qui n'avait de surcroît aucun besoin de lui pour allumer son cigarillo puisque le voici qui sort d'une de ses poches un Zippo en parfait état de marche ?

« Je vous ai choqué ? C'est le privilège de l'âge, que voulez-vous ? Plus tard, vous aussi, vous mettrez de votre côté l'effet de surprise.

— Evidemment, si je vous demande qui vous êtes,

vous allez me répondre : James Bond, à moins que vous ne vous preniez pour Dieu le Père ?

— Désolé de vous décevoir, et bien que j'aime assez James Bond, Dieu un peu moins, je m'appelle Freytag, mais mes intimes m'appellent en ce moment Serge.

— En ce moment ? répète Daniel, encore mal remis de sa surprise.

— Je constate en tout cas qu'Adra ne vous a pas parlé de moi. En un sens, je la comprends, on n'a pas su se trouver, elle et moi. Et ça s'est mal terminé. Dans l'incompréhension la plus complète.

— Elle avait quel âge ? 12 ans ? Je vous vois bien en train de lui offrir des bonbons au Luxembourg. Ça vous irait comme un gant, ce genre de rôle. Car, si vous me dites que ça date d'hier, je ne vous croirai pas. Vous êtes bien trop vieux, trop déglingué, pour elle, ajoute méchamment Daniel.

— Je crois plutôt que c'est elle qui est très vieille.

— Vous n'avez jamais pris un verre en pleine tronche ?

— Plus souvent qu'à mon tour... Vous me décevez, vous n'êtes pas observateur. Où croyez-vous que je me sois attrapé la gueule que j'ai ? Dans une pochette surprise ? Dans un de vos romans de science-fiction ?... Eh oui, même cela, votre manie de collectionner les fonds de tiroir, ne m'est pas inconnu.

— Dites-moi seulement à quand remonte votre prétendue amourette, et ensuite on arrête les frais, quoique, je le répète, vous mériteriez que j'ajoute ma marque sur votre gueule de faux jeton. Alors, c'était quand ?

— En novembre de l'année dernière... Ne partez pas ! Réfléchissez, je ne me suis pas assis à côté de vous juste pour vous dire que vous n'étiez pas le premier sur la liste, que je connaissais vos goûts, ce qui implique, entre parenthèses, que je me suis renseigné sur vous, que je vous ai suivi, et que, à supposer que je vous veuille du mal, rien ne me serait alors plus facile que de vous retrouver. Faites donc preuve d'un peu de bon sens. Apprenez à survivre et oubliez votre amour-propre.

— Là, vous vous plantez, je n'ai aucun amour-propre,

et cessez de me faire la leçon. J'ai très bien compris que vous m'aviez logé — c'est bien comme ça qu'on dit chez les flics ? Ce que vous devez être, finalement. Mais j'en ai rien à battre. Des uniformes, notez-le dans votre rapport, j'en chie un tous les matins. Si je me tire, c'est...

— C'est pour aller prévenir Adra ? Pour lui réclamer peut-être des comptes ? Serait-on en train de piquer sa crise de jalousie rétrospective ? Vous auriez tort, ce qui est fait, est fait.

— Vous êtes vraiment le roi des nazes. Sur ce, je vous ai assez vu.

— Restez, je vous dis. Adra est en danger, et je suis le seul à pouvoir vous aider. Et, une bonne fois pour toutes, fourrez-vous dans la tête que je ne suis pas un flic, ni un ennemi. »

Un demi-sourire aux lèvres, Daniel se rassied. Maintenant qu'il est revenu de sa surprise, il éprouve de la honte. Il voudrait tellement qu'on cesse de le considérer pour quantité négligeable, qu'on se méfie de lui, qu'on ne s'arrête pas à son apparence juvénile. Aussi, après avoir posé ses coudes sur la table, referme-t-il, avec une lenteur menaçante, ses poings à la hauteur du visage de celui qu'il range, malgré ses dénégations, dans le camp de ses ennemis.

Comme pour lui donner raison, Serge se recule légèrement : « Vous tenez donc tant que ça à vous chicorer ? »

Dans la tête du jeune homme, des images de bravoure cinglante, d'héroïsme sublime, qui doivent plus à ses lectures qu'à son expérience, s'entremêlent, et s'entrechoquent tel un flot ininterrompu et chaotique. C'est qu'il aimerait tenir tête à cet homme duquel il envie, avec la rage des maladroits, cette maîtrise qui vient de lui permettre de l'interpeller sans que transparaisse dans sa voix le plus petit soupçon de crainte. Il lui faut donc à tout prix marquer son territoire, et c'est sans le moindre sens de l'à-propos qu'il recrache à Serge une réplique empruntée au *Chaos final*, un roman dans lequel Bart Fraden le libérateur faisait mieux que tuer ses ennemis, il les dévorait tout crus : « Je vois, je vois, une petite réunion entre hommes ! Avec de la bière et du technicolor cochon, je suppose.

— Il n'y a que pour la couleur du film que vous vous êtes trompé, lui répond Serge du tac au tac, le mien, celui que je vais vous raconter, est noir, très noir. »

Allegro ma non troppo

AU PRINTEMPS DES AMANTS

1

5 mai 1995...

Il ne pouvait s'empêcher de le faire. Pire qu'un réflexe, un tic. Résultat, plus il serrait ses mâchoires, plus il les frottait l'une contre l'autre, et plus cette incisive du haut, qu'un coup de tête avait autrefois ébréchée, lui faisait mal, quoique ce fût une douleur tolérable, acceptable. Un peu — tout en glissant un œil vers le rétro intérieur, il chercha une image qui le rassurât —, un peu comme si la dent se déchargeait par ondes successives d'un surcroît de tension.

A l'arrière, sur la banquette de la grosse Honda, les genoux au menton, Daniel dormait sans bruit, ramassé sur lui-même. En prison, on lui avait rasé le crâne — lui-même disait qu'on l'avait scalpé, et que « c'était de bonne guerre, étant donné ce que je lui ai mis dans la gueule à ce maton de merde qui voulait m'inspecter le trou de balle avec sa règle en fer, non mais des fois ».

Serge ne l'avait pas reconnu quand il était venu, la veille au milieu de l'après-midi, le cueillir à la sortie de Fleury-Mérogis. L'Indien était redevenu un adolescent trop vite monté en graine. Même son caractère s'était modifié. Vingt-sept jours de cellule, dont onze de mitard, avaient suffi à le rendre vétilleux, et presque sournois.

Celui-là ne perdrait plus son temps à vider son sac avant de frapper, il cognerait, puis il argumenterait, avait tout de suite compris Serge. Aussi ne l'avait-il pas quitté du regard lorsqu'il l'avait invité à le suivre jusqu'à sa voiture. « Moins cinq d'ailleurs qu'il ne m'en colle une, et par-derrière encore, comme on doit le faire lorsqu'on veut s'en sortir sans plaies ni bosses », avait-il dit en téléphonant ensuite à Adra qui attendait son appel pour boucler ses valises. Mais alors qu'en début de semaine, lorsqu'ils en avaient discuté, la jeune femme avait insisté pour que la fin de son hospitalisation coïncidât avec la remise en liberté de son amant, l'incohérence de sa réaction décontenança Serge : « Ils auraient dû le garder plus longtemps », marmonna-t-elle avant de raccrocher.

A perte de vue, les champs de colza en pleine floraison ponctuaient d'un jaune acide, et vivifiant, la plaine lourde d'une pluie qui ne s'était arrêtée de tomber qu'après Barbezieux. Déjà, le soleil jouait des coudes, essayant de se frayer un chemin à travers les nuages de grêle. Serge éteignit ses phares. On y voyait assez clair. Presque au même moment, l'ambulance, qui le précédait, en fit autant, puis accéléra. Au départ, il avait été convenu avec son chauffeur que les deux véhicules s'arrêteraient dans un routier des environs de Ruffec, le temps d'un café, avant d'aller rattraper l'autoroute à la hauteur de Poitiers.

S'il n'avait pas craint de réveiller Daniel, Serge aurait branché la radio, bien qu'à tout prendre il préférât encore s'en priver plutôt que d'avoir à surveiller, en plus de la route, le coursier qui n'avait pas digéré le refus catégorique de l'infirmière de le laisser monter aux côtés d'Adra. Daniel ne s'y était résigné que parce que la jeune femme, aussi pâle qu'un spectre, s'en était mêlée — « Daniel, je t'en supplie, écoute-les, ils ont raison, c'est plus sage. » Ensuite, ça n'avait été que jérémiades, récriminations et propos à l'emporte-pièce. En sorte que lorsqu'il s'était subitement éteint, vaincu par la fatigue accumulée du voyage aller et de cette nuit blanche au cours de laquelle il s'était fait expliquer, et dix fois plutôt qu'une, comment on en était arrivé là, Serge avait ressenti une joie sans mélange, comme quand sa fille renonçait à débiner les livres qu'il lui offrait.

Dommage qu'il y ait eu alors cette maudite dent pour gâcher ma quiétude.

Rabattant le pare-soleil, Serge se mit à nettoyer avec un mouchoir de papier, lui-même pas très propre, le petit miroir que l'on trouve à son envers, puis, ouvrant grande la bouche, il tenta d'apercevoir ce qui clochait avec son incisive. A priori, rien qui fût décelable à l'œil nu. Ni plus ni moins pourrie que les autres.

L'espace d'un court instant, Serge se revit devant Assas alors qu'il conduisait une expédition punitive contre les nazillons qui s'en étaient pris, quelques jours auparavant, à un groupe de femmes de tous âges venues expliquer aux étudiantes pourquoi, comment et où elles s'étaient fait avorter clandestinement. Lui d'ordinaire si attentif à ne jamais se couper de ses camarades, il n'avait pas résisté au plaisir — car c'en était un — de courser à travers les sous-sols de la faculté de droit le salopard en chef, celui qui avait obligé l'une des militantes du Planning familial à boire son urine. Et c'est ainsi que « le Furet » était tombé comme un bleu dans le piège.

Ils étaient bien sept ou huit à l'attendre au détour de ce couloir dans lequel il s'était engouffré sans s'assurer qu'on le suivait. Bilan : deux doigts cassés, un genou amoché, quelques côtes fêlées, et surtout (en ce temps-là, le camarade Freytag se servait de son sourire comme d'un efficace moyen de persuasion auprès des indécis), oui, surtout, cette dent ébréchée. La même qui devait, maintenant qu'il n'accordait plus aucune attention à son corps, se déchausser, estima-t-il en remettant en place le pare-soleil.

L'infirmière relâcha la poire du tensiomètre et desserra la sangle. C'était toujours trop bas, mais ça ne s'était pas dégradé depuis qu'on roulait. « N'empêche qu'il faudra vous suralimenter une fois à la maison, mon petit. Beaucoup, beaucoup de viandes rouges et de bouillons de poule. »

Quoique faite sur un ton chaleureux, tout dans cette

recommandation pressante aurait dû la faire ricaner. Adra n'en avait cependant ni la force, ni le désir. Et pas d'appétit non plus. Alors devoir passer à table pour y ingurgiter, à heures fixes, des monceaux de nourriture, pour sûr que c'était une blague.

Une très mauvaise blague.

Son corps, Adra ne le sentait plus. Il ne lui appartenait plus. Indifférent et autonome, il errait à sa guise. Ç'avait commencé à la clinique. Certaines nuits, il se séparait d'elle et s'en allait se tapir dans un recoin de la chambre. Comme une prothèse qui n'aurait plus d'usage... Il n'y avait que sa tête pour continuer à l'accepter telle qu'elle était devenue. C'est-à-dire un résidu de savonnette. L'ultime fragment qui vous échappe des doigts avant d'être englouti par le trou du lavabo, direction le tout-à-l'égout.

Mais que peut une tête quand l'âme se déplace dans le vide ?

Ça y est, cette fois, je suis en plein dedans, essaya de se raisonner Adra. Je suis en train de coller à la définition, je deviens exactement ce que le psychiatre a dit que j'étais, une maniaco-dépressive. Lui aussi m'appelait « ma petite », lui aussi me parlait de « ma maison », lui aussi réclamait que je dise adieu à l'exaltation, à l'ivresse.

A la haine, surtout.

« Il faut en finir avec tous ces rêves, avec toutes ces lectures, ma petite, profitez donc de votre séjour ici pour laver votre mémoire de tout ce fatras qui l'encombre. » Evidemment qu'il ne le disait pas aussi crûment, pas si con, le collabo, mais c'était ça qu'il pensait, et pas autre chose. Il n'y avait qu'à voir de quelle façon il plissait ses lèvres de chien mort chaque fois qu'il me revenait des arrière-goûts de ma jeunesse...

Lui soulevant la tête, l'infirmière l'aida à boire un de ces ignobles trucs sucrés qui ne lui étaient d'aucune utilité puisqu'elle n'avait plus de corps à nourrir, mais allez le faire comprendre à une mémère qui sursaute lorsque vous lui rappelez que la condition d'animal domestique entraîne celle de bête de boucherie.

On approchait.

Dans moins d'une dizaine de kilomètres, on atteindrait Ruffec, et monsieur le rabâcheur redonnerait de la voix. Et si je l'assommais pour avoir la paix jusqu'à Paris ? Ce me serait facile, une manchette derrière la nuque, pas trop forte, à peine appuyée, juste de quoi obtenir le silence sur toute la ligne. Sauf qu'Adra ne me le pardonnerait pas, et qu'entre deux maux il valait encore mieux choisir le plus supportable. Avec Daniel, je n'ai qu'à me boucher les oreilles, tandis qu'avec elle, il me faudrait endurer son mépris, et ça, j'en ai eu plus que ma ration durant ce long hiver.

Sur le siège à côté du sien, il y avait le journal qu'il avait acheté à Libourne sans même l'ouvrir. Tout en prenant garde à ne pas perdre de vue l'ambulance qui roulait de plus en plus vite, Serge lâcha d'une main le volant et déplia *Sud-Ouest*. Un gros titre barrait la une : « Dimanche, un deuxième tour serré ».

Tu parles, le Chichi, il sera élu dans un fauteuil. Moi-même, si j'allais jusqu'au bout de mon raisonnement, je voterais pour lui, comme en 74, pour Giscard, contre Mitterrand, le vote révolutionnaire, camarades. N'importe quoi plutôt que la farce de la continuité dans le changement, se dit Serge en songeant à la tête que ferait cette ordure de Nicolas quand il se verrait condamné à ravaler ses ambitions de grand ministre.

Car des trois frères Marolles, c'était bien lui le plus haïssable. Avec ses airs de ne pas y toucher, de politicien intègre, il les avait tous enfoncés. Même François y avait perdu des plumes, alors qu'à force de se frotter jour après jour aux malfaisants de la planète, il s'était pensé increvable, de l'acier trempé. Reste que s'il ne s'était agi que d'un duel fratricide, Serge n'aurait pas été le dernier à y aller de ses applaudissements. Perdre un ennemi quand ils sont légion ne se refusait pas.

Non, l'inattendu, l'imprévu, ç'avait été à deux, trois détails près, et sur un mode autrement plus périlleux, la répétition du coup d'Assas.

Jusqu'alors, ça ne lui était pas venu à l'esprit, et s'il n'y avait eu cette incisive qu'il s'arracherait séance tenante, sans doute n'y aurait-il jamais pensé. C'était néanmoins en tous points conforme. Tandis qu'en se protégeant de François, il pistait Olivier, si prévisible que c'en était un jeu d'enfants de l'empêcher de nuire, Serge avait dédaigné Nicolas, tant il était convaincu que le député ne se mouillerait pas dans ce peu ragoûtant tour de passe-passe. Mais il avait oublié qu'une femme ne renonce jamais à tirer du sang de celle qui lui a tiré des larmes, si bien que, pour avoir associé Emilienne Marolles à Olivier, et uniquement à lui, Serge avait fini par la sous-estimer. Or, dans les derniers jours de mars, se rendant compte, c'était l'évidence même, qu'Adra lui échapperait si elle persistait dans sa stérile alliance avec son beau-frère, l'épouse volage avait entrepris la reconquête de Nicolas.

De quels arguments avait-elle alors usé ? Bien qu'il n'eût cessé de se la poser, Serge n'avait toujours pas trouvé la réponse satisfaisante à cette question. Autant pour tenir à distance la douleur que pour y réfléchir une fois encore, Serge alluma un cigarillo.

Une seule chose était certaine, Emilienne n'avait pas visé le lit conjugal.

Par un restaurateur turc, grâce auquel le marché tchétchène s'était négocié, mais qui fricotait aussi avec les services secrets de son pays en les renseignant sur la remuante communauté kurde de Paris, Serge avait eu plus d'une preuve que l'épouse infidèle ne s'était pas séparée de Karim.

C'est d'ailleurs ce qui l'avait trompé.

Car comment aurait-il pu dès lors suspecter Nicolas d'être de mèche avec Emilienne et son amant ?

Comment se serait-il douté qu'en le recevant au fin fond du 20ᵉ arrondissement, dans une section de son parti vide de tout militant et non à l'Assemblée, ou rue de Solférino, — « Ce que j'ai à vous dire, mon cher Freytag, ne doit pas avoir de témoins » —, le député complotait sa mise à l'écart, pour ne pas dire sa disparition complète et définitive ?

Qui aurait pressenti un traquenard des plus machiavéliques dans ce projet que lui avait exposé Nicolas, et qui avait (cela ajouté avec la mine adéquate) les faveurs des plus hautes autorités de l'Etat, bien que « vous comprendrez qu'elles ne puissent agir à visage découvert » ?

Et qui enfin, surtout dans sa situation, ne se serait pas laissé appâter par cette précision de l'émissaire secret de l'Elysée : « Sans compter, mon cher Freytag, votre petit bénéfice. Au demeurant, pas si petit si vous savez y faire. Un bénéfice sur lequel, compte tenu de vos mauvaises relations actuelles avec mon frère François, vous auriez tort de cracher... et je ne parle pas que d'un bénéfice financier. En effet, qui sait si vous ne pourriez pas envisager par la suite de monter votre propre structure ? »

Dans la bouche de Nicolas Marolles, en faisant parvenir aux Kurdes d'Irak ces containers d'armes, quoiqu'on pût penser, étant donné leur lieu de livraison, que mortiers, mines antichars et pistolets mitrailleurs iraient droit à leurs frères ennemis de la frontière turque, Serge remplirait — « mais oui, ne souriez pas » — une mission humanitaire.

C'était de surcroît l'affaire d'une petite semaine, et puisque Adra ne paraissait plus menacée, il avait fini par accepter. Et ce, d'autant plus facilement qu'il avait tout de même pris la précaution de faire vérifier si la livraison avait bien reçu l'aval de l'Elysée, et qu'on lui avait assuré que la femme du Président couvrait l'opération.

Salopard d'informateur !

Comme un bleu, le Freytag, comme un bleu...

« T'es aveugle, ralentis, grogna Daniel. Tu n'as pas vu sa flèche ? Il tourne à droite.

— Tu n'es pas obligé de descendre. Pourquoi ne continuerais-tu pas à te reposer ? Ça te ferait le plus grand bien. Si tu te voyais, tu as vraiment une sale gueule.

— Parce que la tienne... »

Daniel s'interrompit, puis ajouta : « Ils m'ont séparé d'elle trop longtemps. Alors, même cinq minutes, cinq petites minutes pendant lesquelles je pourrai lui tenir la

main, sont toujours bonnes à prendre. Et contre ça, t'as quelque chose à dire ?
— Non, c'est toi qui as raison. Profite de la vie. »

Adra le regarda et pensa qu'ils étaient morts. D'une balle en plein cœur. Tous les deux. Lui comme elle. Comme le reste du monde.

Et elle pensa aussi que cette ambulance n'en était pas une, qu'on leur mentait, que c'était un simulacre, ou alors que l'ambulance les conduisait non à Paris, qui ne pouvait plus être qu'un cimetière à l'abandon, mais dans une de ces zones de non-vie, un de ces champs de ruines dans lesquels s'entassent les statues mutilées dont plus personne ne veut.

« Je deviens folle », murmura-t-elle en fermant les yeux pour ne pas voir sa réaction.

Après un temps de silence, Daniel décida qu'il lui devait une réponse brutale : « En prison, j'ai failli, moi-même, le devenir parce que je ne savais pas à qui m'en prendre et que je ne comprenais pas pourquoi je ne recevais ni lettres, ni visites de toi, pourquoi celle que j'aimais, celle que j'avais choisie et qui m'avait choisi ne me donnait pas signe de vie... A un moment donné, j'en étais arrivé à penser que si l'on m'avait enfermé, c'était à cause de toi, que tu m'avais donné aux flics pour que je ne sois plus le témoin de ta honteuse dérive. Heureusement qu'il y a eu cette avocate, sinon j'aurais fini par te haïr. Mais depuis cette nuit, depuis que Serge m'a tout raconté, je me suis juré que plus jamais je ne serai fou, que plus jamais je n'accepterai que l'on me réduise à un simple numéro matricule. Je veux me venger... Nous venger ! Tant qu'à disparaître, je les emmènerai avec moi, tous et même d'autres, s'il le faut.

— Alors, laisse-moi, oublie-moi, ne compte plus sur moi, je ne vaux plus rien. Moi aussi, je vais disparaître, mais seule, sans un cri, dans la lueur grise du soir... M'entends-tu ? On ne venge pas quelqu'un qui ne veut plus souffrir. Le sang, Daniel, ne se lave pas avec du sang, mais avec de l'eau. Fuis, va-t'en, s'il te plaît.

— Arrête de mentir ! »
Le long gémissement de la jeune femme faillit arrêter Daniel qui pensa alors que s'il entrait dans son jeu, il rejoindrait Serge dans la longue suite des amants oubliés : « Tu mens, te dis-je. Et tu ne le fais que parce que tu n'as qu'une idée en tête : m'épargner, sauf qu'en m'épargnant, tu me sacrifies. Plus d'une fois, tu m'as répété que rien ne se transmettait, qu'il fallait tout brûler, eh bien, il est temps. Il ne faut pas avoir peur. C'est d'elle, de la peur, que l'on meurt, et tu le sais très bien. Tu ne fermes les yeux que parce que tu as peur de ce qui pourrait m'arriver. En vérité, tu as pitié de moi. C'est un sentiment périmé, la pitié. Le sang se lave avec de l'eau, m'as-tu dit. Peut-être ! Mais pourquoi le laverait-on ? Et crois-tu qu'il n'y a que dans le sang, que par le sang, qu'on se venge ? Tu t'es raconté une histoire, or il n'y a plus d'histoire, ou, plutôt si, il n'y en a qu'une, la nôtre, qui n'est pas écrite, et que personne d'autre que nous ne peut écrire. Freytag a raison, nous ne mourons pas des coups de nos ennemis, nous mourons de nous apitoyer sur nous-mêmes. Oh, certes, je sais fort bien à quoi je ressemble, à un fantôme qui n'effraye plus que lui-même chaque fois qu'un miroir lui renvoie son image. Et alors ? Il suffit d'une allumette, d'une toute petite allumette, pour que le feu... »
On le tira sans ménagements en arrière. C'était Serge : « Ne vois-tu pas qu'elle s'est endormie ? Tu es fou, mon pauvre garçon, tu es fou. Vous êtes fous, tous les deux.
— Je t'interdis de me dire ça sinon...
— Sinon quoi ? Allons, descends, on repart. Tu ne veux pas venir ? Il le faut pourtant. Il n'y a pas de place pour un deuxième fantôme dans cette ambulance. Si ça peut te décider, je veux bien m'excuser, tu n'es pas fou. En tout cas, pas assez pour qu'on te considère comme tel. Tu ne comprends pas ? Alors, je vais devoir t'expliquer encore quelques petites choses. J'ai moi aussi mon idée sur la façon de tourner la page. Allons viens, les voilà qui arrivent et, s'ils te trouvent là, assis à ses côtés, la privant de cet air dont elle a tant besoin, on va avoir

droit à une scène inutile. Ce qui, entre parenthèses, n'arrangera pas nos affaires.
— Elle ne dort pas, elle fait semblant.
— Que veux-tu qu'elle fasse d'autre ? Au lieu de lui ouvrir une porte, tu les lui as toutes fermées. Viens. N'aie aucune crainte, tu la reverras. »
Et tandis que le jeune homme se laissait avec une évidente mauvaise grâce glisser hors de l'ambulance, Serge ajouta comme pour lui-même alors qu'il espérait qu'Adra l'entendrait : « Elle est à toi, elle est pour toi. Mais il n'y a que moi qui puisse vous réunir. »

Daniel refusa de remonter à l'arrière. Il ne voulait plus dormir, chaque chose en son temps, il voulait parler. « D'autant, ajouta-t-il en s'asseyant à côté de Serge, que s'il y a une place qui me revient de droit dans cette chiotte, c'est bien celle du mort. » Branchant aussitôt la radio, Serge ne fit aucun commentaire, il aurait tout de même préféré remettre à plus tard l'explication promise. « Vous verrez, lui avait dit l'infirmière en lui remettant deux gélules multicolores, c'est un remède miracle, effet immédiat et aucune somnolence. » Tu parles !
« Bon, alors, c'est quoi, ces détails qui me manquent ? » demanda Daniel en ébauchant un geste en direction de la radio.
Après lui avoir saisi la main, Serge se pencha pour au contraire monter le son, puis démarra : « Tu permets ? Je connais le type qui doit parler en fin de journal, et je voudrais écouter ce qu'il a à dire.
— Un de tes potes marchands de canon ?
— Marchands de canon ! Il n'y a plus que toi pour utiliser de telles expressions. Mais non, il ne vend pas de canons, comme tu dis, il les fabrique. Bon, on se tait, ça va être à lui. »
Il n'empêche que pour avoir encore échangé quelques mots sans intérêt, ils ratèrent le début de l'interview.
« ... On nous dit, on nous répète : "Les idéologies sont mortes, soyons pragmatiques." Les idéologies ne sont ni mortes ni molles, mais terriblement vivantes, et dures,

et meurtrières. Simplement, et par définition, elles sont invisibles. De fausses évidences jamais remises en question. La valeur sans le sens. Et qui rend "fou" — le déprimé vend la mèche — ou qui tue... La lutte des classes demeure le moteur de l'histoire mais, on le sait maintenant, l'angoisse des individus est le carburant de ce moteur. — Abraham Wolfson, merci d'avoir répondu à nos questions, et à présent une page de publicité... »

« C'est ça qui te branche ?

— Pas toi ? Pourtant, il me semble que "les idéologies vivantes et meurtrières", tu en as eu un avant-goût, non, ces derniers temps ?

— Je vais te dire une bonne chose : les théories, les idées qu'on coupe en quatre, en dix ou en cent, tout ce remue-méninges, je m'en tape désormais. Je n'ai plus envie d'être un cobaye. On m'a sorti de l'éprouvette, je n'y reviendrai pas de sitôt...

— Tu n'as donc pas écouté, le coupa Serge. Logique, d'ailleurs.

— C'est quoi ce ton supérieur que tu prends avec moi ? Qu'est-ce qu'il y a de logique dans ma réaction, hein ? Toi, je te vois venir, tu vas me rechanter le couplet de l'expérience sans laquelle, tralala, pouète pouète. Te fatigue pas, j'en ai une overdose des anciens combattants. A la casse, les antiquités, les hors d'usage ! Et puis, finalement, cesse de baratiner, t'es quand même passé à travers, toi. Je suis même sûr et certain qu'en Turquie, tu ne t'es monté le bourrichon que parce que le barman de ton hôtel avait chipoté sur les glaçons dans ton whisky, et tu en as conclu, en tirant sur un de tes putains de cigarillos, qu'on en voulait à ta peau... Mais vas-y, défends-toi. Sors-moi le grand jeu, exhibe tes cicatrices, tes médailles, je demande que ça, qu'on me fasse rire.

— Tu as craché tout ton venin ? Vérifie bien s'il ne t'en reste pas car, après... »

Serge se souvint tout à coup d'une de ces phrases énigmatiques dont se gargarisait Adra, et qu'elle lui avait encore assenée lorsqu'au retour de Turquie il avait foncé la voir à la clinique, et il la resservit à Daniel : « Car, après, les paroles conservées sont mortes et engendrent la pestilence.

— J'ai déjà entendu ça, vieux con.

— Ecoute, on va faire un marché, nous deux.

— Ça aussi, tu me l'as déjà dit. Tu ne te renouvelles guère.

— Désolé, je te l'expose quand même, mon marché. Article un, seuls les salauds survivent, donc tu n'as aucune chance contre moi, mais ce n'est pas ça, à vrai dire, le *deal.* Ça, ce n'est qu'un constat, le postulat de base si tu préfères. Article un bis donc, tu ouvres la boîte à gants. Dedans, tu vas y trouver une trousse à outils, logiquement, il y a une tenaille, tu la prends, et tu m'arraches cette putain de dent ! hurla Serge en lui désignant son incisive.

— A tes ordres, encore que je ne vois pas où est le marché, ou alors c'est juste que t'es maso.

— Article deux, quand tu me l'auras arrachée, je te crève les deux yeux. D'accord ? Et tu sais pourquoi ? Parce qu'ils ne te servent à rien. Que tu n'entendes pas, passe encore, mais que tu ne saches pas voir, ça me dépasse, et ça mérite sanction. Bordel de merde, tu n'as pas d'amis, ta gonzesse est en train de te lâcher, et tu te prends pour l'ange exterminateur. Je suis peut-être vieux, mais le con, c'est toi.

— N'y a pas de tenaille, dommage. Au fond, Adra et toi, vous êtes pareils, vous ne faites que mentir.

— L'ennui, gamin, c'est qu'elle te préfère.

— Tu le crois vraiment ? »

Serge fut ému par l'intonation suppliante du jeune homme, et il se reprocha d'avoir pu penser que son séjour à Fleury-Mérogis l'avait changé. Les enfants ne vieillissent pas, ne s'endurcissent pas en vingt-sept jours de prison. Sous l'agressivité de Daniel, le cœur continuait de battre et de douter.

« Elle n'aime que toi », finit-il par lui lâcher. Et pour faire bonne mesure, Serge ajouta avec ce qui pourrait apparaître le dépit d'un rival blessé et malheureux : « Et, crois-moi, ça me coûte de le reconnaître. Maintenant, le marché, si tu permets... J'ai vraiment mal aux dents, l'infirmière m'a garanti que d'ici peu, ça s'atténuerait, alors voici ce que je te propose, on met une cassette, j'attends que ça passe, et ensuite on se cause sérieux.

— T'as une préférence pour la musique ?

— Ça va être vite fait, je n'ai que deux cassettes. Et que du classique.

— Ah, les vieux, tous les mêmes ! »

2

toujours le 5 mai 1995...

Alors que Serge n'y croyait plus, qu'il vouait l'infirmière à la damnation éternelle, le miracle se produisit. Contre toute attente, la douleur déclina, puis s'espaça avant de cesser d'une manière subite à l'approche de Tours. Plus d'une centaine de kilomètres avaient été parcourus et, hormis les *Deuxième* et *Quatrième Concertos pour piano* de Beethoven, entrecoupés de quelques onomatopées, pas franchement hostiles, de Daniel, le marché avait été respecté, pas la moindre amorce de dialogue n'avait troublé la concentration de Serge. Encore qu'à l'image des phalènes que le plus petit lumignon attire et réduit en cendres, longtemps ses pensées voltigèrent çà et là. Sans doute parce que la souffrance ne s'accommode d'aucun plan, d'aucune cohérence.

Ainsi d'avoir songé à sa fille Catherine, qu'il devait appeler le soir même à 19 heures — elle avait rejoint sa mère en Irlande —, l'amena, sans qu'il y eût un quelconque rapport de cause à effet, à se rappeler sa dernière rencontre avec Jules Marolles, la scène se situant l'après-midi du jour où il devait s'envoler pour Ankara.

Tout au long du mois précédent, le cancer s'était, ainsi que Reynaud l'avait redouté, généralisé et étendu à d'autres parties de l'organisme. Après avoir parasité le foie et le pancréas, les métastases menaçaient désormais les reins. Mais plus que le corps, c'était l'esprit du vieil homme qui avait capitulé devant la maladie.

Il ne quittait plus sa chambre d'hôtel où il s'était installé à demeure depuis sa rupture avec ses fils, laquelle n'avait fait que fortifier son refus de remettre les pieds rue de Passy, dans ce duplex auquel s'attachait par trop de détails accablants le souvenir d'une famille qu'il ne considérait plus comme la sienne.

Ce mardi-là, le 11 avril, Serge l'avait trouvé considérablement amaigri. Sous la barbe sale, les os perçaient, tandis que d'horribles tremblements le transformaient, à intervalles irréguliers, en pantin dont les fils auraient cédé. Déjà, en ouvrant la porte, on ne pouvait être que saisi par l'odeur douceâtre, et parfaitement écœurante, qui régnait dans la pièce. Une odeur que Serge ne connaissait que trop bien, puisqu'elle signale toujours l'imminente victoire de la mort.

Leur conversation, si l'on peut appeler ainsi les quelques phrases échangées, avait roulé sur Adrienne (à l'évidence, il n'y aurait jamais d'Adra pour ce père venu trop tard) et sur ses nouvelles fréquentations. Assez rapidement, un lourd silence s'était instauré entre les deux hommes, de sorte qu'au bout d'un moment Serge avait sorti de son sac de voyage le roman qu'il destinait à Catherine avec laquelle il avait rendez-vous à l'aéroport où elle s'était promis de passer lui dire au revoir. Il l'avait ouvert à une page qui lui paraissait constituer la meilleure des réponses possibles aux inquiétudes du vieux Marolles, et il la lui avait lue : « J'ai envie de te répéter ce que j'ai dit à la naissance de mon enfant. Tu comprendras mieux mes réactions par rapport à... à tout. J'ai demandé à l'infirmière si c'était une fille ou un garçon. Elle m'a répondu : "Une fille." J'ai tourné la tête et je me suis mise à pleurer. "Parfait, ai-je dit, je suis contente que ce soit une fille. J'espère qu'elle sera idiote. Pour une fille, c'est la meilleure place à tenir sur terre — celle d'une ravissante idiote." »

A son grand étonnement, le père d'Adra lui avait aussitôt fait écho : « Ce n'est pas si facile d'être idiot, Freytag.

Il y faut certes de l'expérience, mais aussi des dons. Chez nous, en Espagne, les idiots sont des saints.

— Je dois m'en aller, monsieur Marolles, sinon je vais rater mon avion.

— Vous, par exemple, Freytag, je vous l'ai souvent dit, vous n'êtes pas loin d'être un idiot, et cela vous sauvera.

— De quoi ? demanda sans réfléchir Serge bien qu'il fût intimement persuadé que son interlocuteur était en train de perdre la tête.

— De la vanité... Hélas ! je crains que ma pauvre Adrienne ne soit pour son malheur un monstre de vanité.

— Et si ce que vous prenez, tous autant que vous êtes, pour de la vanité n'était que de la timidité ?

— Ce serait encore pire car alors... »

Jules Marolles ne parvint pas à achever sa phrase, un long spasme d'une violence inouïe le foudroya, précipitant la fuite de Serge qui se le reprocha sitôt qu'il fut dans les escaliers. Ce n'est qu'après avoir réchappé aux balles de ses assassins (l'embuscade avait pourtant été montée de main de maître) qu'il comprit pourquoi il ne s'était pas montré, comme tant de fois auparavant, indifférent au spectacle de l'agonie : son intuition avait dû le lui interdire. S'attarde-t-on à compatir à la mort d'un autre lorsque soi-même on y marche ?

C'était là, il en convint tout en chaussant ses lunettes de soleil, un raisonnement des plus étranges pour quelqu'un qui prendrait tout de suite pension en Enfer s'il en connaissait l'adresse.

« Fait chaud, hein ? »

Daniel paraissait détendu, presque joyeux, mais Serge ne s'en félicita pas. Par inclination, il n'aurait vu aucun inconvénient à maintenir entre eux deux cet apaisant black-out dont il savait qu'on ne sort qu'à ses risques et périls. Il ne s'y résigna que parce qu'un Daniel qu'on ne remettrait pas sur ses rails risquait d'entraîner dans sa chute le convoi tout entier : « J'ai toujours aimé le mois de mai, il me semble même que c'est le premier mois de l'année, dit-il.

— C'est donc fini, tu n'as plus mal à ta dent ?
— Quelle dent ? Dis-moi, toi, qui me traites à tout bout de champ de menteur, tu n'as pas envisagé un seul instant que je pouvais avoir inventé cette douleur ?
— En prison, j'ai appris des tas de mots et d'expressions que j'ignorais, alors que, rapport à la tchatche, je n'ai jamais été en retard d'une nouveauté... Eh bien, à propos d'un type comme toi, qui se la vante, on pourrait s'exclamer : "Zarma, il se la pète !"
— Comme quoi, pour observer le monde sous le meilleur des angles, mieux vaut ne pas quitter son trou.
— Ça t'ennuierait de te montrer de temps en temps admiratif devant plus jeune que toi ?
— Mais je le suis.
— Cimer.
— C'est du verlan ?
— Paragraphe suivant, s'il te plaît... Autrement dit, respecte le marché.
— Eh bien, allons-y. Derrière ton arrestation, comme derrière l'accident d'Adra, on trouve — j'ai déjà dû te le dire, une bonne dizaine de fois, la nuit passée — un flic.
— Ça, j'ai compris et je l'ai enregistré.
— Pas du tout, tu n'as rien compris. Un flic qui agit de sa propre autorité signe son arrêt de mort. C'est un fonctionnaire, il pense carrière, échelle salariale, points de retraite, tout le bazar. Donc, il se couvre, il cherche des appuis, et ce n'est que lorsqu'il les a trouvés qu'il se met en branle, sinon peau de balle. La prime de risque, les médailles, il s'assied dessus.
— Excuse-moi, mais t'as raté ta carrière, t'aurais dû être prof d'éducation civique.
— Cesse de faire le grave — tu vois, il n'y a pas que toi qui as du vocabulaire... Ecoute-moi plutôt. L'overdose d'Adra, il est facile de comprendre à qui elle aurait pu profiter. D'accord ? Or elle s'en est sortie. Mais alors pourquoi a-t-elle encore peur ? Et peur pour toi ? Ton avocat a pourtant établi que tu n'étais pas mêlé de près ou de loin à ce trafic de drogue, alors pourquoi cette peur ?

— Merde, tu sais bien que j'ai pas la réponse, alors qu'est-ce t'attends ?

— Etant donné qu'Adra n'a pas desserré les dents sur ce sujet, à mon avis, et considère bien que ce n'est qu'une hypothèse, ils la tiennent par autre chose.

— Je ne la vois pas en train de balancer qui que ce soit.

— Sûrement pas, parce qu'alors elle n'aurait plus de raisons de vouloir te protéger.

— En fait, t'en sais rien.

— J'ai mon idée...

— Et tu ne veux pas m'en parler car tu te méfies de moi. C'est ça, non ?

— Je ne voulais pas t'en parler, mais je suis contraint de le faire, sinon il ne te servirait à rien que de vouloir être fort, tu finirais par détruire ce qui, malgré tout, tient encore debout.

— Laisse tomber les bandes-annonces, envoie vite le grand film.

— En vérité, les flics lui ont fait croire qu'ils la tenaient, alors qu'ils bluffaient... Tu te souviens que lorsque tu m'as parlé pour la première fois d'Odette Lambert — eh oui, il s'agit d'elle, de la mère d'Adra —, tu n'as pas tari d'éloges sur elle. C'était une femme hors du commun, dévouée, infatigable, qui ne s'en laissait conter ni par les flics, ni par les politicards. Elle avait toutes les qualités, et même davantage, puisqu'il m'a semblé que tu n'avais pas été insensible à son charme. Il n'y avait qu'une chose qui t'intriguait. Pourquoi après avoir refusé si longtemps tout rapport, toute relation avec le père de sa fille, oui, pourquoi l'avait-elle brusquement jetée dans ses bras ? C'était si incompréhensible que, toi comme moi d'ailleurs, on n'a pas cherché plus loin... on a...

— On a merdé. C'est ça que tu veux dire ? Alors, dis-le carrément. »

Daniel avait raison. Il tournait trop autour du pot. Inutile qu'il songeât à retourner en arrière. Il avait ouvert la porte. Comment aurait-il pu la refermer ?

« Oui, en effet, on a merdé, reprit-il. Notre erreur a été de nous focaliser là-dessus, de chercher le motif de ce changement d'attitude. Moi, le premier, je me suis habitué à l'idée qu'Odette Lambert voulait que sa fille ne soit pas privée de sa part d'héritage, que ce n'était que justice, qu'elle y avait droit, et que ce devait être aux yeux d'une mère qui en avait bavé la meilleure façon de protéger sa fille. J'avais tort. Disons qu'il y a quatre-vingt-dix-neuf chances sur cent pour que j'aie eu tort et pour que j'aie raison maintenant. Et pourtant, à ma place, n'importe qui aurait enquêté sur le passé d'Odette, et plus précisément sur les quelques années qui précèdent et suivent la naissance d'Adra. Je suis en train de le faire depuis que j'ai entrevu, pour ne pas en dire plus, la véritable raison de sa volonté d'élever toute seule sa fille. Odette a toujours eu des convictions politiques et, si elle travaillait chez cet avocat stalinien, c'était encore par conviction. Le hasard a voulu qu'elle soit enceinte à peu près au même moment où elle a pris ses distances avec son parti. En 68, on a tout fait très vite, un jour on baisait avec le premier venu et on déchirait sa carte, et le lendemain on tuait le père et on se retrouvait dans un groupuscule... Cela — pas mai 68 évidemment, mais le passé d'Odette —, je ne l'ai découvert que très récemment grâce à un ancien camarade. En fait, il ne m'a pas tout appris, mais il a été le déclencheur... Que je te le situe, d'abord ! Je l'avais perdu de vue depuis le début des années 70. Et ne voilà-t-il pas que je tombe sur lui dans un camp de réfugiés kurdes, juste avant qu'on ne cherche à se débarrasser de moi. Il s'est recyclé dans l'humanitaire, il travaille pour Médecins sans frontières. En cela, il n'a pas changé, il a toujours cru dur comme fer qu'on pouvait faire le bonheur des hommes en se passant de leur accord. OK, j'abrège, j'en viens à l'essentiel, nous avons passé une nuit entière à remuer le passé, tout en nous disant nos quatre vérités, mais alors que nous évoquions l'arrestation du petit groupe dissident qui n'avait pas accepté l'autodissolution de notre organisation — ce doit être du chinois pour toi, mais si je ne t'en parle pas, ce sera encore plus obscur —, soudain, lui, si calme, si maître de ses sentiments, il s'est mis à perdre tout contrôle. Il y avait de quoi d'ailleurs, figure-toi que la maîtresse de l'un de ces malheureux, un provincial comme la plupart de ses copains, que je n'avais approchés que d'assez loin puisque j'étais censé être leur grand chef, et qu'un grand chef...

— Toi, un grand chef ? Qu'est-ce qu'il ne faut pas entendre !

— Ça suffit, tu la fermes, ou alors j'arrête. Vu ? Bon... Je reprends. L'un de ces apprentis terroristes était fou amoureux d'une femme qui...

— Odette ? Elle !... Elle, balancer quelqu'un ? Non, mais tu me prends pour qui, là ?

— C'est plus compliqué que ça. Elle ne l'a pas donné. Elle n'a donné personne. En tout cas, pas de son propre chef. Mais elle s'est fait avoir dans les grandes largeurs. Ils l'ont piégée. Permets-moi encore un point d'histoire, ce sera le dernier. En ce temps-là, afin de savoir ce que préparaient nos ennemis — et, pour nous, tout le monde l'était —, j'avais chargé quelques-uns d'entre nous d'infiltrer qui la police, qui la magistrature, et comme la méthode nous avait été profitable, ce petit groupe de dissidents l'a reprise à son compte, sauf qu'ils étaient eux-mêmes infiltrés. Résultat, Odette, qui croyait coucher pour la bonne cause avec un jeune inspecteur de la DST, ignorait que cette liaison n'avait été rendue possible que parce que les supérieurs du flic l'avaient autorisée. Ils l'ont donc manœuvrée, et tout le groupe y est passé, sauf elle, non par un quelconque sentiment de gratitude mais pour lui faire porter le chapeau. Et c'est cela qu'Adra a appris quelques jours avant son overdose, elle ne me l'a pas avoué mais j'en mettrais ma main au feu. Voilà ce qui la terrorise et qui la pousse, puisque toi-même tu as eu maille à partir avec la police, à vouloir rompre avec toi sans pouvoir s'y résoudre, car c'est à sa demande que je suis venu te chercher à Fleury-Mérogis. »

Comparant la feuille de sortie de la clinique avec le bordereau du chauffeur, l'infirmière se demanda pourquoi les adresses figurant sur les deux documents n'étaient pas identiques. Ce devait être, grimaça-t-elle, parce que, comme tout un chacun, sa malade avait dû déménager sans en aviser son centre de Sécurité sociale. C'est pourtant si facile d'être en règle, ça évite que le courrier s'égare, et puisqu'elle n'avait rien d'autre à penser, elle en fit la remarque à Adra : « Dès que vous irez mieux, ma petite, faites votre changement d'adresse.

— Mais je n'ai pas changé d'adresse.

— C'est quoi, ce micmac, alors ? Vous êtes toujours domiciliée dans le 14ᵉ arrondissement ?

— Bien sûr que oui.

— Alors, pourquoi doit-on vous déposer villa Sainte-Marie, dans le 20ᵉ ? Vous ne rentrez pas chez vous ? »

Adra fouilla dans sa mémoire, mais c'était vite vu. Ni Daniel ni Serge n'habitaient dans cet arrondissement, et jusqu'à aujourd'hui elle n'avait jamais entendu parler de la villa Sainte-Marie. Il n'empêche que l'un des deux avait décidé qu'elle y serait plus en sécurité que dans son studio — et ce ne pouvait être que Serge, quand on connaissait sa prédilection pour les immeubles à double issue et les planques introuvables... Sauf que j'en ai rien à glander de son délire sécuritaire. Plus vite, les autres en auront fini avec moi, et mieux ce sera pour tout le monde.

« Et en quoi cela vous regarde ? s'obligea-t-elle néanmoins à répondre. Ma vie privée ne concerne que moi.

— Bien sûr, ma petite, bien sûr. Je ne vous ai dit ça que parce que...

— Que parce que vous êtes curieuse, la coupa Adra. Curieuse comme un flic. Peut-être même que vous travaillez pour eux ?

— Non, mais t'entends ça, Charlie ? T'entends ce qu'elle a osé dire, la demoiselle ? » tempêta l'infirmière, en se retournant vers le chauffeur qui grogna qu'il avait trop à s'occuper avec la circulation pour écouter ce qui se disait à l'arrière. Et qu'en plus les histoires de femmes, c'était pas son rayon.

« Je vais vous dire une bonne chose, ma petite, dans ma famille, les flics, on a plus d'une raison de ne pas les aimer. Et ça ne date pas d'hier. Ça remonte au Front populaire, c'est historique entre eux et nous. Encore faudrait-il que l'histoire, la grande, hein, vous intéresse... Vous me paraissez plutôt du genre à ne vous passionner que pour la... que pour les... Tiens, vous m'énervez tellement que je ne trouve plus mes mots, que j'en bafouillerais presque.

— Je suis désolée.

— Et moi aussi, parce que, tout de même, la mal en point, c'est vous, et pas moi. Mais puisqu'on s'est excusées l'une et l'autre, est-ce que vous m'autorisez à vous poser une autre question ? Surtout, n'allez pas encore le prendre mal.

— Mais non, posez-la, votre question.

— C'est votre père, le type à la Honda ?

— Mon père ? Non. Je ne couche pas avec mon père, alors qu'avec lui, je l'ai fait.

— Ah, bon, ah, bon !

— Et avec l'autre aussi.

— Dites donc, vous avez du tempérament.

— Vous croyez ?

— Il ne faut pas désespérer, ma petite, le tempérament, ça ne s'en va pas comme ça. Vous verrez quand vous serez retapée, c'est magique, ce truc-là... Et, encore une question, eh oui, je sais, j'abuse, mais pour une fois que je tombe sur quelqu'un de sympathique.

— Je n'aime pas ce mot-là.

— Mais vous l'êtes. Juste entre vous et moi, lequel des deux aimez-vous le plus ? Le jeune ou le vieux ? »

Ne ris pas d'eux et ne pleure pas sur eux : oublie-les, aurait répondu, il y a encore quelques semaines, Adra. Mais elle était lasse de jouer la comédie : « Le plus jeune, et vous savez pourquoi ? Parce qu'il ne se méfie pas du plaisir.

— Il sort de prison, n'est-ce pas ?

— Pas du tout, il a un cancer.

— Mon Dieu, misère !

— Un petit cancer, rassurez-vous. Le cancer de la vérité à tout prix.

— Vous avez tort de plaisanter avec cette cochonnerie, d'autant que la vérité, c'est si rare.
— Justement. »

Il y eut encore un arrêt près d'Orléans. Dès le départ, le chauffeur de l'ambulance n'avait pas voulu en démordre. Une pause café, et trois quarts d'heure pour déjeuner. Serge avait bien tenté de l'en dissuader en lui faisant miroiter une gratification des plus généreuses. Peine perdue, Charlie était un inconditionnel du règlement : quand on conduit, il faut décompresser.

Comme midi était déjà passé d'une bonne quarantaine de minutes, le parking du relais-route était noir de monde. L'ambulance parvint cependant à se caser entre deux camions tandis que Serge, moins chanceux, dut refaire un tour complet avant de dénicher une place libre.

« T'as faim, toi ? grogna Daniel sans déboucler sa ceinture de sécurité.

— Pas vraiment. Mais je boirais bien une tasse de café.

— J'ai pas envie de bouger.

— Dis plutôt que tu n'as pas envie de la voir. Je me trompe ?

— Gagné, grand chef !

— T'es con. Con et vaniteux. Tu sais ce que les popovs disent d'un mec comme toi ?

— M'en cogne.

— Ils disent que ce n'est pas parce qu'on s'est assis sur la bosse d'un dromadaire qu'on doit se croire un géant.

— Pour ce que j'en ai à battre des Russes. Tous des fascistes, et je précise, des fascistes pleurnichards !

— Alors que toi, il n'y a qu'à te regarder, tu as les yeux secs. Bon, puisque c'est comme ça, j'y vais. Tu veux que je rapporte quelque chose ?

— Un Coca... Merci.

— Avec ou sans caféine ?

— Avec, mais surtout pas *light*. J'ai besoin de sucre pour réfléchir.

— Non, sans blague. Il fallait le dire plus tôt, je vais t'en faire livrer un plein camion.

— Marrant, le grand chef ! »

En passant devant l'ambulance, Serge se pencha pour y jeter un coup d'œil sans penser un seul instant qu'il y découvrirait, assise sur son brancard, Adra, une cigarette au bec. Il contourna le véhicule et l'ouvrit par l'arrière. « T'as rejoint le club ? Tu fumes maintenant ? dit-il.

— De l'eucalyptus. Il paraît que ça aide. Dis, à propos, quand cesseras-tu, vieux con, de décider pour les autres ? C'est quoi, cette villa Sainte-Marie ?

— Ton studio aurait été trop petit.

— Trop petit pour quoi ?

— Trop petit pour nous trois.

— Ah, parce qu'en plus, on va vivre en communauté, le trip de la secte, peut-être ? Pas question. Ni avec toi, ni avec... Il est où d'ailleurs, Daniel ?

— Il réfléchit.

— Toi, tu lui as encore parlé. C'est plus fort que toi, hein ?

— Comment t'es-tu débrouillée pour que l'infirmière ne te traîne pas jusqu'au restau ?

— N'esquive pas. Réponds plutôt à ma question. Tu lui as dit quoi à Daniel ?

— Qu'on était partis pour le beau temps... Mais enfin, tu te doutes de ce que j'ai pu lui dire.

— Pourquoi je t'ai appelé ? Pourquoi je t'ai demandé de venir ? Folle que je suis, j'aurais mieux fait de crever.

— Mais tu crevais, Adra. Tu crevais ! Et puis, je te devais bien ça.

— Je vais demander au chauffeur de me déposer chez ma mère. Je suis libre d'aller où je veux, non ?

— Tu ne la trouveras pas. Et tu le sais. A la clinique, quand j'ai réglé ta note, on m'a présenté la liste de tes appels. Il n'y en avait que huit, et tous, mis à part le mien, correspondaient à ton numéro. Pas une seule fois, tu n'as téléphoné à ta mère. Ou plutôt si, tu l'as fait mais en pure perte. Aussi as-tu dû passer ta semaine à écouter ton répondeur, dans l'espoir, j'imagine, d'y découvrir un message d'Odette. Et je crains que tu n'en aies eu aucun.

— Et d'après toi, elle est où, ma mère ?

— Au chevet de ton père.

— Non, non, pas ça ! »

A l'exemple de sa voix qui s'était brisée, Adra se tassa sur elle-même comme si ce qu'elle venait d'entendre l'avait poignardée. Serge se refusa pourtant à la prendre dans ses bras. Il ne devait pas la consoler. Lorsqu'on projette de conduire une indécise au sommet de la montagne, ni on ne la porte, ni on ne la tire — car alors où serait sa victoire ? —, on avance sans se retourner, en s'obligeant à penser que la malheureuse finira par se relever et par vous emboîter le pas. Serge avait souvent procédé de la sorte autrefois, et il lui était apparu, au cours de ces derniers jours, qu'il devait se comporter pareillement avec Adra. Ce n'est que lorsqu'elle croirait avoir touché le fond qu'elle pourrait s'accepter telle qu'elle était, une femme qui avait trop longtemps reculé le moment de construire une existence qui n'appartînt qu'à elle. Sinon, elle continuerait de dériver entre les faux-semblants, confondant sa douleur avec la souffrance universelle, et petit à petit, avec le temps, elle se contenterait d'avoir fait dans sa jeunesse un joli rêve et s'en satisferait tout en surveillant son embonpoint.

Voilà pourquoi Serge referma sans bruit le panneau arrière de l'ambulance et s'en alla vers la salle de restaurant.

De la tête, Daniel fit non. Il ne descendrait pas la vitre. Il avait trop peur. Adra essaya alors d'ouvrir la portière, mais, plus rapide qu'elle, il remonta le taquet qui la bloquait.

Après ça, si elle ne partait pas !

Elle ne partit pas.

S'appuyant d'une main à la carrosserie — la marche jusqu'à la Honda l'avait littéralement épuisée —, Adra releva de l'autre sa robe, sous laquelle elle était nue, et colla son sexe contre la vitre. Daniel ferma les yeux.

Quand il les rouvrit, elle était couchée sur le capot.

Le jeune homme ne put que déverrouiller la serrure et sortir. « Je ne serai pas à la hauteur, hurla-t-il. Cette histoire est trop compliquée pour moi, je me connais, je foutrai tout en l'air.

— Il m'a suffi de penser à toi pour avoir envie que tu me touches, et ça, c'est la vérité, il n'y en a pas d'autre », répondit Adra en tentant de se redresser.

Avec une force qui l'étonna lui-même, Daniel la cueillit au moment où elle allait s'effondrer. En frissonnant, elle se serra contre lui : « Et toi, lui souffla-t-elle, tu as encore envie de moi ?

— J'aurai toujours envie de toi.

— Malgré ce qui s'est passé ? Malgré cette saloperie de fric ? Malgré mon père, malgré ma mère ? Malgré mes... mauvaises relations ?

— Malgré le monde entier. Maintenant, s'il te plaît, viens t'asseoir. Tu ne tiens pas debout. Prends ma place, tu seras mieux, je prendrai celle de Serge.

— C'est logique », parvint encore à dire Adra en se laissant guider.

Lorsqu'ils se furent installés dans la voiture, le charme qui les avait unis pendant ces quelques minutes se brisa, chacun se referma sur ses pensées plutôt que d'avoir à prononcer le premier mot. En désespoir de cause, Adra tendit la main vers l'autoradio et en éjecta la cassette dont elle lut l'intitulé. Un léger sourire égaya son visage jusqu'alors aussi terne qu'un jour d'hiver. Elle tourna le bouton marche-arrêt, puis réintroduisit la cassette dans le lecteur et soupira : « Beethoven !...

— Tu dis ? fit Daniel d'une même voix étouffée.

— Beethoven.

— Oui, Beethoven, le camarade Beethoven. »

Ce furent leurs seules paroles jusqu'au retour de Serge qui, les voyant épaule contre épaule, préféra finir son cigarillo assis sur le capot de la voiture voisine. En revanche, l'infirmière ne se gêna pas pour interrompre leur tête-à-tête. Sans protester, soumise, mais refusant l'aide de son bras, Adra la suivit après avoir envoyé du bout de ses doigts un baiser qui pouvait s'adresser aussi bien à Daniel qu'à Serge qui avait repris sa place au volant.

« La merde, la vraie merde, c'est ce fric qu'elle a pris ! s'exclama tout à coup Daniel qui, depuis qu'ils avaient regagné l'autoroute, n'avait pas lâché le goulot de sa maxi-bouteille de Coca-Cola.
— Elle l'a pris et dépensé. Donc, il n'existe plus. Et quelque chose qui n'existe plus, ça ne compte pas.
— Tout de même.
— Tu te trompes encore. »
De dépit, Serge se mordit les lèvres. Je suis bien meilleur professeur avec les femmes qu'avec les hommes, pensa-t-il. Mais non, qu'est-ce que je me raconte ? Disons qu'avec les femmes, j'ai appris à me taire, tandis qu'avec celui-là je ne peux pas m'empêcher de lui faire sans arrêt la leçon.
« Finis tes phrases, merde ! Sur quoi, je me trompe encore ? »
Quand finirai-je de juger un homme sur ce qu'il ignore, et non sur ce qu'il sait, se demanda Serge avant d'enchaîner : « Ce n'est pas l'argent, d'autant qu'elle s'est fait rouler. Tout juste si elle a tiré de ses deux tableaux 400 000 francs alors qu'elle aurait pu en obtenir le triple.
— Le triple ! répéta, abasourdi, Daniel.
— Pardi, et même davantage si elle avait attendu le Japonais amateur d'escarpolettes. Donc, la merde, ce n'est pas l'argent, c'est son échec. Comme tu dois le savoir, car cela tu le sais, son spectacle a été un four, mais ce que tu ignores, c'est qu'ensuite toute la troupe, copains, copines, lui est tombée dessus. Pire qu'un procès de Moscou, mon pote ! Pire parce qu'il n'y a eu personne à l'extérieur pour la défendre, pour la soutenir, la critique l'avait flinguée, elle avait tout le clan Marolles sur le dos, et l'heureux élu, c'est-à-dire toi, s'était fait la malle. Tu parles d'un désastre.
— Tu aurais fait quoi à ma place ?
— A ta place ?
— Oui, tu as bien entendu : à ma place.
— Je n'y aurais jamais été.
— Donc, toi aussi, tu te serais débiné avant.
— Oublierais-tu que c'est elle qui m'a viré ? Mais à

supposer que, par extraordinaire, j'aurais pu être à ta place, je... Non, je vais dire une connerie.
— Dis-la.
— Je leur aurais cassé la gueule.
— Tout seul, grand chef ?
— Tu vois, j'ai dit une connerie.
— C'est vrai que son vieux est en train de mourir ?
— Il est peut-être même déjà mort. Avant-hier, il était à l'agonie.
— Il sait pour l'overdose ?
— Il sait, et c'est aussi de ça qu'il meurt.
— Tu penses qu'elle ira le voir ?
— *Quien sabe ?* Qui sait ?
— Elle devrait... Autre chose, est-ce que tu lui as parlé de ton plan ?
— Vaguement, mentit Serge.
— Et tu crois que ça marchera ?
— Pour les plans, je suis imbattable. »

3

7 mai 1995...

Telle la rumeur du torrent que l'on perçoit dans le lointain avant qu'il ne surgisse et n'emporte tout sur son passage, ce qui n'était d'abord qu'un bruit confus de voix s'enfla progressivement à la dimension d'une déferlante.
Une nuée d'adolescents en survêtements, parmi lesquels on distinguait quelques blacks et pas mal de beurs, déboula des Champs-Elysées avant de fondre, aux cris de « C'est fini ! nini ! », sur la place de la Concorde où les marchands de merguez et de frites pouvaient encore se permettre de servir, sans se départir de leur sourire, une clientèle clairsemée et peu encline à l'excès de lipides. Aussi le petit commerce ne s'y trompa pas. Avec l'arrivée surprise de cette avant-garde du peuple des banlieues, on allait enfin s'en mettre plein les poches. Une prévision que les politologues, présents au même moment sur les plateaux des différentes chaînes de télévision, continuaient de repousser d'un identique commentaire, hautain et faussement documenté : « Je vous en prie, mon cher X ou Y, les images que nous recevons démontrent à l'évidence que la situation n'est pas comparable à celle que nous avons connue sur la place de la Bastille en mai 81... »
Mais pour ne monter dans les trains qu'une fois la gare de triage en vue, ceux-là nous planteront toujours, pensa Olivier Marolles qui avait préféré quitter les studios de

France 2 pour venir se rendre compte par lui-même de l'ambiance au cœur de Paris.

Au coin de la rue Royale, depuis le toit d'une camionnette d'où il filmait la scène, un cameraman, auquel il avait procuré maintes accréditations, l'invita à le rejoindre.

Ça ne se refusait pas.

De là-haut, Olivier se fit l'impression d'être dans la tribune présidentielle, un soir de Coupe au Parc des Princes, à ceci près, s'empressa-t-il de corriger en son for intérieur, que les supporters de base ne sont plus parqués derrière leurs grillages, qu'ils côtoient, sans que pleuvent sur eux les coups de matraque du service d'ordre, le public des places à vingt sacs.

Comme pour lui donner raison, et alors que grossissait le flot des braillards (« Il l'a dans le cul ! Tonton, à l'hosto ! »), des élégantes, d'ordinaire plus regardantes sur le chapitre de leurs relations, se laissèrent aller à l'ivresse des embrassades un rien canailles, loin des drapeaux tricolores que brandissaient leurs chevaliers servants, les mêmes qui les avaient déposées dans leurs voitures de sport, en revenant de la campagne où l'on avait voté entre soi.

Jusqu'alors, tout ce joli monde ne s'était autorisé qu'un banal « Chirac président », et il avait fallu l'arrivée en masse des héros de la fracture sociale pour que la kermesse paroissiale se donnât des allures de bal du 14-Juillet.

A tous les coups, se dit Olivier en redescendant de son observatoire, ils n'auront pas pensé à filer le train à Chichi quand il sortira de l'Hôtel de Ville. Vaut tout de même mieux les prévenir, sinon ça va être, trois plombes durant, de la parlote, du rond de jambe, alors que si on colle au cul du Grand, on va faire dans le sortez-les-mouchoirs. Il ne s'agirait pas, quand on veut garder son fauteuil de super-pédégé, d'oublier la province qui paie sa redevance et qui écrit à son député... Et dire que, comme un con, je n'ai pas pris mon portable !

Fiévreusement, *l'homme qui veut par-dessus tout faire plaisir* chercha du regard une cabine, mais c'était compter sans la multitude qui l'entourait, le serrait, le bousculait et l'empêchait même d'avancer.

« Marolles ? »

La voix, forte — et il fallait qu'elle le fût pour qu'il l'entendît, malgré le concert des avertisseurs —, obligea Olivier à se retourner.

« Marolles... Olivier ? »

C'est qui, ce zigue ? Un flicard ? Il n'y a qu'eux pour mettre le prénom en second lorsqu'ils interpellent le client. Pourtant, il n'en a pas l'air.

« Marolles Olivier », répéta le grand escogriffe qu'on aurait pu croire, avec son blouson fluo et sa casquette de base-ball, sorti lui aussi d'une quelconque périphérie nord-américaine.

« Oui, c'est moi, finit par dire Olivier, ajoutant pour le *fun* : Je vous dois quelque chose ?

— Que dalle que tu me dois. C'est plutôt moi qui ai quelque chose pour toi. »

Une pensée craintive traversa tout à coup l'esprit d'Olivier Marolles : Il ne va tout de même pas m'entarter, celui-là !

« Voilà, c'est pour toi, aboya Daniel en tendant au frère d'Adra une cassette vidéo.

— C'est quoi, ce truc-là ? Du porno ? Du secret-défense ? Des souvenirs de vacances ? T'as plus de langue, mon gars ? Merde, dis-moi au moins qui t'envoie.

— Le Diable.

— Ce monsieur ne figure pas sur mon carnet d'adresses, grommela Olivier en examinant d'un peu plus près la cassette.

— Détail qui a son importance. Dégotte-toi de toute urgence un magnétoscope, Marolles, car, passé 21 h 30, le Diable, s'il n'a pas ta réponse, fera donner l'artillerie.

— Hé, grand con, les menaces, ça ne prend pas avec moi », gueula pour la forme le benjamin des Marolles.

Sa bravade se perdit dans la cacophonie générale.

Le plan de Serge, c'était la guerre. Une guerre éclair qu'il mena, avec l'aide de quelques-uns de ses anciens camarades que ce brusque rappel sous les drapeaux galvanisa à la veille d'une journée qui verrait, selon toute vraisemblance, le triomphe de cette droite contre laquelle ils avaient jadis épuisé le meilleur de leurs forces. Bien que considéré comme de la bleusaille, Daniel fut incorporé dans la petite troupe dont au moins deux des membres, il convient de le préciser, avaient reçu leurs feuilles de route depuis le début de la semaine.

Attachée de recherche au CNRS en sciences de la communication (un titre qui avait ravi Serge), Marion s'était chargée de réunir le dernier cri du matériel d'espionnage industriel. Quant à Richard, que l'Université avait chassé de ses rangs au lendemain d'un raid explosif sur le rectorat, et qui faisait commerce de jeux de rôle, il avait reçu mission de dénicher un bistrot où l'on pourrait installer en toute quiétude micros et caméras. Enfin, soixante-douze heures avant qu'il descende chercher Adra dans le Sud-Ouest, Serge avait effectué deux voyages éclairs hors des frontières. D'abord, au Luxembourg, le temps de graisser la patte à un banquier, puis à Francfort où il avait rencontré les deux principaux dirigeants du PKK, autrement dit les marxistes kurdes.

« Le Furet » était de retour, bien décidé à ne pas démériter de son surnom.

Et il fut sans pitié.

Le samedi matin, alors qu'Adra dormait encore villa Sainte-Marie dans ce vaste cinq-pièces prêté par une ancienne journaliste de *Libération* reconvertie dans la publicité, Serge remettait à Pascal, devant le lycée Henri-IV, une enveloppe contenant des photos de sa mère. Elles dataient de la nuit de jeudi et avaient toutes été prises à l'insu d'Emilienne par Karim sur l'ordre exprès de ses chefs qui lui avaient ensuite ordonné d'embarquer dans le premier avion pour Istanbul où il ne pouvait imaginer qu'on le torturerait afin qu'il reconnaisse son rôle d'intermédiaire entre Nicolas Marolles et les mercenaires chargés de liquider Serge.

Quoique d'une qualité médiocre, ces photos ne dissimulaient pas grand-chose des perversités de madame le préfet hors cadre, d'autant que Karim avait corsé l'habituel scénario en associant à leurs ébats un compagnon des plus inattendus.

Pascal ne cilla pas. Ni ne sauta à la gorge de Serge. Au contraire, il lui sembla qu'il tenait entre ses mains la possibilité tant espérée d'éblouir Adra qui n'avait cessé de le traiter de manière offensante, et de laquelle il n'avait plus de nouvelles depuis bientôt un mois, bien avant cette overdose que sa mère et son père avaient pris soin de lui dissimuler, et qu'il aurait continué à ignorer s'il ne s'était rendu à la fin de la semaine précédente au chevet de son grand-père. Quand il releva la tête et qu'il s'adressa à Serge, le jeune garçon essaya de garder son regard bien droit : « J'étais censé réagir comment ? » dit-il d'une voix où transparaissait néanmoins pour une oreille exercée un peu du malaise qu'il éprouvait.

« Je me fous de tes réactions, se força à lui répondre Serge. Que tu n'aimes pas tes parents ne concerne que ta conscience d'enfant gâté. Tu as le choix. Ou tu règles ça avec ta mère, et ça nous fera un petit drame gidien de plus, ou tu...

— Ou je les vends à *Voici* ? le coupa Pascal, une lueur mauvaise dans l'œil.

— Tu n'es qu'un amateur. C'est trop *hard* pour ce genre de journal, ils n'auraient pas l'estomac. Je reprends. Ou tu réserves ces photos au cercle de famille, ou tu en tires des photocopies que tu diffuses demain soir rue de Solférino quand les militants socialistes viendront pleurer la défaite du beau Lionel.

— Ça va être terrible.

— Je l'espère.

— Mais pourquoi ne le faites-vous pas vous-même ?

— Parce que j'aime les enfants qui, comme toi, trahissent leur classe.

— Vous me mettez dans le même panier que ma mère ?

— Jusqu'à dimanche soir, oui.

— Vous faites ça pour quoi ? Vous êtes de droite ?

— Ni de droite, ni de gauche, et je ne fais pas ça pour une cause, je le fais pour une femme.
— Adra ? demanda avec précipitation Pascal.
— Oui, pour elle. Et aussi, d'une certaine manière, pour ton grand-père. Donc, tu vois, je ne suis ni de droite, ni de gauche. Je ne suis qu'un empêcheur de tourner en rond.
— Elle va mieux ?
— Tu lui poseras toi-même la question... à condition, bien sûr, que tu ne rates pas ton coup demain.
— Vous savez, ces photos, elles ne m'indignent pas. Chacun doit disposer comme il l'entend de son corps. Et si ma mère veut se faire enfiler par un zoo tout entier, c'est son droit le plus absolu.
— Ne te trompe pas d'interlocuteur. Je ne suis pas le docteur Freud. Réserve donc tes commentaires pour le courrier des lecteurs de *Libé*.
— Mais il n'y en a plus, ça fait même longtemps qu'ils l'ont supprimé.
— Eh oui, tout s'en va. Moi-même, je m'en vais. Bonne distribution.
— Vous êtes vraiment un dégueulasse.
— Question de caractère, morpion. Pense à Adra, et tout ira bien. »

A peu près à la même heure, celui que Serge avait toujours estimé être son adjoint le plus efficace rencontrait dans une brasserie proche du Palais de Justice un ancien de Peuple en marche qui, à la demande de ce groupuscule maoïste, avait intégré, au début des années 70, la police parisienne. Y ayant pris goût, il était devenu inspecteur principal à la sous-direction de la recherche, un des services les plus actifs des Renseignements généraux.
Et si l'adjoint de Serge n'avait pas rompu avec cet étrange personnage, c'est qu'il lui arrivait de le consulter quand il peinait sur l'un des innombrables romans noirs qu'il publiait sous divers pseudonymes. Mais, ce matin-

là, il ne fut pas question de littérature entre les deux hommes.

« Ne me demande pas où et quand, fit l'écrivain, mais je suis tombé sur quelque chose de bizarre, de...

— Bizarre comment ? questionna l'inspecteur sur un ton soudainement professionnel.

— Oh, comment te dire ? Le mieux encore est que je te montre de quoi il s'agit. »

Et le romancier étala sur la table la dizaine de photos qu'était en train d'examiner, sur l'autre rive de la Seine, le fils de Nicolas. Quelques secondes suffirent à l'inspecteur pour apprécier la marchandise. Dans son travail de renseignement, à la division analyse, il passait pour l'un des meilleurs connaisseurs du Parti socialiste envers lequel, reste de son passé gauchiste, il nourrissait une haine tenace, quoiqu'il se fût bien gardé de la manifester quand le ministère de l'Intérieur donnait dans le rose.

« Tu cherches à te recycler ? Ignorerais-tu que le porno bat de l'aile, c'est un créneau en perte de vitesse.

— Il n'y a pas que toi qui connaisses l'identité de la femme qui est là-dessus, alors... alors ne perds pas ton temps à me jouer du pipeau.

— Il est vrai que nous sommes entre professionnels, et ne vois dans ce constat aucune moquerie de ma part, juste une évidence de plus... Pourquoi me les as-tu apportées, ces jolies photos animalières ?

— Afin que tu en tapisses les murs de ton bureau, évidemment.

— Evidemment ! Et, tout aussi évidemment, tu les as trouvées dans le Kinder que tu avais acheté à ton mouflet, hein ?

— Evidemment. Mais tu remarqueras que je ne les lui ai pas laissées, j'ai le souci de son éducation.

— Je peux donc les garder ?

— Ça va de soi.

— C'est généreux de ta part. Merci.

— Avec plaisir.

— Je change de sujet. Tu sais que les Ricains ont découvert un inédit de Goodis ?

— Non ?

— Si, même qu'il paraît que ce serait une suite à *Tirez sur le pianiste*.
— Tu me vannes, hein ?
— Crois-tu ? Et les négatifs, pianiste, tu les as planqués où ?
— Je ne fais que dans le positif, moi, tu le sais. »

François arriva pile à 11 heures. Du fond de la salle, Serge se redressa à demi et le héla. Ce n'est qu'en se rasseyant qu'il fit tomber par terre le livre qu'il avait feuilleté, en attendant l'arrivée de son ancien patron. C'était le signal convenu. Derrière la cloison contre laquelle venait prendre appui sa banquette, et qui séparait ce bistrot du 10e arrondissement d'un débarras transformé depuis vendredi matin en studio vidéo, Marion et un autre de ses camarades se préparèrent à immortaliser la scène.

« Tu n'as pas l'air amoché », dit François en se posant sur l'une des deux chaises qu'on avait disposées en face de l'objectif dont le piqué était tel qu'il avait été possible de recouvrir le trou percé dans la cloison par une pellicule de gélatine de même couleur.

« Toutes les blessures ne sont pas visibles. Tu bois quelque chose ?
— En ce moment, je suis très Martini dry. Tu penses qu'ils en ont dans ce boui-boui ? T'es quand même pas croyable, t'as le chic pour trouver les endroits impossibles.
— Il faut bien que j'aie quelque talent... Comment va ton père ?
— Mal sans doute, pour ce que la rumeur en dit. Tu n'es tout de même pas sans savoir qu'il a coupé avec nous.
— Deux Martini dry, patron.
— Alors, là, ça me la coupe. Il n'a pas dit non, le bougnat ! Bonne adresse.
— L'overdose, c'est toi ?
— Merde, et moi qui ai oublié mon gilet pare-balles. Tu ne souris pas ? Tu as tort. D'accord, on fait dans le

sérieux. Je me demandais d'ailleurs à quel moment tu me poserais la question. Te connaissant, j'avais pensé que tu attendrais plus longtemps, eh bien, je me suis trompé. Voilà ce que c'est que de ne plus travailler ensemble.

— Je recommence : l'overdose, c'est toi ?

— Si ça avait marché, je n'hésiterais pas à en réclamer la paternité. J'ai un faible pour la gloire facile, tu ne l'ignores pas. Or ça n'a pas marché, mais ce pourrait être quand même moi. On ne réussit pas toujours ce que l'on entreprend.

— Il ne me reste plus qu'à poser la même question à Nicolas.

— Parce qu'Olivier, tu ne l'en juges pas capable ?

— Au fond, que ce soit lui, ou toi, ou Nicolas, c'est du pareil au même. Vous êtes si sûrs de vous, si persuadés de votre invulnérabilité que je me fous de...

— Minute, l'interrompit François, pourquoi tiens-tu absolument à ce que l'un de nous trois soit responsable de ce qui est, sans aucun doute, un regrettable accident ?

— Parce que le coup ne peut venir que de vous.

— Mais, entre nous, qu'est-ce que ça change, puisqu'elle est vivante, la petite sœur ?

— Ce que j'ai du mal à comprendre, c'est pourquoi vous avez pris ce risque, puisque après avoir accepté les deux tableaux elle avait renoncé à sa part d'héritage en refusant que son père la reconnaisse comme sa fille légitime.

— Une belle âme, n'est-ce pas ?

— Est-ce par vengeance ?

— Température parfaite, ce Martini. Ni glacé, ni tiède... Un régal ! Je reviendrai.

— Ou par peur que votre père se débrouille pour lui ouvrir à son insu un compte... en Suisse, par exemple ? Ou au Luxembourg ?

— Tu commences à me chauffer les oreilles. Et je n'aime pas ça. D'ailleurs, je n'étais passé que pour te prévenir — appelle ça du remords — que je t'avais fait interdire d'Afrique, et qu'il en sera bientôt de même pour le reste du monde. Tu es mort, Freytag. Ou plutôt tu es

encore vivant, mais tu sors du jeu. Tu es *out*. A la retraite et sans pension d'invalidité. Compris ?
— Si tu veux bien, nous allons demander à Nicolas ce qu'il pense de tout cela. Le voici qui arrive... Surpris ?
— Pourriture ! »

Le député s'était enrhumé lors du dernier meeting en faveur du seul homme capable de barrer la route à la droite affairiste et revancharde. Il se moucha si longuement avant de s'asseoir aux côtés de son frère que le patron du bistrot, qui attendait sa commande, se demanda s'il s'arrêterait jamais. A la vérité, tout le temps qu'il pressa ses narines dans le grand mouchoir à carreaux qu'il replia ensuite avec un soin méticuleux, Nicolas Marolles ne cessa de réfléchir à la situation.

Une heure auparavant, on avait sonné à sa porte. La bonne avait ouvert, pris le pli et le lui avait apporté alors qu'il s'apprêtait à se faire une inhalation. « Qui vous a remis cela ? » avait-il demandé après avoir discrètement examiné les divers documents qui se trouvaient à l'intérieur de la chemise de carton. « Un coursier », avait répondu la bonne qui était de plus en plus résolue à ne pas voter le lendemain pour le candidat de son patron. (Précisons, afin qu'il soit clairement établi que le plan de Serge ne souffrait d'aucune imperfection, que Daniel n'était pas le coursier. Tandis qu'on réglait, sur le coup de 7 heures du matin, les derniers détails de cette guerre éclair, le jeune garçon s'était souvenu d'avoir croisé l'aîné des Marolles à la sortie du concert en faveur des mal logés. Aussi avait-il proposé à Serge les services d'un de ses potes de Minute Papillon réduit au chômage technique par la faute d'Emilienne. Lequel avait sans renâcler renoncé à sa séance de culturisme. Il se ferait les muscles une autre fois...)

Il s'agissait de huit avis de virement à l'ordre d'un certain Charles Mansion, une fausse identité qui ne tromperait pas longtemps un juge. Quelques lignes dactylographiées signées François accompagnaient les photocopies : « Je t'avais prévenu, mais comme tout se négocie, viens m'en parler aujourd'hui 6 mai à 11 h 30, rue des Vinaigriers. Tu trouveras facilement, le bar s'appelle, ce n'est pas une blague, *La Dernière Goutte.* » Rien dans ce message n'avait paru suspect à Nicolas. Il y avait reconnu le mélange de brutalité et d'ironie qui était la marque de son frère, et puis il y avait ces documents bancaires, preuves irréfutables que François le tenait par les couilles.

Mais alors pourquoi Freytag était-il de la fête ?

« Ce n'est pas François qui a les originaux de vos petites magouilles luxembourgeoises, c'est moi. Et c'est encore moi qui vous ai envoyé le coursier, attaqua Serge dès que le patron du bistrot eut déposé devant le député son grog fumant.

— Je te les achète. Qu'importe le prix, je paierai, s'empressa de dire François.

— Mais, naturellement, que je vais te les vendre ! Vous ne pensiez tout de même pas, monsieur l'élu du peuple, que la maison Freytag se chargeait du ramassage des ordures. Nous laissons cela à des individus comme votre cher frère.

— Vous y perdrez au change, vous n'aurez pas votre revanche. Avec François, je finirai par m'arranger.

— Je n'en doute pas. Mais, comme je vous l'ai dit dans votre bureau, rue de Solférino, une police d'assurance me suffit. Les doubles des documents que vous avez reçus ce matin se trouvent chez un avocat qui saura en faire l'usage qu'il convient si, d'aventure, il vous prenait la fantaisie de vouloir me faire disparaître... sans rater, cette fois, votre coup. Oh, à ce propos, rayez de la liste de vos relations l'amant de votre femme. A cette heure, il doit être mort.

— Pourquoi ?

— Pourquoi quoi ?

— Pourquoi n'êtes-vous pas du bon côté ?

— Mais je le suis. Vous observerez qu'en m'interdisant de rendre public ce que j'ai découvert, je ne me comporte pas en ennemi du système. Je respecte les lois de la démocratie. Le verdict des urnes, et toutes ces sornettes... Vous-même, vous continuerez de siéger à l'Assemblée, et serez sans doute de nouveau ministre, votre femme aura d'autres amants et, grâce à votre frère, ici présent, le rayonnement de la France, mère des arts et des armes, s'étendra encore longtemps au-delà des frontières de l'hexagone. Quant à Olivier, il pourra prétendre à occuper le fauteuil qu'il convoite. Vous voyez, je suis un être raisonnable qui n'aspire qu'à la paix universelle... et à celle des ménages.

— En somme, vous êtes en cheville avec Olivier.
— C'est une question ou une affirmation ?
— Une simple observation de bon sens.
— Quand on lit ça dans un roman, on a peine à y croire. Trois frères qui se haïssent tant que...
— Un peu de décence, monsieur Freytag. Et un peu plus de logique aussi. Vous avez commis une lourde erreur si vous vous êtes associé à Olivier. C'est lui qui a tout manigancé contre Adrienne, car, c'est bien à cause d'elle, je suppose, que vous vous êtes mêlé de ce qui n'était, somme toute, qu'une difficile transaction commerciale.
— Je vous écoute. »

La suite de cette conversation, comme ce qui l'avait précédé, Olivier la découvrit dans la salle de montage où il s'était réfugié pour visionner la cassette que lui avait remise Daniel. Il ne douta pas alors que le Diable était à ses trousses. Et il s'attendit au pire en décrochant son téléphone.

De son côté, Pascal manqua de courage. Il ne se rendit pas rue de Solférino, il ne distribua pas les photocopies, qu'il avait pourtant tirées, il les détruisit, n'en conservant qu'une série qu'il apporta vers 22 heures rue du Louvre, à la grande poste centrale ouverte de jour comme de nuit, où l'employée qui se chargea d'affranchir son envoi au tarif Chronopost aurait bien aimé découvrir ce qu'il contenait quand elle lut le nom du destinataire : « Monsieur le conseiller Raymond Borelly, Palais de l'Elysée, rue du Faubourg-Saint-Honoré, 75008 Paris ».

Quels que fussent ses talents d'organisateur, Serge ne pouvait donc pas tout prévoir.

Épilogue

Le père d'Adra mourut le 18 mai 1995, le lendemain du jour où Alain Juppé succéda à Edouard Balladur. Jusqu'au dernier moment, à chaque fois qu'il parvenait à reprendre ses esprits, il n'eut de cesse que de convaincre sa fille de porter son nom, mais Adra, qui ne souhaita pas laisser sa mère seule en de telles circonstances, ne céda pas. Elle ne serait jamais une Marolles. Ce fut pourtant dans ses bras que Julio Garcia Morazzo expira, et Serge ne fut pas de trop pour arracher la jeune femme au corps sans vie auquel elle se cramponna avec tant de force que sa mère la crut victime d'une de ces crises d'hystérie dont on lui avait dit qu'elles frappaient souvent les drogués en manque.

Quelques jours plus tard, Serge se rendit chez Odette Lambert et lui exposa la seconde partie de son plan :

« Il faut qu'Adra quitte Paris, non à cause de ses frères qui ne tenteront plus rien contre elle, mais pour reprendre confiance en elle-même. Votre fille est en effet persuadée que les flics ne la lâcheront plus, en quoi elle se trompe car ils ne se sont intéressés à elle que parce qu'on les y a incités. Mais il y a plus grave, Adra est également persuadée que s'ils n'agissent pas sur elle, ils s'en prendront à vous. Or nous savons, vous et moi, que, pour pénible que soit l'affaire dans laquelle vous avez autrefois trempé, ils n'ont aucun moyen de pression sur vous, leur dossier est vide. De cela, il faut en convaincre

Adra. Aussi vous conseillerai-je de partir avec elle. Lâchez tout, fuyez, elle est votre seul bien.
— Elle ne m'écoutera pas, elle ne m'a jamais écoutée.
— Elle partira, parce que Daniel vous accompagnera.
— Mais où irons-nous ? Jules m'a laissé un peu d'argent, mais pas de quoi tenir longtemps.
— J'y pourvoirai, j'ai touché un joli paquet ces jours-ci. Et d'ailleurs, je vous ai déjà trouvé un point de chute. Mais qu'il soit bien entendu que ni Adra ni Daniel ne doivent découvrir que je suis derrière tout ça. La jeunesse n'aime pas qu'on lui tienne la main.
— Parce que vous me croyez encore jeune ?
— Vous êtes la mère, et c'est suffisant.
— Et vous, qu'allez-vous devenir ?
— J'irai sans doute en Irlande... C'est un climat qui me convient. Surtout depuis le 7 mai. Je n'aimais pas les socialistes, mais j'aime encore moins Juppé. A cause de lui, à moins que ce ne soit grâce à lui, la déconfiture de ma génération va s'achever. Alors, en Irlande, avec ses catholiques, ses ivrognes, et ses furieux de l'IRA, je ne verrai pas le temps passer... Voilà, c'est tout. Non, ce n'est pas tout ! Comme je ne reverrai sans doute plus Adra, je voudrais que vous vous chargiez d'un message pour elle. Dites-lui qu'elle ne peut m'être rendue car je ne l'oublierai jamais. Elle comprendra. Demain, je vous ferai porter par un ami les clés de la maison que j'ai louée pour un an.
— Mais enfin, où nous envoyez-vous ?
— Pardonnez-moi, j'ai la tête à l'envers depuis que...
— Vous l'aimiez, n'est-ce pas ?
— Il me semble que oui, mais ma vie est derrière moi, alors... Connaissez-vous Stromboli ?
— C'est en Italie, non ? Une île ?
— Oui, en face de Naples. Il y a un volcan. Adra aimera. Et maintenant, adieu.
— Pourquoi adieu ? Comment pouvez-vous être si sûr que l'histoire est écrite une bonne fois pour toutes ?
— Parce qu'on n'a qu'une seule vie, madame Lambert. »

Odette, elle-même, ne tint que quelques semaines à l'ombre du volcan. Elle rentra à Paris au début du mois d'août. Sa fille et Daniel l'y avaient depuis longtemps précédée. Leur vie, ils voulaient la vivre au contact de la rue. Aussi, dans les derniers jours de l'année 1995, les retrouva-t-on mêlés à une foule au sujet de laquelle les philosophes, sortant comme par miracle de leur léthargie, prêtèrent les motifs les plus contradictoires. Alors qu'il leur eût été si facile d'accorder leurs violons en demandant à Adra et Daniel pourquoi ils n'avaient manqué aucune des manifestations. Et pourquoi l'avaient-ils fait, au moins une fois, en portant chacun une pancarte à l'effigie de Julie ?

« Parce que c'est au fond des taillis que l'on trouve les plus belles mûres », aurait, selon toute vraisemblance, répondu la jeune fille, jamais en retard d'une formule, tandis que son amant se serait récrié, en l'embrassant, qu' « on n'arrête pas un moteur qui repart ».

*Achevé d'imprimer le 2 janvier 1997
sur presse Cameron
par **Bussière Camedan Imprimeries**
à Saint-Amand-Montrond (Cher)
pour le compte des éditions Grasset
61, rue des Saints-Pères, 75006 Paris*

N° d'Édition : 10218. N° d'Impression : 4/1198.
Dépôt légal : janvier 1997.
Imprimé en France
ISBN 2-246-52231-5